BURKTFÉNIX
Una historia inesperada

Dedicado a mi familia.

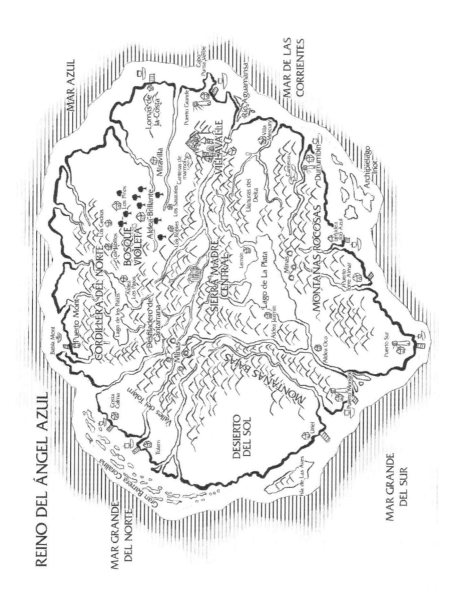

REINO DEL ÁNGEL AZUL

MAR AZUL

MAR DE LAS CORRIENTES

MAR GRANDE DEL NORTE

MAR GRANDE DEL SUR

Cabo Duna Verde

Lomas de la Costa

Puerto Grande

Río Aguamansa

Miravilla

VILLAVALLE

Villa Mercur

Canteras de mármol

Los Suizáces

Los Pinos

Aldea Brillante

Los Robles

Los Cactos

Los Pinos

Gardabilos

BOSQUE VIOLETA

Lago de los Patos

Aldea Los Patos

Llanuras del Delta

Lemón

Canteras

Durrumbin

Archipiélago Inor

CORDILLERA DEL NORTE

Desfiladero de Cantarrana

SIERRA MADRE CENTRAL

Lago de La Plata

Minas

MONTAÑAS ROCOSAS

La Roca Río Azul

Puerto Mont

Bahía Mont

Minas

Aldea Martín

Akkir Oco

Puerto Torre Aimar

Puerto Sur

Costa Calina

Valles del Totém

MONTAÑAS BAJAS

DESIERTO DEL SOL

Totém

Gran Barrera Coralina

Isla de las Ayers

Linel

Puerto Miguel

7

Algo desaparece

Pix y Leroy, son hermanos. Apenas se llevan un invierno de vida de diferencia y entre ellos, la rivalidad por todo, resulta para la familia un problema exasperante. Las peleas son constantes. No quieren compartir nada. Todo lo pretenden resolver a puños, patadas y gritos. Según cada uno de ellos, es el otro el que tiene la culpa de cada nuevo enfrentamiento. Este no es el comportamiento habitual de los demás niños del reino donde viven, y por eso, tanto sus padres como su abuelo, se avergüenzan con estas situaciones.

El abuelo recrimina frecuentemente a su hija Tábata, madre de los niños, sobre ese mal comportamiento de estos, tratando de hacerle ver que esto sucede por no imponer carácter y normas más estrictas a su educación. Poco antes tuvo que presenciar una pelea insólita entre los niños, ya que la comida es lo que sobra en casa.

– ¡Esas galletas son mías, yo las pedí primero! –gritó Pix a todo pulmón.

– ¡No os voy a dar! Son sólo mías... –respondió su hermano Leroy, quien se caracteriza por su imparable glotonería, mientras metía las galletas a su boca y se ahogaba, con tal de no darle oportunidad a su hermano para que cogiera las galletas.

Tábata, la madre de esos dos díscolos niños, siempre intenta mediar entre las peleas que se suscitan a cada instante. Siempre intentando hacerlo de manera calmada, procurando evitar que ninguno de los dos se salga con la suya. Le causa mucho agobio que cualquiera de los dos, crea que ella no lo quiere tanto como al otro hermano.

Y allí radica el error, pues ambos se aprovechan de esa debilidad maternal, con un "vos no me queréis" o "vos lo preferís a él". En todos estos conflictos, es la madre la que sufre al dejarse llevar por el agobio que le ocasionan aquellos continuos enfrentamientos que ella no comprende, pues se desatan por cualquier tontería. Ella siempre había tenido muy buena relación con sus hermanos y por eso, no entiende qué pasa con sus hijos.

Pix, es el primogénito y tiene ocho inviernos de vida; es delgado y rubio como su madre y con unos grandes ojos de pícaro. Es intranquilo e inteligente; es un curioso insaciable pues quiere saberlo todo y por ello, toca y revisa todo lo que encuentra. No hay ningún rincón de la casa que él no haya fisgoneado. También se caracteriza por su reiterada desobediencia. Tiene una imaginación infinita y una facilidad increíble para involucrar a su hermano en sus travesuras.

Mientras, Leroy de siete, físicamente no puede negar que es hijo de su padre: rollizo, mejillas rosadas, amables ojos marrones y una abundante cabellera castaña y rizada. En realidad Leroy es más tranquilo y obediente, pero tiene un grave defecto: no sabe decir "no" a su hermano cuando inventa travesuras, cayendo siempre en sus continuas trastadas.

El abuelo de Pix y Leroy, siempre los observa y los percibe como dos mundos totalmente diferentes en cuanto a físico, carácter o gustos, y sostiene que en lo único que se asemejan es en ser revoltosos y desobedientes. Aunque el abuelo se queja constantemente del mal comportamiento de sus nietos, los adora. Son sus únicos nietos ya que sus otros hijos, no le han brindado ese privilegio todavía. Esos niños son de su sangre y aquello de su mal comportamiento lo afecta mucho.

*****

El abuelo Itzigorn es el mago mayor del reino. Es muy respetado en la ciudad capital, en especial porque la Reina Albertina II lo tiene en muy alta estima. Sus sabios consejos y su desinteresada ayuda a los problemas de la casa real, han sido determinantes en soluciones satisfactorias para el reino, durante mucho tiempo.

El mago Itzigorn viene de una familia de nobles magos, quienes hacen parte del legado histórico del antiguo Reino del Ángel Azul. Itzigorn es uno de los que ha accedido al puesto de maestro mago siendo bastante joven. Tiene el cabello corto de color castaño con muchas canas. Es alto y delgado, de buena presencia. Definitivamente no tiene el aspecto de mago al que la mayoría de la gente estaba acostumbrada a ver. Muchos de los que llegan al reino por primera vez, lo confunden con miembros de la familia real o de los representantes del gobierno, pues es muy sobrio en sus modales y en su presencia.

En su vida personal, contrajo matrimonio muy joven con una hermosa joven de otro reino vecino. Tuvieron tres hijos, primero una chica y seguidamente dos chicos. Su hija primogénita Tábata, es la más parecida a su madre. Por eso, a veces, la mira con nostalgia y melancolía, pues no puede evitar recordar que su esposa murió tan joven, sin que él pudiera hacer nada. Una extraña enfermedad la consumió en poco tiempo y él no pudo combatirla, ni con su magia ni con la ayuda de otros sabios curanderos de su reino.

Así que, tristemente, le había tocado criar a sus tres hijos sólo, sin el calor de una madre.

Itzigorn y su familia viven y trabajan en Villavalle, la capital del próspero y hermoso Reino del Ángel Azul. Ese había sido el hogar de sus ancestros y para él, era todo un orgullo que siguiera siendo así.

*****

La ciudad de Villavalle es la capital del Reino del Ángel Azul. Es una ciudad bulliciosa y dinámica. Sus casas, como casi todas las del reino, están construidas con piedras y madera, la mayoría de los techos son de paja prensada y todas están dotadas con hogares para hacer la lumbre en las cocinas. Es la ciudad más poblada del reino y está asentada a orillas de uno de los ríos más largos y caudalosos de la región: el río Aguamansa. Es de las pocas poblaciones con calles empedradas y con un acueducto que, aunque rudimentario y antiguo, funciona eficientemente. Fue la primera ciudad asentada en aquel inmenso territorio y fue fundada por un antepasado lejano de la familia real, conocido como el Ángel Azul.

Esa importante ciudad, alberga varios Castillos entre los que se destaca, por supuesto, la sede del Palacio Real. El Castillo Real está ubicado en la cima de una colina de los alrededores del enorme y hermoso valle del río Aguamansa. Su imponencia ante las demás construcciones es realmente notable, especialmente debido a sus elevadas torres circulares, cuyos techos fueron construidos en forma de punta cónica de donde ondean banderas triangulares de color azul y blanco con ribetes dorados. Todos sus techos son de tejas de pizarras azules.

Este majestuoso Castillo está construido con grandes bloques de piedra caliza que, con la incidencia de los rayos del sol, refleja un halo azul de impresionante belleza. Y en las noches en que las dos lunas están llenas, el espectáculo que ofrece mirar aquel Castillo con las ventanas iluminadas, es total. En la ciudad se dice que eso sucede porque lo construyó el propio Ángel Azul, venido del cielo, creador y fundador de aquel hermoso reino.

El Castillo está rodeado de jardines muy bien cuidados, salpicados de coloridas flores, los cuales son del disfrute de toda la población. Hacia la zona de la derecha de la entrada principal, hay un gran estanque en el que viven hermosos cisnes blancos y una gran variedad de patos. Los niños acostumbran a llevarles migas de pan para que coman, mientras se divierten observándolos. El lugar, rodeado de árboles, refleja la vida serena de aquel reino. Un poco más abajo hay otra gran plaza, donde tienen lugar las numerosas ferias y fiestas de la ciudad. Es el lugar preferido de encuentro de los pobladores de Villavalle y de sus visitantes.

En la entrada principal de la muralla que rodea el Castillo real, hay dos enormes puertas de madera, artísticamente talladas y bien decoradas. La talla de estas puertas es, sin lugar a dudas, una obra de arte. En su superficie hay relieves de hojas y flores alineadas armoniosamente dando la sensación de haber sido verdaderas con anterioridad, para luego ser convertidas en madera. Cuentan las leyendas que aquellas fuertes puertas fueron encargadas por el propio Ángel Azul a los enanos talladores, para proteger a la ciudad de peligrosos animales merodeadores que abundaban en la zona cuando los colonos llegaron a ocupar la región. Los pobladores actuales ríen, rememorando las historias contadas por los abuelos de los abuelos, quienes habían insistido a sus descendientes que era verdad toda la historia. Desde hacía muchas generaciones, nunca ningún poblador, había visto animal peligroso alguno por aquellos parajes; así que cuesta creer en aquellas historias.

Estas puertas permanecen abiertas todo el tiempo debido al diario tránsito de gente. Al traspasarlas, hay una pequeña plaza con una hermosa fuente rodeada de pequeños arbustos con flores, y luego, unas amplias escaleras por la que se accede hacia el edificio real.

El palacio real es sencillo pero imponente. Su enorme y elegante salón de entrada está recubierto con mármoles pulidos de extremado brillo, así como también el suelo de sus largos pasillos; de igual forma, el mármol está presente en sus altas columnas decoradas con relieves escultóricos y en los suelos de sus grandes estancias. El mármol había sido extraído de los yacimientos localizados en unas montañas al noroeste de la ciudad. Había sido un trabajo duro que acarreó mucho tiempo y esfuerzo por parte de los trabajadores y de los artesanos. Pero el resultado de este trabajo realizado, hacía sentir satisfacción y orgullo a todas las generaciones de pobladores del reino.

En cuanto a la decoración, de las paredes cuelgan grandes y hermosos tapices con diferentes escenas campestres y de palacio. Las lámparas de velas, colgantes, de pie y de pared, son majestuosas y están muy bien ubicadas para que en horas nocturnas, mantengan el Castillo bien iluminado. El mobiliario de madera, refleja la destreza de los ebanistas, quienes los fabricaron con mucha dedicación.

El Castillo está compuesto por varios edificios bien diferenciados para el funcionamiento de las distintas actividades gubernamentales. En el área central del Castillo habita la familia real y gran parte de la Corte Real. Hay estancias para recibir a los representantes de otros reinos, quienes requieran hospedarse, al tener que estar más de un día en la capital; asimismo hay otros salones para las diferentes reuniones del reino. También hay tres grandes comedores y dos enormes cocinas que se usan según la época: una para los inviernos bien acondicionada para resguardarse del frío, dispuesta para aprovechar al máximo la luz del día, con muchos fogones y suficientes chimeneas con las que evitan que el humo moleste a los cocineros. Y otra para la época de verano, con un diseño que permite que esté muy bien aireada, así como apartada de la entrada directa de los rayos solares, pues sus ventanas están en sentido norte evitando, de esta manera, convertirla en un enorme horno donde el personal no pueda trabajar en condiciones. Ambas cocinas están equipadas con todo tipo de utensilios para poder faenar cómodamente con todos los menesteres diarios.

Una de las estancias del Castillo más concurridas por los pobladores de Villavalle y de todo el reino, es la Farmacia. Tanto es así que tiene un turno de noche para las emergencias. Esta es más bien pequeña, pero muy bien dotada de medicamentos para curar diferentes dolencias que afectan a diario a las personas y a los animales. Los encargados de este servicio gratuito ejercen de curanderos al recetar pociones, ungüentos, cataplasmas, infusiones, tónicos y otras fórmulas para resfriados, dolores estomacales o musculares; afecciones de la piel, dolores de cabeza o de muela, y hasta para el desánimo.

Otra de esas importantes estancias es la reservada para el mago del reino y su escuela de magia.

*****

Este "refugio", como lo llama Itzigorn con mucho aprecio, es la herencia de sus antecesores; es el agradable lugar donde él mismo se había instruido y en el que había disfrutado por mucho tiempo, del fabuloso mundo de la magia, como aprendiz. Y ahora, es su lugar de trabajo como maestro y mago real. Allí prepara y da sus clases, atiende a los consultantes, estudia ciencia, experimenta con sus artes mágicas y donde día a día, disfruta de todo aquello que es su gran pasión.

El "refugio" de Itzigorn cuenta con una enorme biblioteca donde se pueden encontrar libros con conjuros antiquísimos que, según algunos rumores, son libros escritos a mano con tintas mágicas que cambian su contenido, según quien los lea, para poder velar por su seguridad, ya que contienen grandes secretos de alquimia mágica y no pueden caer en manos inexpertas. Hay escritos de magia de todos los tiempos y gran cantidad de textos de alquimia, astronomía, astrología, matemáticas, filosofía, sobre el origen del mundo, leyendas e historia. Y conocidos por pocos, hay a buen resguardo, importantes diarios de magos de otras épocas. Muchas de estas obras están escritas en pergaminos que necesitan un trato especial para su conservación.

Posee también mapas del reino, mapas de los otros reinos de su mundo y otros específicos, como redes de caminos o rutas marinas. Posee planos de los Castillos y de otros edificios del reino, planos de obras importantes como el acueducto y otros suministros de agua. También tiene mapas de las estrellas, indispensables en su vigilia del cielo. Hay compendios de estudios bien datados sobre las fases de las dos lunas de su mundo, de cometas y de otros tantos eventos estelares que pudieran ser útiles en sus predicciones astronómicas y astrológicas.

Tiene en su poder gráficos de procedimientos antiguos y modernos, utilizados en sus diferentes experimentos. Posee una tabla alquímica junto a recetarios de fórmulas magistrales, con las que sus antepasados habían experimentado en sus constantes búsquedas para obtener una panacea única, con la que curar todas las enfermedades, pero que aún ningún mago ha conseguido.

Todo esto hace parte del legado que, generación tras generación, han ido heredando y atesorando los maestros magos en aquella escuela Real de Magia.

Como era de esperarse del lugar de trabajo de todo mago, hay un laboratorio que posee una gran cantidad de instrumentos y artefactos para sus experimentos, para elaborar sus recetas farmacéuticas, alquímicas y también para dar sus clases. Tiene media docena de alambiques para destilar, tiene hornos y recipientes alquímicos, morteros, redomas, retortas, matraces, pesas, tubos de ensayo. Cuenta con una importante dotación de sustancias, elementos y minerales como los indispensables mercurio, azufre y sal.

Realmente el "refugio" es todo un mundo de conocimiento y de saber que goza del asombro y admiración de todo el que visita la estancia del mago. Gran parte de sus descubrimientos y logros en materia curativa, van destinados al servicio que presta la concurrida farmacia del reino.

El mobiliario de madera brinda elegancia a la decoración de la estancia. Ésta, está dotada de grandes y sólidas mesas de trabajo, confortables sillas, elevadas estanterías de roble para la biblioteca, con escaleras ajustables apoyadas en ruedas con un mecanismo de freno, toda una novedad en el reino. Hacia el fondo del lado derecho, cuelgan dos enormes pizarras siempre garabateadas con fórmulas y esquemas de todo tipo que reflejan las actividades que allí se desarrollan diariamente. La estancia tiene grandes y elevados ventanales, los cuales permiten la entrada de luz solar durante casi todo el día, gracias a la ubicación ventajosa en que se encuentra dentro del Castillo y con respecto al paso diario del sol durante todo el tiempo.

Las lámparas son enormes y muy luminosas, pues tienen velas mágicas blancas, para un buen alumbrado durante la noche, las cuales con un toque de varita se encienden todas a la vez. Las horas nocturnas son las favoritas del maestro mago para sus experimentos, los cuales preferiblemente hace en solitario.

*****

Hasta este momento en el que Itzigorn ejerce como mago real, todos los magos y magas reales anteriores a él, quienes a su vez han sido maestros de la escuela de magia del reino, han pertenecido a la misma familia. Sin embargo, a Itzigorn le preocupa mucho su actual sucesión. Aunque todavía es joven y se siente con energía y mucho ánimo, considera que es hora de ir preparando a un digno sucesor. Pero su entorno familiar no parece interesado. Sus dos hijos nunca se interesaron por la magia, Elot se dedicó a la herrería y es el encargado de la fragua donde se forjan la mayoría de las herramientas de hierro del reino. Su otro hijo, Orestes, se dedica a la albañilería, pues su gran pasión es construir. Aunque ambos ya han contraído matrimonio, ninguno de ellos ha tenido hijos. Tampoco hay algún primo o sobrino interesado en este oficio.

Tábata, la hija mayor, tampoco se interesó nunca por la magia. Ella se dedica a la producción de panes de trigo, de centeno o de cebada; prepara las famosas y deliciosas galletas de mantequilla por las que sus hijos se pelean continuamente y, también, hace unos pasteles muy buenos que son famosos por toda la ciudad y por los pueblos cercanos. Por último, están sus nietos Pix y Leroy quienes, por lo visto hasta ahora, no cumplen con ninguno de los requisitos para ingresar a la escuela de magia.

Debido a esto, Itzigorn se pregunta a menudo y con mucha preocupación, si podrá continuar con el legado familiar o tendrá, definitivamente que conformarse en iluminar a otro para tan importante cargo real. Le cuesta imaginar algo diferente, ya que el cargo ha pasado de manos de padres a hijos, a nietos o a sobrinos de la misma familia desde que se fundó el reino y ahora, parece que no continuará así. El oficio había sido sagrado para todas las generaciones. Nunca que él recordara, se había presentado esa disyuntiva en la sucesión del cargo. Se pregunta a menudo: ¿Habré hecho algo mal? ¿Por qué no he logrado tener un sucesor en la familia?

A veces, Itzigorn hace memoria. Recuerda que su bisabuelo Burktfénix había sustituido a una tía materna. Llegado el momento del retiro, Burktfénix cedió el cargo a Romer, su nieto aprendiz y éste, en su momento, cedió el cargo de maestro real a su hijo Itzigorn. O sea, a él.

Ya había perdido la esperanza que su sucesor fuera de la familia. Definitivamente, los tiempos cambian. Muchos de sus antiguos alumnos habían tomado rumbos muy diferentes, sin mirar atrás... ¿Y los actuales?... tal vez, en un futuro no muy lejano, lo tendría más claro.

*****

Para poder ser alumno de Itzigorn, se necesita cumplir con ciertos requisitos. Primero que todo, debían haber superado los catorce inviernos de vida. Tener aprobada la escuela básica con méritos y con buena conducta. Esto último es muy importante; la disciplina no sólo debe ser impuesta, debe ser un mérito propio para el estudio de las tan delicadas artes mágicas. La disciplina, es sinónimo de responsabilidad, ética, lealtad y otros valores básicos para ser un buen mago.

Con el final del invierno comienzan las clases. Los cursos son cuatro. Los grupos de alumnos cada vez son más pequeños. Así que, en estos momentos, el primer curso sólo tiene cuatro alumnos: Orson, de cabello negro y abundante, alto y delgado, con los quince inviernos cumplidos. Repite el primer curso por ser un poco lento para aprender; se distrae con facilidad y también por haber faltado mucho a clases, debido a que viaja mucho con sus padres. Es algo callado y casi no interviene en las actividades. Itzigorn duda de su vocación, pero el chico insiste que, es lo único que realmente le atrae.

El resto de sus compañeros son nuevos en la escuela, tienen catorce inviernos cumplidos, son: Remigius, también muy delgado, pálido, rubio, con cara de pícaro, muy competitivo,

17

mirada inteligente y es el más pequeño de estatura en la clase. Luego está Thorosky, quien parece mucho mayor por su fuerte y voluminosa contextura y su gran tamaño, tiene unos grandes ojos que resaltan en su redonda cara de expresión bonachona. Es colaborador y muy sincero en sus opiniones.

Y Wanda, única chica del primer curso, tiene rasgos finos, de piel oscura, largo y lacio cabello negro, grandes ojos negros y expresión siempre seria. Wanda es la hija menor de unos comerciantes inmigrantes del Reino de la Tierra Llana. Esta alumna se caracteriza por ser ordenada, analítica y con una capacidad de resumir de manera eficaz lo impartido en clase, tanto que sus compañeros de cursos avanzados no pueden ocultar su asombro. Casi siempre está callada y los chicos bromean con esto.

En los otros dos cursos quedan apenas cuatro alumnos. El segundo curso está integrado por dos chicas: Ada quien es alta y de cabello oscuro, bellos rasgos faciales y ojos penetrantes, con mucho porte y elegancia natural. Es una chica con una personalidad fuerte, muy apegada a la lógica y también muy perspicaz; es de ideas fijas, tanto que a veces cae en la terquedad. Y Eva, igualmente alta, de larga cabellera castaña, con una blanca y contagiosa sonrisa. Es una joven de finos modales, muy sociable, dada a dialogar, argumentar y discutir con mucho estilo. Es solidaria con su compañera y amiga Ada, de forma incondicional.

El tercer curso está integrado por Uwe, quien es hijo de unos comerciantes del norte Blanco, de cabello rubio y ojos claros que a veces son grises y otras veces azules, pero que siempre reflejan su gran inteligencia y agudeza mental. Uwe es locuaz, colaborador, emprendedor y responsable. Tiene un buen sentido del humor del que siempre hace gala con sus comentarios ocurrentes. Su compañero es el joven Hoobers, de pelo castaño oscuro, mirada agradable, muy colaborador, estudioso y con gran capacidad de análisis. Parece que no se cansa de hablar. También es dado a inventar con mucha facilidad, y se sonroja luego de opinar o de preguntar atropelladamente, sin pensar bien lo que se le ocurre y expresa. Los jóvenes aprendices Uwe y Hoobers, al estar ya en el tercer curso, comenzaron sus prácticas con las varitas. Han sido los momentos más emocionantes de sus estudios. Así que, son la envidia del resto de los estudiantes, quienes aspiran a que el tiempo pase rápido para poder tener una varita en la mano y poder hacer magia de verdad.

Por último está Sortudo, único alumno en el cuarto curso. Sortudo es el mayor de todos y se caracteriza por ser serio, honesto, discreto y poco hablador. Es tan alto como su maestro, pero un poco más corpulento. Sus ojos azules contrastan con el negro de su cabello. Hasta este momento, es uno de los mejores estudiantes que ha tenido el maestro mago. Se destaca por su energía y rapidez para realizar sus tareas en la escuela. Sea o no de magia, siempre está dispuesto a servir a quien se lo pida. Itzigorn siempre piensa que realmente tiene madera para ser mago.

Este joven, es conocido por todos como primer aprendiz y es el único que está listo y preparado para graduarse. ¡Y no se imagina cuánto!

*****

Todos los alumnos reciben clases en la misma gran estancia, y se agrupan según el tema o el trabajo de investigación. Los mayores ayudan a los novatos, reafirmando así sus conocimientos y fortaleciendo los beneficios del trabajo en grupo. Los jóvenes se sienten muy emocionados acudiendo diariamente a clases y también para lucir sus túnicas blancas con el sello de la Escuela de Magia del Reino del Ángel Azul. Sello que llevan con orgullo en la parte delantera derecha de la túnica, a la altura del pecho y que los distingue, como aprendices de tan prestigiosa escuela real de magia.

Itzigorn viste una túnica azul para dar clases, siempre inmaculada como a él le gusta. Para el maestro mago Itzigorn, la buena presencia es signo de seriedad y de respetabilidad. Se siente orgulloso de ser lo que es, aunque se inquieta un poco al ver que no tiene tantos alumnos como antes, pues algunos de los que han abandonado la escuela, se justifican diciendo que son estudios difíciles y forzados, para luego de graduados de mago, tener un oficio sacrificado y poco remunerado, desanimando con sus argumentos a posibles alumnos. Estos comentarios desagradan a Itzigorn, y en ocasiones merman su ánimo.

La realidad circundante es que la ciudad crece y hay cantidades de oficios y profesiones nuevas, con las que los jóvenes pueden vivir bien. Parece que la competencia a la magia aumenta a pasos agigantados. Algunos de los magos graduados se desplazaron a diferentes pueblos del reino para prestar servicio a sus pobladores, como médicos curanderos o consejeros, ya que los encantamientos no lo resuelven todo. Otros jóvenes, se dedicaron a los negocios o profesiones de sus familias, dejando su paso por la escuela de magia a un lado, como una simple experiencia en sus vidas. Es como si la magia estuviera perdiendo importancia en el reino.

Pero Itzigorn no piensa desfallecer, pues considera importante mantener el ánimo y transmitírselo a sus pocos alumnos, pues el oficio de ser mago es tan digno como cualquier otro. Cuenta con el apoyo incondicional de su hija Tábata, quien siempre le repite que lo importante es la calidad y no la cantidad, tratando de animarlo, pues ella sabe que aquella escuela es la principal motivación en la vida de su padre.

*****

En las primeras clases de cada nuevo curso, Itzigorn comienza motivando a los aprendices, al explicar las cualidades primarias de la tierra, del aire, del fuego y del agua. Planteando teorías del macrocosmo y del microcosmo. Exponiendo la existencia de vida en otros mundos. Les habla de la transmutación para lograr obtener oro, metal noble, maleable y duradero, aclarando que hasta el momento nadie ha conseguido la fórmula y que sigue siendo un gran reto para los nuevos magos. Son temas que invitan a discutir y a participar activamente a los alumnos en las clases.

Siempre hace hincapié en la necesidad de mantener el rigor al aplicar los métodos básicos en la investigación, como son el análisis, la observación, la experimentación y la elaboración de correctas conclusiones, y su importancia en la precisión de las pócimas mágicas y no mágicas, como los remedios para el catarro y para otras dolencias cotidianas. Y en general, como metodología imprescindible para cualquier estudio que se quisiera llevar a cabo. Los aprendices entusiasmados preguntan y discuten de tal manera que, más de una vez, el tiempo diario de las clases se hace insuficiente.

Itzigorn expone con pasión, aspectos sobre la grandeza del universo y de la astrología. Sin embargo, desde hace algún tiempo, el maestro mago dedica más horas al estudio de la astronomía que al de la astrología. Y sin darse cuenta, Itzigorn se hace cada vez más científico, alejándose del legado de sus antecesores magos y así, en la práctica, contradice lo que con sus palabras, predica sobre la magia.

En un rincón de su "refugio" ha ido acumulando cofres, libros, amuletos y otros tantos artefactos dedicados a hacer magia como la que hacía antes; cosas que ha heredado de sus antecesores y que por su diario quehacer y cambios en sus intereses, en cuanto a conocimientos se refiere, ha ido dejando en el olvido sin querer. A veces, se pregunta a sí mismo, si el hecho de no tener un sucesor definido dentro de la familia y su distancia práctica con la magia, serán señales del fin de ésta en su mundo.

*****

Un día caluroso de esos típicos de verano, a media mañana de la clase de ese día, los alumnos están concentrados trabajando en cómo destilar diferentes sustancias alquímicas, cuando sin llamar a la puerta, entraron de forma brusca los nietos del mago.

– ¡Hola, abuelo! –dijeron al unísono Pix y Leroy.

– ¡Niños! ¡Primero se llama a la puerta, se pide permiso para entrar y luego se dan los buenos días a todos! –recriminó con enfado el abuelo mago.

– Lo sentimos, pero nuestra madre nos envió para que nos quedásemos contigo hasta que regreséis a casa. Nuestro padre se cayó de Azabache, su caballo favorito, cuando intentaba montarlo para ir a pastorear las ovejas. Knut avisó a nuestra madre del accidente y ella fue hasta los establos y lo está curando –se apresuró a explicar Leroy a su abuelo.

– Así que aquí estamos y ¿Qué podemos hacer? –preguntó Pix, animadamente.

– ¡Oh, oh! –exclamó Sortudo al ver la escena y la expresión de terror del maestro.

El abuelo mago, respiró profundamente. Entendía perfectamente que su hija Tábata, no los dejara solos en casa... era correr el riesgo de no encontrar la casa en pie, a su regreso. Pero, ¿Por qué enviárselos a él? Tenía que ser que ni había encontrado a alguien que los cuidara ni que nadie quisiera hacerse cargo de ellos, ni por un rato.

Tratando de mantener la calma y haciendo caso omiso a la pregunta de Pix, ordenó a sus nietos que se sentaran en las sillas cercanas a la entrada, advirtiéndoles que por ningún motivo, se movieran de allí.

Todos los alumnos sonrieron observando la situación incómoda en la que se encontraba el maestro mago. Itzigorn percibió lo que estaba aconteciendo a su espalda y dio dos fuertes palmadas de atención. Todos saltaron sobresaltados y avergonzados, al darse cuenta de que el maestro los había pillado disfrutando de la situación incómoda; así que continuaron con sus experimentos y anotaciones.

A Pix le resulta imposible estar sentado sin hacer nada. La situación le empezaba a aburrir, se sentó de un lado, de otro, se estiró, se metió el dedo en la nariz. No hallaba que hacer pues eso de estarse quieto no es con él. Mientras que Leroy, el glotón de la familia, se dedica con sumo placer, a saborear unas confituras de almendra y miel preparadas por su madre y que trajo en una bolsa cuando salieron a toda prisa de casa, hacia la escuela de magia. Pix se quitó los zapatos y los dejó caer en el suelo con cierto estruendo. Todos los aprendices giraron hacia él, y él descaradamente desvió su mirada al techo, haciendo como que no había sido él, el que había originado aquel ruido. Nuevamente todos volvieron a concentrarse en sus experimentos, sin prestar más atención a aquel niño a quien la mala fama de travieso e insoportable, lo precede.

Pix se deslizó en la silla, tocando con las puntas de los dedos de sus pies el frío suelo de mármol. En un momento inesperado, aunque su hermano hizo señas con la cabeza para que no se bajara, Pix se deslizó debajo de la silla y se sentó en el suelo con la cabeza gacha y las piernas cruzadas, observando atento para ver si su abuelo lo había descubierto. Leroy se quedó inmóvil. Le aterró lo que podría ocurrir. Sabía que su hermano no se conformaría con estar bajo la silla. Ya presagiaba problemas, pero no atrevió a moverse ni a articular palabra alguna, porque Leroy en el fondo, le teme a su hermano.

Pasaron unos instantes y Pix vio que nadie lo observaba. Vio la estancia y pensó que, había tanto que husmear en ese lugar que no lograba controlar su ansiedad. Comenzó a gatear pegado a la pared, acelerando en los espacios donde no había muebles, tal como si fuera un ratón. Miró atento para detectar si alguien de los presentes lo había descubierto fuera de la silla, donde su abuelo le había ordenado quedarse. Pretendía dar la vuelta a la gran estancia real. Todos estaban tan concentrados en el trabajo que el maestro había asignado que, él podría hacer de las suyas mientras tanto. Pero paró cuando llegó a la esquina donde el abuelo acumulaba, según Pix, un montón de cosas viejas. No pasará nada si reviso un poco, pensó de inmediato, pues siempre se argumentaba, así mismo, alguna excusa para hacer lo que hacía.

Arrodillado ante aquel rincón olvidado, comenzó a revisar y a observar todo lo que encontraba. Una de las primeras cosas que tuvo en sus manos fue una hermosa pluma de pavo real con la que comenzó a escribir en el aire. Se aburrió y la dejó a un lado. Luego abrió una caja llena de pequeños cristales, los tocó y observó uno por uno y volvió a dejar la caja en su sitio. Había varias copas, unas de metal y otras de madera, dos calderos; tres cuchillos con labradas empuñaduras y sus respectivas vainas, fabricadas en cuero. ¿Cuántas cosas podría cortar o atravesar con esos cuchillos? Elucubró de inmediato, pero los dejó a un lado. Tenía que ver que más había antes que lo pillaran. Encontró una caja de madera. La abrió y encontró unas monedas. Unas doradas y otras plateadas. También había unas cuantas llaves unidas por una argolla. ¡Nada interesante! Pensó, mientras seguía hurgando en el rincón. Encontró una larga bolsa de tela donde había unas varillas de incienso. Abrió otra caja más con colmillos y patas de conejo que no le causaron ningún interés.

Respiró profundo. Estaba desencantado. Hasta ahora, no veía nada interesante con que poder jugar. Pero igualmente, siguió escudriñando entre los viejos objetos acumulados en el rincón.

Abrió otra caja donde sólo había pequeñas muestras de rocas sin identificar. Tomó en sus manos una pesada pirámide de cuarzo blanco que le pareció lo único llamativo allí. Bonito, tal vez. Apartó un libro, otro y otro y se encontró una especie de cofre alargado de color azul con bisagras y remaches dorados. No podía abrirlo, pero insistió pensando que encontraría algo interesante con que jugar. Le costó mucho, pero al abrirlo se decepcionó al ver un palo de madera, medio torcido y feo, con uno de sus dos extremos en forma de punta.

– ¿Para qué servirá esto? ¡Cuán feo es! –dijo en voz baja.

Volvió a guardarlo en el cofre, lo cerró a medias y continuó revisando. Encontró una balanza metálica y comenzó a colocar unas pequeñas figuras para ver cómo se inclinaba el instrumento, según iba cambiando las piezas.

En ese momento, el abuelo se percató que Pix no estaba en la silla y gritó su nombre, buscándolo inmediatamente por toda la estancia.

Pix se sobresaltó y en fracciones de segundos pensó que no había llegado hasta allí sin llevarse algo de aquel viejo tesoro y, con la misma velocidad que lo caracterizaba para hacer sus travesuras, abrió nuevamente el cofre azul y sacó el extraño palo. Cerró el cofre y se guardó el palo en el pantalón, mientras se levantaba. El palo de madera sobresalía un poco y Pix, pegó su brazo del costado derecho de su cuerpo para evitar que lo vieran. No era gran cosa, pero serviría para pinchar a su hermano. Salió del rincón y con voz inocente, respondió a su abuelo:

– Estoy aquí, abuelo, es que me pareció ver que algo brillaba y me acerqué a ver. Os juro que no he hecho nada malo...

– ¿No habéis tocado nada? –preguntó a su nieto.

– Nada. Os lo juro –dijo el niño con cara de inocente.

– ¡Id a la silla inmediatamente! Y que no vuelva a ocurrir. Ya falta poco para irnos a casa. He decidido que hoy saldremos temprano. Quiero saber qué le pasó a vuestro padre.

El mago caminó lentamente hasta el rincón donde había estado Pix. Observó detenidamente, pero no percibió nada raro. En realidad, no podía afirmar que había algo fuera de lugar, pues no recordaba bien que había guardado allí ni como estaban acomodadas las cosas. Aunque dudoso, regresó a donde estaba el grupo de aprendices trabajando, colocándose de frente hacia sus nietos para no volver a perderlos de vista.

Los aprendices que ya habían terminado sus experimentos, describieron brevemente los pasos realizados para lograr la tarea asignada por el maestro. Discutieron sobre los resultados y el maestro resumió las conclusiones.

Los aprendices comenzaban a recoger y a ordenar el área del laboratorio, cuando intempestivamente oyeron un grito agudo de dolor. De inmediato, todos giraron a donde se encontraban los nietos del maestro mago. Pix estaba de pie junto a la silla, doblado de la risa y Leroy, también doblado, cubriéndose el costado izquierdo con las manos, continuaba aullando del dolor.

Sortudo se adelantó hacia ellos preguntando por lo ocurrido. A lo que Pix, sin dejar de reír, mostró el palo de madera con el que había pinchado a su hermano. Leroy al ver a Pix responder, gesticulando de forma burlesca y riendo a carcajadas por lo que le había hecho, se abalanzó sobre su hermano para quitarle el objeto con el cual le había hecho daño y darle su merecido. Comenzaron a forcejear por el palo mientras, el abuelo mago y Sortudo, se apresuraron en intentar separarlos.

En cuestión de segundos, comenzó a formarse un extraño halo de energía alrededor de las manos de los niños, quienes asían con fuerza el feo palo. Un viento circular llenó la sala, levantando polvo y papeles. Todos miraban extrañados lo que acontecía y a la vez, se cubrían como podían, para evitar que les entrara polvo en los ojos.

El palo de madera era, nada más ni nada menos, una varita mágica que comenzó a calentarse de tal manera que los chicos, con un grito de dolor, soltaron a la vez. La varita quedó suspendida en el aire ante la mirada atónita de los que allí presenciaban el fenómeno. Alrededor de la varita, comenzó a formarse una especie de globo de plasma trasparente con visos verdes y violetas, con rápidos y cortos rayos como los de las tormentas.

Y el extraño globo, así como se formó, desapareció con todo y la tan disputada varita.

La calma, como una pesada y asfixiante nube volvió a la estancia. Nadie abrió la boca. Tanto Itzigorn como sus alumnos quedaron totalmente paralizados, sin entender que había sido aquello.

Algo aburrido

Sonó el reloj despertador. Seis y media de la mañana, una hora antes de lo acostumbrado. Marta se levantó rápidamente, se dirigió al baño, se aseó y luego bajó a la cocina. La noche anterior ella había dejado dispuestos los ingredientes: la harina, los huevos, el azúcar, la esencia de vainilla, la mantequilla, el polvo de hornear y el ingrediente que no podía faltar: el chocolate. Encendió el horno a ciento setenta y cinco grados centígrados. De inmediato se dispuso a mezclar en un bol de vidrio, y con una batidora eléctrica, los ingredientes para el bizcocho. Lista la mezcla, Marta la dispuso en el molde previamente engrasado y enharinado, le dio unos golpecitos contra la mesa, sacó las burbujas de aire y luego, lo metió en el horno caliente. Puso el temporizador de la cocina en cincuenta y cinco minutos.

¡Perfecto! Pensó de inmediato, ya con el bizcocho en el horno tendría tiempo suficiente para lavar los trastos y desayunar.

El tiempo pasó volando. Ya su marido Paul estaba preparando el café. Su hijo Billy entró a la cocina y Marta lo felicitó con un beso por su cumpleaños. Sonó el temporizador y procedió a sacar el bizcocho del horno que era lo que más le preocupaba. El bizcocho se refrescaría en el transcurso de la mañana y así, al regresar del trabajo temprano en la tarde, podría untarle la cubierta y decorarlo con calma.

Billy, Paul y Marta desayunaron cereales con fruta. Eran las ocho de la mañana y la cocina ya estaba en perfecto orden, así que la familia se dispuso a salir para cumplir con su rutina diaria.

*****

Billy caminó lentamente, con mucho desgano y pereza hacia el instituto. Por norma general le molestaba levantarse temprano y en especial este día, en el que cumplía trece años. ¡Cómo le hubiera gustado quedarse en la cama!

Ese día en especial lo embargaban pensamientos tal vez contradictorios. Por una parte, sentía que ser niño era un estado ideal pues todos estaban pendientes de él. Y ¡Cómo le gustaba ser el centro de atención!... eso no lo podía negar. Algo dentro de él, no sabía que, sencillamente no lo dejaba desprenderse de seguir siendo un niño consentido. En realidad, a esa edad se seguía siendo un niño; podía jugar y divertirse todo lo que quisiera sin más responsabilidades que estudiar, hacer los deberes o ayudar en casa. Pero por otra parte, sentía inevitablemente que algo estaba cambiando y se hacía mayor. Ya comenzaba a preocuparse, más conscientemente, de todo lo que pasaba en casa, de lo que decían sus padres y de los problemas de la familia. Comenzaba a preocuparse hasta de lo que escuchaba en las noticias.

A veces, le gusta la idea de crecer, y a veces no. Pero definitivamente ya es consciente a su manera, de que le falta menos tiempo para ser un adulto, y según él, para hacer lo que le viniera en gana. Decidir por sí mismo, dar órdenes y no tener que recibirlas. Así ve él a los adultos. Y por supuesto, eso de hacerse adulto implicaría poder cumplir sus anhelados sueños de ser famoso. O ser un gran héroe; eso le gusta más.

Todavía no tiene definido en qué tendría éxito, pero disfruta soñando con que todos lo alabarían por sus espectaculares hazañas. Podría ser un bombero salvando vidas, apagando incendios, rescatando gatos trepados en los árboles. ¡O tal vez policía! Eso podría ser más emocionante... Pero policía como los de las series de televisión o del cine, sometiendo intrépidamente a delincuentes o rescatando chicas secuestradas, haciendo veloces persecuciones en coches patrulla. ¿Por qué no? Él quiere acción y emoción. Quiere ser famoso.

También imagina ser protagonista de una película y que todos lo saluden a su paso, pidiéndole autógrafos. ¡Hasta con una estrella en el paseo de la fama como los que salen en la tele! ¡Alucinante! Siempre sonriendo con todo gusto a esos fotógrafos que llaman paparazzi. Él sí sonreiría. No como algunos actores que salen en la tele, enfadados porque los fotografían a cada instante.

Quería algo que le diera emoción a su vida. Sí, mucha emoción.

Esas imágenes le dan vueltas en la cabeza constantemente. ¡Cuán fácil es imaginar y soñar!

Pero la realidad es otra; aparte de montar bicicleta junto a sus amigos, no practica ni le gusta ningún deporte, es más bien un tanto holgazán en ese aspecto. Y lamentablemente para él, parece que las chicas tienen más interés por los jóvenes de tipo atlético que por los chicos de su estilo, quienes siempre pasan desapercibidos. Lo tiene difícil. Y a él le gustan mucho las chicas. ¡Cuán difícil es la vida! Piensa algunas veces.

Él dedica sus ratos libres a jugar con la consola, ver en la tele sus series favoritas y en especial, las de dibujos animados. Leer y releer sus viejos cómics o compartir con sus amigos de siempre: Tomás, Robin y Sandra.

Algunas veces se va al garaje a observar a su padre cuando repara el coche. Más que aprender de mecánica, lo que le gusta es conversar con él. Su padre siempre explica, con mucho detalle, todo lo que Billy quiere saber.

Sin embargo, en esos instantes de este día de su treceavo cumpleaños, sintió que su corta vida era realmente aburrida. Todos los días lo mismo. ¡Cuánto fastidio! Dijo en voz alta. ¿Cuándo ocurrirá algo realmente interesante o divertido? ¿A los demás les pasará lo mismo que a mí? –Se pregunta frecuentemente–. ¿O soy yo sólo, el que se rompe la cabeza pensando en cómo será cuando sea grande? Pero sin embargo, recordó que seguía siendo un niño; únicamente tenía que estudiar y disfrutar de esa edad tan fabulosa como dice su padre y, por tanto, no tiene motivo para agobiarse pensando en el futuro.

Aunque se lleva bien con algunos de sus compañeros de clase, Billy no es precisamente popular y muchos de ellos ni su nombre recuerdan. El día anterior, sin ir muy lejos, ocurrió algo que le confirmó su poca popularidad.

– ¡Ey tú! –dijo una compañera de clases, muy guapa por cierto, quien se sienta dos mesas por detrás de él–. Sí, tú... el de la camiseta azul... dame un lápiz que no traje.

Billy la miró dudando, auto señalándose con el dedo índice y con expresión facial interrogativa, extrañado que aquella chica tan presumida se dirigiera a él.

– ¡Sí, tú! ¿Te lo tengo que repetir? –increpó la chica abriendo los ojos para fulminarlo con la mirada–. No te hagas el tonto. Yo sé muy bien que tú tienes muchos en el estuche. ¡Venga! ¡Muévete!

Y Billy, algo incómodo, facilitó un lápiz a la exigente y maleducada compañera, sin decir absolutamente nada. La chica, ni las gracias le dio.

En general le costaba adaptarse al instituto. ¡Es tan diferente a la escuela primaria! Para disgusto de Billy hay muchas asignaturas, cada una de ellas tiene un profesor y, claro está, cada uno de aquellos profesores tiene exigencias y formas diferentes de trabajar. El profesor de Historia los carga de deberes. Matemáticas, agobiante con tantos ejercicios. Ni hablar del profesor de Lengua, quien pretende que lean sin parar, pues hay que mejorar el vocabulario a toda costa. Cambios de horas, cambios de aulas. Es una locura de chicos y chicas, apresurándose para no llegar tarde a la próxima clase; eso lo agobia.

Quiere verse como los alumnos de los cursos superiores. Caminando con seguridad, haciendo gala de su popularidad, rodeado de chicas y bromeando con todos. Y otra vez imaginándose mayor... ¡Cuán fácil es soñar!

Pero la realidad de Billy como estudiante es otro factor que lo frustra. Su falta de atención en clase y su actitud mayoritariamente cohibida, le traen consecuencias molestas a la hora de las notas y al llegar a casa se repite, una y otra vez, la escena de reprimendas por parte de su madre por no estudiar.

– Billy, si no estudias, no conseguirás trabajo ni tendrás un buen futuro –recrimina su madre con frecuencia–. ¡Si yo no hubiera cursado empresariales, me hubiese sido imposible optar a un empleo como el que ahora tengo! Sé que tuve la fortuna que mi tío me contratara, pero si no tuviera título, ¡Tal vez ni con ayuda de alguien, habría encontrado cómo ganarme la vida! –continuaba la madre, justificando su postura.

"Y sí", piensa Billy, su madre siempre tiene razón. Aunque él no comprenda muy bien a que se refiere, sabe que ella tiene razón. De lo que sí está seguro, es que a él le agobia su discurso repetido sobre los estudios y el trabajo. Pero vuelve a pensar que aunque él no tuviese muy claro todo aquello que su madre decía, seguro que tiene razón. Por algo es su madre. ¡Qué dilema! Sabe que debe estudiar más pero ¡Uf! Es muy pesado.

*****

Ese día, mientras camina hacia el instituto, Billy recordó cuando tenía siete u ocho años y en aquellos momentos le parecía tan lejano, cumplir trece. ¡Pero ya tenía trece años! "En un santiamén", como dice la abuela.

También recordó esas fiestas de cumpleaños con Castillos hinchables incluidos, de las que tanto disfrutó cuando era pequeño. Recordó, como si fuera ayer, cuando cumplió siete años y sus abuelos contrataron a dos payasos geniales, quienes se presentaron ataviados de forma muy original, con trajes superpuestos que cambiaban según la actuación o juego con el que divertían a los niños invitados. Aquellos trajes eran de vivos colores y estampados, los cuales resaltaban las actuaciones. Fue tan creativa la animación de la fiesta que los invitados la comentaban al despedirse. Esa fiesta en especial fue todo un éxito. En el jardín trasero de la casa, habían instalado un carrito con perritos calientes, refrescos y helados. Era como un sueño hecho realidad para todos los niños: pedir y comer todo lo que quisieran sin pagar y sin que sus padres estuvieran controlándolos. Estuvieron todos sus amigos y eso lo llenó de alegría. La decoración con globos y manteles azules y blancos dieron un toque elegante al festejo. La tarta era gigantesca con un decorado hermoso: tenía un Castillo de chocolate blanco, un riachuelo, unas figuritas de arqueros, unos cerditos y unos arbolitos de mazapán y azúcar, todos comestibles. ¡Cómo olvidar aquello!

Mientras recordaba sus anteriores cumpleaños, no pudo evitar añorar la presencia de sus abuelos paternos, quienes siempre se presentaban a las fiestas con enormes cajas de regalos, envueltos en papeles de vistosos colores.

Y aunque él se enfadaba muchas veces con ellos, por sus besos empalagosos, ahora añora sus abrazos afectuosos. Son sus únicos abuelos vivos.

Jaime Paperson, su abuelo paterno, es un hombre bonachón que trabajó toda su vida como conductor de trenes. Se conoce todo el país y siempre relata anécdotas muy divertidas sobre sus viajes. Hacía ya unos cuantos años atrás, se había jubilado y le habían hecho entrega de una placa, en honor a tantos años de trabajo y a su trayectoria impecable. El abuelo Paperson asistió a ese evento vistiendo su uniforme con orgullo. Sería la última vez que usara su bien planchado uniforme. Ahora su uniforme descansa colgado en un armario, protegido por una bolsa plástica de tintorería. Pero las fotos con su uniforme, tienen una presencia importante en su casa.

Anabel, su esposa y abuela de Billy, también jubilada, había ejercido de maestra en una de las escuelas más antiguas del centro de la ciudad de Loma Larga. Y aunque no compite con las historias contadas por su esposo Jaime, de vez en cuando relata acontecimientos y anécdotas muy interesantes. Ahora se dedica, junto a un grupo de señoras de la tercera edad, a confeccionar manteles bordados y colchas tejidas con ganchillo, de esas que tanto gustan a las abuelas de todas partes.

*****

Billy comienza a cambiar físicamente aunque siga pareciendo un niño. Los pantalones vaqueros que su madre le había comprado al comenzar el curso, ya le quedan algo cortos. En su cara han comenzado a aparecer los granos de la pubertad. Eso lo hace sentir incómodo. Y para terminar de enfadarlo, su madre se empeña en que lleve siempre bien corto su cabello castaño claro, pues según ella, eso le da mejor presencia y elegancia. Billy desea llevar el cabello más largo, como muchos de sus compañeros mayores del instituto a quienes se quiere parecer.

Y a él, ¿Qué le importa la elegancia pasada de moda de los adultos?

En eso de la elegancia se parece definitivamente a su padre, quien no goza de muy buen gusto en las combinaciones con las que se viste a diario y que originan, de vez en cuando, discusiones matutinas con su madre.

– ¿Marrón con verde, zapatos deportivos con rayas rojas? ¿No te has mirado al espejo? ¿O cuadros con rayas? ¡¡¡Qué horrible!!! – exclama la madre.

A lo que el padre responde con agobio:

– ¡Voy a trabajar a un taller de coches! ¿Se te ha olvidado en qué trabajo?

Y la madre le reprende nuevamente:

– ¡Pero tú no trabajas con esa ropa, es con la que sales de casa para ir al taller y luego regresas por la calle, donde todo el mundo te ve!

– ¡Uf! Marta, como tú digas –exclama el padre, dando por zanjada la discusión. Dar más excusas u opiniones, desencadenaría una larga discusión. Así que, a desayunar rápidamente, luego recoge su chaqueta, sus llaves y se despide con un "hasta la tarde" para salir del paso lo más rápido posible.

Billy también se parece físicamente a su padre, Paul Paperson. Aunque el padre es más rubio, ambos son delgados y tienen los mismos rasgos faciales, en especial una nariz recta y bien delineada.

Billy también tiene algo de su madre: sacó sus ojos color miel.

– ¡Este es mi hijo Billy! Veis, tiene los ojos iguales a los míos –dice a todos con orgullo, a la vez que sostiene la barbilla de Billy con una mano y con la otra, señala hacia sus ojos. Mientras, Billy intenta zafarse de su madre.

Marta Puig Harold, la madre orgullosa de Billy, es una mujer delgada, de estatura media y cabello castaño. De vez en cuando compra revistas de moda. Siempre dice que la elegancia no es cuestión de moda sino de presencia. Salir de compras con ella, es toda una tortura. Siempre es muy exigente para comprar ropa. Ve la calidad, la composición, la caída de las telas y el modo de lavar. Escoge colores combinables y que perduren en el tiempo. Es de las que piensan que la buena ropa cambia o se actualiza con accesorios y así se puede vestir diferente todos los días. Ese es su tema de conversación favorito. Por supuesto, esto no es del gusto de los dos hombres de la casa, quienes se sienten sus víctimas cuando tienen alguna invitación. Ella no permite que pongan un pie en la calle, si no revisa con lupa su ropa y combinaciones. Así es su madre.

*****

Billy y sus padres, viven en una casa grande de dos plantas con amplios jardines, situada en un bonito vecindario llamado Alcaraván. La casa está pintada de blanco, con las ventanas enmarcadas en verde oscuro y en cada una de ellas, cuelgan jardineras con plantas y flores muy bien cuidadas, tal como gusta a la madre de Billy.

La puerta de entrada también es verde con todos los detalles en dorado y a cada lado de la puerta, un macetero con geranios rojos, cuyas flores son las favoritas de Marta. Al entrar en la casa hay una pequeña sala sin muebles pero adornada con una lámpara hermosa, por la que se llega directamente al salón principal donde predominan dos enormes sofás color beige, acomodados en forma de L, con cojines estampados y colores combinados. En el centro, hay una mesa cuadrada de madera, con un pequeño cuenco de cristal, generalmente lleno de caramelos de menta.

En la pared de la derecha, hay un enorme mueble de madera con un televisor, la consola de videojuegos, un equipo de música y espacio para discos, películas, revistas, portarretratos con fotos familiares y otros adornos que su madre cuida con devoción. Detrás de esta pared está la habitación de estudio con un escritorio, un ordenador y una biblioteca con enciclopedias, novelas y otros libros. Y a un lado de la puerta del estudio, está el acceso al garaje de la casa.

Del otro lado del salón, justo a la izquierda, hay una escalera por la que se accede a la segunda planta. Y al lado de la escalera, tras pasar un amplio arco, es el comedor que a su vez se comunica, en forma semiabierta, con una amplia y cómoda cocina.

Al fondo del salón principal están dos grandes ventanales con cortinas de visillo transparentes, por los que se accede al jardín trasero y a una modesta piscina.

La habitación de Billy se encuentra de primera a la izquierda, tras subir la escalera a la planta de arriba. Su habitación es amplia, con dos ventanas verticales cubiertas con estores de color azul marino.

La cama, vestida con un edredón a rayas azules de diferentes tonalidades, está situada en el centro de las dos ventanas. El escritorio y su ordenador están a la derecha de la puerta de entrada a la habitación y a continuación hay una pequeña biblioteca, adosada a la pared. Allí Billy tiene en exposición unas figuras de superhéroes, sus colecciones de cómic, enciclopedias y un sinfín de cosas más, organizadas en cajas pequeñas que su madre compró, ordenándole guardar en ellas todos los objetos pequeños, pues si no... irían directo a la basura. Todo en orden. Esas son las reglas de Marta.

La más amplia de las habitaciones de la casa pertenece a sus padres y queda al final del pasillo; está decorada con colores verde, blanco y negro. Incluye vestidor y baño. A la derecha de la escalera se encuentra la habitación para huéspedes que a pesar de ser la más pequeña, está amoblada cómodamente con dos camas. Al lado hay un baño amplio.

Esta casa fue comprada durante una buena época para la familia. Esto ocurrió cuando Paul Paperson trabajaba como asistente técnico en una constructora internacional. El padre de Billy tenía muy buenos ingresos, puesto que cobraba bonos extras por los trabajos fuera del país. Mientras tanto, Marta dedicaba su tiempo a cuidar de Billy y la casa.

Pero llegó la crisis inmobiliaria y el sector de la construcción cayó. Paul como otros tantos trabajadores, fue despedido. Acudió a todos sus contactos para conseguir un nuevo empleo, pero la situación general obligó el cierre de numerosas empresas dedicadas a esta actividad y tuvo que buscar empleo en otro sector. Mientras tanto, sus ahorros mermaron y se vio en la necesidad de vender entre otras cosas de valor, sus dos coches.

A Paul, la mecánica automotriz se le da muy bien. Aunque había asistido a varios cursos no tiene una titulación profesional, pero sí mucha experiencia con los vehículos y con las maquinarias usadas en la construcción y, por supuesto, con sus propios coches. A través de un amigo, consiguió que lo emplearan como ayudante de mecánico en un taller ubicado en un polígono industrial, en las afueras de la ciudad. Había que seguir pagando la hipoteca y los servicios de la casa.

Luego de algunas semanas trabajando en el taller, el jefe, en conocimiento de la situación económica por la que atravesaba Paul, le ofreció en calidad de regalo, un coche que había quedado abandonado en el fondo del taller y que su antiguo dueño se negó a reparar y a retirar del establecimiento. El coche tenía unos diez años y era de color plata. Había que dedicarle tiempo para repararlo. Pero para el padre de Billy sería un desafío interesante, una distracción y también la solución temporal a tener nuevamente un coche; así que Paul no dudó ni un minuto en aceptar aquel regalo.

*****

Por su parte Marta tuvo la fortuna de conseguir un empleo. Comenzó a trabajar como administrativa en la cadena de cafeterías "Harold's" de su querido tío Lucas, quien necesitaba de alguien de confianza que se encargara del trabajo administrativo que él había ejercido durante tantos años y que al ver, la situación económica de su única sobrina, decidió ofrecerle la oportunidad. Así aprovecharía para dedicar tiempo a sus tres hijos y a buscar nuevas inversiones.

Esta cadena de cafeterías tiene muy buena reputación y ya ascienden a siete a nivel regional en quince años de actividad. La primera cafetería inaugurada sigue siendo la principal, donde está la oficina de administración. Esta se encuentra en el centro de la ciudad, en uno de los bulevares más concurridos y comerciales de la zona. Hay dos cafeterías más en la misma ciudad y el resto en otras ciudades cercanas. Hay bastante trabajo para Marta.

El tío Lucas, es el hermano menor de Doris Harold, madre de Marta. Ambos, tío y sobrina, están muy unidos tras la muerte de los padres de Marta. En aquella época, tras ocurrir aquella tragedia, Lucas, a pesar de su juventud, prometió velar por su querida sobrina por sobre todas las cosas. Y así lo ha hecho hasta ahora.

Lucas Harold no se parece mucho a su sobrina. Es más bien alto y grueso y de ojos negros como su padre. Lucas comenzó en el mundo de la hostelería con apenas veinte años y lo hizo como pinche de cocina. Al cabo de unos dos años, decidió que quería regentar su propio negocio. Con un dinero que tenía ahorrado y algo más que le prestó su suegro, decidió invertir en el traspaso de una vieja y fea cafetería del centro de la ciudad. Continuó trabajando como pinche, mientras reformaba el local con ayuda de un amigo arquitecto, quien tenía mucha habilidad con la decoración. Aprovecharon las vigas principales de la edificación y las viejas paredes de ladrillos rojos, para darle un aspecto rustico y sencillo al conjunto del local. Limpiaron y lavaron muy bien las paredes, evitando así gastos extraordinarios. También reciclaron maderas y otros muebles para completar la decoración. Llegó el día de la apertura y resultó también, el día del comienzo de años de éxito para Lucas.

Los abuelos maternos de Billy, Doris Harold y Elías Puig, habían muerto trágicamente en un accidente de coche en la autopista interestatal, cuando iban a la capital por asuntos de trabajo de la empresa donde trabajaba el difunto abuelo. Esto ocurrió poco antes que Marta y Paul Paperson contrajeran matrimonio. Billy, solamente los conocía por las fotos que su madre conservaba en los álbumes familiares.

*****

El recorrido que hace Billy todos los días desde su casa hasta el instituto, es el camino largo, como él lo llama. Sale de casa y en la próxima calle cruza a la izquierda, recorriendo una vereda desde donde puede ver los patios traseros de las casas a través de las vallas y de los setos cuidadosamente podados. Así como también puede observar piscinas, juguetes, barbacoas, trastos y una cantidad de cosas inimaginables que la gente es capaz de acumular en estos patios.

Ya conoce a cada uno de los perros de los vecinos, a los que saluda con cariño cada mañana. Uno de los que más le gusta es un mastín napolitano color plomo que cada día se emociona al saludar a Billy, como si tuviera mucho tiempo sin verlo.

– ¡Hola, Rebelde! ¿Cómo está mi amigo perruno favorito?

Y Rebelde ladra emocionado, moviendo su cola. Se acerca hasta donde está el chico y apoya sus fuertes patas sobre la valla de madera, mientras deja que Billy lo acaricie. Es casi un ritual para los dos. Luego el chico se despide y continúa su camino. Rebelde parece entender. Cuando Billy le dice "adiós", el perro fortachón regresa a la terraza de la casa y se acuesta nuevamente en su alfombra.

Billy rara vez se encuentra con alguien conocido por ese camino, sólo a los madrugadores deportistas de siempre, quienes trotan y corren por los senderos que llevan hacia un parque en el que abundan árboles frondosos, habitados por inquietas ardillas que constantemente corren y saltan de un lado a otro. Y por supuesto, como en todo lugar donde abundan los árboles, el trinar de las aves llena de música el ambiente natural. Por eso a Billy le agrada pasar por ahí.

Le gusta mucho caminar sobre el césped del parque, disfrutando de ese pequeño espacio natural dentro de la ciudad. Es el sitio ideal para un niño soñador. O para cualquier soñador.

A Billy le gusta aprovechar los días de sol, porque cuando comienza la época de lluvias se complica el paseo matinal, obligándolo en muchas ocasiones, a ir por las aceras principales de las calles del vecindario, en las que tiene que saludar a los conocidos que se encuentre.

–¡Buenos días, señora Troconis! –dice Billy educadamente pero por obligación, cuando se la encuentra por la calle, pues no es de su gusto saludar a los vecinos.

–¡Buenos días, querido Billy! ¿Has desayunado bien? No olvides que el desayuno es la comida más importante del día... ¿Y cómo le va a tu padre en su nuevo trabajo? –quiere saber con mucha preocupación, cada vez que lo ve.

–Pues bien, muy bien... adiós, es que se hace tarde –y Billy apresura el paso con su mochila a cuestas, para evitar que continúe el interrogatorio de costumbre.

La vecina Troconis es una señora de unos sesenta años, cabello negro, más bien bajita y algo rolliza, con hoyuelos en las mejillas y una agradable sonrisa, de cara amable, pero muy preguntona para el gusto de Billy.

– ¿Y cómo está tu madre? ¿Qué tal el trabajo con su tío? ¿Y tu padre, se siente a gusto con ese nuevo trabajo? ¿Y tu padre vendió los coches? ¡Cuánto lo lamento! Y... ¿Qué tal los estudios? ¿Te resultan muy difíciles las matemáticas? Si necesitáis algo, sabéis que podéis contar conmigo...

– ¡Uf! –resopla Billy cuando se aleja–, ¿Es que no se cansa? Cada vez que me ve, me acribilla con las mismas preguntas.

La señora Troconis vive sola en la casa cincuenta y nueve, la cual tiene el jardín más frondoso, floreado y bonito de todo el vecindario. Nunca le han conocido a ningún familiar. O al menos, Marta nunca ha preguntado. Es una buena vecina, eso es indiscutible, colabora con todos. Siempre está con una enorme sonrisa saludando a todo aquel que pasa frente a su casa, mientras ella se afana en mantener hermoso su jardín, aún más de lo que ya está. Es, tal vez, hasta demasiado amable pues prepara unas galletas de mantequilla muy apetecibles y las regala a los niños pequeños. Eso no lo hace ninguna otra vecina. Por esta razón, Marta siempre pide encarecidamente a Billy y a Paul que tengan un poco de consideración al encontrarse con ella, ya que deben comprender que no tiene con quien hablar. ¡Pobre señora! Nada cuesta responder con amabilidad.

Apenas una semana atrás, en la casa de Billy, habían tenido una discusión por ese mismo motivo:

– ¡Sí tiene con quien hablar! Yo siempre la veo hablando con sus plantas y con sus mil gatos... yo creo que está mal de la cabeza...

– ¡Billy, por favor! Respeta un poco... –reclamó la madre.

– ¡Marta! Yo también la he visto... me causa gracia cuando riñe a uno de sus gatos, el gato peludo gris y blanco que creo que se llama Pelusa... le habla como si fuera un niño desobediente – comentó Paul a su mujer.

– ¿Cuál gato? –quiso saber Marta.

– Es el que siempre se escapa y destroza las plantas y las flores a la vecina del número sesenta y uno, del otro lado... – respondió Paul, haciendo gestos.

– ¡Cierto! Le dice que tiene que respetar a los vecinos y a sus propiedades, como si el gato entendiera eso –intervino Billy riendo, agregando de inmediato–, tiene también una gata blanca, llamada Ágata que siempre está en el techo de la casa mirando hacia la calle. Y la otra que es tricolor, se llama Mishu y para mí, es una espía mandada por la señora Troconis. Se pasea por lo alto de los muros de las demás casas y observa sigilosamente a la gente y...

– Billy, creo que estás exagerando... –reclamó su padre en voz alta, cortando así la compulsiva verborrea de su hijo.

– ¡Uf! Creo que estoy perdiendo mi tiempo con vosotros. ¿No pueden ser un poco más serios con este tema?

– ¡Mamá! ¿Pero qué pretendes que piense de una señora solitaria con tantos gatos?

– ¡Nada! ¡Absolutamente nada! Tienes que respetar y ya... – ordenó su madre de manera enfadada, dirigiéndose a su habitación, indignada por la actitud de Paul y de Billy.

Ambos no pudieron evitar reír entre dientes y gestos, ante el enfado de Marta.

– Bueno, ya basta de chanza. Creo que debemos seguir las órdenes de tu madre. En realidad la señora Troconis me cae bien; pero tienes razón en eso, es raro que tenga tantos gatos y hable con ellos, como si fueran personas. Quizás, por no tener familia... ¡Quién sabe! –expuso Paul, encogiéndose de hombros.

– Sí, es raro... es que parece que los gatos entienden y obedecen. ¡Hasta le responden! Hay uno que le dice miauuuuu, miau miaumm... y mueve la cabeza de un lado para otro y...

– ¡Ya Billy! No te pases. Se acabó la conversación...

*****

Ese día de su cumpleaños, el cielo había amanecido totalmente despejado, con un hermoso y brillante azul, con agradable temperatura y poca brisa. Es uno de esos días ideales para salir a pasear en bicicleta o para realizar cualquier actividad al aire libre.

Pero había que ir al instituto. ¡Qué aburrimiento! Pensó Billy, mientras caminaba.

Billy, luego de atravesar el parque como todos los días, cruzó la calle y accedió por un callejón de una zona comercial y cercana al instituto, para cortar camino. Recién había entrado al callejón lateral entre dos comercios, cuando algo lo golpeó fuertemente en la cabeza.

Gritó de dolor y se giró para ver quién o qué lo había agredido. No había absolutamente nadie. Sólo cubos y contenedores de basura. A esa hora ni siquiera había coches aparcados, pues las tiendas abrirían más tarde.

Percibió que lo rodeaba un silencio absoluto y un olor de madera quemada. El susto lo paralizó. Empezó a sudar.

Siguió observando a su alrededor y vio en el suelo un pequeño palo de madera un tanto torcido y con uno de los extremos en forma de punta, como si hubiesen usado un afilador especial para ese tamaño, tal como a un lápiz. Pero este sería un lápiz muy grande y rústico, pensó de inmediato. No, no podía ser pues no tenía grafito. Mediría unos treinta centímetros y era de madera oscura o quemada y tenía en la punta pintura color plata.

Billy continuó muy asustado, el corazón le latía de tal manera que parecía salir del pecho. Continuó mirando de un lado a otro. Miró hacia arriba sin entender lo que acababa de ocurrir.

Miró y remiró hacia todos los lados. Y nada. No vio nada extraño ni a nadie.

Estaba a punto de echar a correr, temiendo que alguien o algo lo atacaran, cuando sintió curiosidad por ese pequeño palo. Tenía

41

que ser eso lo que lo había golpeado en la cabeza, pues en realidad, Billy no había visto nada más en el callejón.

Se agachó para observarlo bien, antes de decidir tocarlo. Manteniéndose alerta ante lo que pudiese ocurrir a su alrededor decidió tocarlo con el dedo índice. Estaba algo caliente. Pero no pasó absolutamente nada. Lo empujó hacia un lado y luego hacia el otro lado. No ocurrió nada tampoco.

Se animó y lo recogió con cuidado. Se levantó y lo volvió a observar dándole vueltas entre sus manos. ¿Qué podía ser aquello? ¿Para qué podría servir? Billy tuvo la impresión que había caído del cielo. Continuó observándolo con detenimiento y su forma le recordó a las varitas mágicas de las películas.

– ¿Qué podrá ser esto? —se preguntó a sí mismo, en voz alta.

Miró nuevamente de un lado a otro y seguía estando sólo. Intentó recobrar la calma. Pensó que era sencillamente un accidente y no debía dejarse llevar por el temor.

En ese instante, comenzó a sonar la alarma de su reloj y dio un salto del susto. Faltaban cinco minutos para la hora de entrar a clase. Guardó de forma automática su hallazgo en la mochila y echó a correr hacia el instituto, pues no quería que lo sancionaran por llegar tarde y menos el día de su cumpleaños.

Algo perdido

Itzigorn no dudó en comenzar a reprender a sus nietos. Estaba realmente enfadado; estaba consternado, estaba impactado... ¿Pero qué pasa con sus nietos? Sus hijos nunca se habían comportado de esa manera, a pesar de la falta de una madre, siendo tan pequeños. Itzigorn no lo comprendía. Por ello, riñó a sus nietos de manera compulsiva sin medir que les decía. Sus alumnos estaban asombrados, pues nunca habían visto a su maestro perder la compostura. Era realmente incómoda la situación.

Sortudo, a su lado, no hablaba. Peor, no lo escuchaba, estaba muy impactado por la desaparición de "aquella" varita mágica. Él, reconoció la varita como una de las pertenecientes al mago más legendario del reino y bisabuelo del actual maestro Itzigorn: el famoso maestro mago real Burktfénix.

El joven aprendiz recordó en esos instantes, algunas cosas que decían de sus historias y aventuras, como las opiniones de algunos, afirmando que todo lo relacionado con Burktfénix era más fábula que realidad o que, había sido más un charlatán encantador que un verdadero mago.

Realmente Burktfénix fue un personaje intrigante y con un halo de misterio dentro de la propia historia de la magia de su reino. Hay personajes sobre los que se tejen muchos rumores y este, definitivamente era uno de ellos. Sortudo suponía que había más historias y objetos mágicos relacionados con él, escondidos en algún lugar. Tal vez, en ese lugar al que acudía Burktfénix cuando desaparecía de Villavalle por días y noches y nadie, ni siquiera su familia, sabía dónde estaba, según algunas leyendas.

Por esa razón, Sortudo era de la opinión que todo lo que tenía que ver con él, había que tratarlo con mucho cuidado. Pero no porque le causara temor; al contrario, todo esto aumentaba su curiosidad sobre este personaje. No perdía la esperanza de que algún día tendría la oportunidad de saber mucho más sobre Burktfénix. Tal vez, esta era la oportunidad propicia para satisfacer su curiosidad sobre lo que verdaderamente hizo famoso a este mago.

*****

– ¿De dónde sacasteis esa varita? –requirió furioso Itzigorn.

– De un cofre azul que está allí, en el fondo junto a un montón de cosas viejas –contestó Pix en tono tembloroso, con los ojos desorbitados del susto y señalando con el dedo, hacia el lugar de donde la había cogido sin permiso.

– Yo no he sido... ni siquiera me he movido de la silla tal como vos nos ordenasteis. ¡Fue él! Y me ha hecho mucho daño... ¡Castigadlo solamente a él! –intervino lloriqueando, el adolorido Leroy.

– Yo sólo quería... –intentó Pix dar una explicación al abuelo.

– ¡Ya basta! No quiero oíros a ninguno de los dos...

Pix, sólo pretendía molestar a su hermano. Nunca se imaginó que algo así, pudiera ocurrir. Le ardían las manos por culpa del calor generado por la varita. Realmente se sentía confundido y aterrado.

Ambos niños miraban y soplaban sus manos quemadas y enrojecidas. Mientras tanto, por sus mejillas corrían grandes lágrimas de dolor y también de miedo, pues nunca habían visto a su abuelo tan enfadado.

Los alumnos, ante tan incómoda situación y en absoluto silencio, optaron por comenzar a recoger y ordenar todo lo que había volado y caído al suelo, tras el extraño acontecimiento.

Los niños continuaban gimoteando. Los presentes, desconocían si lloraban más por el dolor en las manos o por la reprimenda del abuelo.

Itzigorn sintió desfallecer sus piernas, sintió que su corazón y su cabeza iban a estallar, se acercó a una silla y se sentó apoyando los codos y los antebrazos sobre las piernas, mientras bajaba la cabeza. Estaba totalmente desmoralizado. Aturdido a tal grado que no lograba centrarse en nada. Un sudor desagradable inundaba su cuerpo. Sus nietos, sus propios nietos hacían todo lo contrario a lo que él, el maestro mago, enseñaba y exigía a sus alumnos.

Debía centrarse. Debía calmarse para poder resolver esta desagradable situación. Así que inspiró con fuerza y comenzó a recordar cierta información, tratando de atar cabos, para comprender lo sucedido.

De acuerdo con sus conocimientos y experiencia, cuando un mago no había entregado su varita a un sucesor y este moría, la varita perdía su poder mágico. Así de sencillo. Y hasta donde él tenía memoria, Burktfénix no había legado ninguna de sus varitas a nadie.

No sabía por qué, pero no había dejado sucesor para sus varitas.

¿Qué había pasado con la varita? ¿Cómo desapareció ante todos? ¿Todavía conserva la magia? ¿Cómo recobró el poder "esa" varita en manos de Pix? De repente, sintió un escalofrío que le recorrió todo el cuerpo y se preguntó lo más grave de la situación: ¿Cómo recuperaría la varita? Era su total responsabilidad. ¡Por todos los dioses! ¿Qué debo hacer? Volvió a preguntarse...

Para alivio de Itzigorn, el primer aprendiz Sortudo salió de su silencio y comenzó a dar órdenes para intentar volver a la normalidad. Indicó discretamente a los alumnos que terminaran de ordenar y que luego, se sentaran alrededor de la mesa de trabajo. Ordenó a los nietos del maestro en voz firme y baja, que se quedaran sentados, que no tocaran absolutamente nada más, pues él los estaría vigilando. De lo contrario, tendrían que atenerse a las consecuencias. Los niños se dieron cuenta de inmediato que con aquel aprendiz no podían jugar, solamente con su mirada, estos se echaron a temblar.

Por último, se dirigió al maestro con todo respeto y seriedad:

–Señor, creo que la situación es delicada. He reconocido la varita como una de las de vuestro antecesor mago Burktfénix, y presiento que usted también, por lo que tenemos que recuperarla lo más pronto posible.

– Sí, estáis en lo cierto... era una de las varitas pertenecientes a Burktfénix.

– Señor, hemos sido testigos de lo que acaba de ocurrir y tal vez, sea conveniente que ayudemos en la solución del problema, como una forma de aprender lo que se debe o no se debe hacer, en este distinguido oficio. Maestro, tened por seguro que todos ayudaremos a investigar cómo recuperar la varita, contad con que no estáis solo en este mal trance. Y como vos decís, "todo tiene solución".

Itzigorn, a pesar de su aturdimiento, se percató de la seguridad y seriedad de su aprendiz, de cómo había puesto orden ante la situación y en especial, en cómo se había dirigido a sus nietos sin ninguna contemplación. Sintió un sincero orgullo por su primer aprendiz.

– Gracias por vuestro apoyo Sortudo. Sí, acepto vuestra sugerencia, es lo más conveniente en estos momentos.

– Maestro, los niños tienen las manos quemadas... ¿Me ocupo de curarlos?

– ¡No! ¡Dejadlos así un buen rato, para ver si aprenden de una vez a comportarse debidamente!

– Como vos ordenéis. Maestro, por favor, pasemos entonces a la mesa de reuniones para comenzar a planificar los próximos pasos.

Con un asentimiento de cabeza, el maestro mago se levantó lentamente, pues todavía se sentía desconcertado con la situación, y se dirigió hacia la mesa, donde ya sus alumnos habían ido tomando asiento y lo esperaban.

Itzigorn no lograba sacarse de la cabeza aquel fenómeno indescriptible, en el que había desaparecido la varita y al que él, no podía dar una explicación conocida. ¿Cómo era posible que hubiese ocurrido algo así? Nunca, en todos su tiempo de experiencia, había presenciado un fenómeno ni tan siquiera parecido al que acababa de ocurrir. Nunca había leído ni escuchado algo acerca de un fenómeno tan radical. Aquel torbellino dentro de la estancia sin que nadie lo conjurara. Aquel extraño globo acuoso con pequeños rayos como los de las tormentas, pero de tal potencia que encandilaron a los presentes.

Y para mayor colmo, sus nietos. Siempre sus nietos metidos en líos, provocando desconcierto y caos a todos los que los rodeaban. El maestro nunca había tenido un momento tan difícil en su vida, había perdido el control y la autoridad sobre sus nietos, delante de todos sus alumnos. Sus sentimientos se habían descontrolado, había vociferado sin moderarse y eso, lo hacía sentirse muy abrumado.

Sortudo nuevamente tuvo el acierto de tomar las riendas del asunto, sin restarle autoridad al maestro.

– Compañeros aprendices, lo que acaba de ocurrir es de extrema importancia. Lo que ha desaparecido es una varita mágica. Mas, no es una varita cualquiera. Es una de las varitas pertenecientes al famoso maestro y mago Burktfénix, bisabuelo de nuestro maestro, aquí presente.

– ¡Guau! –se oyó expresar con asombro al pequeño Remigius.

– ¡Shsss! –lo increpó Thorosky por su demostración de asombro.

– Mi bisabuelo, el mago Burktfénix poseía varias varitas y tengo que averiguar cuál de ellas es la desaparecida, para buscarla con más precisión. Por favor, os ruego que lo que ocurrió aquí hace unos momentos, no sea relatado a nadie. Recordad que una de las primeras y más importantes premisas de un mago, es saber guardar un secreto.

– Creo que el maestro necesita de nuestra colaboración para investigar cómo recuperar la varita. Es preocupante que caiga en manos inexpertas –apuntó Sortudo.

– Puede que tengas razón Sortudo, es una oportunidad única de estudio mágico que se nos presenta y debemos aprovecharla. Así, igualmente os digo, si no queréis participar, respetaremos vuestra decisión –sugirió el maestro. Y a continuación preguntó–. ¿Quiénes deseáis colaborar por libre voluntad?

Hoobers fue el primero en levantar la mano en señal de voluntario. A continuación, se sumaron todos los demás. Ninguno de los jóvenes aprendices pretendía irse. Ninguno se perdería el desenlace de aquella historia. Todos se quedaron en su silla. Se miraron entre ellos y asintieron con la cabeza, en señal de estar de acuerdo con lo propuesto por su compañero Sortudo.

Itzigorn, ya algo más recuperado y viendo que todos estaban atentos a él, tomó nuevamente la palabra y se dirigió a los alumnos de los primeros cursos:

– Jóvenes, primeramente os presento mis disculpas por haber tenido que presenciar tan desagradable momento. De veras, lamento mucho lo sucedido, lamento involucraros en todo esto. Así mismo, agradezco contar con vuestra ayuda. En esta inesperada circunstancia, debemos planificar la estrategia a seguir. Digo "debemos", porque todos podemos exponer nuestras ideas al grupo. Todas las sugerencias son importantes, tanto para ser tomadas en cuenta como para ser descartadas. A veces, las ideas que se descartan, sirven para fortalecer el camino al objetivo. No os agobiéis, vosotros sois jóvenes y nuevos en esto de la magia, toda observación es bienvenida a la solución del problema – expuso el maestro al atento grupo.

El joven Uwe del tercer curso, levantó la mano para pedir la palabra:

– Maestro, cuente incondicionalmente con nosotros...

– Gracias aprendiz Uwe, me reconforta vuestro apoyo.

50

—Maestro, disculpe la intromisión, ¿cómo haréis para que sus nietos no comenten lo sucedido? —intervino Hoobers.

—Yo ya me encargaré de ellos. Esto que ha ocurrido hoy no tiene comparación con sus travesuras de costumbre; han sobrepasado todos los límites —aseguró el maestro rápidamente, mirando seriamente a sus dos nietos.

Todos giraron hacia los dos hermanos. Estos se mantenían inmóviles en sus sillas, con caras de susto. Nadie dijo nada. Las miradas reprobatorias eran más que suficientes. Ambos niños bajaron la vista, conscientes de la gravedad de lo que habían hecho.

Itzigorn continuó explicando cuales serían los primeros pasos, solicitando voluntarios para cada deber.

—Lo primero, traer a la mesa todas las pertenencias de mi bisabuelo Burktfénix, en especial sus varitas que en total son cuatro. ¿Quiénes os encargaréis de eso? —solicitó a continuación, mientras Wanda, Orson y Eva comenzaban a levantar sus manos en señal de disposición.

—¿Y segundo? —intervino ansioso Thorosky.

—Reunir todos los libros, manuscritos o notas relacionadas con Burktfénix, escritos por su propio puño y letra o sobre él. Los necesitamos para poder comenzar a investigar todo lo concerniente a las varitas que le pertenecieron.

—¡Cuente con nuestra ayuda, maestro! —afirmó Hoobers muy dispuesto, mientras se levantaba y se dirigía hacia la biblioteca.

—Y lo siguiente, debo convocar a los dos únicos ancianos magos que quedan vivos de la antigua y desaparecida corriente Burktfeniana, a una minuciosa charla. ¡Esa será una conversación realmente esclarecedora! Necesito urgentemente de sus conocimientos y por tanto de sus consejos –manifestó resignadamente.

– Maestro, id presto sin mirar atrás. Mientras tanto, vamos a investigar y a organizar las fuentes que arrojen luz en este caso – aseguró Sortudo, muy comprometido con el encargo.

Itzigorn se puso en pie y se dirigió a la puerta. Miró por un momento a sus nietos. Los niños ni levantaron la mirada. No eran capaces de mirar a su abuelo a la cara. Y el mago, por su parte, no tenía ganas de decirles nada más. Así que salió de la escuela para ir primeramente a buscar al retirado mago Athanasius, con quien siempre había tenido muy buenas relaciones de amistad y de trabajo.

*****

La casa de Athanasius queda hacia la zona baja del valle, donde se encuentra emplazada parte de la ciudad capital. Itzigorn quería darse prisa, pues mientras más rápido contactara con él, más pronto regresaría a la escuela con alguna respuesta.

Itzigorn emprendió la marcha buscando la ruta sur del mercado, con la cual evitaría la congestión provocada por los compradores y por los vendedores con sus carretas, sus puestos y las mercancías expuestas desordenadamente por toda la plaza y por las calles aledañas, con la intención de mostrar el género a los posibles compradores.

Mientras caminaba presuroso, recordaba los buenos momentos que había compartido hacía mucho tiempo atrás con el maestro Athanasius, cuando este acudía a la escuela para colaborar en las clases impartidas por su maestro y padre Romer. Itzigorn consideraba a Athanasius un mago digno de admiración, no sólo porque había sido amigo de su padre, sino porque era un hombre elocuente, ocurrente y divertido. Enseñaba con una facilidad innata, realmente envidiable. Sabía de magia, sabía de la vida, sabía del trabajo. Era reconfortante compartir temas con un hombre tan sabio y tan comprensivo.

Itzigorn aceleró un poco más el paso y, tal y como lo había previsto, pudo desplazarse por la zona externa del mercado con gran rapidez. Atravesó las callejuelas empedradas y una pequeña plaza, cuyo centro tenía una fuente peculiar por la que salía agua de los picos de tres patos, finamente tallados en mármol. Saludó rápidamente a unos cuantos vecinos durante el último trayecto y en pocos metros, estaba frente a la casa de Athanasius llamando a la puerta.

*****

Mientras el maestro mago Itzigorn iba en busca del mago Athanasius para solicitar su ayuda, Pix y Leroy continuaron inmóviles en las sillas de la estancia de la escuela de magia. Se miraban las manos y, una que otra vez, las soplaban tratando de aliviar el ardor. Veían de reojo al aprendiz Sortudo, quien a pesar de estar atareado con el resto de los alumnos buscando información, no dejaba de vigilarlos.

El resto de los alumnos mantenía un ir y venir cargando cajas, libros y artefactos, organizándolos según consideraban su relación y relevancia en la pronta solución de este embrollo. Los alumnos más avanzados se dispusieron rápidamente a leer e ir anotando a la vez, lo que consideraban más importante. Había que buscar casos similares, si es que los había, en los libros de grandes acontecimientos mágicos, o en estudios y experimentos relacionados con magia como encantamientos, fórmulas, hechizos y contra hechizos.

Parecía interminable lo que tenían por delante, pero había que empezar por algo.

– ¡Escuchad, compañeros! Acabo de leer algo interesante sobre unos viajes a otros mundos realizados por Burktfénix y un ayudante extranjero –comentó Uwe al grupo.

– ¿Y qué es lo interesante de ese texto? – demandó la aprendiz Ada del segundo curso.

—Según esto, el mago Burktfénix viajó a otros mundos, comenta quien lo describe pero que no está identificado en el escrito. Explica que el primer viaje lo hizo por error y tardó mucho en regresar; no especifica cuánto tiempo le llevó la experiencia. Pero afirma que a su regreso, fue cuando conocieron a su extraño ayudante extranjero. Describe brevemente lo que el mago viajero relató sobre cada mundo que visitó, y hace hincapié en un mundo en particular al que fueron varias veces y en el que visitaron diferentes lugares y en distintas épocas. El mago Burktfénix lo llamaba el planeta azul, según esto —continuó Uwe.

—¡Vamos Uwe, eso suena a charlatanería! ¡Pamplinas! Pura fantasía —replicó Ada.

—Solamente pretendo compartir información que puede ser relevante —se defendió el joven.

—¿Sin autor? Dudo de su veracidad —opinó Eva.

—¿Y en qué nos ayuda? Lo que necesitamos es un hechizo para revertir la desaparición de la varita, quizás no está visible y nada más —replicó nuevamente Ada.

—Lo que no entiendo es, ¿cómo estáis seguros de que la varita era de ese mago y no de otro? Hay muchas varitas antiguas guardadas en esta estancia... —protestó Eva, levantando brazos y manos.

Sortudo, quien escuchaba atentamente, intervino en la conversación:

—Sabemos que es de Burktfénix por la punta, todas sus varitas tenían la misma punta trabajada y laqueada en plata. Ningún otro mago personalizó sus varitas de esa manera. Y quiero acotar que Uwe tiene razón, tal vez esos relatos nos lleven a encontrar la clave de donde se encuentra la varita. Recordad que todo es importante y debemos corroborar la información, para poder encontrar y recuperar la varita.

—Entonces... ¿Creéis que la varita pudo ir a ese mundo que se describe...? —quiso saber Remigius.

—Creo que estamos perdiendo el tiempo. Debemos encontrar la varita. No descubrir si Burktfénix viajó a otro mundo —reclamó Ada, sin tomar en cuenta la pregunta de su compañero Remigius.

—Pues yo creo que sí es importante, porque lo que no sabemos es si esa varita fue la utilizada para viajar a otros mundos... Burktfénix tenía que utilizar algún artilugio mágico para hacer esos viajes y lo más mágico que existe en este mundo es una varita... ¿O no? Y todos hemos presenciado la desaparición de la varita... ¡La varita se fue! ¿A dónde? No lo sabemos... tiene que estar en algún lugar fuera de aquí... ¿O me equivoco? —intervino Uwe rápidamente, defendiendo con fervor su teoría.

—Cierto, no lo sabemos —afirmó Hoobers pensativo.

—Ciertamente... no lo sabemos, y es posible que el maestro Itzigorn sí, pero no vamos a esperar a que regrese para que nos ilustre. Por algo nos pidió ayuda. Hay que seguir buscando información, porque lo que Uwe acaba de leer no es una fuente original, son notas de alguien que habla del mago Burktfénix, pero lo importante es que nos ha dado pistas sobre sus andaduras —expuso Sortudo con vehemencia.

—El maestro no nos pidió ayuda, vosotros se las ofrecisteis —replicó Ada.

—Creo que no es el momento para diatribas, además el maestro preguntó claramente quien deseaba quedarse a ayudar, sin pretender juzgar a quien no quisiera —razonó Sortudo con desagrado, pero manteniendo las formas.

—Pero el maestro debería saberlo... —intervino Eva en voz baja y con cierta suspicacia.

– Sigo sin comprender... el mago Burktfénix era bisabuelo de nuestro maestro, entonces es su heredero natural... ¿Cómo no sabe que pudo pasar con la varita? ¿Cómo es posible que no pueda revertir lo que sucedió con un simple conjuro? –insistió Ada, insatisfecha con lo que estaban haciendo.

– Creo que estáis siendo muy dura con el maestro –recriminó Uwe a su compañera.

– ¿Dura? Es que no comprendéis que él es el maestro y es descendiente directo de Burktfénix... y si no lo sabe él... ¿Quién más puede saberlo? –replicó nuevamente Ada, con mucha impertinencia.

– Si pensáis así, entonces ¿Para qué os quedasteis? –preguntó crispado el joven Uwe.

– Para colaborar, para saber qué ha sucedido...

– ¿No os bastó presenciar el agobio del maestro? Es más que evidente que no sabe qué pasó con la varita, tenedlo por cierto. Esto es muy serio. El maestro es muy sabio pero no es un dios. Y vuelvo a repetir: así Sortudo propusiera la idea, por algo el maestro nos pidió que buscáramos todo sobre su bisabuelo. No hagáis preguntas ni comentarios que no ayuden a resolver este misterio. Todo tiene su razón de ser –concluyó Hoobers para acallar a la perspicaz joven y calmar a Uwe, quien estaba a punto de perder los estribos ante los comentarios de Ada.

– Sortudo... –intervino Remigius oportunamente–, dime la verdad, ¿vos creéis que Burktfénix viajó a otros mundos?

– Todo es posible en el mundo de la magia. Y aunque no me consta, no puedo darlo por imposible. Creo en que viajó... ¿A dónde? No lo sé exactamente. Pero de lo que sí estoy seguro es que viajó.

56

La estancia quedó en silencio por unos instantes. En las mentes de los jóvenes aprendices, se desarrollaban luchas para comprender y solucionar el problema en el que debatían. Para algunos era una competencia. ¿Quién sería el primero en descubrir la verdad? Mientras, otros sentían y pensaban que no eran capaces de ayudar en nada.

– Lo siento, pero yo no entiendo nada de nada, la verdad que no sé qué hacer. ¿Podré ayudar con algo? –requirió Thorosky, algo desanimado al no saber qué hacer.

– Claro que sí, por los momentos ordenando en aquella mesa, lo que se vaya desechando por ser menos importante para el caso que nos ocupa –sugirió Sortudo.

Y viendo la expresión que embargaba a Thorosky, le dijo a continuación con voz comprensiva:

– Veo en vuestra cara decepción por no comprender lo que aquí se plantea, no os agobiéis. Ahora, no entendemos lo que ha pasado y por eso estamos trabajando con tantas dudas. Pero eso es parte de nuestro trabajo. Lo importante es no juzgar, pues no somos quién para hacerlo y la decepción no ayuda. Hay que tener la mente abierta a todo. Debemos ir desechando las dudas para encontrar explicaciones y soluciones, como en muchas otras cosas o situaciones que se nos presentan a diario.

– ¿Y el maestro de veras no sabe nada? –insistió Remigius, desconcertado aún por el enfrentamiento entre Uwe y Ada.

– Pronto habrá tiempo para que aclaremos con calma todo esto. ¿Os parece bien? –preguntó Sortudo al grupo, mientras apoyaba su mano sobre el hombro del frustrado Thorosky, buscando darle ánimo.

– Sí, me parece bien. Aunque sigo sin entender lo que pasa, quiero que sepáis que me satisface mucho poder ayudar en algo –

expresó Thorosky, con cierto alivio por haber expresado lo que sentía y por la comprensión brindada por Sortudo.

Eva, fiel compañera de Ada, comentó con incredulidad retomando el tema:

—Apreciados compañeros, insisto: por los momentos debemos partir del hecho de que no tenemos pruebas de esos viajes por más relatos que leamos. Y lo siento, pero no creo que sea el camino a seguir.

—No pretendemos darle prioridad a ese tema, sólo debemos tener claro que hace parte de la vida del maestro Burktfénix y, es posible que pueda ayudarnos a localizar la varita —expuso Hoobers su punto de vista.

—Si tanto os molesta lo que he dicho, buscad una solución —contrarrestó Uwe, realmente enfadado.

—Compañeros, ¡por favor! Recordad que estamos aquí para buscar información y plantear hipótesis, no para alinearnos en bandos —respondió Sortudo, consciente de la actitud de sus controversiales compañeras, quienes indudablemente tenían derecho a plantear sus dudas.

—Ya veremos... —comentó Ada en voz baja, con un dejo de inconformidad.

Mientras, Sortudo continuó justificando su postura al relatar que gracias a Burktfénix, el rey Arnaldo, bisabuelo de la actual reina, mandó a construir los acueductos que actualmente surten de agua limpia a la ciudad, así como también el alcantarillado y las canalizaciones de agua que se encuentran bajo tierra para el desecho de aguas de lluvia evitando inundaciones dentro de la ciudad. Otro ejemplo de sus aportes, fue la construcción de fosas sépticas, para de esta manera evitar que continuaran las epidemias, enfermedades y muertes que durante mucho tiempo azotaron el reino. Otro gran aporte de Burktfénix fue la creación del noble vidrio con el cual se han fabricado los vasos con los que se hacen muchos de los experimentos en el laboratorio de la escuela. Y así como esto, otras recomendaciones e inventos fueron transmitidos por el mago Burktfénix al rey, luego de sus famosos viajes.

—Entonces, por lo que acabáis de relatar, ¿estáis totalmente seguro que hizo viajes? —inquirió Orson mirándolo con cierta aprehensión, sonrojado por intervenir en la discusión.

—Pues... sí. Tal como acabo de responder a Remigius. Yo lo creo.

—¡Vaya! Yo a eso lo llamo parcialidad... y ¿sabéis algo más sobre esos misteriosos viajes que podáis explicarnos? —interrogó Ada, manteniendo su postura.

—Ya os he dicho que es poco lo que yo sé. Muchos creyeron que viajó simplemente a otros reinos, pues la idea de viajes a otros mundos no convence totalmente... Pero yo, particularmente, no puedo dejar de valorar que ninguno de los reinos de nuestro mundo, tiene tantos adelantos como los que proporcionó Burktfénix al nuestro. Luego, otros reinos han copiado nuestros adelantos y de eso si hay constancias...

—Ciertamente. Yo he tenido el privilegio de leer sobre la importancia y el buen ejemplo que ha dado nuestro Reino del Ángel Azul a los demás reinos de nuestro mundo y en especial al reino de mis padres, el Gran Reino Blanco —agregó Uwe con mucha determinación.

—Y si algo he aprendido en esta escuela, es que no debemos creer que lo sabemos todo. Siempre hay algo nuevo que aprender —afirmó Sortudo concienzudamente, mirando específicamente a Ada, quien seguía con una actitud intransigente.

La mayoría de los jóvenes asintió con la cabeza ante lo que expresó el primer aprendiz, quien cada vez más, se ganaba el respeto de todos sus compañeros por su mente clara y sus juicios justos.

—Sortudo, aquí tenemos las otras tres varitas en estos cofres —informó el pequeño Remigius, mientras abría cada uno de los cofres.

—¿Y para qué tenía tantas varitas? —preguntó Wanda viendo los cofres abiertos.

—¿Puedo responder yo? —consultó Uwe a Sortudo.

—Os sedo el honor, estimado compañero...

—Wanda, en realidad deberíais preguntar ¿por qué? Pues bien, en realidad era por una cuestión de honor y, por ende, de fama. Los artesanos con mayor reputación de su época pretendieron que Burktfénix utilizara una varita fabricada por ellos, eso les daría prestigio. Burktfénix no podía negarse a aceptar semejantes regalos. Eso lo hacía importante pues todos querían expresarle su reconocimiento como mago. ¿Entendéis ahora el motivo de tantas varitas? —preguntó Uwe con mucha seguridad, mientras observaba los cofres.

—Sí, ya entiendo cuan complicado es todo esto... —respondió la pequeña aprendiz, aunque en realidad seguía muy confusa con todo aquello.

—En definitiva, hay que indagar más en todas las teorías, así como también en la de encontrar un posible hechizo que nos devuelva la varita para poder llevarla a un resguardo más seguro... y por cierto, ¿dónde está el cofre azul? —preguntó rápidamente Sortudo.

—¡Aquí maestro!... perdón, ¡eh, Sortudo! —corrigió Orson sonrojado, entregándole el cofre azul con detalles dorados.

Todos sonrieron al ver a Orson enrojecer como una manzana, por su confusión.

—Sortudo, creo que deberíais probar si esas varitas funcionan, para así comprobar que tan cierta es esa teoría, por las cuales las varitas que quedan guardadas o no cedidas, pierden su poder mágico —sugirió el inquieto Hoobers.

—Pues no. Eso sería una gran imprudencia. Eso debe hacerlo el maestro Itzigorn. Es a él a quien le corresponde. Así que lo mejor por ahora, es que continuemos con nuestra búsqueda sobre el papel...

*****

Sortudo junto a Orson y a Wanda, se dedicaron a observar y detallar el cofre azul. Valiéndose de unas enormes y toscas lupas, buscaron un mínimo indicio o pista que les diera una clave de cómo identificar o recuperar la varita. Mientras tanto, Uwe y su compañero Hoobers continuaban tomando nota de los viajes a otros mundos, con la esperanza de encontrar algo con que ayudar a resolver ese enigma.

Pronto sonó el antiguo y mágico artilugio que mide el tiempo y que está en la estancia de la escuela de magia desde su fundación. Es un artefacto muy antiguo y raro, que indica los momentos de comenzar y de finalizar la clase, así como cualquier otro momento que el maestro quisiera indicar especialmente, como la finalización del tiempo dado para algún experimento o para algún examen.

A pesar del sonido estridente del reloj, ninguno de los aprendices hizo el menor amago de moverse de su silla. Todos, de una forma u otra, estaban comprometidos con ayudar a solucionar el problema.

Sortudo revisó el cofre azul y no vio ninguna identificación ni seña que lo ayudara a identificarla. Pero sí observó un polvillo color plata en la superficie aterciopelada del fondo del cofre. Estaba ante un claro indicio de que esa varita, era del tipo "Intranquilus". Según algunos, el nombre se le dio porque tienen "vida propia".

Extraña descripción para un objeto. Todas las de su tipo provenían de un lugar común llamado Aldea Brillante, pequeño poblado ubicado en el corazón del gran Bosque Violeta, al noroeste de Villavalle.

De inmediato, Sortudo revisó los otros cofres para determinar si estaban identificadas las varitas que en ellos se encontraban. No quería equivocarse quería ir descartando pruebas. El cofre marrón contenía la varita Lindana, cuyo nombre estaba grabado en su interior. El cofre color naranja tenía un rotulo externo que dice Amanda. Y por último, el blanco contenía una varita con pequeños agujeros como los de una flauta y en cuyo lateral decía Cantarina.

– Thorosky por favor, lleva estos cofres con sus respectivas varitas a la mesa, donde estamos dejando lo irrelevante –solicitó Sortudo a su compañero.

– ¡Con todo gusto! –confirmó presto el aprendiz, emocionado porque estaba colaborando.

Sortudo, siempre prudente, buscó un viejo texto del mago Crumforex para confirmar sus conocimientos sobre el origen de la varita desaparecida. Tenía que estar seguro antes de hablar con sus compañeros, así que procedió a leer.

Las varitas conocidas como "Intranquilus" habían sido fabricadas por unos enanos talladores y escultores por petición del mago llamado Crumforex, en la misma época en que vivió el mago Burktfénix.

La madera utilizada fue la de un único, pequeño y extraño arbusto que creció en la plaza principal de Aldea Brillante, justo al lado de una fuente donde los pobladores recogían agua.

Este arbusto, según las historias, provocaba encantamientos a todos los que se acercaban, fueran personas o animales. Según los relatos, hubo un niño, quien jugando con unas piedras, se acercó al arbusto y en cuestión de segundos le salieron orejas de burro. Otra historia relata que a una señora, tras ir a recoger agua en la fuente, le creció mucho vello corporal color dorado y decía aterrorizada, a todas voces que se había convertido en una osa. A otra persona le había salido un dedo de más, a otros les había cambiado de color un ojo; a otros les creció desmesuradamente la nariz. Otro testimonio describía casos de unos perros que maullaban, de patos a los que les salía pelo en vez de plumas. Y así, innumerables historias de encantamientos insólitos que debían parar.

Ya nadie quería recoger agua de la fuente, preferían andar hasta los riachuelos del bosque, complicando las labores diarias de los habitantes de la aldea.

El mago Crumforex, había conjurado una gran cantidad de hechizos con el fin de neutralizar el extraño arbusto y no lo lograba. No se daba abasto elaborando contra-hechizos para sanar a todas las víctimas del arbusto. Era un trabajo difícil y tedioso, pues a la mayoría de los encantamientos, no lograba revocarlos inmediatamente y cada caso presentaba síntomas y características diferentes. Lo que funcionaba con uno, no funcionaba con otros. Era todo una locura.

El mago Crumforex investigó en numerosos compendios de magia sobre el origen de algo así y lo único que encontró fue un pergamino, con un breve escrito de una maga viajera, quien argumentaba que cuando aparecían cosas así, extrañas por demás, seguramente tenían su origen en otro mundo y por eso, era conveniente transformarlas y reutilizarlas, convirtiéndolas en artefactos útiles a la magia, como por ejemplo elaborando unas varitas.

Cansado de tales sucesos, Crumforex consultó a la Dama Custodia. Luego de analizar la situación, ambos optaron por seguir el consejo escrito por aquella maga viajera. Definitivamente no encontraron otra alternativa. Crumforex sabía de las buenas artes de los enanos del sur del reino. Los enanos eran los más indicados para llevar a cabo esa insólita misión por ser un pueblo de mineros, orfebres, herreros, talladores, escultores y conocedores del manejo del fuego como nadie. Eran personas fuertes, tenaces, meticulosas y muy diestras en su trabajo. Así que ambos, Crumforex y la Dama Custodia, decidieron contactar con el grupo de enanos habitantes de la comarca de las Montañas Rocosas, para que ellos elaboraran unas varitas y acabar de una vez por todas con el problema.

Los enanos aceptaron encantados el reto. En menos del tiempo esperado, el grupo entraba muy dispuesto a la Aldea Brillante, donde Crumforex, la Dama Custodia y el resto de los habitantes esperaban con ansias esta anhelada visita. Los recibieron como a héroes y salvadores. Y los enanos se sintieron encantados con aquel recibimiento.

Crumforex conjuró primeramente un hechizo para proteger a los enanos del arbusto, al que tendrían que sacar de raíces, cortar y procesar para obtener las varitas. Los enanos usaron ropajes, guantes y herramientas de hierro especiales, para poder retirar la corteza y trabajar la madera con diferentes sustancias. Fue un trabajo realmente extenuante, ya que nunca se habían encontrado con un material que tuviera "vida propia". El arbusto no dejaba que los enanos lo cortaran; las ramas temblaban o se deslizaban de sus manos enguantadas. Se negaba a ser cortado y atacaba a los enanos agitando fuertemente sus ramas. A uno de los enanos le creció la mano descomunalmente en un momento de descuido. A otro de los artesanos, comenzó a cambiarle el color de la piel haciéndose verdoso y provocando un ataque de histeria en el pobre enano artesano. La situación de trabajo mejoró al retirar y quemar con azufre la corteza que hacía de escudo protector del arbusto y era, en definitiva, la que provocaba las alteraciones a quienes se le acercaban.

Acabado el trabajo manual de los enanos de cortar y tallar las varitas, el mago Crumforex se encargó de canalizar el poder de su madera y convertirlas en mágicas. Esto lo hizo a través de un complicado ritual con numerosos hechizos, encantamientos y conjuros que él dominaba muy bien. Obtuvieron siete feas varitas mágicas. Crumforex se quedó con una de aquellas varitas, la cual quedaría a resguardo de la Dama Custodia del Reino cuando él se retirara de su oficio de mago. Las demás varitas fueron entregadas a tres magos escogidos y a los tres discípulos de Crumforex.

Una de aquellas varitas, fue entregada a Burktfénix, maestro mago del reino de aquella época. Le fue entregada la más gruesa y la que tenía una punta cónica. Era el tipo de varitas que a él le gustaban, pues transmitían fuerza y firmeza. Ya en sus manos, Burktfénix aplicó en la punta, una mezcla especial de pintura mágica a base de plata, sin explicar por qué ni para qué. Sus cuatro varitas llevarían esa pintura mágica protectora.

Luego de esta lectura reveladora, Sortudo comenzó a advertir que esto empeoraba la situación. El que una varita tuviese vida propia era de cuidado. Significaba que tenía el poder de decidir en ciertas circunstancias. Había que prepararse muy bien para poder emprender su búsqueda. Y el tiempo no era precisamente lo que sobraba.

Sortudo encargó a Eva y a su compañera Ada que se concentraran en buscar los conjuros del mago. Luego insistió al equipo de Uwe y Hoobers a seguir investigando lo del paso a otros mundos y su relación con la varita, pues era necesario saber definitivamente, si esa varita era la que se había utilizado para tales viajes. Parecía que había encontrado una pista, sin embargo, mientras más información obtenía, más dudas se generaban.

Por los momentos, Sortudo prefirió no hacer comentario alguno sobre lo que acababa de descubrir. Tal vez, esperaría a que regresara el maestro Itzigorn, pues a pesar del esfuerzo realizado, todavía tenían gran cantidad de material para clasificar y leer.

Aunque todos estaban muy dispuestos y emocionados con lo que hacían, no podían evitar quejarse de las caligrafías de los libros y de los manuscritos que, al estar escritos a mano, dificultaban la lectura haciéndolos perder tiempo. Todos aspiraban a encontrar respuestas rápidamente y el detalle de muchos párrafos ilegibles, provocaba desesperación y frustración.

*****

Al cabo de un rato, Uwe encontró un material importante. En los escritos que Uwe tenía ahora en sus manos, el propio Burktfénix relataba parte de sus aventuras en esos viajes tan particulares y misteriosos. Esto era mucho mejor, ya que eran una fuente original. Así que Uwe se concentró en la lectura.

De acuerdo con lo leído, Burktfénix hizo el primer viaje al llamado planeta azul, creyendo en un principio que había sido por un error en sus cálculos. Su intención era ir a un mundo mágico y helado donde encontraría ciertos artilugios que eran de su interés. Pero él no se equivocó, la varita con voluntad propia lo desvió a otro lugar.

Según lo escrito en aquella especie de bitácora, Burktfénix se encontró de pronto, con la varita en la mano, en un largo e inmenso camino de piedras; para ser más exacto, en un camino en lo alto de una muralla fortificada y con muchas torres de vigilancia que se perdían a la vista. Desde aquella alta construcción era fácil divisar grandes extensiones de ese desconocido territorio. El paisaje era diferente al de su reino. Eran grandes estepas desoladas, salpicadas por algunos árboles y donde el viento hacía de las suyas, al no tener barreras naturales que lo frenaran.

Burktfénix, pronto miró su alrededor más cercano y se encontró con que estaban numerosos hombres y mujeres trabajando en su construcción; todos ellos de baja estatura, cabellos lacios, tez amarillenta, ojos rasgados y con párpados gruesos. Burktfénix, nunca en su vida, había visto a gente así.

Los trabajadores percibieron su presencia de inmediato, pues el aspecto físico del mago era realmente llamativo para aquellas personas. Burktfénix era alto y corpulento, de piel blanca, ojos azules y cabello rizado y dorado. Vestía una túnica blanca. Todos detuvieron el trabajo y lo miraron asombrados, pues era evidente en sus rostros que también su aparición de la nada los había dejado sorprendidos y asustados.

De pronto, uno de ellos comenzó a hablarle en una lengua que él no entendía, mientras hacía señas para que lo siguiera. Era un jovenzuelo delgado y el único de los presentes que le sonreía y le hablaba. Burktfénix, quien no tenía conocimiento de peligro alguno y a pesar de no comprender lo que le decía aquel agradable joven, respondió con una amplia sonrisa y decidió seguirlo, ya que no encontraba otra mejor opción por el momento. El delgado joven de ojos rasgados bajó prontamente por las angostas escaleras de madera y, el recién llegado Burktfénix, hizo lo que pudo por no perder el equilibrio, al intentar seguirlo por aquellas escaleras tan incomodas para él. Al llegar abajo, el mago siguió al joven sorteando montañas de ladrillos y a gente cargando arena, agua y grandes vigas de madera, para luego seguir por un angosto camino de tierra hasta un pequeño poblado cercano. Todos a su paso lo miraban extrañados y con curiosidad, al ver por primera vez a un hombre tan diferente a los habitantes de la región; pero el mago, a pesar de notar el trastorno que él causaba a aquellas personas, continuó andando muy confiado, como si supiera a donde se dirigía. A Burktfénix le encantaban las andanzas y esto lo tenía totalmente emocionado; casi que eufórico, pues parecía ser una nueva aventura.

El poblado dejaba ver a simple vista, la pobreza con la que vivía esa gente. La mayoría de sus habitantes llevaban la ropa raída, se veían malnutridos y tristes. Al mago le pareció extraño ver esa realidad desconocida para él, pues en su mundo, todos vivían bien. También percibió que era gente asustadiza, pues algunos intentaban esconderse al verlo pasar. Burktfénix, dedujo rápidamente que no era común la presencia de visitantes por esos lares y concluyó que por ello, actuaban de esa forma.

Al llegar a una humilde pero adornada casa, el joven que lo había llevado lo convidó a pasar haciendo gestos con las manos, siempre sonriendo. Para entrar en la casa, Burktfénix tuvo que agacharse, pues su altura era muy superior a los pobladores de aquel lugar y por tanto, la puerta tenía un dintel muy bajo para él. Entró a la casa y se enderezó hasta quedar erguido, rozando su rizado cabello con el techo de la casa. Pronto sintió un agradable aroma que no logró identificar en el momento y una sensación de paz inigualable. El joven comenzó a llamar a gritos hasta que alguien acudió a la sala donde se encontraban. Era un señor de vejez indefinida, de expresión agradable y físicamente muy parecido a los otros pobladores que había visto desde que llegó.

Lo saludó con una inclinada reverencia y le dio la bienvenida a su humilde morada en su lengua… y para su sorpresa, Burktfénix entendió a la perfección todo lo que aquel hombre decía. Xianzhi Liu era su nombre y lo estaba esperando, pues sabía de su llegada ya que él también era mago y clarividente y por tanto, estaba en conocimiento de aquel encuentro con el "escogido" por una de las siete varitas especiales.

Xianzhi Liu, como buen anfitrión, respondió a todas las preguntas que hizo el recién llegado, en especial el porqué y el cómo había llegado allí. Xianzhi Liu explicó, con mucha calma y seguridad que la varita tenía un gran poder y era la que lo había llevado a ese mundo, pues velaba por el bienestar de su dueño. Y al Burktfénix pretender ir al mundo helado, la varita presintió el peligro y lo desvió a ese mundo donde, más tarde o más temprano, estaba predestinado a presentarse para dar lugar a ese inevitable encuentro.

Era necesaria esa reunión. Era necesario para el futuro de sus mundos.

A partir de ese momento, Xianzhi Liu sería su maestro. Comenzó por explicar a su huésped, cómo entrar en sintonía con la varita a través de la meditación, para aprender a usarla sin daño para ninguno de los dos. Burktfénix debía velar por ella y de forma recíproca, ella lo haría por él, también. El anfitrión, convidaba a Burktfénix a sentir orgullo por ser uno de los pocos privilegiados en poseer un artilugio de tan magna capacidad. Asegurando además, que las varitas seleccionaban a sus dueños, pues era parte de su misión en el universo. Mientras tanto, Burktfénix le aseguraba que Crumforex, el mago creador de las varitas, lo había escogido a él, sin entender el mensaje transmitido por su anfitrión.

Burktfénix insistió una y otra vez, en querer saber cómo aquel mago tan humilde y tranquilo, sabía todo eso sobre las varitas "Intranquilus". Y el mago Xianzhi Liu sonreía y repetía lo mismo:

– El universo lo sabe todo, en él están todas las respuestas. Están ahí, pero no sabemos verlas. Así que, solamente hay que aprender a conocerlo y os obsequiará con todos los conocimientos y respuestas que requiráis de él. Recordad, todos somos universo. El universo es equilibrado como el vuelo de un ave, es dinámico como el caudal de un río. Todo fluye en armonía, aunque no parezca. En el universo nada se pierde, todo se transforma. Esa sabiduría universal nos las regalaron los "Tiāntáng de Háizimen", mejor conocidos como los "Hijos del Cielo".

Y Burktfénix se quedaba en las mismas, entendiendo poco o tal vez nada de lo explicado, pues el anciano usaba muchas metáforas, haciendo su discurso poco comprensible. El mago visitante se quedaba mirándolo con detenimiento y observando, especialmente, sus arrugas de sabiduría, con la ingenua esperanza de ver si lograba captar algo más. Burktfénix no era muy paciente, gustaba de las soluciones inmediatas y esto, eventualmente, lo sacaba de quicio. A Burktfénix lo invadía la incertidumbre. Le faltaba mucho para alcanzar al sabio contertulio.

–Ya iréis comprendiendo y haciendo parte de este grandioso universo. Amigo mío, tened paciencia, ya llegará vuestro momento –repetía sin cansarse, Xianzhi Liu.

Según este relato escrito, Burktfénix pasó algún tiempo en ese lugar compartiendo conocimientos con su nuevo amigo. Xianzhi Liu explicó que sus mundos, junto a otros que él no conocía, eran hermanos. Sus habitantes tienen el mismo origen. Los fundadores de las civilizaciones en estos mundos, llegaron por los cielos desde un lugar muy lejano y habían escogido aquellos mundos para ser poblados, por sus características habitables, las cuales facilitarían el desarrollo de las nuevas colonias. Cada mundo había evolucionado a su manera y a su propio ritmo. La teoría sobre la existencia de otros mundos habitados, era para Burktfénix conocida, ya que fue la enseñada por sus ancestros. Lo que confirmaba que los habitantes de Toplox, su mundo, no eran únicos en aquel desconocido e inmenso universo. Y él, Burktfénix, lo estaba comprobando en persona, para satisfacción personal.

Pasaron los días mientras Burktfénix aprendía muchas cosas de Xianzhi Liu, como el arte de la adivinación al "leer" las grietas formadas luego de quemar caparazones de tortugas muertas. Estudió cómo interpretar el libro de las mutaciones, donde comprendió el principio de las relaciones dialécticas de los opuestos. Conoció diferentes principios de energía, principios filosóficos, físicos y químicos, entre otras cosas que nunca se habían planteado los magos más versados de su mundo Toplox. Todo era nuevo para el mago Burktfénix.

Según todo lo que escribió Burktfénix en esta especie de bitácora, estos dos mundos: Toplox y el mundo azul, aunque muy parecidos en sus correspondientes dinámicas, tenían diferencias inimaginables para Burktfénix, en cuanto a la percepción de las cosas. Para Xianzhi Liu los elementos estaban regidos por planetas totalmente desconocidos para el recién llegado Burktfénix: la madera estaba regida por la influencia de un planeta llamado Júpiter, el elemento fuego regido por otro planeta conocido como Marte, el planeta Saturno rige el elemento tierra; los metales son regidos por el planeta Venus y el elemento agua, por otro planeta llamado Mercurio. Esta clasificación obedecía a la filosofía de aquella gente en función a su ubicación en el universo. Y él, explicó a la vez a su contertulio, la conformación del cosmos y del sistema solar en el que se hallaba su mundo Toplox, según sus estudios y las informaciones dejadas por los primeros pobladores.

En aquel mundo azul ¡tenían una sola luna! Eso era para Burktfénix, una de las grandes diferencias entre estos dos mundos. Cuando llegaba la noche, estando como huésped en La Tierra, extrañaba la acostumbrada vista nocturna de su hogar, donde los dos inseparables cuerpos celestes acompañaban puntualmente cada noche a sus habitantes. Burktfénix también escribió detalles anecdóticos como que Xianzhi Liu sonreía mientras preguntaba repetidamente ¿dos? Al imaginarse dos lunas, en vez de la única de aquel lugar.

Burktfénix describió también, como aprendió nuevas formas y tipos de cultivos; conoció y probó diferentes tipos de alimentos, de productos, artes y técnicas medicinales. La técnica médica que más le asombró fue la introducción de agujas en puntos específicos del cuerpo del enfermo, durante un tiempo determinado, con el objetivo de mejorar su salud a través de la recuperación del equilibrio natural del flujo de energía en el cuerpo. Así que copió los dibujos y esquemas relacionados con esta técnica, aunque no se atreviera a aplicarla. Era fascinante todo aquello.

El mago observó y tomó nota de muchas de las costumbres de aquel mundo, como la forma de comer, la forma de vestir, como la crianza de los hijos, los cortejos y los matrimonios, los funerales, las creencias religiosas, la ética, la educación o la moral de aquellos pobladores.

También tuvo conocimiento de la llamada pólvora, cuyo uso era sumamente peligroso para su gusto en aquellos momentos. Algunos de los utensilios usados como herramientas de trabajo y de caza en su mundo, aquí en estas tierras, eran utilizados para matar a otros seres humanos llamados enemigos. A Burktfénix todo esto le causó una terrible impresión. Comprendió lo grave de la realidad que esta gente vivía, al saber que la muralla donde él había aparecido, estaba siendo construida para proteger al pueblo de su nuevo amigo Xianzhi Liu, de los ataques bélicos de grupos de guerreros nómadas del norte. Esta enorme muralla, requería del trabajo diario de miles de hombres, de mujeres, de niños y de animales de carga. A cada cierta distancia habían construido unos enormes hornos, en los que se cocían millares de ladrillos para su construcción. Estos ladrillos eran pegados a otros con argamasa elaborada con una mezcla de harina de arroz con arcilla y cal, para hacer más resistente la construcción. Como todo en aquel lugar, la muralla estaba siendo construida según su complicada filosofía, en la que era determinante precisar el sentido y las fuerzas del agua y del viento, de manera que estos elementos estuviesen a favor de la muralla protectora.

Hasta este momento Burktfénix no había tenido conocimiento alguno en su pacífico mundo, sobre lo que era una guerra ni de sus terribles consecuencias. Quedó fuertemente afectado ante estas revelaciones, pues no entendía la necesidad de llegar a esos enfrentamientos. Muertes, robos, sometimiento, esclavitud o destrucción. No lograba concebirlo. Él no estaba acostumbrado a esa manera de vivir.

El mago Burktfénix estaba muy agradecido con Xianzhi Liu pues, debido a sus esmeradas enseñanzas, había logrado completar con facilidad el control de la varita y por lo tanto, se le abrían las puertas a nuevos conocimientos a través de viajes venideros.

Así que, llegado el momento de regresar a su mundo Toplox, Burktfénix quiso retribuir a su espléndido anfitrión y preguntó cómo podía pagarle por toda su hospitalidad y aprendizaje, con lo que Xianzhi Liu pidió al visitante que llevase al joven aprendiz como su ayudante personal durante un tiempo, para aprender de su mundo. Burktfénix aceptó con mucho gusto aquella propuesta, ya que el joven Peng Liang-Hsi, quien lo recibió el primer día de su aparición en aquella enorme muralla, se ganó con creces el aprecio y la confianza del mago, durante su estancia en ese lugar.

*****

Ya Uwe había encontrado la respuesta a la incógnita sobre la relación de la varita y los viajes a otros mundos. Estaba muy emocionado porque su intuición había estado en el camino correcto. Era definitivamente, con esa varita que Burktfénix había logrado hacer esos viajes que tanto intrigaban a los que lo estudiaban. Y sí, los viajes no habían sido solamente a otros reinos, habían sido también a otros mundos. Había que seguir encontrando pistas para lograr recuperarla.

Pero seguían las incógnitas iniciales.

71

¿Qué había sucedido para que la varita viajara sola, tras la pelea de los niños? Pues según lo recién leído, alguien tenía que controlar la varita. Tenía que tener un dueño bien preparado e instruido, según lo que acababa de leer. A Burktfénix le llevó tiempo aprender a controlarla, con todo y la ayuda del mago del planeta azul. Pero... ¿Realmente la varita escogía con quién quería estar? ¿A quién había escogido ahora? No, no podía ser. Las varitas son cedidas, se replanteó nuevamente. Esa es la tradición en Toplox. Esa varita no había sido cedida y por tanto... ¿Por qué mantenía aún sus condiciones mágicas? Y si sencillamente ¿estaban equivocados y es falso que todas las varitas pierden el poder? Por lo visto hasta ahora, era posible ya que esta es una varita especial, es una Intranquilus. Y siempre hay excepciones.

Uwe, a pesar de no querer precipitarse, decidió plantearlo al grupo.

—¡Chicos, por favor, prestad atención un momento! Aquí está el relato del primer viaje hecho a otro mundo con la varita, relatado por el propio Burktfénix. Como es algo largo, os diré sólo lo más relevante: el viaje lo logró con la varita y fue a un lugar que decidió la varita, pues él no la dominaba todavía. En ese lugar, lo estaba esperando un mago adivino y Burktfénix aprendió muchas cosas de él. Cuando regresó a nuestro mundo, ya controlaba la varita con la que haría otros viajes y fue entonces, cuando trajo a ese extraño aprendiz ayudante que lo acompañó durante algún tiempo, según lo que dicen en la historia de su vida. ¡Ese ayudante era de ese mundo que había visitado! ¿Os lo imagináis? Por eso sería que la gente decía que el ayudante era extraño. ¡Es fascinante todo esto!

—Entonces, definitivamente, es la varita de los viajes... —confirmó Hoobers en voz alta.

—Sí, pero la incógnita sigue siendo la misma: ¿Dónde habrá ido a parar la varita? ¿La tendrá algún descendiente de ese mago adivino con quien Burktfénix estuvo? En el relato se dice que las varitas escogen a sus dueños, al contrario de lo que creímos nosotros hasta ahora, de que son cedidas por elección de su poseedor anterior. Por lo tanto, podemos inferir que Burktfénix fue "escogido" por la varita. El mago Claritux solamente sirvió de enlace. No lo termino de comprender aún... −continuó diciendo Uwe, hablando un poco más para sí mismo que para los demás.

−Y ahora pregunto yo, ¿cómo habrá escogido la varita, un nuevo dueño? ¿Ese nuevo poseedor será de nuestro reino o de otro reino? ¿O de otro mundo? −interrogó Orson a Uwe, sintiendo muchas dudas ante lo que expuso.

Sortudo intervino, confirmando la importancia y poder de las varitas de ese tipo. Insistió, a pesar de las nuevas dudas aparecidas tras el relato del joven Uwe, en explicar que cuando las varitas no son legadas a un sucesor, ellas pierden su poder y era por eso que el maestro y él estaban tan consternados. Otra vez dando vueltas sobre el mismo tema sin llegar a nada.

−¿Y cómo sabemos que la varita desaparecida es la de los viajes a que hace referencia Uwe? ¿No podría ser otra de las que están aquí? −quiso saber Ada.

−Lo sé porque en el estuche hay residuos de fricción... de movimiento y eso confirma que tiene que ser una varita "Intranquilus" y las otras varitas están debidamente identificadas. Lo puedes corroborar en la mesa destinada a lo irrelevante para esta investigación −afirmó Sortudo.

−¿Intranquilus? ¡Vaya que nombre! −expresó sonriendo Remigius.

A continuación, Sortudo explicó que las varitas Intranquilus eran siete y que todas provenían de un arbusto único que había aparecido y crecido en un pueblo que había dentro del Bosque Violeta. El mago de la aldea en aquella época, llamado Crumforex, pidió ayuda a los enanos artesanos para fabricarlas. Crumforex había entregado seis varitas a seis escogidos, reservando una para él, para luego de retirarse de su trabajo como mago de la aldea, dejarla bajo el cuidado de la Dama Custodia de las reliquias del reino de aquella época. Estos comentarios provocaron una lluvia de preguntas.

73

—Vaya... ¿Realmente son varitas especiales? —preguntó Remigius emocionado.

—Entonces, como Uwe ha mencionado anteriormente, ¿Crumforex fue usado como medio por las varitas para llegar a sus dueños? —consultó Hoobers tratando de comprender.

—¿Dónde queda ese pueblo? Sus pobladores o los enanos actuales, deben tener respuestas sobre lo que hicieron sus ancestros, podríamos ir a investigar —propuso Thorosky, a quien le fascinaba ir de excursión.

—¿Y por qué Burktfénix la dejaría en su cofre aquí en la escuela de magia? Sus descendientes han velado por sus pertenencias durante todo este tiempo, entonces ¿qué fue lo que pasó en este caso? —quiso indagar Wanda.

—Para mí sí la cedió y nadie más lo sabía —sostuvo Thorosky, muy sentencioso.

—Entonces habrá un sucesor. Pero... ¿Quién? —opinó y preguntó Remigius, aumentando el dilema.

—¡Peor aún! ¿Por qué no se la entregó? —juzgó Hoobers, mostrando asombro.

—Es que no veo cómo podemos estar seguros de que la cedió a otro mago... por lo visto no hay nada de certeza con Burktfénix —sostuvo Ada.

—¿Por qué esas varitas Intranquilus son consideradas tan especiales? —quiso saber Orson.

—Y... ¿Cuál es la diferencia con otras varitas? Todas tienen poder, todas fueron fabricadas a partir de materiales especiales... —agregó Wanda.

—Uwe ¿estáis seguro de que alguien de aquel lugar sabía que Burktfénix haría el viaje a ese mundo? ¡No me lo creo! —intervino Ada, complicando más la buena intención de Sortudo de responder coherentemente a todos.

Eva continuó con su intervención vehemente, de manera insistente:

—¿Y explican cómo aprendió a usar y controlar la varita? —Y continuó diciendo—: sigo sin entender cuál razón llevó al maestro Itzigorn a buscar a otro mago. El Maestro debería haberse quedado aquí, guiándonos en la búsqueda de toda esta información, tanto como maestro mago como por ser descendiente de Burktfénix... era preferible que él mismo nos lo hubiese explicado, ahorrándonos todo este trabajo confuso e interminable y así, tal vez, ya estuviéramos más cerca de encontrar una solución.

—¡Ey! ¡Calmaos compañeros! Y vos Eva, no continuéis con vuestra obstinación. Si el maestro nos explicara todo lo que sabe del mago Burktfénix, igualmente tendríamos que investigar, porque de nada nos vale una sola versión u opinión. Siempre hay algo escondido, algo que olvidamos o que simplemente, no vemos igual —acotó Uwe.

—Creo que Uwe tiene razón y hay que investigar minuciosamente todo esto. No podemos permitir que se nos pase algo importante. Yo mismo he leído sobre Burktfénix, pues siempre me ha causado admiración y, nunca había leído sobre esto que Uwe acaba de encontrar. Compañeros, por algo el maestro nos pidió ayuda, entre todos buscaremos y encontraremos la solución. Es nuestro deber —opinó Hoobers.

—Sí, por algo estamos estudiando en la escuela de magia y no estamos vendiendo verduras en el mercado —increpó Uwe, un tanto enfadado por la terquedad de sus compañeras.

Sortudo miraba a todos, algo perplejo. Nunca había visto a sus compañeros tan febriles en un debate. Unos preguntaban, otros respondían. Todos discutían. Sortudo pidió calma e indicó que lo más conveniente, era continuar investigando hasta que el maestro regresara. Los jóvenes aprendices, aunque insatisfechos por la falta de respuestas, retomaron con cierta resignación lo que estaban haciendo.

Continuaban muy concentrados en su búsqueda, cuando de repente oyeron a Orson, quien no era muy activo en clase, hacer una serie de preguntas en voz alta para asombro de todos los presentes:

—¿Qué tan extraño sería ese ayudante? ¿Cuál sería su nombre? ¿Y en qué ayudaría a Burktfénix? ¿Cuánto habrá aprendido del gran mago? ¿Cuán mayor sería? ¿Y cuándo regresó a su mundo? Me hubiese gustado conocerlo...

*****

En ese preciso momento, entraba en la estancia el maestro Itzigorn, acompañado de un señor muy viejo y encorvado, con el cabello totalmente blanco y con muchas arrugas de sabiduría. Vestía una túnica verde y arrastraba los pies al andar. Todos giraron para verlos entrar al sentir sus presencias.

Itzigorn se detuvo ante los jóvenes aprendices y presentó a su distinguido acompañante:

—Jóvenes, tengo el honor de presentaros al distinguido mago Athanasius, quien ha tenido la enorme amabilidad de acompañarme, para brindarnos sus sabios conocimientos y consejos en la solución del problema que se ha presentado —comunicó pausadamente.

Y juntando las manos, respiró profundamente y continuó:

—Y sí, conozco algo sobre la vida y obra de mi bisabuelo, pero no la verdad sobre sus viajes, los cuales eran del conocimiento de muy pocos. Mi bisabuelo guardaba secretos y su razón tendría. Y me gustaría decir otra cosa, me gustaría de todo corazón ofreceros al menos una mejor explicación ante todos estos dilemas, pero por ahora, sólo nos queda investigar. En cuanto a la inesperada desaparición de la varita, debo confesar que mis conocimientos no son suficientes. Y es por eso que por los momentos, no tengo todas las respuestas. Lo siento de veras, os ruego aceptéis mis disculpas.

Los aprendices se habían levantado de sus sillas en señal de respeto, expresando su bienvenida al mago invitado. Todos se sintieron incomodos ante las disculpas de su maestro, pero ninguno se atrevió a comentar nada al respecto, esperaron a que él continuara llevando la palabra en la reunión. Eva, por su parte, se ruborizó al pensar que los magos habían escuchado lo último que ella había dicho. La puerta había quedado abierta y las voces se oían claramente en el pasillo de acceso a la estancia que ocupaba la escuela de magia.

Itzigorn se giró para ver a sus nietos. Se encontró con que ambos se encontraban profundamente dormidos en sus respectivas sillas. Mejor para todos.

—Jóvenes discípulos, veo que estáis trabajando con ahínco en colaborar con la búsqueda de la varita y eso me llena de júbilo. Os agradezco que, a pesar de haberse hecho tarde, vosotros continuéis aquí, colaborando para solucionar este embrollo provocado por mis nietos.

Itzigorn ayudó a Athanasius a tomar asiento ante la mesa en la que se encontraban reunidos los aprendices, para luego sentarse a su lado.

Luego Itzigorn se dirigió nuevamente al grupo y comentó mirando a Orson específicamente:

—Todas esas preguntas que acabáis de hacer tendrán sus respuestas, apreciado aprendiz; todo a su tiempo. Pero primero quiero que contestéis a las preguntas del maestro Athanasius. He relatado lo sucedido, pero yo no pude ver todo, por tanto no soy el mejor testigo. Es por eso que os pido que recordéis los detalles del momento en que ocurrieron los hechos. El maestro Athanasius nos ayudará con su preciada varita a encontrar la forma más conveniente para poder actuar. Y digo esto, porque él heredó de su abuelo, una de las famosas siete varitas "Intranquilus", mandadas a fabricar por el mago Crumforex. El maestro Athanasius la trajo, esperando que con la ayuda de esta varita, logremos recuperar la otra.

Todos exclamaron su asombro y emoción ante la oportunidad de ver otra de las varitas "Intranquilus", con más detenimiento y esta vez, en manos de su propietario. Pero el mago Athanasius no hizo ni el intento de sacar la renombrada varita.

Itzigorn hizo con la mano un gesto para darle la palabra a su invitado.

—Lamento conoceros en esta crítica situación, pero me alegro de ver a un grupo de jóvenes aprendices tan avocados a su trabajo. Como bien ha dicho Itzigorn, necesito ciertos detalles y para eso, quiero que os concentréis en lo ocurrido y respondáis si podéis, a unas preguntas. ¿Estáis de acuerdo? – preguntó pausadamente Athanasius, a la vez que sacaba un cuaderno finamente cocido a mano y una pluma mágica.

—Sí, señor —respondieron algunos de los aprendices.

—¿En qué momento preciso del incidente comenzó el efecto mágico? ¿Cómo fue la desaparición? ¿Qué olieron, sintieron u oyeron en esos momentos? ¿Percibieron alguna cosa fuera de lugar? ¿Alguna extraña presencia? O ¿dijeron algo los niños? – preguntó Athanasius al atento y silencioso grupo de aprendices y testigos directos del acontecimiento.

Eva, levantó la mano solicitando el permiso de palabra, con actitud respetuosa de las normas de la escuela y en especial, ante un invitado tan importante.

Itzigorn dio su aprobación a la joven para intervenir:

—Maestro, yo me encontraba a unos diez pasos, justo de frente, mirando a los chicos cuando forcejeaban por la varita. Luego observé que el entorno a su alrededor se iba poniendo verdoso, como si el aire tomara color. Tal vez, una ligera bruma en movimiento, no estoy segura de eso. Fue luego cuando comenzó a sentirse que el aire daba vueltas alrededor de los niños y del maestro Itzigorn y de Sortudo, quienes sin éxito, intentaban separarlos. Los niños continuaban forcejeando, sin darse cuenta de lo que ocurría a su alrededor. El aire giró cada vez más rápido, convirtiéndose en un pequeño tornado que comenzó a levantar polvo y papeles. En ese momento me cubrí los ojos con los brazos para protegerlos del polvo y cuando sentí que se calmaba, volví a mirar hacia ellos y vi como la varita desaparecía en el aire e inmediatamente, todo volvía a la normalidad –explicó la joven.

Hoobers fue el siguiente en intervenir:

–Mi testimonio corrobora el de mi compañera, pero yo vi cuando los chicos gritaron y soltaron al mismo tiempo la varita, quedando suspendida en el aire envuelta... mmm, como en un globo gelatinoso, con rayos cortos de luz blanca. Pasaron unos instantes y sin más, desapareció dejando un ligero olor a madera quemada. Todo quedó en absoluto silencio. Mi impresión fue que la varita rechazó a los niños y huyó por un vórtice energético. Los niños tienen las palmas de las manos enrojecidas como cuando se toca algo muy caliente y os quemáis.

–Bien, me gusta que tengáis opiniones propias como la del vórtice. Es interesante vuestra hipótesis –declaró Athanasius, a la vez que miraba como su pluma anotaba garabatos en su cuaderno.

–Cuando comenzó la pelea entre los niños, se calentó el ambiente, el aire se hizo pesado. Luego, cuando la varita desapareció, la sala se enfrió y yo sentí hasta un extraño escalofrío –afirmó Thorosky con mucha seriedad, mientras frotaba sus brazos reviviendo la experiencia.

–Yo también percibí un ruido... diría más bien un zumbido mientras el aire daba vueltas... No sé si fuera mi impresión... ¿Alguien más lo escuchó? –consultó Orson con mucha seriedad.

–Yo... –se oyó decir a Wanda tímidamente, mientras levantaba la mano.

Entretanto, el resto del grupo se miraba entre sí, negando con la cabeza como respuesta a Orson.

– ¿Alguien observó algo más? —indagó Athanasius, entrelazando sus dedos y apoyando las manos sobre la mesa.

Quedaron a la espera de algún otro testimonio, se miraron nuevamente entre ellos. Dieron por sentado que estaban de acuerdo con todo lo expuesto.

Itzigorn tomó la palabra, dirigiéndose al anciano maestro:

– Maestro, por lo que hemos hablado antes en vuestra casa, debemos procurar conseguir los conjuros del Libro de Ejercicios Prácticos del mago Crumforex cuanto antes.

– Pues sí, apreciado Itzigorn, hemos de consultarlo – confirmó con voz calmada, el anciano mago.

– Con esos conjuros y vuestra varita obtendremos la forma de recuperar la de mi bisabuelo y guardarla a buen recaudo, donde debe estar y de donde nunca debió salir.

Athanasius, muy ilusionado al estar nuevamente en la escuela de magia en calidad de asesor, se dirigió al grupo de aprendices presente y explicó, con la calma que lo caracteriza, la razón por la que debían recurrir al libro de conjuros de ese antiguo mago.

– Por si no lo sabéis, aproximadamente unas cinco generaciones atrás, vivió el mago Crumforex, creador de siete varitas mágicas conocidas como "Intranquilus". Son llamadas así porque tiemblan en diferentes circunstancias y porque son capaces de decidir qué hacer en situaciones de riesgo, y como su propio nombre lo sugiere, son intranquilas, podría hasta decirse que son "caprichosas". En el libro que debemos consultar, deben estar los conjuros y pasos a seguir para atraer la varita desaparecida a este sitio, o para lograr su localización y poder ir a buscarla. Mas, he de deciros que mi varita también tiene la capacidad de viajar...

– ¡Oh! ¡Es cierto que pueden viajar! –exclamó Remigius impresionado, mientras sus compañeros lo miraron, reprobando su interrupción.

– Por lo que vosotros me acabáis de confirmar, la varita se fue por voluntad propia. No es que se encuentre en estado de invisibilidad para esta sala, como ocurre en ciertos casos. Esto lo sé, debido a la presencia del globo gelatinoso y los rayos blancos; estas son circunstancias sinónimas de la presencia de un portal de tiempo o espacio. Y estoy seguro de que tampoco alguien se la llevó a la fuerza, pues tened por seguro que la varita lo hubiera rechazado y hubierais sido testigos de algo más impactante. ¡De eso estoy totalmente seguro! Y también os quiero decir que el joven que habló hace un momento tiene razón, la varita huyó de los niños.

Mientras terminaba de hablar, Athanasius sacó de su túnica una varita de unos treinta centímetros, de madera oscura con vetas algo más claras. Esta varita, comparada con otras que fueron talladas con esmero por diversos artesanos, no es bonita ni bien acabada. Con movimientos lentos, el anciano mago la colocó sobre la mesa, para mostrarla a los curiosos aprendices.

– Pues bien jóvenes, con esta varita podríamos obtener parte de la solución para la recuperación de la de Burktfénix. Como ya os dije antes, estamos en presencia de una de las siete varitas elaboradas por los enanos y como todas las demás, es fuerte, noble y leal. Como deduciréis son hermanas y entre las siete, existen lazos indisolubles.

– ¡Guao! ¡La otra Intranquilus! –expresó emocionado Remigius, mientras se acercaba con intención de tocarla.

– ¡Podéis ver pero no tocar! –ordenó Athanasius con picardía, al observar la intención reflejada en el rostro del pequeño aprendiz, al acercarse a la varita.

– ¿Y de veras, vuestra varita también puede viajar como la de Burktfénix? –preguntó Remigius insistente.

– Sí, lo he dicho antes. Tiene el poder, mas yo nunca lo he intentado, a pesar de haber tenido el privilegio de estudiar la corriente Burktfeniana.

– ¿Y vuestro abuelo viajó?

– No. Él siempre fue muy receloso con el uso de la varita. Llegado el momento, mi abuelo me la entregó como herencia. Más me advirtió, con una y mil recomendaciones, lo poderosa que es. Yo preferí guardarla. Preferí seguir con su proceder. No lo sé, nunca me agradó la idea de usarla ni de hacer esos misteriosos viajes que tanto le atañen al mago Burktfénix —respondió Athanasius al joven aprendiz.

– Maestro, cuando investigábamos, observamos en el cofre azul, en el que se encontraba la varita "Intranquilus" de Burktfénix, un polvillo color plata. Sortudo nos explicó que era porque se movía dentro del cofre. ¿Por qué sucedió eso? —preguntó Orson.

– El nombre de Intranquilus, como lo he mencionado antes, proviene de que no son objetos tranquilos. Porque siempre están evaluando su entorno o las situaciones que puedan poner en peligro a la propia varita o a su portador. De acuerdo con mis estudios, ese polvillo debe haberse producido por un movimiento excesivo, tal vez necesitaba salir. También puede ser una señal de disgusto, pues no se sentía bien donde estaba. Puede que os cause extrañeza lo que os digo, pero las varitas tienen emociones y por tanto, necesitan ser queridas, aceptadas y tomadas en cuenta. Tal vez se sintió relegada al quedar guardada en ese cofre.

– Aunque lo que debía haber pasado era que perdiera su capacidad mágica, como es la norma para la mayoría de las varitas —expuso el maestro Itzigorn, aún sin comprender que esa varita no cumpliera con ello.

– Pero no ocurrió así. Al salir del cofre parece que aprovechó la oportunidad para escoger con quién, dónde o en qué tiempo estar. No podemos olvidar que estas varitas son especiales y tal vez, esa norma no se aplica a ellas. Evidentemente, como ya lo hemos dicho, no quería estar con los niños –manifestó Athanasius, negando con la cabeza para reforzar su opinión, mientras todos sonreían discretamente por el último comentario.

*****

Los dos magos continuaron intercambiando posibles soluciones entre ellos, mientras los jóvenes observaban a la Intranquilus posada sobre la mesa. Lo que más preocupaba, en esos momentos, era que el libro que los maestros magos necesitaban se encuentra en el poblado llamado Aldea Brillante, ubicado cerca del corazón del extenso y tupido Bosque Violeta... Y el viaje es largo y tedioso para ellos. Athanasius no se encontraba en condiciones de hacer un viaje tan largo, pues era muy mayor para esos trayectos tan complicados; primero a caballo y luego atravesar el denso bosque caminando. Realmente no podía.

Itzigorn, por su parte, consideraba intempestivo dejar la escuela sin antes realizar ciertos preparativos. También quería terminar de indagar y obtener más información para prepararse bien en la búsqueda y recuperación de la varita. Podía no resultar tan fácil como opinaba Athanasius. Viajar a la aldea, era perder tiempo valioso. Enviar aves mensajeras, no parecía el método más seguro para una misión tan delicada. Tendrían que recurrir a otro mago para buscar la información en el libro de Crumforex y la verdad, ellos no deseaban que más personas se enteraran de lo sucedido. En esos momentos no sabía qué hacer.

–Maestro –solicitó Sortudo su atención, algo avergonzado– , disculpad pero no he podido evitar escucharos y... pues bien, yo me ofrezco para ir a buscarlo si no os importa. Tengo un buen caballo, de paso ligero y veloz. Hace algún tiempo fui con mi padre en varias oportunidades hasta un pueblo cercano al bosque, donde él tenía negocios y recuerdo bastante bien el camino. Así también evitaríamos más involucrados en este asunto.

–No podréis "buscarlo". Solamente podréis consultar y traer la respuesta. El libro está protegido y asegurado por una cadena de

83

oro irrompible y por supuesto, mágica. Y sí, me parece una buena proposición. Deberéis llevar una recomendación de nosotros para que el bibliotecario de la Aldea Brillante y la Dama Custodia, os descifren los códigos de protección –informó Itzigorn, aliviado con la propuesta del primer aprendiz.

Y continuó comentando en voz baja:

– No logro dar con una forma rápida de cruzar el bosque para llegar a Aldea Brillante... no quiero que os perdáis ni os lleve más tiempo de lo necesario.

Athanasius recordó y comentó de inmediato a Itzigorn que en un poblado cercano a la entrada sur del bosque, vive su viejo amigo carpintero Julius quien, con una recomendación de su parte, podría prestarle ayuda a Sortudo para atravesar el bosque rápidamente, por ser lo más complicado del trayecto. El joven aprendiz, debía salir de inmediato para contactar con el carpintero y pasar la noche allí, para luego, temprano en la mañana, encaminarse a través del bosque hacia la Aldea Brillante y de esta manera aprovechar mejor el tiempo.

Itzigorn ordenó a los jóvenes que fueran a sus casas a descansar. Ya habían hecho bastante durante toda la jornada, aunque todos estaban tan exaltados con el curso de los acontecimientos que no querían perder detalle de todo lo que allí ocurría. Itzigorn dio las gracias a todos los aprendices y en pocas palabras, los echó a la calle, expresándoles con toda sinceridad que contaba con ellos a primera hora de la mañana.

– ¡Vamos, vamos! Todos a casa... –ordenó Itzigorn, en forma paternal.

– ¿Seguro maestro? ¿De veras que no necesita de alguna otra ayuda? –consultó insistente, el pequeño Remigius.

– Sí, estoy seguro y... No, Remigius. Por hoy ya habéis hecho suficiente. Gracias por vuestro ofrecimiento pero llegó el momento de descansar. Nos veremos mañana –ordenó Itzigorn con orgullo, al ver el interés expresado por sus aprendices.

Mientras los alumnos se despedían y salían de la estancia, Itzigorn cayó en cuenta de que sus nietos aún estaban heridos por lo ocurrido. Entonces solicitó a Sortudo buscar el ungüento especial para quemaduras mágicas que tiene en la alacena del laboratorio. Debía curar las manos de sus nietos aplicando un poco en las palmas, antes de conjurar el hechizo regenerador. No quería que Tábata viera a sus hijos en esas condiciones, pues ella había confiado en él para vigilarlos. Una vez sanados los llevaría a casa y luego iría con Athanasius a visitar al otro mago en las afueras de la ciudad, para intentar obtener alguna otra información. El otro mago era aún más anciano y dudaban, si fuera posible que recordara algo.

—Tengo tiempo que no hablo con él, pero de buena fuente sé que ha estado muy enfermo. A menudo me encuentro con su hijo mayor en el mercado y me ha informado sobre su maltrecho estado de salud —acotó Athanasius.

—Mas, de todas las formas, tendremos que confirmar o descartar esa posibilidad de ayuda —afirmó Itzigorn, insistiendo en despejar las dudas sobre el viejo mago.

—¡Maestro! Disculpad... —intervino Uwe—. Hoobers y yo hemos escuchado que los niños deben ir a casa; nosotros podemos llevarlos ya que nos queda cerca al camino que tomamos para ir a nuestros hogares y así, vosotros no perderéis tiempo. Explicaremos a vuestra hija que se os presentó un problema y regresareis más tarde, ¿Os parece bien?

—Pues sí, claro que sí... ¡Gracias mil! De veras os agradezco vuestra amable ayuda... por tanto, ¡manos a la obra! —declaró Itzigorn, animado con la propuesta.

Luego, girándose hacia Athanasius, solicitó:

—Athanasius por favor, encargaos de escribir las dos misivas solicitando las ayudas para Sortudo. Tanto la de Julius el carpintero como la que entregará a la Dama Custodia. Mientras tanto, despertaré a los niños para aplicarles la cura, antes que Uwe y Hoobers los lleven a casa.

Varitas mágicas del
MAGO BURKTFÉNIX

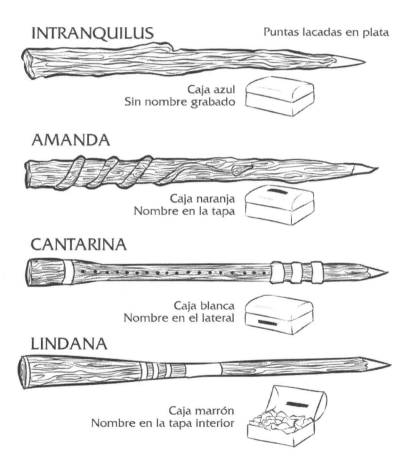

INTRANQUILUS

Puntas lacadas en plata

Caja azul
Sin nombre grabado

AMANDA

Caja naranja
Nombre en la tapa

CANTARINA

Caja blanca
Nombre en el lateral

LINDANA

Caja marrón
Nombre en la tapa interior

Algo mágico

Billy temió que la mañana pasara lentamente y eso lo desesperaba. No es porque tuviese algún compromiso ni fuera a algún lugar en particular, pero era el día de su cumpleaños y el instituto no es el mejor sitio para un día tan especial, según él. Por fortuna para Billy, sus amigos Robin y Tomás estaban con él en el mismo curso. Eso le aseguraba una buena mañana. Robin y Tomás, luego de saludar a Billy en la mañana, aprovecharon para felicitarlo, bromeando con lo mayor que se hacía, ya que ellos todavía tenían doce años.

El instituto donde Billy estudia, está ubicado en un gran solar rodeado de áreas verdes y cercano a la zona comercial que Billy cruza todos los días para ir a clase. El edificio educativo consta de tres plantas con numerosas aulas amplias y bien iluminadas. Está dotado de una biblioteca, diferentes laboratorios para las clases prácticas de física, química y biología, un salón de juegos, un enorme auditorio, salón de música, canchas deportivas internas y externas, enfermería y una cómoda cafetería. Tiene modernos y bien dotados despachos para las labores administrativas.

A la hora del recreo, Billy y sus amigos, siempre se dirigen hacia el jardín trasero del instituto, donde hay unos grandes pinos que dan sombra y hacen muy agradable el lugar. Ese día, se sentaron como de costumbre en un pequeño banco ubicado bajo uno de aquellos pinos, para comer sus desayunos compuestos de grandes bocadillos y zumos envasados de fruta. Allí siempre podían conversar con tranquilidad.

Justo cuando comenzaron a comer se les unió Sandra, quien recibe clases en otro curso.

– Hola, chicos ¿Cómo ha estado la clase de matemática hoy?

– ¡Horrible! –respondió Tomás de inmediato.

– Cualquier duda que tengáis me avisáis con tiempo para ayudaros, no lo dejéis para última hora... ¿Quién quiere un poco de fruta? Es que mi madre me ha puesto mucho –dijo la chica con una mueca, abriendo el envase donde estaba la fruta, mientras se sentaba en un extremo del banco donde estaban sus amigos.

Robin, quien está sentado a su lado, cogió un trozo de melocotón, dio las gracias y a continuación le recordó:

– ¿No felicitas a Billy? ¡Es su cumple!

– ¡Oh, lo había olvidado! ¡Felicidades, Billy!, espero que recibas muchos regalos –deseó Sandra, siempre con su sonrisa contagiosa.

– Gracias... –respondió Billy sonrojado.

*****

Los cuatro son amigos desde primero de primaria. Habían aprendido a multiplicar y a dividir juntos, se ayudan con los deberes, se defienden de los compañeros pesados, comparten los desayunos, golosinas y meriendas. La actividad favorita del grupo es competir y pasear en bicicleta por el barrio. Todos sienten que conforman un equipo único, con lazos indestructibles, como dice Tomás.

Robin, cumplirá trece años el mes siguiente; es más alto que Billy, delgado y moreno y le gustan mucho los dulces. Se caracteriza por su buen carácter y su permanente simpatía. En cuanto a los estudios, se parece a sus dos amigos, le aburren y a duras penas, aprueba. En lo que sí hace gala de destreza es en el manejo del computador. Su padre le advierte que debe andarse con cuidado porque en cualquier momento se puede meter en un buen lío, pues Robin admira a los hackers. Sus padres son médicos y trabajan en el Hospital Universitario de la ciudad. Su padre también se llama Robin Ávila y nació en un país del mar Caribe. Su madre, Constanza Bellafiore y él, se conocieron estudiando en la Universidad Nacional y se casaron luego de graduarse. Se mudaron a la ciudad de Loma Larga tras presentar y aprobar los respectivos exámenes de admisión para trabajar en ese hospital. Todo esto ocurrió estando Constanza embarazada de Robin, y por supuesto, este había nacido en el hospital donde laboraban sus padres. Tres años después nació su hermana Caterina. La familia se ha adaptado muy bien a la ciudad que los acogió trece años atrás.

Tomás es más bajito, rollizo y muy blanco, con el cabello castaño, grandes ojos, siempre sonriente y muy bromista, pero con un carácter un tanto voluble. Tomás es el más hablador del grupo, siempre está contando historias o dando explicaciones muy enrevesadas, totalmente convencido sobre lo que él cree que es la verdad de todo lo que comentan. A veces, sus amigos dudan si Tomás realmente cree todo lo que dice o miente muy bien. En muchas ocasiones sus excusas son tan fantásticas y cómicas, pero dichas con tal convicción que los que lo escuchan, no se atreven a entrar en controversias con él. Así que es mejor reír de sus ocurrencias. Su afición por los videojuegos raya en el vicio. No hay nadie que le gane. Tomás tiene cuatro hermanos mayores que él, todos varones y estudiando en la universidad. Sus padres y toda su familia son de Loma Larga. Su familia es dueña de una de las principales industrias madereras de la región: Maderas Barquero, empresa que, con más de un siglo de actividades ininterrumpidas, continúa siendo pilar económico de aquella ciudad que a pesar de no pasar de un millón de habitantes, es de las más renombradas del país.

Sandra Collins, es la única chica del grupo y la que generalmente pone orden en las discusiones. Es delgada y bonita, acostumbra a llevar su largo cabello castaño recogido con una coleta. Tiene una personalidad fuerte y madura; es sociable, inteligente y muy buena alumna. Aunque apenas cuenta con trece años, pertenece al selecto grupo que edita el periódico del Instituto por su agudeza de opiniones, excelente redacción y destreza para la investigación. Es hija de Andrés Collins, profesor de Sociología en la Universidad y escritor en sus ratos libres, y de Lorena Anvour, quien se dedica a diferentes actividades artísticas como la escultura y la pintura y que cada año expone en una galería de arte del centro de la ciudad. Sandra es la menor de tres hermanos. Roberto el mayor, estudia leyes en la universidad y Linda, la segunda hermana, sigue los pasos de su madre estudiando en una academia de arte.

Es Sandra la que ayuda a los chicos con los deberes y a prepararse para los exámenes. ¿Por qué sus amigos son tan renuentes a estudiar? Ella no lo comprende. Siempre los reprende cuando ve las bajas notas que obtienen. Pero a pesar de su enfado, ella considera que es su deber ayudarlos a estudiar. Así que en cuestiones de estudios, ella parece otra madre más. Sandra, aunque es amiga de muchos otros compañeros, prefiere a sus casi hermanos de toda la vida. A veces, se reúne con otras chicas y disfruta de su compañía, pero siempre hay un límite pues se cansa de hablar siempre de lo mismo. Ella prefiere los temas variados y más interesantes que comparte con Billy, con Tomás y con Robin.

*****

–Y... ¿Tus padres qué te van a regalar? –preguntó Robin al cumpleañero.

– Creo que nada... –respondió Billy con cierto desánimo–. Sé que mis padres se sienten mal por no poder darme un regalo, pero yo entiendo la situación.

– ¡"Vendrán años mejores"! –dijo Tomás con voz solemne y una gran sonrisa y luego aclaró–: eso lo repite mi abuela una y otra vez. ¡Y ella sabe mucho!

– Lo que sí es seguro es la tarta... recordad que mi madre es una gran repostera, así que no olvidéis la invitación para esta tarde en mi casa –afirmó Billy, formalizando la invitación.

– ¡Cuenta conmigo! –exclamó Tomás.

– ¡Y conmigo también! Estamos listos y dispuestos a cualquier cosa por un buen trozo de tarta de cumpleaños –dijo Robin mientras frotaba sus manos y luego agregó–: espero que sea de chocolate.

– ¡Claro que es de chocolate! –afirmó Billy con gusto.

Y todos rieron con gestos de aprobación.

– Billy –intervino Sandra–, agradezco la invitación, pero esta tarde tengo que ir al dentista que queda en el centro de la ciudad y dudo que pueda llegar a tiempo. Mi madre seguramente quiere pasar por las tiendas de la zona –concluyó con un gesto de resignación.

– No te preocupes, tampoco es una fiesta y mi madre, como tú ya sabes, siempre prepara tartas de chocolate... haya cumpleaños o no, así que podrás comer tarta otro día –respondió comprensivamente.

Continuaron conversando y riendo sobre las ocurrencias y chistes de un compañero, al que agradecían no haberlos dejado dormir ni aburrirse aquel día, pues en plena clase disfrutó haciendo payasadas a escondidas del profesor. Sonó el timbre para entrar nuevamente a las aulas. Había acabado el recreo. Billy y sus amigos recogieron sus respectivas mochilas y emprendieron el regreso al edificio del instituto, atravesando la zona de césped a grandes zancadas, para llegar más rápido a la puerta lateral y evitar el congestionado embudo que se hace en la puerta principal.

Terminada la mañana de clases, los muchachos se despidieron y emprendieron la marcha hacia sus respectivas casas. Tomás y Robin viven del lado contrario a la casa de Billy, en una urbanización construida sobre una colina y más alejada del instituto. A Sandra la recoge su madre en el coche, así que la chica se quedó esperando en la congestionada acera.

Billy, fue caminando apresuradamente como era su costumbre. Llegó a casa a la hora de siempre, encendió la tele y se recostó en el sofá a esperar a su madre para comer juntos. Cambiaba de canal buscando algo divertido. Pero pronto comenzó a cerrar los párpados y con el mando en la mano, no sabe ni cuándo ni cómo, se quedó profundamente dormido.

*****

Billy se sumergió en un sueño profundo. Comenzó a visualizar un extraño lugar con Castillos azules y dos lunas que se podían observar en pleno día. Sentía que caminaba o se deslizaba por un camino hecho de nubes, aunque parecía un simple camino de tierra. Se sentía extraño... ¿Flotaba? Parecía como si pisara algodón. Era una sensación ingrávida que lo mareaba. Veía jardines con setos verdes y flores de variados colores a ambos lados de la ruta, la cual seguía de manera familiar, como si supiera a donde iba. A medida que avanzaba, veía a personas con extrañas indumentarias que le recordaban las películas de historia antigua. Las mujeres llevaban pañuelos en sus cabezas y lucían faldas largas en tonos beige y marrón en su mayoría, sin joyas ni maquillaje. Los hombres iban ataviados con camisas sin botones y pantalones, también en colores tierra que contrastaban con los verdes prados por los que transitaban llevando carretas, burros y caballos. ¿Dónde estaba?

Todos parecían sonrientes y felices, pero cuando giraban hacia él y sus miradas se cruzaban, cambiaban de inmediato su expresión. Lo miraban con recelo y se alejaban del camino que Billy seguía como un autómata, aunque este intentara parar o desviarse. ¿Por qué huían de él?

Empezó a sentirse inquieto y nervioso. No lograba controlar de ninguna forma aquella situación. ¿Qué lugar era aquél? ¡Era todo tan extraño! ¡Era todo tan real!

Sin darse cuenta, estaba ante unas grandes puertas de madera clara que, de manera silenciosa y lenta, comenzaron a abrirse al sentir su presencia. Continuó avanzando hacia un gran salón vacío de forma circular y de gran altura, rodeado de altas columnas labradas y cuyo techo tenía ventanas triangulares por las que se podía ver el cielo. Quería ver más pero a la vez, sentía incertidumbre y quería huir de allí. Intentaba frenar, pero no podía. Intentaba huir pero sentía perder el equilibrio y se mareaba aún más. Miraba a todos lados, presa de angustia y miedo a lo desconocido, cuando llegó al centro del gran salón.

Las puertas se cerraron con la misma lentitud con que se abrieron, y él no podía hacer nada. Intentaba caminar o correr y no podía. Quería impedir que las puertas se cerraran, pero no podía moverse. Sus pies no le obedecían. Quería gritar, pedir ayuda y no lo lograba. ¡Se quedaría encerrado y no tenía a quien llamar! Vio a través de las ventanas que el cielo se empezó a nublar, oscureciendo el enorme salón. Comenzó a sentirse oprimido y cada vez más angustiado, pues no entendía qué hacía en ese desconocido lugar, no lograba dar marcha atrás y salir de allí. No podía hablar. Parecía que le faltaba el aire. Estaba terriblemente desesperado, cuando escuchó una voz lejana que lo llamaba por su nombre.

– Billy, Billy...

Se despertó sobresaltado, incorporándose de inmediato y cayendo del sofá donde se había quedado dormido. El mando del televisor había caído a su lado, lo recogió por instinto y comprobó para su tranquilidad que estaba en su casa y que, era su madre quien lo llamaba, pues había llegado del trabajo y estaba entrando en la casa. Se sentía desconcertado, agitado y sudado, no tanto por lo visto en el sueño, sino por las sensaciones y la pérdida de control de su voluntad, al ir a un lugar que él no escogió ni conocía. De no poder gritar ni moverse.

– ¡Qué sueño tan raro!... Otro susto más en este día –dijo entre dientes.

Se levantó todavía con el malestar en el cuerpo para saludar a su madre. Se sentía realmente agotado, pero prefirió no prestar atención a aquella desagradable sensación. Había sido un estúpido sueño y nada más... No, no había sido un sueño, había sido una pesadilla. Billy espabiló y se dispuso a ayudar a su madre en la cocina, quien continuaba hablando sola y se disponía a calentar y a servir la comida. Billy buscó los cubiertos y los vasos, luego se sentó a la mesa donde comenzaron a charlar.

– ¿Cómo le ha ido hoy en el instituto a mi cumpleañero favorito? –preguntó la madre, mientras le revolvía el cabello con la mano e iba a sentarse a su lado.

– Bien, como todos los días –respondió con cierto fastidio, porque su madre lo trataba como a un niño pequeño y luego prosiguió–: invité a Tomás y a Robin a comer tarta, tal como acordamos y vendrán más tarde. Sandra no puede venir porque va al dentista. Espero que papá llegue temprano.

—Sí, ten por seguro que será así, me lo prometió ayer y él siempre cumple lo que promete —afirmó la madre con una sonrisa.

Continuaron comiendo y charlando, recogieron la mesa y mientras la madre lavaba los platos, Billy subió a darse una ducha. Mientras se duchaba, se relajó un poco con el agua tibia, cerró los ojos y volvió en su mente al lugar del sueño, una y otra vez. No lograba aclarar nada sobre el lugar ni el porqué de esas sensaciones, así que decidió que lo más prudente era no volver a cerrar los ojos y pensar en otra cosa.

Terminó de asearse, se vistió y bajó al salón a esperar a sus amigos. Cuando se iba a sentar, sonó el teléfono y su madre gritó desde la cocina que atendiera a la llamada, pues ella estaba decorando la tarta. Era su abuela Anabel quien lo felicitó por su cumpleaños, expresando que lamentaba no poder estar allí con él, en ese día tan especial.

*****

Desde hacía un par de años, ella y el abuelo Jaime Paperson, se habían ido a vivir al sur del país, junto a un hermano y a su esposa, también jubilados, ya que el clima era más benigno para sus viejos huesos, como ellos decían. Ya los abuelos no podían viajar tanto como antes. Lo bueno de esta nueva casa de los abuelos, era que ahora tenían un lugar de playa donde poder ir de vacaciones sin tener muchos gastos y a la vez, poder compartir con ellos.

Pero verlos solamente de vez en cuando, no era lo que le satisfacía. Realmente, los extrañaba mucho.

Billy comentó a su abuela que sus amigos vendrían y que su madre, como de costumbre, había horneado una tarta de chocolate. También le confesó que le iba más o menos bien en el colegio, bueno... tal vez un poco mal; pero cambió de tema rápidamente, expresando que los extrañaba mucho. Ambos se entristecieron. La abuela le prometió un regalo y un montón de besos para cuando se volvieran a ver en las próximas vacaciones. Se despidieron y la abuela Anabel pasó el teléfono al abuelo, quien lo felicitó y lo hizo reír con sus habituales ocurrencias. El abuelo se despidió, deseando lo mejor para todos. Colgó el teléfono.

De inmediato sonó el teléfono otra vez. Esta vez es el tío Lucas desde Francia, quien también quería desearle un feliz cumpleaños. Cuanta alegría sintió al escuchar su gruesa voz. El tío Lucas se despidió diciendo "Au revoir, mom petit Billy".

No habían pasado ni tres minutos cuando llamaron a la puerta. Eran Tomás y Robin, quienes muy sonrientes le extendían a Billy sus correspondientes regalos.

– ¡Feliz cumple de nuevo! –deseó Robin.

– Esperamos que te gusten nuestros regalos…y por fin, ¿La tarta es de chocolate? –preguntó Tomás, soltando una sonora carcajada como era su costumbre.

– ¡Claro que sí! Ya os lo dije… ¡Gracias, chicos! Pasad –dijo, señalando con la mano extendida y recibiendo los regalos de cumpleaños mientras trataba de disimular su emoción.

Tomaron asiento en un sofá y Billy comenzó a abrir un regalo, el más pequeño y más evidente, por la forma del paquete.

– ¡Búa! Un videojuego… Gracias, muchísimas gracias. ¡A ver, a ver el otro! –expresó muy contento.

– Lo compró mi madre, tú sabes cómo es ella… la verdad es que espero que también te guste… – dijo Tomás, en un tono entre preocupado y de vergüenza.

– ¡Vaya! Un juego de magia… quien se lo iba a imaginar. Creo que vamos a pasar unos buenos ratos con este juego… ¡Aprenderemos el arte del ilusionismo! –aseveró con voz misteriosa y gestos alusivos, lo que provocó la risa de todos.

Decidieron jugar con la consola, con la que pasarían el rato muy divertidos hasta que llegara el padre de Billy y poder, por fin, comer la anhelada tarta de chocolate. El videojuego era de guerra intergaláctica y ellos eran expertos disparando con los mandos y matando alienígenas. ¡Qué buen regalo!

Por supuesto, Tomás siempre ganaba.

El tiempo pasó muy rápido como siempre ocurre cuando todos se divierten. Paul llegó del trabajo. Cantaron ante la tarta, Billy pidió un gran deseo, en silencio y en "secreto" para que se cumpliera, como decía la abuela. Apagó las velas y degustaron la tarta entre chistes, bromas y risas. Robin y Tomás se despidieron al poco rato, ya que a la mañana siguiente tenían que asistir a clases y no habían realizado aún los deberes. El padre de Robin ya los estaba esperando en el coche.

Todos estaban sonrientes y satisfechos, Billy tenía regalos con los que no contaba y sus amigos habían comido tarta. Los padres de Billy se emocionaron al verlo tan contento.

*****

Cuando se quedaron solos, el padre comentó que había conseguido unos recambios para el coche y convidó a Billy al garaje para charlar un rato, mientras él verificaba si realmente servían.

– ¿Y cuál ha sido el deseo pedido? –preguntó el padre buscando conversación.

– ¡Oh, no! Eso no se dice. Si te lo digo, no se cumplirá.

– ¡Vamos, hijo! Quiero saber si dentro de tu deseo cabe la posibilidad de tener un coche nuevo o irnos de vacaciones a una isla paradisíaca –manifestó sonriendo el padre.

Ambos rieron y continuaron conversando sobre los recambios traídos por Paul esa tarde. A Billy le gustaba que su padre le explicara para qué servía cada pieza y cómo funcionaba. Al cabo de un rato, Billy recordó lo que ocurrió temprano en la mañana cuando se dirigía al instituto y decidió contarlo a su padre. Hizo hincapié en que no había nadie en los alrededores y que le resultó raro el silencio en el momento. Se acordó que había guardado el palo de madera en la mochila y corrió hasta su habitación a buscarlo, para mostrárselo a su padre.

Paul, al ver el objeto, con expresión de desconcierto y encogiendo los hombros, respondió que si había caído del cielo, seguramente lo había dejado caer un ave que hacía su nido. A lo que el chico le respondió:

– Pero aquí en la punta tiene pintura... ¡Ja, ja! Así será de grande el ave, si estas son las ramas que transporta para hacer el nido... entonces, ¿De qué tamaño serán los huevos?

– ¡Vaya qué buen observador eres! –expresó el padre halagando a su hijo.

– Además, observa esta punta, parece el resultado del trabajo de una persona...

– Sí, es una punta afilada o trabajada y con pintura o esmalte... realmente no se me ocurre qué puede ser –comentó el padre, tras haberse acercado para observar el objeto, negando con la cabeza y con expresión circunspecta.

– ¿Qué otra cosa puede ser? La punta afilada puede servir para pinchar, o puede convertirse en arma –exclamó animado Billy.

– ¡Ah, claro, claro... será como tú quieras Billy! –dijo sonriendo nuevamente el padre, para continuar concentrado en la reparación del coche.

Billy seguía manipulando el objeto, comprobando lo afilada que es la punta y gesticulando como si fuera un detective ante numerosas pruebas, observándolo minuciosamente, frunciendo los labios de un lado al otro. Luego se le ocurrió que podía utilizarse de espada y se puso en pose de espadachín, moviendo el objeto de un lado para otro, cortando el aire con seguridad y destreza, cuando de pronto apuntó sin querer hacia el coche y de la punta del objeto brotó un haz de luz que chocó contra la puerta trasera de este, dejando una quemadura en la pintura.

Billy soltó el palo de madera bruscamente y este cayó al suelo. Billy quedó paralizado, muy pálido, con las manos abiertas y en alto, sin siquiera poder gritar; estaba mudo del susto. El padre que había observado todo lo sucedido, estaba con la boca abierta, totalmente perplejo observando su coche.

– Pero... ¿Qué ha ocurrido? ¿Qué ha sido eso? –logró preguntar el padre quien, sin darse cuenta, sujetaba con fuerza la pieza que tenía en las manos.

– No... No lo sé –respondió temblorosamente Billy, con los ojos abiertos de asombro por lo sucedido.

Paul dejó la pieza de recambio sobre la encimera de trabajo, al darse cuenta de que sus manos estaban enrojecidas y doloridas, por su reacción ante lo que acababa de presenciar. Abrió y estiró sus dedos de forma instintiva para que la sangre volviera a circular por ellas y dejar de sentir esa sensación de tensión y rigidez que lo había invadido. Entonces, totalmente intrigado, se acercó al coche lentamente para ver bien cuál había sido el daño producido, por lo que consideró un chispazo salido de aquel objeto.

– ¿Fue ese palo el que soltó la chispa o lo que sea? ¡Quemó la pintura de la puerta del coche! Vaya, ¡No son ideas mías! ¿Estás seguro de que eso no tiene pilas ni batería? ¿Pero, qué demonios ha pasado aquí? –preguntó sin parar el padre de Billy, mientras revisaba la pintura del coche y gesticulaba con los brazos, mostrando su incomprensión por lo sucedido.

Billy continuó en total silencio y de pie en el mismo sitio. El padre se acercó al sitio donde había caído el controversial objeto. Con precaución, lo cogió por el extremo que no tenía punta; revisándolo minuciosamente y observó que no tenía tapa que indicara la posibilidad de tener batería ni nada que hubiese generado ese rayo, para llamarlo de alguna manera.

Pues sí, había sido como un rayo lo que ocasionó la quemadura en la pintura del coche, él lo había visto claramente. No estaba desvariando. Se giró y vio a su hijo muy asustado. Billy no hablaba. Sólo veía el lugar donde la pintura del coche se encontraba quemada.

– Billy, cálmate. Vi lo que pasó y sé que no es tu culpa. Solamente quiero saber qué hiciste o sentiste al tener este objeto en la mano en el momento del chispazo – inquirió el padre.

– Yo... no sé —contestó nuevamente el chico—. Me puse a jugar al espadachín y ocurrió esto, sin razón alguna. Yo no sentí nada, no estaba caliente ni hizo ningún ruido... no sé, de veras, yo no hice nada, ni siquiera tenía intenciones de apuntar al coche – indicó muy apesadumbrado.

– Hijo, tranquilízate. Bueno... creo que los dos debemos tranquilizarnos. Sé que no es tu culpa. Te hago estas preguntas porque necesito comprender que locura es esta. Tu historia de lo sucedido en la mañana comienza a preocuparme. Yo no le di importancia, pero ahora... después de esto —dijo señalando y mirando con preocupación el coche.

– Y... ¿Ahora qué pasará? ¿Qué haremos?

– No lo sé. De veras que no lo sé... por el coche no te preocupes. Creo que hay que buscar respuestas, porque con esto que ha ocurrido no puedo quedarme tranquilo. Primero deberíamos de averiguar algunas cosas... ¿Qué es esto? ¿De dónde salió? ¿Será peligroso? —expresó en voz alta, mientras movía las manos y los brazos reforzando su extrañeza.

Billy y su padre, se miraban entre ellos, sin comprender nada. El padre volvió a observar al enigmático palo de madera, mientras Billy no quería ni verlo.

– ¡Más vale que no me lo hubiese traído! ¡Debí dejarlo en el callejón!...es mi culpa que el coche se haya dañado así —expresó Billy, lamentándose.

– Billy por favor... ni tú, ni yo, ni nadie podía prever algo así. Además, tampoco ha sido nada grave lo del coche. Te confieso que estoy realmente intrigado. Oye, cuando estabas haciendo de espadachín, ¿Qué te pasó por la mente? ¿Imaginabas algo en especial? –quiso saber su padre, intentando suavizar la situación.

– Bueno sí, imaginaba que tenía una espada especial, resplandeciente y... oh, oh... que disparaba rayos láser para matar a los enemigos... –explicó con cara de espanto.

– ¡Vamos hijo, no pongas esa cara! ¿Sabes? Me gusta eso de una espada que lanza rayos –aseguró sonriendo, con la intención de animar al preocupado Billy.

– No te burles...

– No me burlo, de veras me gusta la idea, me parece interesante... Y volviendo al tema, tiene que haber sido otra cosa y ya encontraremos una explicación... pero por no dejar, se me ocurre que podemos hacer una prueba afuera en el jardín, donde no hay mayores riesgos... bueno, eso espero.

Abrieron la puerta pequeña del garaje y salieron al jardín delantero de su casa. La noche estaba oscura porque la luna estaba en cuarto creciente, pero las farolas eran suficientemente luminosas y podían observar bien lo que ocurriera, si es que ocurría algo... El vecindario estaba en calma, ya que a esa hora todos los vecinos se preparaban para dormir; pues es mitad de semana y a la mañana siguiente había que levantarse temprano para ir a trabajar y a estudiar.

El padre de Billy, con el palo de madera en la mano, sugirió probar lanzando un rayo a unas malas hierbas que habían crecido entre el césped, en plan valiente. Se puso en posición, imitando lo que había hecho Billy en el garaje y sencillamente no ocurrió nada. Luego apuntó hacia los cubos de la basura, diciendo en voz alta que tenía un arma poderosa que chamuscaría todo lo que él apuntaba. Nada sucedió.

Ya Billy comenzaba a sonreír al ver a su padre en aquella situación que había comenzado con tensión y seriedad, pero que había terminado como una actuación ridícula de un mal comediante. Realmente se había convertido en divertida aquella situación.

El padre de Billy, riéndose también, se dio por vencido. Había llegado a la conclusión que había ocurrido algún fenómeno eléctrico que, sencilla y llanamente, ellos desconocían y esto les había jugado una mala pasada. Ya hasta se le había pasado la consternación por lo ocurrido a la puerta del coche. Le preocupaba más que Billy superara el mal trance.

Pensando en que su hijo recobrara la confianza en sí mismo, le propuso que probara con el palo como si fuera una varita, como había hecho él minutos antes y también, con el objetivo de dar por zanjado, de una vez por todas, con el asunto.

– Ahora te toca probar a ti –indicó a su hijo, tomándolo por sorpresa.

– ¡Oh, no! Yo no quiero volver a tocar esa cosa –respondió Billy, dando unos pasos hacia atrás con el susto todavía en el cuerpo y negando con la cabeza para reafirmar su respuesta.

– Oye hijo, imagina que cada conductor que choca su coche no quiere volver a conducir, entonces una gran cantidad de personas dejaría abandonados sus coches y sus esfuerzos por no poder superar el primer percance que se le presenta en la vida. A todos nos pasan cosas malas, todos cometemos errores. Pero hay que superarlos y seguir adelante. Hay que aprender de las experiencias. A ver... llevo rato probando y no ha ocurrido nada. Así que te toca a ti. Imagina algo pequeño, como quemar estas hojas caídas.

A Billy no le convenció la propuesta. Dudó en su interior y reconoció que tenía miedo. Unos minutos antes, su padre le había demostrado que no pasaba nada. No había quemado nada. Su padre insistía. Lo volvió a pensar. Hasta que al fin, para complacer a su padre, decidió aceptar el reto. Se encogió de hombros con gesto de resignación, tomó el palo con la mano derecha y lo apuntó a las hojas marchitas. Y ocurrió algo muy sutil: de la varita brotó una luz azulada en dirección a las hojas y, para mayor asombro de padre e hijo, no se quemaron... recobraron el verde de la vida vegetal.

Nuevamente, padre e hijo se quedaron paralizados de asombro. Y sin pronunciar ni una sola palabra, ambos pensaron en que aquel objeto definitivamente tenía algún poder. Billy se inclinó y colocó el palo de madera en el césped y se alejó lentamente, sin dejar de mirar todo aquello. El padre de Billy no reaccionaba, se quedó estático en el mismo sitio donde presenció el acontecimiento. Su mente daba vueltas y vueltas. Parecía que su cerebro iba a estallar.

Esta vez fue Billy quien habló primero:

—¡Papá...! ¡Ey papá! ¿Qué te sucede? —dijo Billy en voz baja, tirando de su camiseta.

Paul seguía con la mirada fija en las hojas sobre el césped.

—Papá, ahora creo y estoy seguro de que esto es extraterrestre. ¿No te parece? Y... ¿Por qué funciona conmigo y no contigo? ¿Por qué no se quemaron las hojas?, bueno... yo no quería quemarlas, no quiero dañar nada más... —afirmó Billy, dentro de tantas incógnitas expresadas.

Ahora era el padre, el que se encontraba impactado. Billy, recogió la varita con mucho cuidado y cogió a Paul por el brazo, lo guió hacia el garaje y entraron cerrando la puerta tras ellos. Colocó el objeto sobre la mesa de trabajo y se sentó a su lado en la banqueta, ambos con la espalda encorvada, los antebrazos apoyados en las rodillas y las manos entrelazadas. Se quedaron un buen rato en silencio con la mirada perdida. ¿Qué había sucedido? ¿Qué era aquello realmente? Definitivamente no era un simple palo.

*****

Mientras Paul y Billy afrontaban e intentaban asimilar la extraña experiencia, Marta, tras recoger y limpiar la cocina, había decidido darse una ducha mientras escuchaba su música favorita pues tras un día de duro trabajo, necesitaba tomarse unos momentos de paz y tranquilidad para poder relajarse. No se imaginaba qué sucedía en el garaje de la casa en esos momentos. Al terminar de ducharse, Marta se puso su pijama y extrañada porque Billy y Paul no estaban alistándose para dormir, decidió indagar el motivo por el que no subían a sus habitaciones.

Llegó tranquilamente a la puerta de acceso de la casa al garaje y los encontró absortos en sus pensamientos, sentados en la larga banqueta del garaje. Miraban el suelo, con la vista perdida y ambos con una palidez inusual.

Tras esta inesperada impresión, Marta se dirigió a ellos:

– ¡Hola! ¿Qué ha pasado por aquí que tenéis esas caras? ¿Hay alguna mala noticia? ¿Se murió alguien? –preguntó un tanto extrañada, poniéndose la mano en el pecho y esperando una rápida respuesta.

Tanto el padre como el hijo, respiraron con profundidad y se miraron entre ellos, antes que Billy tomara la palabra:

– No, mamá... no se ha muerto nadie, pero ha pasado algo... algo más bien extraño y la verdad, no sé explicarlo...

– ¡Vamos, hablad de una vez que me estáis asustando! – ordenó la madre un tanto perpleja.

– Marta, siéntate primero con nosotros y te iremos contando. En realidad no sé qué te voy a contar. Te explicaré lo que creemos que ha sucedido –aseguró el padre, con voz queda y consternada.

Comenzaron el relato. Lo que más extrañó a Marta es que habitualmente, ambos tenían la mala costumbre de relatar cualquier acontecimiento salpicándolo de expresiones y gestos exagerados. Normalmente hablaban a toda voz al mismo tiempo, no permitiendo que quien los oyera, pudiera entender pizca de la historia.

Y en esos momentos todo era tan diferente. Más bien raro.

Ambos cuidaban las palabras que utilizaban y lo que decían, al relatar una serie de acontecimientos propios de una película de ficción y no de la vida real. La seriedad y preocupación de sus rostros, no le permitió reprenderles por mofarse de ella... ¿Estarán desvariando?... Marta escuchaba y pensó en lo absurdo de aquella historia. Y de pronto, se preguntó así misma: ¿Sería que olieron alguna sustancia y tienen alucinaciones? Pero... ¿La misma alucinación los dos?

–Y eso es lo que ha ocurrido, no preguntes más porque de veras, no tenemos respuestas –dijo el padre cansado de pensar y pensar, mientras ponía las manos en su cabeza.

–No sabemos si es extraterrestre. ¿O mágica? –agregó Billy con mucha preocupación.

–Pues no sé qué creer. De ti Billy, creo cualquier cosa con esa imaginación que siempre derrochas, pero ¿Paul con esa historia? No lo creo. Lo que digo, es que yo estoy cansada y me quiero ir a dormir, así que vamos a ver cómo resolvemos este misterio que os tiene mal; porque lo siento, pero dudo que sea verdad y creo que vosotros me estáis tomando el pelo –reclamó Marta tajantemente y desconfiando abiertamente del relato.

Marta, se levantó de la banqueta y se dirigió hacia la mesa para ver el objeto que causaba tal malestar. Sin dudarlo dos veces lo cogió de la mesa y lo escudriñó, pensando convencida que estaban delirando o algo por el estilo. Para ella, esa historia no tiene ningún sentido. Seguro que se están burlando de ella. ¿Esto puede producir magia? Se preguntó a sí misma al observar aquel palo.

Billy y Paul observaron estupefactos como Marta manipulaba, sin el menor cuidado, el palo de madera protagonista del insólito relato. Billy también se puso en pie y le advirtió:

–Mamá, ¡eh... ten cuidado...!

–No pasa nada, mira... –mientras seguía moviendo la varita de un lado a otro, haciendo círculos en el aire.

106

–Vale mamá, parece que no funciona contigo… es que creo que sólo funciona conmigo…

–Pues prueba, tómalo y demuéstrame que es lo que ocurre –propuso a su hijo, extendiéndole el palo torcido con total incredulidad y, mientras negaba con la cabeza, terminó confesando–: porque yo, con toda sinceridad, no creo que esto sea ni mágico ni extraterrestre…

–¿Qué quieres que haga? –preguntó el chico.

–Renueva el coche averiado, ya que tu padre lleva tiempo intentando arreglarlo y no podemos salir a pasear un poco más allá del hipermercado. La verdad, estoy cansada de no salir de casa… –sostuvo con actitud circunspecta.

El padre, horrorizado se adelantó hacia ellos para protestar la manera tan ligera con que Marta actuaba y hablaba, pero ya Billy tenía la varita en la mano y apuntaba al coche, deseando con todas sus fuerzas lo que su madre había propuesto.

Y tal como ocurrió con las hojas del jardín, comenzó a brotar una luz azul en forma de rayo, recto y bien delineado que en cuestión de segundos provocó un estallido de luz resplandeciente alrededor del coche. Aquella luz los encandiló y cuando volvieron a abrir los ojos, quedaron boquiabiertos. Cerraron nuevamente los ojos e instintivamente, se los restregaron con las manos. Y al volver a mirar, sus ojos se desorbitaron ante el asombro causado por lo que tenían delante. El coche recobró su aspecto de recién salido de fábrica.

Algo boscoso

Sortudo esperó las cartas de recomendación y las explicaciones de Athanasius, sobre las personas con las que tenía que establecer los contactos para llevar a cabo su importante cometido. Se despidió del maestro Itzigorn y del anciano mago. Salió del palacio, dirigiéndose a toda carrera hacia su casa en busca de su caballo, con el que emprendería el recorrido hasta Los Sauzales. Entró en su casa y solicitó a su hermana Lya que, por favor, le preparara algo de comer para el camino, mientras él prepararía rápidamente el caballo. Tenía que colocar la silla de montar y preparar una mochila con todo lo que él consideraba necesario llevar para ese imprevisto recorrido. Se quitó la túnica de la escuela de magia y se cambió de ropa para el viaje.

Todavía era de día y tenía que aprovechar, al máximo, lo que quedaba de luz del sol para llegar al pequeño poblado conocido como Los Sauzales, donde vivía el carpintero Julius quien lo ayudaría a cruzar el bosque al día siguiente, según la solicitud escrita por Athanasius.

Se despidió de su hermana, rogando que explicara a sus padres que iba en una misión encomendada por el mago Itzigorn y que no sabía cuándo volvería.

Emprendió el camino a buen paso. La mayor parte del recorrido lo hizo en paralelo al río Aguamansa. En general era un tramo bastante rápido de recorrer, pues atravesaba un territorio de llanuras aluviales con angostos ríos que cruzar. Hasta ahora el viaje le estaba resultando fácil.

Sin parar, sólo desacelerando el paso durante un rato, comió un poco de lo que le había dado su hermana: un pequeño trozo de pan de centeno del preparado por Tábata, la hija del maestro Itzigorn; algo de queso semicurado de cabra previamente cortado y unas cuantas uvas. Tomó agua. No miró el resto de la bolsa con la comida, con eso era suficiente. Espolió al caballo y apretó el paso para recuperar el tiempo que había perdido mientras comía.

A los lados del camino divisó numerosas granjas con animales. Unas con vacas, otras con muchos caballos, otras con ovejas, con cerdos y otras, con cabras. La mayoría de las casas tienen, como es la costumbre en casi todo el reino, la parte de abajo construida a base de grandes piedras, al igual que sus humeantes chimeneas. Estas bases de piedra, las hacen más resistentes y duraderas. Mientras que la parte alta de aquellas casas está fabricada en madera, material noble ideal para combatir los efectos del cambio de temperatura. Sus pequeñas y escasas ventanas, también son de madera. Los techos, en su mayoría, son de paja fuertemente prensada y adosada a gruesas vigas de madera. Estas casas tienen sus propias huertas, árboles frutales en los alrededores, graneros y caballerizas. Algunas propiedades más grandes, cuentan con sus propios molinos de viento.

A medida que Sortudo avanzaba por el camino, percibía la tranquilidad con la que se vive en esos campos y sin querer sintió cierta envidia, ya que la ciudad capital Villavalle donde él vive, es un hervidero de gente en constante bullicio.

Sortudo apresuró nuevamente el paso de su corcel. Calculó que iría por la mitad del camino al observar un grupo de árboles que visualizó en sus anteriores travesías, cuando acompañó a su padre por aquellos lugares hace algún tiempo atrás. "¡Vaya, quien lo diría!", pensó mientras cabalgaba; ahora el camino lo recorría él solo y en una importante misión para la escuela de magia. Sintió orgullo y satisfacción por ser el responsable de dicho encargo. Su maestro Itzigorn confió en él, así que tenía que hacerlo todo muy bien, pues no quería defraudarlo.

Al cabo de un rato, encontró una bifurcación y un letrero donde se indicaba la dirección hacia Los Sauzales. "Falta menos", pensó de inmediato a pesar de no ver todavía señales del pueblo. Continuó cabalgando. Cuando comenzó a caer la noche, divisó luces en una loma lejana. Esas luces serían su primera parada. Nunca había estado en ese poblado y supuso que era igual a todos los demás. En realidad la mayoría de los pueblos del reino están compuestos de casas y edificios públicos construidos casi de la misma manera. En su mayoría son construcciones sencillas, pero todas muy bien cuidadas. Unas casas un poco más grandes, otras más pequeñas. Pero todas satisfacían las necesidades de las familias.

Al llegar al poblado, ya se había cerrado la noche permitiendo ver el cielo salpicado de estrellas. Las dos inseparables lunas, fungían como enormes farolas que alumbraban las oscuras noches.

Sortudo encontró en la entrada del pueblo a dos ancianos conversando animadamente junto a una hoguera. Sortudo se dirigió inmediatamente a ellos:

—¡Buenas noches señores míos! Por favor, podríais indicarme dónde puedo encontrar al carpintero Julius —solicitó el joven aprendiz, con mucha educación.

Uno de los ancianos, lo miró de arriba abajo y sin saludar, respondió con otras preguntas:

—¿Qué hace un mozo de ciudad por este fin de mundo? ¿Para qué queréis hablar con el carpintero? ¿Queréis que os construya algo?... Uhm... Pareciera que tenéis prisa... pero os digo, estos no son momentos de acudir a molestar en casas ajenas, ya cayó la noche —protestó de forma impertinente.

—¡Joven, no prestéis atención a este viejo gruñón! — demandó el otro anciano de inmediato, haciendo gestos con las manos y negando con la cabeza, para proseguir hablando con el joven viajero—: seguid por esta calle ancha, al llegar a la tienda de comestibles, cruzad a la derecha y unos cincuenta pasos más adelante, buscad una gran casa cuya planta baja está construida con grandes... más bien diría, enormes piedras...

—¡Piedras! ¡Vaya referencia! Cada día os ponéis más viejo y atontado... ¡Bah! Todas las casas tienen piedras... —refunfuñó el otro anciano.

—¡Bah! ¡Callaros de una vez viejo impertinente! Si no vais a ayudar, iros a... —recriminó el anciano amable a su compañero y luego, se dirigió nuevamente a Sortudo.

—Joven, verdaderamente sí se destaca de las demás por sus enormes piedras, distinguiréis con facilidad la casa. Además, tiene un portón que da a un pequeño jardín y a un lado tiene un letrero que dice "Carpintería Julius", no os perderéis os lo aseguro... — terminó de explicar el anciano amable al forastero.

—Muchas gracias, amable señor y que tengáis una buena noche —agradeció Sortudo, siempre tan formal.

—Siempre para serviros —contestó atentamente.

—¡Eso en mis tiempos no ocurría! Estos no son momentos de visita... —continuó refunfuñando el anciano gruñón, mientras el otro hacía caso omiso a sus protestas y despedía al viajero con un gesto amable.

Sortudo siguió la ruta indicada por el amable anciano, observando con curiosidad aquel pueblo que pisaba por primera vez. Siempre le resultaba interesante ver cosas nuevas. La gente conversaba animadamente en las calles; había muchas fogatas, antorchas y velas encendidas en las calles y en las casas y pensó que, con toda razón, había divisado al pueblo con tanta facilidad desde el camino.

*****

El joven aprendiz llegó a la casa de grandes piedras que había indicado el anciano, quien tenía toda la razón: la casa se distinguía de las demás. Así que bajó del caballo y se dispuso a llamar al portón, cuando oyó una voz a sus espaldas que se dirigió a él:

—¡Ya está entrada la noche y por tanto, no se atiende a nadie! Tendréis que volver mañana — dijo una voz femenina, con mucha autoridad.

Sortudo se giró y vio a una joven un poco mayor que él, de contextura gruesa, con aspecto sano y fuerte, de cabello color castaño oscuro y lindo rostro, pero con cara de pocos amigos. Cargaba en cada una de las manos, una cesta llena de comida.

—¡Buenas noches! Siento molestar a estas horas... de veras, pero me urge hablar con Julius el carpintero...

—¿Es qué sois sordo? Os dije bien claro que a esta hora no se atiende a nadie...

112

– Disculpad, no es nada de carpintería… yo vengo de parte del mago Athanasius y… –no pudo continuar explicando su presencia en aquel lugar, pues la joven lo miró con desdén y negando con la cabeza, entró por el portón que accedía al jardín y luego, a la entrada de la casa, dejándolo con las palabras en la boca.

Segunda persona que lo trataba con menosprecio en tan poco tiempo en Los Sauzales, pensó desconcertado el joven Sortudo. Era raro ese tipo de comportamientos en un reino que siempre se había caracterizado por la amabilidad, solidaridad y buen convivir entre sus habitantes. Se miró la ropa y se olió, sin entender que podía haber causado aquellos inesperados rechazos.

Pero él tenía una misión por cumplir, así que amarró el caballo a las ramas de los arbustos que estaban a un lado del portón y entró para obtener una respuesta. Él tenía que hablar con Julius esa misma noche. No podía perder tiempo en nimiedades, pues el plan consistía en atravesar el bosque temprano en la mañana del día siguiente. Necesitaba obligatoriamente de un guía. No tenía la menor idea de cuánto tiempo le llevaría ir hasta Aldea Brillante, ni cuanto tardaría en encontrar una respuesta útil para entregar al maestro Itzigorn.

La puerta de la casa había quedado entreabierta, así que Sortudo dio dos golpes a la puerta y decidió entrar. La casa estaba iluminada por numerosas velas blancas. Se encontró con un hombre grande y gordo sentado en un gran sillón junto a una chimenea encendida y con la pierna izquierda entablillada, apoyada en una banqueta y un mullido cojín, quien al sentir la presencia del joven, levantó la cara con una gran sonrisa dando la bienvenida. De inmediato lo invitó a tomar asiento con un gesto de mano.

Julius es un hombre grande, en todo el sentido de la palabra, quien en otros tiempos había sido muy fuerte. Julius había ayudado a todos sus vecinos a construir sus casas, cortando y arrastrando madera desde el bosque. Él había sido constructor, carpintero y guardabosques durante mucho tiempo. Julius era de los pocos que sabía cómo y cuáles árboles podían talar; siempre se encargó de reforestar todo lo que el bosque había brindado como materia prima para su profesión. Como había sido el hombre más fuerte del pueblo, era quien se había encargado de todos los trabajos pesados durante el mayor tiempo de su vida. Ahora es víctima de sus excesos de trabajo, fortaleza y solidaridad con sus vecinos. Ahora se encuentra, irremediablemente, engordando en aquel sillón al estar impedido físicamente, tras una caída que lesionó su ya maltrecha espalda y le ocasionó una rotura en la pierna. Por ahora, solamente hace trabajos pequeños y de tallado. No puede hacer más. El resto de trabajos de la carpintería lo hacen dos jóvenes, a quienes había tenido que contratar tras el accidente sufrido.

La parte baja de su casa es de piedras impresionantemente grandes, las cuales había ido colocando una por una, como relata con orgullo a todos los que preguntan. La chimenea es casi una obra de arte, por el minucioso trabajo de tallado en las piedras que la componen. A un lado tiene colocados en orden, un fuelle junto a un atizador y un recogedor, muy útiles para mantener el calor del hogar en los días de frío y de lluvia. Y por supuesto, el resto de la casa es de madera. La casa cuenta con una segunda planta, a la que se accede por una fuerte y robusta escalera. Grandes vigas sostienen esa segunda planta. El mobiliario también es de madera y refleja la destreza de Julius como el artesano que los había fabricado. El trabajo de construcción de la casa había sido enorme, se podía percibir a simple vista. Julius quería una casa segura y resistente para su familia y lo había conseguido.

– Mi hija me ha dicho que habéis venido de parte de mi viejo amigo Athanasius; debe ser algo muy importante... –supuso de forma amable el enorme hombre y continuó preguntando–: ¿En qué os puedo ayudar?

Sortudo sacó la misiva dirigida a Julius que Athanasius le había entregado antes de salir de la escuela de magia. Se la ofreció diciendo:

– Señor, gracias por recibirme... lamento importunaros a estas horas, esta carta os la envía vuestro amigo Athanasius, pues es de suma urgencia vuestra ayuda para cumplir mi misión –dijo mirando de reojo a la joven, quien en silencio, ordenaba lo que había traído en las cestas, haciendo como que no estaba interesada en la conversación.

—No hay nada para lamentar joven, por Athanasius hago lo que sea... ¿Cómo dijisteis que os llamabais? —consultó Julius a continuación, mientras abría la carta.

—¡Oh! Lo siento señor, disculpad mi torpeza —expresó el joven, haciendo una respetuosa reverencia para continuar diciendo—: Me llamo Sortudo y soy el aprendiz ayudante del Mago Maestro Real Itzigorn de la ciudad Villavalle y, como leeréis en la carta, necesito de vuestra encomiable ayuda para atravesar rápidamente el bosque y así poder llegar a la Aldea Brillante, cumplir con mi cometido y luego regresar prontamente a Villavalle —expuso Sortudo, enrojecido por su falta de protocolo.

—¡Ah! El maestro Itzigorn; sí, apreciado joven, lo conozco. Y vuelvo a repetiros que no os agobiéis, yo siempre estoy dispuesto a brindar ayuda a Athanasius y a todos los que él me envíe —aseguró Julius, acomodándose en el sillón con la carta ya abierta en las manos.

Julius alejó la carta para poder ubicarla a una distancia en la que sus ojos pudieran leer. Ajustada la distancia, comenzó a leer en voz alta:

"Apreciado Julius, ante todo un cordial y estimado saludo.

Os ofrezco mis disculpas por adelantado ante las molestias ocasionadas por este gran favor que os pido. Necesito, alojéis por esta noche al aprendiz Sortudo y mañana, con la salida del sol, lo guieis por el camino más rápido y directo a la Aldea Brillante. El joven debe entrevistarse con la Dama Custodia para que le permita revisar el Libro de Crumforex y conseguir lo encomendado con prontitud, pues es de suma importancia para la Escuela de Magia y por ende, para nuestro reino. Cuando el aprendiz termine su búsqueda, deberá regresar lo más pronto posible a Villavalle con el encargo solicitado. Sois el único que conoce el bosque suficientemente para guiarlo. Es por eso que os ruego de corazón, contar con vuestra ayuda y discreción.

Agradezco de antemano vuestra encomiable colaboración. Saludos de vuestro amigo,

Athanasius".

Julius se quedó pensativo y dobló la carta. ¿Cómo podría guiar al joven por el bosque, si él tenía la pierna en esa deplorable condición que le impedía caminar con normalidad? Tenía que pensar cómo ayudarlo. Podía entregarle un mapa, pero era un riesgo. Alguien, obligatoriamente, tenía que acompañar al joven por el bosque. No es peligroso, sin embargo, es muy tupido y complicado pues no hay senderos que se mantengan abiertos. Todos los caminos que habían intentado abrir eran rápidamente engullidos por la vegetación. Se desviaría o se perdería y por el problema expresado en la carta, el tiempo no sobraba precisamente.

Luego de un suspiro profundo, expresó su preocupación a Sortudo:

—Estimado joven, tengo un mapa, pero vos nunca habéis estado en ese bosque y os perderíais con facilidad. Es difícil orientarse dentro del bosque. No hay caminos ni senderos completos, por tanto, tampoco podéis llevar vuestro caballo. Hay que ir caminando y como veréis —dijo señalando su pierna—, yo no puedo acompañaros... Así que por lo pronto, os quedareis esta noche en mi casa y mañana temprano, antes de la salida del sol, iré en busca de alguien que conozca el bosque y pueda acompañaros.

—Gracias señor, os agradezco en nombre de mi maestro y en el mío propio, facilitar mi misión —respondió Sortudo, comprendiendo la situación.

—¡Julietta! —llamó dirigiéndose a su hija—: por favor hija mía, servid otro plato para nuestro visitante, pues cenará con

116

nosotros, así nos pondrá al día con las novedades de Villavalle y de cómo se encuentra mi viejo amigo Athanasius.

– Sí, padre...

– Mientras servís la cena, Sortudo y yo llevaremos su caballo al establo para que coma y descanse a buen refugio –indicó a continuación.

Sortudo ayudó a Julius a levantarse del sillón y este, caminando lentamente con un bastón hecho por él mismo, se dirigió hacia la puerta de la casa, seguido por el aprendiz. Ambos se dirigieron a buscar el caballo que se había quedado en la entrada de la casa, para llevarlo al establo que se encontraba en la parte trasera de la carpintería.

– Disculpad la curiosidad, estimado joven, pero al tener tanta premura no he podido dejar de preocuparme... ¿Es tan grave el problema? –inquirió Julius muy intrigado a su inesperado huésped.

– Pues bien señor, es tal vez un problema un tanto más delicado que grave. Un objeto mágico ha desaparecido y nos urge recuperarlo –respondió el joven aprendiz, intentando ser lo más discreto posible.

– Conozco a Athanasius... y si pide un favor, es porque la situación se le escapa de las manos y de sus habilidades como mago. Espero que consigáis con prontitud lo que os ha encomendado.

– Yo también lo espero, señor.

Luego de haber llevado el caballo al establo, le dieron de comer. Allí pasaría la noche y el día, mientras el joven aprendiz llevaba a cabo su cometido. Cuando Julius y Sortudo regresaron a la casa, ya estaba servida la comida.

Todos se sentaron a la mesa a degustar un sabroso lechón asado con verduras y vino tinto. Mientras comían, Julius sometía a Sortudo a un verdadero interrogatorio, pues tenía mucho tiempo sin que alguien de otro lugar viniera al pueblo. A Julius le gustaba recibir visitas para poder conversar de cosas diferentes a las que tenía que oír, repetidamente a diario, en el pueblo.

Los Sauzales, era un lugar donde había pocas novedades y eso no era del gusto del carpintero Julius. Para él, un hombre que había sido tan activo, estar allí sin moverse era muy aburrido.

– ¿Y ya terminaron de construir el puente nuevo en Villavalle? –quiso conocer Julius.

– Pues sí, señor. El nuevo puente se conoce con el nombre de Las Lunas. Realmente hacía falta, ya que la ciudad cada día está más poblada...

– La última vez que estuve en Villavalle, tuve la fortuna de ver los inicios de la construcción. ¡Verdaderamente fascinante! ¡Cuánto daría para verlo terminado! –afirmó Julius, suspirando con verdadero anhelo.

Sortudo respondía como podía, ya que cada vez que se llevaba un bocado de comida a la boca, Julius le hacía una pregunta. El carpintero, estaba encantado con aquella inesperada visita; se había animado de tal manera que su hija, quien en un principio sintió molestia porque vinieran a buscar a su padre por la noche, comenzó a sonreír disimuladamente al verlo tan entusiasmado con la charla.

Hacía tanto tiempo que no lo veía disfrutar de algo que sintió emoción al verlo alegre.

Luego de comer y conversar durante un buen rato, Julius cojeando llevó a Sortudo a la habitación que estaba al lado del salón, disculpándose por no tener otro sitio a ofrecer para que pasara la noche. Era una pequeña habitación llena de trastos y leña.

– Siento no tener algo mejor que ofreceros. Casi no recibimos visitas...

– Julius, ahora soy yo el que os pide que no os agobiéis, ha sido un placer para mi compartir vuestra mesa y os agradezco de todo corazón, el alojamiento y vuestra desinteresada ayuda. Id a descansar en paz –agradeció Sortudo, dándole las buenas noches.

*****

Sortudo no se había dado cuenta cuan cansado estaba, hasta acostarse en aquel angosto catre; le pareció estar en una mullida nube. Había sido un día realmente largo y agotador. Primera vez en su vida que estaba en una situación así. Todo era nuevo para él. Por momentos sentía temor de no estar a la altura del encargo de su maestro. Pesaba sobre él, una gran responsabilidad y estaba muy consciente de eso.

Sortudo se quedó boca arriba, mirando y detallando el techo de madera hecho con esmero por el propio Julius, tratando de relajarse con el vaivén de la luz de las velas, para así conciliar el sueño.

Había sido un día realmente ajetreado. Recordaba con detalle todo lo que había acontecido, desde la llegada de los nietos del maestro Itzigorn a la escuela de magia, hasta la comida que recién había compartido con Julius y su hija. La desaparición de la varita de esa forma tan brusca y repentina lo tenía realmente conmocionado. Se sentía saturado por toda la información obtenida a lo largo de aquel insólito día. Pero no podía conciliar el sueño. Eran muchas las cosas en que pensaba y que le preocupaban.

Así pasó un buen rato, pensando y repensando, recordando y reviviendo las conversaciones y las discusiones. ¿Por qué no se le ocurrió arrebatar la varita a Pix en vez de intentar separarlo de su hermano? Intentaba buscar respuestas... hasta que por fin, sin darse cuenta, el cansancio lo venció y se quedó profundamente dormido.

*****

Entre tanto, Julietta ya había recogido la cocina y se dispuso también a irse a la cama, dio las buenas noches a su padre y comenzó a subir las escaleras en dirección a su habitación. Pero intrigada, giró y preguntó a su padre sobre qué haría si no encontraba a alguien que acompañara al joven aprendiz, al día siguiente.

Julius se echó a reír y dijo:

– ¡Me vais a tener que explicar algún día, cómo me leéis el pensamiento! ... tal vez, deberíais decidir de una vez, mi querida hija... yo dudo que alguien conozca tan bien el bosque, ni pueda llegar tan rápido a la Aldea Brillante como vos, quien sois por supuesto digna hija mía, cosa que me llena de total orgullo –luego agregó con una expresión de complicidad y picardía–: Y también sospecho que tengáis sumo interés en ir a la Aldea a recordar viejos tiempos ¿O estoy equivocado?...

– Podría ser... pero está lo de ir al mercado a vender lo que hemos hecho, ¿qué haremos?

– Querida hija... Id a dormir. Mañana hablaremos.

– Buenas noches de nuevo padre –dijo la joven sonriendo, mientras subía con prontitud las escaleras.

– Buenas noches hija –respondió su padre, quien con cierto esfuerzo había vuelto a sentarse en el sillón.

*****

Al día siguiente, Sortudo despertó de un sobresalto al percibir en su cara la luz del sol naciente que entraba por la ventana. Se agobió pensando que se había quedado dormido y se había hecho tarde. Se arregló como pudo y salió de la habitación dirigiéndose al salón de la casa pero no vio a nadie. Oyó voces en la calle y se asomó, pensando en que ya el carpintero había encontrado a alguien que lo acompañara. Salió de la casa y encontró a Julius hablando con su hija, quien había peinado su cabello en una larga trenza. Estaba vestida y preparada como... ¿Para un viaje? Y... ¿Hasta con un arco y flechas, colgados en la espalda? Intrigado, Sortudo se acercó a ambos.

—Buenos días, estimado Julius, señorita... —saludó con una discreta reverencia a ambos y continuó preguntando—: ¿Ya habéis encontrado a alguien dispuesto a guiarme hasta la aldea?

—¡Buenos días! Estimado invitado. Claro que sí, tengo a la persona idónea para guiaros hasta la aldea —confirmó Julius de inmediato y con una gran sonrisa; mientras señalaba con sus grandes manos a su hija, quien se encontraba a su lado, sin decir nada. Luego, muy seguro de sí mismo, continuó explicando—: ¡Julietta os acompañará, ella conoce el bosque como la palma de su mano! Es la mejor guía que hay por estos lares, tenedlo por seguro. Y está claro que dispone de tiempo para acompañaros. Así que, apreciado amigo, ¡ya todo está arreglado!

Sortudo quedó de piedra. Pensó rápidamente en si Athanasius confiaba en Julius, era por algo. Hasta aquí todo bien. Pero pensar en aquella chica que no lo había recibido con buena cara, que no había abierto la boca durante la velada y no daba ni los buenos días... ¡Oh no! ¿Por qué ella? No le resultaba nada agradable como compañía. Se sintió incómodo y hasta desanimado. ¿De veras no había nadie más que lo guiase?

Pero no se atrevió a preguntar. No podía ponerse con exigencias.

Su propósito era más importante que sus preferencias o sus escrúpulos. Debía cumplir con la misión encomendada por su maestro. Así que tenía que dejar a un lado su desagrado. Debía continuar.

—Pues, si vos lo consideráis conveniente, así será señor Julius —respondió agradecido el aprendiz, sin comentar nada más.

—Pues bien, joven Sortudo —dijo animado—, ahora a desayunar antes de partir. Ya Julietta tiene todo listo para el camino: comida, agua y el arco con las flechas. ¡Nunca se sabe! Yo cuidaré de vuestro caballo y lo tendré listo para cuando volváis de Aldea Brillante. Así podréis emprender el retorno rápidamente a Villavalle, como lo requieren Athanasius e Itzigorn.

*****

El día había amanecido despejado. Ya la luz del sol iba adueñándose íntegramente del cielo, permitiendo apreciar su hermoso azul. Se respiraba aún la humedad del rocío nocturno, mezclado con el aroma de la hierba circundante. Y ya también, comenzaba la actividad en el pueblo.

Julius, su hija Julietta y el joven desayunaron rápidamente. Los jóvenes se despidieron de Julius y emprendieron con paso vigoroso, el camino hacia el bosque. Salieron del pueblo por el lado norte, bajando por un camino empedrado hacia una pequeña y verde llanura, en la que se distinguían diferentes cultivos, ganado ovino y algunas casas dispersas.

Julietta caminaba muy rápido para el paso de Sortudo. Casi podía decirse que él corría detrás de ella. Como ella no hablaba, Sortudo prefirió no hacerlo tampoco. Ya cerca del bosque, encontraron un pequeño riachuelo con unas estratégicas rocas, por las que se podía saltar para cruzarlo y poder continuar hacia el sendero que llevaba al bosque. Sortudo pisó las mismas piedras que su silenciosa guía.

En pocos pasos entraban en un tupido y húmedo bosque de siempre verdes, coníferas y caducifolios, dentro del cual se oía el canto de numerosas aves que no veía a simple vista. La humedad penetraba por sus fosas nasales. Sortudo no estaba acostumbrado a esos entornos. No era fácil caminar por el suelo del bosque, pues la gruesa capa de humus con musgo hacia que las pisadas se hundieran e hiciera pesado cada paso que daba. Para Sortudo, esa caminata se había convertido en una verdadera tortura, pues no estaba acostumbrado a aquellos sitios sin senderos. En otros tramos rocosos del trayecto, Sortudo resbalaba, teniendo que ayudarse con las manos para mantener el equilibrio. De vez en cuando se agarraba de los arbustos que crecían entre las piedras, para impulsarse y ascender por los empinados tramos que tuvo que sortear, tras su veloz guía. ¡Cuán difícil era seguir el paso a Julietta! Cada vez que el joven aprendiz resbalaba o se le

122

dificultaba continuar, Julietta sin siquiera girarse, hacia un alto y esperaba sin comentario alguno, a que Sortudo se levantara y reemprendiera la marcha. La joven continuó con su pesada actitud.

¿Por qué lo llamarían Bosque Violeta? Se preguntó Sortudo, mientras resoplaba por el cansancio. No veía nada de ese color a su alrededor y preguntarle a su "compañera" de viaje, no resultaba agradable. No quería arriesgarse. Sortudo sólo pensaba en llegar, esperando que la Aldea Brillante no fuera tan inhóspita como el bosque que estaba atravesando.

A lo largo del camino, Sortudo tuvo la oportunidad de ver topos, liebres y otros roedores que él no conocía. Ardillas de diferentes tamaños y un hermoso grupo de venados asustadizos. Ese tupido bosque era el hogar de todos aquellos animales que, por lo visto, no necesitaban de la luz del sol, ya que apenas penetraban algunos rayos en la tupida vegetación, haciéndola penumbrosa.

Sin embargo, no podía dejar pasar inadvertida la belleza del paisaje. El trinar de las numerosas aves era melodioso. La cantidad y variedad de mariposas que habitan el bosque, son realmente impresionantes. Las mariposas volaban en bandadas que se distinguían fácilmente por sus colores. Las amarillas son las más abundantes. Las de tono naranja y negro tienen alas tan hermosas que parecen dibujadas con finos pinceles. Y las de color azul brillante son definitivamente fascinantes. A Sortudo le hubiera gustado tener más tiempo para poder observar aquel paisaje, pero no podía detenerse.

*****

Llevarían media mañana de dura travesía, cuando Julietta se detuvo junto a un arroyo. Y para sorpresa de Sortudo, se dirigió a él con una orden:

    —Vamos a parar para tomar agua, comer algo y para hacer un breve descanso. Lavaos las manos en el riachuelo que las tenéis sucias de tanto caminar a cuatro patas... —dijo con una sonrisa burlesca, mientras tomaba asiento sobre una roca.

—Sí, gracias —respondió Sortudo sin darle importancia a la última frase, mientras se acercaba al arroyo de aguas cristalinas que atravesaba el bosque.

Sortudo se arrodilló junto al riachuelo y refrescó sus doloridas manos en el agua fría. Le escocían los rasguños y quemaduras, provocados por algunos de los arbustos de los que se había tenido que asir, para no caer por las rocas. Se mojó los antebrazos y la cara para refrescarse. La verdad, le hubiese gustado quedarse allí un rato más. Sus fuerzas habían mermado y pensó cuánto costaría levantarse y reemprender la caminata.

—Secaos con este paño. Aquí tengo pan, jalea de manzana, galletas dulces y frutos secos, ¿qué os apetece? —consultó Julietta abriendo y mostrando la bolsa con las provisiones.

—Con unas galletas, unos frutos secos y agua estará bien, gracias —respondió, cogiendo dos enormes galletas dulces de la bolsa y un puñado de frutos secos, para luego sentarse en otra roca cercana.

—¿Por qué dais las gracias a cada instante? Vos, no estáis mendigando ni yo estoy regalando nada, todo hace parte del trato de llevaros a la aldea... ¿No sabéis hablar de otra forma? —cuestionó burlonamente la joven.

Sortudo la miró con cara sombría y pensó que mucho había durado ese estallido de cortesía al ofrecerle comida y la oportunidad de descansar. Él sabía que, con esas preguntas, ella estaba buscando provocarlo con toda mala intención y no quería caer en su juego. No tenía ganas de responder, pero su educación estaba por encima de sus sentimientos.

—Siento que os moleste, pero de donde yo vengo los buenos modales son muy importantes —contestó de manera cortés—, y no, no puedo hablar de forma maleducada, no está en mí hacerlo —completó la respuesta, llevándose un trozo de galleta a la boca y encogiendo los hombros, dando a entender que no le afectaba su impertinencia.

– ¡Vaya, vaya! Sacó el mal genio el jovencito venido de la gran ciudad –dijo sarcásticamente Julietta, para luego darle un generoso mordisco a un trozo de pan con jalea de manzana.

Sortudo no replicó. No valía la pena discutir con alguien que pretende provocar sin razón alguna. Aunque en el fondo, se estrujaba el cerebro tratando de comprender la actitud de esa chica. Él no le había hecho nada. No la entendía. Él estaba allí para una misión y nada más. Sin querer, recordó un comentario de un vecino de Villavalle sobre lo complicadas que son las mujeres y soltó una silenciosa sonrisa, aunque él no pensara eso. Sortudo se llevaba bien con su hermana, con sus compañeras de clase y con sus amigas. Entonces concluyó que quien tenía el problema era ella, y a saber por qué.

De una u otra forma, Sortudo agradeció ese corto descanso. No se había dado cuenta hasta ese momento en que pararon, cuanto le hacía falta tomar agua y comer algo dulce para reponer energías.

Sortudo terminó de comer rápidamente y fue el primero en ponerse en pie, dispuesto a continuar el camino a pesar de su maltrecho estado. Le dolían las piernas, pero por nada en el mundo, confesaría su dolencia a aquella impertinente compañera de viaje. Él era muy trabajador en cuanto a estudios se refiere, pero este camino estaba demostrando que la actividad física no es su lado fuerte.

Quería saber cuánto tiempo faltaba para llegar a la aldea. Pero su orgullo no le permitió preguntar. Dedujo, que si se habían detenido a descansar y a comer, era porque se encontraban a medio camino. De una u otra forma, faltaba menos para llegar a la Aldea Brillante.

Continuaron la marcha y por supuesto, en total silencio.

A medida que avanzaban, encontraban más claros en la vegetación; los rayos de sol calentaban y alumbraban algo más el bosque.

En poco tiempo comenzó a oír algo a lo lejos. Algo que se diferenciaba claramente del trinar de las aves. Julietta se detuvo y prestó atención para ubicar de dónde venía el sonido. Sortudo, sin necesidad de que la joven le advirtiera algo, se quedó inmóvil esperando la reacción de ella. No quería cometer ningún error, pues no sabía lo que significaba aquello. Ya el hecho de que Julietta cargara con un arco y flechas, era sinónimo de peligro para él.

¿Sería un animal? No. Eran voces. Estaba seguro de eso.

Julietta comenzó a silbar de una manera muy peculiar y en pocos momentos, le respondieron a lo lejos de la misma forma. Sin hacer ningún comentario, Julietta continuó la marcha al mismo paso con que venía atravesando el bosque. Cruzaron otro arroyo y salieron a un claro.

Para sorpresa del joven aprendiz, estaban ante la muy nombrada Aldea Brillante y entendió por fin, lo del calificativo Brillante: un lugar impregnado de luz solar que contrastaba con aquel enorme, tupido y más bien oscuro bosque. La luz del sol hacía aún más blanca la pintura de sus construcciones. Nunca había visto un pueblo tan blanco y menos con esa sensación visual de brillo. Afectaba a la vista tanta luminosidad. ¿De qué estaban recubiertas esas casas?

Sin previo aviso, Julietta echó a correr y comenzó a abrazar a un grupo de amigas y amigos que venían hacia el bosque. Todos saltaban y gritaban de alegría, parecía que tenían mucho tiempo sin verse. Estos eran más o menos, tan jóvenes como su guía, todos portaban arcos y flechas colgados a sus espaldas, tal como lo llevaba Julietta.

Sortudo se rezagó, se apoyó discretamente sobre un tronco, desde donde observaba disimuladamente el reencuentro, simulando mirar las casas del poblado. Esperaría las directrices de Julietta y aprovecharía para descansar un poco, pues lo necesitaba de veras.

Pasaron unos pocos instantes y de pronto Julietta recordó a su acompañante y decidió dirigirle la palabra:

– ¡Venid aprendiz Sortudo! Os presento a mis amigos Tacia, Gordon, Clara de Luna, Pánfilo, Ciro, Tucpierre y la persona a quien buscáis. Ella es Moriel, también conocida como la Dama Custodia –dijo Julietta, señalando a cada uno de los presentes a medida que los nombraba.

Sortudo, siempre tan formal y educado, se había acercado extendiendo la mano a cada uno de los recién presentados y al llegar a la Dama Custodia, se consternó ante la presentación. ¿Sería alguna broma de mal gusto? La miró extrañado. No pudo disimular su perplejidad, pues no era lo que esperaba.

– ¡Sí Sortudo, aunque no me creáis, ella es la Dama Custodia! –dijo ratificando la presentación y soltando una carcajada.

Sortudo se quedó a la espera de una reacción por parte de la joven Moriel, pero Julietta habló primero:

– Lo siento mucho Moriel, pero os he traído trabajo. El aprendiz Sortudo trae una misiva del mago Athanasius para vos, así que ya sabéis lo que significa eso. Lamento que no compartamos ni un rato y os perdáis la cacería –dijo con verdadero sentimiento de culpa–, me iré con los chicos, mientras vos os encargáis de ayudar al aprendiz con su búsqueda. ¡Lo siento de veras, amiga!

Se acercó a Moriel y ambas se abrazaron y se dieron palmaditas de consolación en la espalda.

– ¡Vamos! No os aflijáis Julietta... ya me he acostumbrado a mi herencia, sé que habrá otra oportunidad para cazar juntas – expresó Moriel dándole ánimos a su amiga.

Y la joven dama, dirigiéndose a Sortudo, dijo bien dispuesta:

– Pues bien, a ver qué solicita Athanasius en esa carta. Debe ser algo importante pues traéis esta misiva en persona –comentó la joven dama, extendiéndole la mano a Sortudo para que le entregara la carta.

Sortudo hizo entrega de la carta y Moriel se despidió de sus amigos con un "hasta luego", emprendiendo la marcha hacia el centro del pueblo. Moriel caminaba lentamente, mientras deshacía el lazo que aseguraba el papel, para comenzar a leer aquella inesperada carta.

*****

Sortudo siguió en silencio a la muy joven Dama Custodia Moriel. Realmente, Sortudo no se esperaba que una persona tan joven ostentara el título de Dama Custodia. En realidad él no preguntó cómo era, se había imaginado a una mujer mayor, de cabello canoso, con arrugas de experiencia y sabiduría. Definitivamente eran días de sorpresas. Ahora comprendía las palabras de su maestro Itzigorn cuando decía que no siempre las cosas son como parecen. Que lo que parecía más simple era a veces, lo más complicado y que lo que parecía más complicado, podía ser lo más simple. Que nunca podía dar por sentado algo, sin tener suficientes argumentos y pruebas. Sabias palabras aquellas.

Sortudo caminó detrás de la dama, observando los alrededores. Las casas están pintadas de un blanco brillante, contrastante con los vivos colores de las plantas y flores de los pequeños jardines y de las macetas. Flores rojas, violetas, rosadas, amarillas, malvas, blancas... Las casas tienen las bases de piedra como es la costumbre en el reino, pero la parte de arriba está construida de un material diferente pintado de blanco. Y los techos tienen también un material diferente... no logró ver bien desde lejos, pero estaba seguro de que no eran de paja ni tejas de barro, como la mayoría de las casas del reino. Recordó los techos y las cúpulas del Castillo revestidas de tejas de piedra caliza. Sí, podían ser similares. Tenía que ser algún tipo de laja o piedra trabajada. Pero, ¿por qué eran diferentes al resto de las casas del reino? ¿Sería porque estaban en el centro del bosque y había mucha humedad? O, porque si las construían en madera ¿Podían ser consumidas por cualquier incendio del bosque? Era probable. Seguramente tendrían una cantera cercana a la aldea, porque trasladar un material tan pesado desde fuera del bosque por puro gusto, parecía imposible. Ya preguntaría, si tenía ocasión.

La gente tiene cara de feliz, todos saludan muy sonrientes. Algunos de los vecinos de la aldea se asolean frente a las puertas de sus casas. "Al menos no se parecen a algunos de los vecinos de Los Sauzales", pensó mientras caminaba, recordando la actitud impertinente del anciano gruñón cuando llegó a Los Sauzales la noche anterior, y la actitud de Julietta, desde el mismo momento en que la conoció.

Otro detalle que llamó su atención, fue que había conejos, patos, ocas, gallinas y muchos gatos sueltos por todas partes. Pero el pueblo está muy limpio, a pesar de que los animales andan por allí sueltos. Realmente es un lugar muy pintoresco, se dijo así mismo mientras seguía a la Dama Custodia.

Llegaron a la plaza central y se detuvieron frente a una fuente.

–Sortudo, me imagino que debéis estar en conocimiento del origen de las siete varitas. Pues bien, fue en este lugar donde creció el legendario arbusto de donde se obtuvo la madera para fabricarlas.

–Sí, estoy en conocimiento...

–Tal vez sepáis que la varita con la que Crumforex se quedó en un principio, fue asignada tras su retiro, a la memorable Dama Custodia Ágata para que la resguardara. Ha pasado por la protección de varias Damas y actualmente se encuentra a buen resguardo en la biblioteca de nuestra aldea. Nosotras, ninguna de las sucesoras Damas Custodia, hemos tomado en nuestras manos la varita "Intranquilus", pues no ha habido necesidad alguna de usarla.

–Por tanto, ¿no tenéis idea de cómo usarla ni de cuánto poder ostenta? –preguntó Sortudo, interesado en lo confesado por Moriel.

–"Idea" como tal, hemos tenido –respondió Moriel sonriendo por la palabra "idea" usada por el aprendiz, y continuó explicando–: hemos estudiado su origen, sus poderes, sus peligros. Ha hecho parte de nuestra preparación para ser Damas Custodias. Pero no ha hecho falta utilizar la varita hasta ahora. Y de corazón, esperamos continúe así. No sé si sabéis que Crumforex daba por seguro que las varitas tendrían un papel relevante en un evento futuro. Él no tenía claro cuál podía ser, pero siempre expresó su temor y hablaba de un peligro futuro. Muchos hablan de una profecía.

– ¿Profecía? No comprendo eso, pero sí concuerdo en cuanto a esperar que no haya necesidad de usarla... Por el bien de todos – sentenció Sortudo, algo escéptico.

– ¿Vos, no creéis en profecías?

– No es lo que me han enseñado. Mi maestro Itzigorn no es dado a creer en profecías y creo que me ha contagiado un poco su filosofía de vida. Confío en que la varita faltante aparecerá con vuestra ayuda y esto sólo quedará en el recuerdo.

– Me anima vuestra confianza. Pues bien Sortudo, ahora seguiremos hacia la biblioteca donde también se encuentra el libro que buscáis y no os agobiéis, os ayudaré a buscar la respuesta que necesitáis –prometió la Dama Custodia amablemente.

– Gracias, Mor... ¡Oh! Disculpad, gracias Dama Custodia – respondió sonrojado, buscando la manera correcta de dirigirse a ella.

– ¡Moriel! Llamadme Moriel, somos casi contemporáneos... No me hagáis sentir mayor, os lo ruego –pidió con cara suplicante y sonriendo a la vez.

– ¡Claro Moriel, como vos gustéis! –prometió, sonriendo esta vez.

Continuaron por la calle izquierda de la plaza y a pocos pasos, nuevamente a la izquierda, entraron en un pequeño edificio de dos plantas, blanco por supuesto, con dos columnas esculpidas a ambos lados de la puerta. Era la Biblioteca de Aldea Brillante.

*****

Esta biblioteca fue mandada a construir por Gammasius, luego que el mago Crumforex, su antecesor, se retirara de su oficio de mago curandero y regresara al pueblo de Tolán con su familia. El nuevo mago curandero era partidario de la buena educación y se dedicó a recopilar gran cantidad de escritos en papiros, libros, mapas y objetos mágicos para ir enriqueciendo la biblioteca. Se comprometió a dejar un importante legado a las generaciones venideras, fueran magos o no, pues su lema era que "la sabiduría es la base del bienestar y del progreso". Las encargadas de velar por aquel legado serían las Damas Custodias que, hasta ese momento, sólo habían tenido a su cargo las reliquias y las pruebas escritas del origen de los reinos y de la civilización en Toplox.

Moriel, seguida por Sortudo, entró a la biblioteca. Lo primero que se ve, en la parte interna del edificio, es un mostrador cerrado de madera y unas sillas haciendo de aquel espacio, una sala de espera. Sobre el mostrador hay un florero lleno de hermosas flores recién cortadas, una campanita dorada para llamar, un libro cerrado forrado en piel rojiza y un cuaderno cocido a mano, abierto para apuntar los registros de salidas y entradas de libros, pergaminos, mapas, diarios y de todo lo que allí se consulta. Detrás del mostrador, se ven los pasillos con las librerías cuidadosamente organizadas. A un lado, las mesas de trabajo para los visitantes.

En ese momento no había nadie a la vista, así que Moriel saludó en voz alta, haciendo sonar la campanita. Al instante, salió desde el fondo de la biblioteca un hombre bajo, muy delgado y algo desgarbado. Parecía que no veía muy bien, pues se acercó hasta ellos intentando reconocerlos. Cuando distinguió a Moriel, cambió la expresión de su rostro y se dispuso a recibirla con mucho aprecio.

– ¡Buenos días mi querida niña! Pensé que no ibais a venir hoy por aquí –comentó el hombre empinándose para darle un beso en la frente, a la vez que ella se inclinaba para estar a su altura.

– Es que ha surgido un encargo que debo atender de inmediato. Don Justo, os presento a Sortudo, aprendiz de mago de Villavalle; viene de parte de nuestro amigo Athanasius y tengo que ayudarlo a buscar la forma de encontrar una de las siete varitas "Intranquilus", específicamente la entregada a Burktfénix... ha desaparecido envuelta en un globo de plasma –resumió la Dama, rápidamente.

– ¡Oh, vaya contratiempo! No os preocupéis distinguido joven, estáis en el lugar indicado y en buenas manos. ¡Bienvenido! Estamos aquí para serviros –confirmó el atento bibliotecario.

– Gracias, Don Justo –manifestó el joven aprendiz.

– De nada; por favor pasen por aquí –pidió a los jóvenes, mientras los invitaba a seguirlo por uno de los pasillos.

Al final del pasillo derecho hay una puerta de madera labrada, Don Justo sacó un manojo de llaves de su bolsillo y buscó entre ellas, comentando que siempre pasaba lo mismo; tenía que probar hasta encontrar la llave correcta. Luego de probar con varias llaves, por fin abrió la puerta y entraron a una pequeña sala con varias ventanas, donde hay unas diez pequeñas mesas de madera y en cada una de ellas, hay un libro unido a su respectiva mesa por una cadena de oro. Don Justo se acercó a la sexta mesa, señaló el libro solicitado y dijo que iría a buscar unas sillas para que pudieran trabajar con comodidad.

Moriel se acercó y abrió el grueso libro forrado en piel marrón, con ribetes y letras doradas. Se nota su antigüedad a simple vista. Invitó al aprendiz a comenzar su búsqueda. Sortudo se emocionó y se dijo así mismo: "por fin estoy ante el famoso Libro de Ejercicios Prácticos de Crumforex".

– Todos estos libros son conocidos como Grimorios. Son libros que contienen fórmulas mágicas usadas por magos y hechiceros. Son muy importantes y valiosos, es por eso que se encuentran protegidos con encantamientos de invisibilidad y estas cadenas protectoras de oro –informó Moriel amablemente, mientras señalaba la cadena.

– El maestro Athanasius me había advertido al respecto.

Casi inmediatamente apareció Don Justo con dos sillas y dijo:

–Estaré trabajando en la biblioteca, si necesitáis algo me avisáis. ¡Buena fortuna en vuestra búsqueda! –deseó el bibliotecario a los jóvenes, cerrando la puerta a sus espaldas.

Mientras Sortudo cumplía con el encargo, Julietta y sus amigos se internaban en el bosque en busca de su próxima comida, como era la costumbre de los habitantes de Aldea Brillante.

Algo sospechoso

Marta fue la primera en hablar o mejor dicho, en gritar.

—¡No me lo puedo creer! ¡Pellizcadme, estoy soñando! —exclamó impresionada al ver el coche totalmente nuevo—, ¡Es magia! —continuó diciendo, mientras se acercaba al coche y lo admiraba, tocándolo con las puntas de los dedos, para confirmar lo que veía.

Billy y su padre, también se acercaron para comprobar lo que estaba ante ellos. El padre miraba con asombro bajo el capó. Los cables, las mangueras, el motor, la pintura... Todo nuevo y pensó... ¡Guau qué maravilla! ¡Es increíble! No había superado aún, la conmoción anterior y ya tenía de nuevo otro fenómeno inexplicable ante sus ojos.

—¡Definitivamente es una varita mágica!... de veras, esto es magia, ¡realmente existe! ¡Sí, tiene que ser magia! No encuentro otra explicación —repitió Marta una y otra vez, caminando de un lado a otro de manera eufórica.

—¡Marta cálmate! Y no grites, los vecinos pueden oír... además, si tú nunca has creído en nada que no sea real, siempre te has burlado de los relatos de ovnis, de "pie grande", de los cuentos de vampiros y de todo lo que se le parezca —recriminó Paul en voz baja y un tanto molesto, por el arrebato de euforia de su mujer.

—¡Es que es increíble! ¿Cómo puedes pretender que me calme?

Mientras tanto, Billy observaba detenidamente la varita sin sentir ni notar nada especial... ¿Por qué "funcionaba" sólo con él? Quería asegurar de que lo ocurrido no era una simple casualidad y para comprobar apuntó a su vieja bicicleta, pero esta vez, pensando en convertirla en el modelo nuevo que había visto en la tienda de la zona comercial cercana, por la que pasaba todos los días para ir a clases.

Se concentró con los ojos bien abiertos, para no perder detalle de lo que sucedería.

Y tal como había ocurrido con el coche, un rayo azul bien definido tocó la bicicleta, para luego continuar con un estallido de luz a su alrededor. En segundos había una bicicleta nueva, pero no como la había pensado: era la misma que tenía, pero nueva.

– ¡Guau! ¡Funcionó! Entonces solamente funciona conmigo... ¡Mamá, papá! Mi bici está completamente nueva...

La madre no dejaba de exclamar que todo aquello era como un milagro, un sueño hecho realidad. A los tres, padre, madre e hijo, los invadía un sentimiento de alegría eufórica fuera de lo común, mezclado con una extraña sensación de miedo. Sus piernas temblaban. Ponían sus manos en la boca con gesto de asombro, caminaban del coche a la bicicleta, incrédulos ante lo que veían. Abrieron las puertas del coche y entraron en él, observando maravillados el estado en el que había quedado. ¡Era realmente fantástico! Se reían y hasta se abrazaron, festejando algo que no terminaban de entender.

Hasta que Paul, recobró la cordura y pidió calma, opinando que había que analizar con mucha objetividad lo que había pasado.

– Pensaba que vosotros estabais delirando por haber inhalado algún producto de los que usáis para limpiar las piezas del coche, pero veo que no... yo no me siento ni intoxicada ni drogada –expuso Marta espontáneamente.

– Billy, –solicitó el padre–, primero quiero que coloques la varita sobre la mesa de trabajo, pues cuando la tienes en tus manos es cuando ocurren estas cosas.

Billy obedeció inmediatamente y se sentó junto a su madre en la banqueta. Se sentía como en una nube. Le palpitaban las sienes y el corazón, como nunca le había pasado. Intentaba prestar atención a su padre, pero su mente volaba e imaginaba que con la varita obtendría un montón de cosas que no había podido comprar.

—Bien, —dijo el padre—, yo creo que al menos, no estamos locos. Estamos ante algo que no conocemos y debemos ir con cuidado. Primero, pienso que no es conveniente usarlo a la ligera; segundo: nadie debe enterarse de esto, pues corremos el riesgo de meternos en un embrollo.

—¿Tú te refieres a que vengan los hombres de negro o algo así? —preguntó Billy, riendo de su propia deducción.

—Pues podría ser... no lo sé, insisto en que debemos tener cuidado —respondió Paul.

—Podríamos volver a probar, para ver si sólo convierte lo viejo en nuevo o si se pueden hacer otras cosas, qué sé yo... ¿Cómo crear algo de la nada? —propuso Marta, mientras miraba a Billy con complicidad y con los ojos muy abiertos, mientras los dos afirmaban entre sí con la cabeza.

—De acuerdo, probaremos... ¡Pero con cuidado, por favor! —pidió Paul temeroso.

—¡Yo quiero un ordenador nuevo! —Pidió Billy de inmediato—, ¡Vamos a mi habitación! —exclamó levantándose intempestivamente y cogiendo la varita.

Los tres se dirigieron a la habitación de Billy, corriendo literalmente. Llegaron a la habitación y el chico, ya con más confianza en la varita, apuntó hacia la mesa y tras el destello vio con satisfacción que tenía totalmente nuevo, el viejo ordenador. La pantalla no tenía arañazos y el teclado había recobrado las letras y números desgastados de tanto uso.

La madre de Billy dijo que quería un secador nuevo y todos fueron a su habitación a "renovar" el viejo. Parecían chiquillos con juguete nuevo. Pronto olvidaron las advertencias de Paul.

Al cabo de un rato, la varita había renovado ropa de cama, juguetes, electrodomésticos, cortinas, herramientas y un sinfín de cosas más. Intentaron crear cosas de la nada, pero no lo lograron.

Agotados por todo aquello, se sentaron en los sofás del salón. No sabían que decir ni qué hacer.

– Pues creo que llegó el momento de guardar la varita e irnos a dormir –dijo Paul en tono cansado.

– ¿Y dónde la guardaremos? –quiso saber Billy.

– ¡En la caja fuerte! –exclamó el padre de inmediato.

– Sí, me parece el mejor lugar, ahí estará segura –opinó Marta, aprobando la propuesta.

Paul se levantó, cogió la varita y se dirigió al despacho. La caja fuerte estaba detrás de un cuadro con una pintura abstracta de vivos colores. Abrió la caja, guardó la varita, cerró y volvió al salón donde continuaban Marta y Billy, recostados sobre los sofás.

– Ya está guardada. Ahora a dormir. Tal vez mañana nos encontremos con que todo ha sido un sueño. Pues bien... mañana hay trabajo –dijo con cierto desánimo–. Así que... ¡Arriba, vamos a dormir! –ordenó, golpeándoles ligeramente con un cojín.

– Voy... –respondió Billy con desgano.

Marta y Billy subieron las escaleras arrastrando los pies, mientras Paul cerraba con llave la puerta de la calle y apagaba las luces de la planta baja. Se acostaron tratando de conciliar el sueño, con miles de pensamientos agolpados en sus cabezas. Billy recordó lo extraño del sueño tenido en la tarde, pero no se repitió. El cansancio los venció y durmieron profundamente, hasta que el despertador sonó.

*****

Marta apagó el despertador y comenzó a estirarse en la cama, como era su costumbre antes de levantarse. Lo había visto en un programa de la televisión. Era como un primer ejercicio matinal para mejorar el rendimiento diario y eso le gustaba. Luego de sus estiramientos matutinos, despertaba a Paul y a Billy para los preparativos de costumbre.

Pero este no era un día normal y lo recordó dando un salto fuera de la cama. Observó a su alrededor y fue a revisar su secador, así comprobó de que lo que ocurrió la noche anterior no había sido un sueño. Se giró para llamar a Paul, quien despertaba en ese momento.

–Paul, levántate... ¡Mi secador está igual de nuevo que anoche! –dijo muy sonriente.

–Me alegro por ti –contestó desperezándose y levantándose todavía con sueño, mientras daba un largo bostezo.

–¡Voy a levantar a Billy y bajaremos a revisar todo lo demás! –continuó hablando Marta, mientras salía de su habitación.

Llamó a la puerta de la habitación de Billy a la vez que entraba.

–¡Billy, buen día, hora de levantarse! –avisó su madre con voz cantarina, mientras abría los estores de las ventanas para que entrara luz a la habitación.

–¡Oh, mamá no quiero levantarme, quiero seguir durmiendo... tengo mucho sueño! –protestó el chico, tapándose la cabeza con la almohada.

–Vamos, no puedes perder clases y tu padre y yo debemos ir al trabajo –replicó la madre, quitándole la almohada y luego advirtiendo a continuación–: si no te mueves rápido te prohibiré jugar con tu nuevo ordenador... ¿Te parece?

Billy recordó lo que había sucedido la noche anterior. Fue la noche más extraordinaria de cumpleaños que había tenido en su vida. Se sentó de golpe en la cama, para comprobar si todavía su ordenador continuaba renovado. Lo miró sonriente y se dispuso ya más animado a cumplir su rutina de todas las mañanas. Mientras, su madre bajaba a la cocina a preparar los desayunos. Todos amanecieron somnolientos por el trasnocho de la noche anterior. Todavía no lo creían del todo. Paul pasó por el garaje a contemplar el coche antes de ir a la cocina. Marta subió a su habitación a vestirse y terminar de arreglarse para ir a trabajar.

Paul, al sentarse a la mesa con la taza de café en las manos, pensaba que otra cosa podían obtener tras la experiencia de la noche anterior. Se decidió y comentó a su hijo lo que había estado pensando.

– Billy, he pensado que por algo esa varita llegó a nuestras vidas... –y sonriendo propuso–: ¿Qué tal si intentas convertir un cochecito de escala, en un regalo para tu madre que bien se lo merece? ¿Probamos?

Y Billy, con todo gusto, respondió de inmediato que estaba de acuerdo. Se puso en pie, en posición firme como los militares, con la mano recta sobre la ceja, diciendo: "Sí, Señor", provocando la risa de ambos. Fueron al despacho donde Paul abrió la caja fuerte y sacó la varita, la sintió algo caliente y la entregó a Billy, comentando ese detalle. Cuando Billy cogió la varita, esta empezó a enfriar. El chico se encogió de hombros y dijo a su padre que ya no estaba caliente, sin darle mayor importancia.

Subieron rápidamente a la habitación de Billy a escoger el modelo a escala que con ayuda de la varita convertiría en un coche a tamaño real. Sacaron todos los cochecitos y descartaron los de fórmula uno, los militares, los camiones, los muy feos. Finalmente, se decidieron por un monovolumen, más acorde a los gustos de su madre.

Bajaron y se dirigieron al garaje. Paúl abrió la puerta del garaje con el mando eléctrico y sacó su coche renovado, dejándolo aparcado en la rampa de entrada. Luego entró y cerró la puerta. Colocaron el coche a escala en el centro del garaje, calculando el tamaño que tendría luego de utilizar la varita. Billy se concentró y apuntó como había hecho en anteriores ocasiones. Y en pocos instantes, tenían ante ellos el regalo para Marta. Comenzaron a expresar sus emociones bailando y gesticulando de todas las formas habidas, en el momento exacto en que llegó Marta al garaje.

– ¿Qué han hecho? –preguntó sorprendida.

– ¡Ta taaaan! Es para ti –respondió Paul, señalando con ambas manos el monovolumen que tenía delante–, ¿Te gusta? – preguntó a continuación.

– ¿Estáis locos?

– Es un regalo para ti...

Marta se quedó sin palabras. No sabía que decir. Se ilusionó en el momento, pero le preocupaba todo lo que estaba pasando. Ya se le había pasado la euforia de la noche anterior. Era como si se hubiera embriagado y a la mañana siguiente, tuviera que tomar conciencia de lo ocurrido.

– Di algo... ¿No te gustó? –preguntó Paul.

– Gracias... sí, si me gusta, pero tengo que deciros que me da miedo todo esto –expuso Marta pausadamente.

– ¡Vamos Mamá! No va a pasar nada malo... cuidaremos bien que los hombres de negro no se enteren –argumentó Billy, tratando de suavizar el ánimo decaído de su madre con una broma.

– Marta, vamos a continuar con nuestra vida como si no hubiese pasado nada. Al que pregunte, le diremos que recibimos una herencia o ganamos la lotería. ¿Os parece? –concluyó Paul, y luego propuso–: esta tarde cuando vuelva, probaremos el coche. Ya es hora de ir a trabajar, así que guardaré la varita en la caja – dijo cerrando la conversación.

– Espera un momento, pero ¿realmente funciona el monovolumen? –quiso saber Marta.

– Debería... ¡Vamos! no lo he revisado aún...

141

–Parece de verdad –intervino Billy ansioso y esperanzado porque funcionara.

Entonces, Paul se acercó al monovolumen rojo y al comenzar a verlo en detalle, rápidamente se percató de los materiales.

–¡Oh, no! Todo es de plástico y lata... –aseguró Paul, todo decepcionado.

–¡Vamos, Paul! Lo que vale es la intención... no pasa nada.

–¿Sería que no me concentré bien o no lo hice con suficiente fuerza? –preguntó Billy, sintiéndose culpable.

–No Billy, tú no te preocupes... en cierta forma, es lógico que sucediera esto. Hasta ahora hemos visto que solamente renueva o agranda los objetos. Pretendíamos crear un motor de la nada, con aceite y todo. Creo que nuestras expectativas eran muy grandes. Ni modo, habrá que deshacer lo hecho.

–¿Ahora mismo? –quiso saber Billy.

–No, será mejor cuando volvamos en la tarde con más calma. Ya tenemos que salir, no quiero que se haga tarde –indicó su padre, conformándose con la situación.

Guardaron nuevamente la varita en la caja fuerte y salieron de casa como todos los días. Paul fue el primero en salir, pues tenía que caminar hasta la estación del tren y siempre prefería llegar unos minutos antes de la hora que este pasara, para no arriesgarse a perderlo. Luego salieron Marta y Billy. Cuando Marta pasaba llave a la cerradura, oyeron un "buenos días" desde la acera. Ambos se giraron extrañados y al ver que era uno de los vecinos, respondieron el saludo con toda cortesía. Marta dio un beso en la frente a Billy, se despidieron hasta la tarde y emprendieron sus respectivos caminos.

Marta quedó intrigada por ese saludo tan cordial de parte de un vecino tan desagradable como aquel. Ese hombre nunca saludaba. Era raro. Se giró con disimulo para ver por donde se había ido. Por suerte, era la hora en la que la mayoría de los vecinos salían y el hombre ya estaba conversando con la señora Troconis, quien diariamente regaba sus plantas a esa hora. Marta respiró profundamente y pensó que tenía que relajarse, pues su reacción había sido un tanto paranoica y solamente había sido un saludo casual.

*****

Billy no podía disimular que algo le había pasado. No dejaba de pensar en lo ocurrido la noche anterior, estaba emocionado pero distante. Se acercaba al instituto cuando de pronto, Billy fue sorprendido por un compañero de esos que a él no le gustan.

– ¡Hola Billy!

– Hola...

– ¿Vas a clases? –preguntó el chico, quien era muy dado a conversar.

A lo que Billy le respondió irónicamente:

– ¡No! Me voy de viaje al Polo Sur a saludar a los pingüinos –replicó con impertinencia y continuó su camino, apresurando el paso y pensando en que tal vez, ese niño era familia de la vecina preguntona y no lo sabía.

Billy se enfadó porque aquel chico lo había sacado de su ensimismamiento soñador, con sus típicas preguntas absurdas. ¿A quién se le ocurre preguntar cosas así? ¿A dónde más iba a ir, si ya casi estaba frente al instituto cargando con su mochila? ¡Cuánta gente tonta hay por ahí! Se dijo así mismo.

Billy quería seguir pensando en que otras cosas podrían obtener con la varita. No quería pensar en nada más.

Billy llegó al instituto, saludó a sus amigos y continuó de largo hacia adentro. Sandra, Robin y Tomás se extrañaron de su conducta y se preguntaron entre ellos, qué podía estar pasando a su amigo. Tomás opinó de inmediato que seguramente se había enamorado y no quería contarlo. Porque según Tomás, la gente se enamora en un tris.

– Seguro que está enamorado de la rubia que estudia contigo –afirmó Tomás a Sandra.

– ¿Qué dices?

– ¡Claro que sí! Yo lo he visto con mis propios ojos echándole miraditas y creyendo que nadie lo nota...

– Por favor Tomás, no inventes –intervino Robin al escuchar a su amigo.

– ¡Qué sí! Es más, se babea cuando ella pasa delante de él...

– ¡Uf! Tomás. Tal vez, solamente lo riñeron en casa –opinó Robin.

– No lo creo. Ayer sus padres estaban muy contentos cuando nos fuimos –replicó Tomás.

– ¿Y qué? Después pudo pasar cualquier cosa –insistió Robin en su teoría.

– Tiene cara de enamorado... parece que no quiere que nadie lo moleste, eso es indiscutible –afirmó Tomás, muy convencido de lo que había percibido en su amigo.

– No está enamorado, estoy seguro de lo que digo –rebatió Robin.

– ¡Ya basta! Dejad el tema por favor… creo que lo mejor es esperar el momento oportuno, para poder preguntar qué pasa – ordenó Sandra a los chicos, pues si no, seguirían con eso toda la mañana.

Pero ya Tomás había montado más de una teoría enrevesada de lo que podía estar sucediendo a su amigo. Seguiría insistiendo con sus alocadas ideas. No le gustaba que otros tuvieran la razón. Así que continuó dándole la lata a Robin durante toda la clase.

Llegó la hora del recreo y Billy salió de su letargo, compartió y charló animadamente con sus amigos. Pero Sandra no olvida las cosas fácilmente. Mientras los chicos no se atrevían a preguntar nada, Sandra estuvo al acecho de una oportunidad para interrogarle por su inusual estado de ánimo, pues a ella le había causado mucha intriga su actitud de la mañana.

– Billy, te noto raro, o ido… deberías estar contento por tu cumple, ¿te ha pasado algo? ¿Te han reñido tus padres? –preguntó directamente su amiga.

– ¡Oh, no… no! Es que me quedé hablando con mi padre hasta muy tarde en la noche… y ahora estoy que me caigo del sueño –alegó excusándose y haciendo como si estuviera quedándose dormido, mientras se recostaba del hombro de Robin.

La forma en la que lo hizo, causó la gracia necesaria para que pronto se olvidaran del asunto.

Billy pasó el resto de la mañana contando los minutos y segundos que faltaban para regresar a casa. Mientras tanto, continuaba especulando en su mente. ¿De dónde había salido y por qué sólo funcionaba con él? ¿Sería porque él la encontró? ¿Qué otras cosas se podrían hacer con la varita? Recordó que tendría que revertir el monovolumen, ya que había resultado un verdadero fiasco y aquello lo había frustrado. ¿Cómo revertería el hechizo hecho con la varita? Eran muchas preguntas las que rondaban por su cabeza. Sonó el timbre de salida. Se despidió de sus amigos y marchó rápidamente hacia su casa.

*****

Billy siempre llegaba a casa antes que su madre y ese día quería aprovechar el rato para probar su nuevo ordenador, antes que ella llegara. Cuando se acercaba a la casa, vio nuevamente en la acera al mismo vecino que en la mañana los había saludado, observando descaradamente el coche de su padre, el cual había quedado estacionado en la rampa de entrada al garaje.

Se detuvo en seco; en ese momento no supo si debía esconderse o seguir y entrar a su casa. No tuvo oportunidad de decidir. El vecino giró hacia él y lo saludó con toda tranquilidad. Billy continuó caminando hacia la entrada de su casa y respondió el saludo discretamente. ¿Qué hacía ese hombre mirando el coche de su padre?

–¿Tú te llamas Billy? Creo haber oído a tu madre llamarte así –dijo el hombre, buscando conversación.

–Sí, señor –respondió Billy, evidentemente asustado.

–Soy el padre de Marcos y de Susan. Ellos estudian en tu instituto y vivimos a tres casas a la izquierda, en la acera de enfrente –continuó diciendo el vecino, a la vez que señalaba hacia las casas.

–Sí señor, lo sé –puntualizó Billy sin más comentario, porque no le agradaba lo que estaba ocurriendo.

–Estoy aquí admirando el coche de tu padre... es que me gustan los coches clásicos y bien conservados. Este debe tener más de diez años y parece completamente nuevo –expuso el vecino, tratando de ser amigable con Billy.

–Pues, yo no tengo idea de cuantos años tendrá el coche y discúlpeme, pero mi madre está al llegar y tengo que ir poniendo la mesa para comer –justificó Billy, reemprendiendo la marcha y despidiéndose del vecino con un gesto de mano.

– Hasta luego, chico. Saludos y felicitaciones a tu padre por conservar en tan buen estado su coche –dijo el vecino al despedirse, mientras emprendía el camino hacia su casa.

Billy entró a la casa, lo más rápido que pudo y subió corriendo por las escaleras para observar al hombre desde la habitación de huéspedes. El hombre caminó hasta la casa donde había dicho que vivía y abrió la puerta con una llave. Billy no recordaba muy bien a ese hombre, pero sí conocía a los dos hijos que había mencionado. Según tenía entendido, Marcos y Susan son mellizos y no se parecen en lo absoluto. Marcos es más bien bajo, de pelo color castaño y con gafas y su hermana es más alta, con una melena color zanahoria. Están en el último curso del instituto y deben ser buenos alumnos, porque siempre aparecen en el cuadro de honor.

No supo que pensar. Apenas llegara su madre se lo contaría. No quería agobiarla, pero ese vecino pelirrojo le había dado mala espina.

Billy entró en su habitación y encendió el ordenador. Se puso a navegar por Internet buscando noticias de ovnis, de magia, de objetos perdidos o de cualquier otra cosa que pudiese tener relación. Necesitaba respuestas. No encontró nada que se relacionara con la varita.

Marta llegó al cabo de un rato y Billy bajó a recibirla. Luego de saludar, se apresuró a relatar lo sucedido con el vecino. Marta se quedó pensativa y también preocupada. Pensó en el mal presagio que la alteró en la mañana, pero rápidamente se riñó así misma por estar pensando en tonterías.

Ella conoce a la esposa del vecino, se llama Ana y siempre coinciden en las reuniones de vecinos, en las reuniones de ventas de productos y en otras fiestas de la comunidad. Es una mujer muy educada y agradable. Marta sabe que la mujer trabaja, pero no recuerda en qué. También recuerda que los hijos asisten al mismo instituto que Billy, pero de él no sabe nada relevante, sólo que es un hombre desagradable.

– Tranquilízate Billy. Cuando llegue tu padre le contaremos lo sucedido, tal vez son conjeturas nuestras por lo que ha pasado y estamos viendo fantasmas donde no hay.

– Tal vez...

– Vamos a comer que estoy muerta del hambre –confesó Marta animando a su hijo.

– Sí, yo también estoy hambriento...

Comieron y se sentaron en el sofá a ver un poco la televisión, mientras esperaban a que llegara Paul. Estaban agotados por el trasnocho y se quedaron rápidamente dormidos.

*****

Al cabo de un rato, Paul abrió la puerta con su llave y los encontró profundamente dormidos en el sofá. Billy estaba con el mando en la mano y la televisión encendida. Paul se acercó a Marta y le dio un beso para despertarla. Esta abrió los ojos y lo saludó con una sonrisa. Billy sintió las voces y también despertó frotándose los ojos.

– ¡Hola campeón dormilón! –dijo su padre y luego preguntó–: ¿Cómo te fue en clase?

– Bien, papá... igual que todos los días –aseguró Billy, bostezando y tapándose la boca con la mano.

– ¿Cómo estuvo tu día en el taller? –quiso conocer Marta.

– Pues bien, igual que todos los días, como dice Billy –comentó riéndose.

– Paul, tenemos que contarte algo inusual sobre un vecino –agregó Marta.

– ¿Sobre un vecino? ¿Qué será? –preguntó extrañado.

–Esta mañana, cuando Billy y yo salíamos de casa, nos saludó un vecino que vive a tres casas a la izquierda. Lo raro es que ese hombre nunca saluda y es un mal encarado. Luego, cuando Billy llegó del instituto, lo encontró mirando el coche con mucha curiosidad y haciendo comentarios sobre lo bien conservado que está –explicó Marta.

Billy comentó a su padre que el hombre había dicho que su coche era un clásico y que lo felicitaba por mantenerlo en tan buen estado. A Paul no le extrañó la mayor parte de la historia, ya que podía ser una simple casualidad. Podía ser que le gustara ese modelo de coche, o que lo habían jubilado y no tenía nada más que hacer. Lo que realmente le extrañó a Paul fue que, si sabía tanto de coches, dijera que ese coche era un clásico. Ese modelo se vendió en el mercado por cuatro años más. Para ser un clásico tendría que tener más de veinticinco años de antigüedad y si gusta realmente de los clásicos, debería dominar el tema.

– Tal vez no sea nada, pero habrá que estar pendientes de ese vecino –sentenció Paul, con desconcierto. Pero recobrando su buen estado de ánimo, preguntó–: ¿Quién quiere pasear en coche nuevo?

A lo que Marta y Billy respondieron al unísono, con un "yo" largo y contundente.

Se calzaron y salieron hacia el coche renovado de Paul. Se subieron y se ajustaron los cinturones de seguridad. Paul encendió el coche, dio marcha atrás para salir a la calle y se fueron por la avenida principal hacia la autopista cercana a disfrutar de un merecido paseo. Dieron varias vueltas. Repostaron gasolina en una estación de servicios cercana a la salida de la autopista. Paul bajó del coche y aprovechó para revisar el aire de los neumáticos y todos los fluidos. El coche funcionaba a la perfección. ¡Era un coche completamente nuevo! Hasta la radio funcionaba.

Se sentían felices y muy unidos compartiendo aquella... ¿Aventura? Por llamarla de algún modo.

Decidieron regresar a casa. Paul comentó que no quería ni podía llevar su coche al taller. No podía permitir que sus compañeros lo vieran. Así que propuso a Marta que lo llevara ella para ir al trabajo y lo aparcara a una calle de la oficina de la cafetería, en el aparcamiento libre y así, no tendría que perder tanto tiempo viajando en el autobús. Prosiguieron hablando de las diferentes posibilidades de actuación. Las cosas no eran tan simples. Los vecinos más cercanos también preguntarían. Tenían que ponerse de acuerdo en lo que iban a decir.

Continuaban conversando sobre lo que harían, cuando al regresar a casa pasaron por todo el frente de la casa del vecino entrometido. Billy miró hacia la casa y notó que alguien los observaba desde una ventana de la segunda planta, escondiéndose tras una cortina. Lo comentó a sus padres y estos decidieron que había que actuar con naturalidad. Aparcaron, se bajaron del coche y entraron en su casa, como si no se hubieran dado cuenta que los estaban observando.

*****

Barrel O'hara, el vecino entrometido según Billy, es un bajo pero corpulento señor pelirrojo que es el encargado del departamento de narcóticos de la policía estatal. Está de vacaciones obligadas, porque es un obseso del trabajo y al tener dos años sin tomarlas, el departamento de recursos humanos le ordenó cumplir con el descanso o levantarían un expediente, donde lo cesarían en sus funciones por incumplimiento del reglamento laboral.

El capitán Barrel es conocido por su terquedad y dureza en el oficio. Todos los que habían trabajado con él, no querían volver a hacerlo en sus vidas. Es un hombre difícil de tolerar. Todos le huyen. Es fanático con los casos. Hasta que no mete tras las rejas a todos los involucrados, no se siente satisfecho. Según algunos compañeros del departamento, su olfato policíaco cae en la paranoia y ve delitos por todas partes. Es realmente un cabezota.

En su casa, tanto su mujer como sus hijos, opinan algo parecido. Se quejan porque los trata como a sospechosos, o peor aún, como a delincuentes. Las conversaciones con él son difíciles. Ana recrimina constantemente a Barrel que no presta atención, cuando sus hijos o ella requieren de él. Él se excusa diciendo que tiene un caso que debe resolver. Que tiene que trabajar y eso es más importante. Entonces, todo queda en que un día es un caso, otro día otro y así interminablemente.

Cuando Barrel no está en casa, sus hijos se burlan y ríen imitando a su padre.

—Susan, ¿de dónde cogiste esos lápices? Según el artículo tal de la Ley que acabo de inventar, estáis atentando contra la salud pública, así que vamos a comisaría para interrogarte y... —dice Marcos soltando carcajadas, mientras Susan le lanza un cojín.

A Barrel no le gusta ir a fiestas familiares ni a ninguna otra reunión, pues al no poder hablar de casos policiales, ni de sospechosos ni de procedimientos con personas ajenas al cuerpo de policía, entonces no le causa ningún interés. Le cuesta hablar de otros temas, se siente incómodo. En casa ve en la televisión solamente series policíacas, noticias o documentales relacionados con investigaciones criminales, guerras y armas, a las que continuamente critica con su ronca voz.

—¡Eso es totalmente falso! La policía no hace eso... ¡Pero cuántas estupideces inventan! ¡Ese tiene que ser culpable, la cara lo delata! Yo hubiese hecho tal o cual cosa... —y así continúa protestando y despotricando por horas.

En un capítulo de una serie policial conocida, alguien dijo algo así como que la tortura sólo funcionaba para liberar la ira de quien la ejercía. Más vale que no. Pasaron semanas y semanas y Barrel repitiendo una y otra vez que aquello lo había dicho un imbécil que nunca había estado frente a un asesino, ante un abusador o ante un psicópata y por lo tanto, la única manera de hacerlos confesar es, en muchos casos, con interrogatorios coercitivos y tácticas intimidatorias. ¡Qué sabían esos escritores de pacotilla, de la realidad en las calles y de la naturaleza humana!

Por lo contrario, su esposa Ana, es directora de una galería de arte famosa. Se desenvuelve, por tanto, en el mundo de cultura. Esto también origina discusiones, ya que Barrel opina que todos los clientes de la galería deben ser investigados, porque seguramente su dinero es de dudosa procedencia.

Barrel pregunta a Ana repetidamente:

—Vamos a ver, ¿quién tiene tanto dinero para malgastarlo comprando unas pinturas tan horrorosas como las que venden en la galería? Ni hablar de las esculturas... todo eso es muy sospechoso —juzga Barrel en voz alta, sin dirigirse directamente a su esposa.

—Hay cosas para cada gusto y cada persona hace con su dinero lo que quiere —alega Ana algo ofuscada.

—No creo que nadie, a quien le haya costado trabajo y esfuerzo ganar dinero, vaya a malgastarlo en cosas así. ¿Sabes que ese tipo de compras están relacionadas con algo que se conoce como lavado de dinero y por lo tanto son un delito? Yo los metería a todos en la cárcel.

—¡Barrel, por favor! Yo no hago críticas ofensivas a tu trabajo y por tanto, te agradezco respeto hacia el mío —exige Ana, exasperada con la ya repetida conversación.

Es difícil razonar con él. A veces, Ana no sabe si lo dice en serio o lo hace sólo por su afán de molestar y llevar la contraria. Cuando ella lo mira sentenciosamente en silencio, él entiende que ha llegado el final de la discusión. Por suerte, lo que también logra Ana con sus silenciosas miradas, es que Barrel se abstenga de molestar por unos días. Barrel sabe que ella tiene sus límites y él no debe sobrepasarlos, por su propio bien. Ana es la única persona en el mundo que lo amedrenta realmente, sin que esa sea su intención.

*****

Barrel, aunque no lo parece, tiene vigilado el vecindario. Él sabe quién es quien, a pesar de no tratar a nadie y de pasar gran parte del día trabajando. Cuando se mudaron al vecindario, investigó los antecedentes de todos los vecinos en la base de datos de la policía. ¿Su excusa? La seguridad de su familia. Había que estar atento. Siempre atento, como todo un buen policía.

Recordaba con claridad la tarde en la que llegó remolcado el coche color plata de los vecinos de la casa número cincuenta y siete, con la pintura descolorida y abollado en el guardabarros derecho. Luego de bajarlo frente a la casa, el vecino con ayuda del conductor de la grúa, del ayudante y de dos vecinos más, lo empujaron cuesta arriba por la rampa hasta el garaje de la casa. Barrel observó todo esto desde una ventana de la segunda planta de su casa.

Barrel está al tanto que Paul Paperson se había quedado sin trabajo y que había vendido sus dos anteriores coches. Sabe que ahora trabaja como ayudante de mecánico en un taller del polígono industrial y su mujer, trabaja en una cadena de cafeterías. Pero esa transformación repentina del coche, traído pocos meses antes y no precisamente en buen estado, le resultó sospechoso. ¿Habría llevado el coche al taller sin que él se enterara o había comprado otro igual, pero como nuevo? No era común que un coche, con tantos años, estuviera como recién comprado.

Y como miembro de la policía, le resultaba muy fácil conseguir información de todo tipo. Comenzó investigando la matrícula pues por su combinación alfabética y numérica, Barrel dedujo a simple vista que tenía unos cuantos años de antigüedad. El coche había pertenecido a un propietario que al dejarlo en el taller sin pagar nada y por tanto tiempo, se consideró abandonado y la empresa tuvo derecho a decidir qué hacer con el vehículo. Luego de legalizar el coche, el dueño del taller se lo traspasó a Paperson. Hasta el momento nada importante.

Paperson aparece en nómina como ayudante de mecánico. No gana mucho dinero. No tiene ningún tipo de antecedentes, ni siquiera multas de tráfico. Pagan hipoteca como casi todo el vecindario. Pero él tiene un presentimiento y está seguro de que en aquella casa ocurre algo.

*****

Marcos y Susan llegaron tarde a casa ese día. Dos días a la semana los jóvenes comen en el club, pues tienen clases de tenis de cinco a siete de la tarde. Entraron a casa y Marcos se dirigió a su habitación con intenciones de cambiarse de ropa y sentarse en el ordenador. Pero una desagradable sorpresa lo sorprendió al entrar a su cuarto: su padre estaba allí con unos binoculares, observando por la ventana, resguardándose detrás de la cortina.

153

–¡Uff! ¿A quién espías ahora? –reclamó Marcos en tono molesto, ya que conoce muy bien a su padre.

–¡Hola! Buenas tardes... yo estoy muy bien ¿Y tú? –respondió el padre con una mirada fulminante.

–Disculpas por no saludar –dijo Marcos, soltando su bolso y su raqueta sobre la cama, torciendo el gesto y negando con la cabeza, en clara muestra de disgusto por el comportamiento de su padre.

–Aceptadas –dijo su padre como si nada y, sin dar más explicaciones, siguió mirando por la ventana.

Marcos giró y salió inmediatamente de su habitación hacia el pasillo, en dirección a la habitación de su hermana para contarle lo ocurrido. La puerta de la habitación de Susan estaba abierta. Marcos entró, cerró la puerta con cuidado y se sentó en un enorme puf color naranja.

Su hermana lo miró sorprendida, esperando que explicara lo que la expresión sombría de su cara reflejaba.

–¿Qué te pasa? Tienes una cara...

–Susan, otra vez papá con sus manías conspirativas –dijo en voz baja, luego de un suspiro de desesperación a la vez que gesticulaba abriendo los brazos y las manos.

–¿Qué ha hecho esta vez? –preguntó Susan a su hermano.

–En realidad no sé contra quien va... lo encontré con los binóculos en la ventana de mi habitación y ya tú sabes lo que eso significa. Me da terror lo que haga... Tenemos que prevenir a mamá en cuanto llegue –aseguró el joven de inmediato.

–¿Crees que es necesario preocupar a mamá? No me gustaría agobiarla por nada...

–Es que estoy cansado de no poder relacionarme en paz ni con los vecinos, ni con los amigos ni con quien sea, por culpa de sus obsesiones policíacas... Entiéndeme, lo siento y me sienta mal, pero no confío en él. Te juro que no veo el momento en el que vuelva al trabajo –expresó Marcos, con cara de rabia.

–¡Vamos Marcos! No te ofusques. Recuerda que no tiene nada que hacer. Quizás solamente esté husmeando para distraerse y al no encontrar nada, volverá a pelear con la tele –justificó Susan a su padre, tratando de reconfortar a su hermano.

Después de unos segundos en silencio, Susan agregó en actitud reflexiva:

–Sin embargo, creo que tienes razón. Aunque en un primer momento no lo vi necesario, ahora estoy de acuerdo contigo en avisarle a mamá en cuanto llegue, no vaya esto a convertirse en una nueva vergüenza para nosotros...

–Lo siento Susan, no quería alarmarte, pero es que no confío en su comportamiento y a la vez, sé que lo de su instinto policíaco es real; por algo tiene tantas medallas y condecoraciones. La verdad es que no sé ni que pensar... –comentó con agobio.

–Tranquilo Marcos. Vamos a bajar a la cocina y sin comentarios, no quiero que nos escuche y nos reclame por nuestra falta de confianza y de respeto –alegó Susan en voz baja y haciendo señas con las manos, para salir de la habitación.

–Claro, tienes razón. Vamos.

Algo cazado

Julietta y sus amigos se encaminaron animadamente por el bosque hacia un lugar muy especial para ellos. Queda al norte de la Aldea Brillante. Es un pequeño claro en el bosque, atravesado por un cristalino arroyo, donde los aldeanos habían construido mesas y bancos de madera para comer. A Julietta le encanta acudir a ese lugar, pues de pequeña iba con sus padres, familiares y amigos y eso le trae muy buenos recuerdos.

Su madre Adele, había nacido en Aldea Brillante y había conocido a su padre Julius, allí en ese lugar, cuando este buscaba madera en el bosque. Fue amor a primera vista. Ambos, a pesar de que no eran muy jóvenes, se enamoraron como nunca lo hubieran imaginado. Su lugar favorito de encuentro era precisamente ese claro, donde Julius, tras un día de cacería, pidió a su amada Adele que fuera su esposa. De esa unión nació Julietta, quien trajo una enorme alegría a la pareja, ya que no esperaban que siendo tan mayores, pudieran ser bendecidos con una hija.

Julietta fue criada entre los dos pueblos. Aunque nació en Los Sauzales, Aldea Brillante era su otro amado origen. Mientras era una niña, en época de feria o de cualquier otra fiesta, Julietta acudía con su madre a Aldea Brillante a compartir con la familia materna y sus amigos. El resto del tiempo vivía en Los Sauzales, donde su padre trabajaba y ella, acudía a la escuela.

Julietta contaba con apenas doce inviernos cumplidos, cuando ocurrió una gran tragedia en Los Sauzales. Había sido una estación muy seca y se produjo un incendio en una zona de cultivos, cercana a los graneros del pueblo. Todos corrieron a apagar el fuego y a tratar de salvar las provisiones y a los animales. Se ayudaron con baldes llenos de agua de la fuente de la plaza del pueblo y también del río cercano. Pero el fuego sobrepasó los esfuerzos de los angustiados pobladores. Cuando las grandes llamas envolvieron violentamente el granero, lamentablemente cinco personas quedaron atrapadas dentro del recinto, tratando de salvar los sacos de semillas. Entre los fallecidos se encontraba la madre de Julietta.

Esos funerales fueron los más dramáticos y tristes de toda la vida del pueblo. Acudieron todos los vecinos de Aldea Brillante y también de otros pueblos cercanos. La tragedia golpeó duramente a Los Sauzales.

Julius y Julietta tardaron mucho tiempo en reemprender sus vidas. Les costó mucho tiempo sobreponerse a una pérdida tan valiosa. Julius, se refugió duramente en el trabajo llegando al agotamiento extremo. Julietta contaba con sus incondicionales amigos, quienes la ayudaron a recobrar los ánimos de vivir. Si anteriormente los consideraba sus amigos del alma, después de aquello, serían sus hermanos del alma para el resto de su vida.

*****

El grupo de cazadores caminaba charlando tranquilamente por el bosque. Julietta caminaba junto a Tacia y a Clara de Luna, sus amigas de toda la vida. Tacia es una joven más bien corpulenta, de ojos pardos, rubia y con una fuerte personalidad. Clara de Luna es una chica más bien baja, con una hermosa melena castaña con reflejos color miel y un agraciado rostro que enmarca unos grandes ojos castaños. Ambas son muy dadas a hablar y a socializar. Siempre son ellas quienes planifican los paseos, las cacerías y las competencias de tiro.

Durante la incursión de caza por el bosque, Tacia fue relatando a sus amigas sobre los continuos viajes que hacía acompañando a sus padres, en busca de nuevos productos para vender en la tienda del pueblo, perteneciente a su familia. Tacia había madurado rápidamente y había aprendido el arte de la compraventa, técnica muy importante para ella, ya que es la única heredera del negocio de sus padres. Habla ya como toda una gran comerciante.

Clara de Luna y Julietta estaban encantadas con los relatos llenos de divertidas anécdotas que Tacia, con mucho entusiasmo y lujo de detalles, les hacía.

– Hace una semana fuimos a Puerto Grande, es impresionante la cantidad de barcos que llegan de todas partes, cargados de variadas mercancías. Lo que más me gustó fue la variedad de telas y tejidos que están llegando al reino. Mas, cuesta mucho decidirse, pues escoger entre tantas calidades y diseños es para enloquecer. Del Reino del Ángel de los Arcoíris, llegaron unas nuevas telas producidas con hilos obtenidos de larvas de gusanos.

158

¿Os lo imagináis? Yo no vi a los gusanos, pero deben ser expertos tejedores, ya que las telas son suaves, livianas y con brillo, y tienen hermosos estampados con vivos colores. Mi padre compró unos cuantos rollos y llegarán junto al resto de las compras, dentro de dos días. Ya os avisaré para que las veáis en la tienda —prometió Tacia, con total convicción.

– ¿Y hay jóvenes guapos en el puerto? —preguntó Clara de Luna con picardía.

– ¡Oh! Claro que sí... muchos jóvenes. Conocí a uno, hijo de un amigo de mi padre, quien se comprometió sin que nadie lo pidiera, a venir hasta la aldea para conocer la tienda y traernos muestras de sus productos y... —guardó silencio repentinamente, mientras sin premeditación alguna, suspiró.

– ¿Y?... —preguntó Julietta ante el repentino cese del comentario de Tacia.

– Y... ¡Realmente es muy guapo! —confesó Tacia, sonrojándose y provocando la risa en sus amigas.

– ¡Oye Julietta! ¿A qué vino el chico aprendiz con tanta premura para ver a Moriel? —indagó con curiosidad Clara de Luna.

– Pues no estoy muy enterada, mas parece urgente. Mi padre dio prioridad a que lo acompañara hasta aquí y luego, llevarlo de regreso para no perder tiempo. Recordareis que mi padre sigue con problemas en la espalda y en la pierna y por eso él no pudo acompañarlo, como era su deseo. Su salud ya no es la misma de antes. Yo debía ir a la feria de Mirávila a vender los productos de madera tallada que hace mi padre. Pero me pidió que por esta vez lo suspendiera, pues prefería enviarme a mí... como niñera de Sortudo —dijo soltando una carcajada.

– ¡Vos siempre tan perversa! —comentó Tacia, señalándola con el dedo índice mientras reía en complicidad con sus amigas.

– Lo que lamento de corazón, es haber estropeado el paseo y la cacería a Moriel –afirmó Julietta algo desanimada.

– ¡No os agobiéis, amiga mía! Moriel ya ha asumido su misión de Dama Custodia en esta vida. Cuando ella fue seleccionada, yo no sabía si debía alegrarme o apenarme. Pero después del tiempo que lleva con esa delicada responsabilidad a sus espaldas, sé que la elección fue la adecuada, tanto para ella como para todos los que vivimos en este reino. Creo sinceramente, que nació para esto –aseguró Tacia con toda seriedad.

*****

Las chicas continuaron charlando animadamente mientras seguían el camino que marcaba Tucpierre, quien siempre era el guía de aquellas cacerías. Unos pasos por detrás, venían Gordon, Pánfilo y Ciro discutiendo sobre cuál era el mejor tipo de arco según lo que se quisiera cazar. Llevaban arcos largos, compuestos y recurvados, así como también, flechas con diferentes tipos de puntas. Los jóvenes sentían verdadero orgullo por todo lo que sabían de la caza, sobre sus arcos y de la perfección que habían alcanzado al respecto. Por eso, era su tema preferido.

Al llegar al claro, colocaron sus pertenencias sobre las mesas y comenzaron a organizar la estrategia para emprender la caza. En esta oportunidad, pretendían cazar un ciervo y alguno que otro espécimen de carne blanda más pequeño. Trajeron diferentes tipos de cuchillos, ya que tendrían que despiezar al animal allí mismo, para hacer más fácil el traslado de la carne a la aldea.

Como ya conocían el bosque, les era más fácil rastrear las huellas de los animales. Acostumbraban a caminar silenciosamente de dos en dos. Si alguno iba sin compañero, este caminaría unos pasos por detrás de alguna de las parejas. La manera de comunicarse entre ellos, era con sonidos que imitaban a los de los animales, para no perturbar el ambiente del bosque y lograr su cometido. Sus antecesores cazadores les habían inculcado el amor y el respeto al bosque y a la naturaleza. Solamente debían cazar lo que iban a comer. Era prioritario preservar y mantener el equilibrio. Eso debía ser sagrado para ellos.

Generalmente, los jóvenes cazadores se desplazaban paralelamente, si la complejidad de la zona del bosque por donde cazaban se los permitía. Luego de lograda la caza, despiezaban al animal allí mismo, escogían y embalaban las partes aprovechables de la carne, limpiaban y enterraban los restos, tratando siempre de no alterar el equilibrio natural. Daban gracias al bosque por la oportunidad de obtener comida y emprendían la marcha de regreso a la aldea.

Aunque el uso del arco y flecha era, primordialmente, la herramienta básica para la actividad de la caza como forma de subsistencia, el grupo de amigos lo había perfeccionado por el solo placer que daba practicar la puntería, haciendo de esta, una competencia deportiva. Siempre practicaban en dianas hechas por ellos mismos. Competían sólo por el placer de ganar. Julietta y Tucpierre cada vez que se veían, competían por el primer lugar. Tucpierre reconocía para sí mismo que Julietta era una fuerte rival, por tener una excelente puntería.

Y aunque Julietta tenía un carácter normalmente un tanto rebelde y voluntarioso, cuando se trataba de dominar el arco, mostraba una gran capacidad de paciencia y disciplina.

En esta oportunidad, aplicaron más o menos la misma estrategia que siempre usaban para localizar a su presa. Clara de Luna y Gordon iban por delante ya que eran los más silenciosos del grupo en el rastreo. Pánfilo y Ciro cubrían el ángulo izquierdo y el resto, un poco más atrás, resguardaba la derecha. Ese día había muchas aves cantoras en el bosque, haciendo más fácil su camuflaje acústico.

Avanzaban lentamente pero con destreza, cuando repentinamente Pánfilo y Ciro fueron embestidos por un rabioso y enorme cerdo orejudo del bosque. A pesar de sus buenos reflejos y de sus fuertes cuerpos, ambos recibieron el impacto del animal y fueron a dar al suelo, para recibir unas cuantas lesiones más. Julietta actuó con rapidez y disparó una certera flecha que alcanzó al animal cerca del cuello. Este aminoró la carrera inmediatamente y comenzó a dar traspiés, situación que aprovechó Tucpierre para disparar su arco y rematar al animal. El cerdo cayó estrepitosamente al suelo musgoso del bosque.

Habían ido por carne de ciervo y salieron con carne de cerdo salvaje. Y más rápido de lo que imaginaron.

Pánfilo y Ciro comenzaron a levantarse y a sacudirse. Tacia se acercó a ellos para ayudarlos y revisar si estaban heridos. A pesar del atropello, los jóvenes cazadores solamente tenían algunos rasguños y uno que otro moretón. A Ciro le dolía la pierna derecha y a Pánfilo, le dolía la pierna izquierda, ya que el cerdo los había golpeado en esas extremidades al pasar entre ambos.

Luego del susto y de comentar lo ocurrido, procedieron a despiezar al animal, a cortar la carne y a embalarla para su transporte. Había que dividirla lo más equitativamente posible, ya que aquel cerdo era realmente grande y gordo. Era mucho peso a transportar. Ya no tendrían que cazar más en aquella jornada. Llevaban suficiente carne. Posiblemente, sobrara y la salarían para conservarla y comerla otro día. Luego de terminado el trabajo sucio, como ellos lo llamaban, se dirigieron al lugar donde estaban las mesas cercanas al arroyo, donde se lavaron y se dispusieron a comer algo antes de emprender el regreso a la aldea.

*****

Todos sabían que Tucpierre estaba enamorado de Moriel. Aunque él intentara disimularlo, era más que evidente su torpe comportamiento cuando estaba cerca de ella. Pero ninguno del grupo de amigos, por respeto a sus sentimientos, se había atrevido a preguntarlo abiertamente.

Ya en el camino de retorno a la aldea, las chicas no pudieron evitar comentar lo silencioso que iba Tucpierre, quien caminaba solo y a unos pasos por delante del grupo.

–Tucpierre no puede disimular su malestar sentimental... – comentó Julietta.

–Ciertamente. La expresión de su rostro lo dice todo – manifestó Tacia su percepción.

−Seguramente está muerto de celos porque Moriel, en su ejercicio de Dama Custodia, está a solas con el apuesto aprendiz de Villavalle −opinó Clara de Luna, entre risas cómplices.

− ¡Es que tiene unos ojos! −afirmó Tacia riendo.

− ¿Os habéis fijado? −preguntó Clara de Luna a Julietta.

−Pues la verdad no me he fijado... −respondió Julietta de inmediato, tratando de restarle importancia a la pregunta.

− ¡Vamos, no os hagáis la tonta! No podéis negar que el chico es muy guapo −insistió Clara de Luna.

−¡Bah! Para vos todos los chicos son guapos −criticó Julietta, intentando desviar la conversación.

−Cierto, Julietta dice la verdad. Vos veis guapos a todos los chicos −cuestionó Tacia a su amiga Clara de Luna.

−¡Oh! ¡Así que confabulando contra mí! ¡Ya veréis! Tomaré venganza... −amenazó Clara de Luna, apuntando a ambas con el dedo índice, mientras reían y huían de su dedo acusador.

−¡Alto! Por favor, quiero descansar un poco y tomar agua −ordenó Tacia, jadeando, mientras se sentaba en una roca y dejaba a un lado su parte de la carga.

Gordon, también había percibido lo silencioso y cohibido que estaba Tucpierre en aquella jornada de caza. Al escuchar la conversación de las chicas, comprobó que su percepción era acertada. Gordon acercándose a las chicas, quienes ya descansaban sentadas sobre unas rocas, entabló con ellas una amena conversación.

−Opino igual que vosotras, Tucpierre está celoso...

163

—No lo puede esconder —agregó Tacia.

El joven, con intenciones de indagar, comentó con disimulo sobre la visita del aprendiz de Villavalle a la Aldea Brillante. No era habitual que aprendices de la escuela de magia llegaran de visita. Sentía verdadera curiosidad al respecto.

—Lástima que Moriel no está aquí con nosotros disfrutando de todo esto.

—Ni modo, tiene que cumplir con su deber —aseveró Clara de Luna, encogiéndose de hombros y gesticulando con las manos para reforzar su opinión.

—Julietta, ¿Vos sabéis exactamente por qué ese aprendiz tenía que entrevistarse con Moriel únicamente? —preguntó Gordon, pensando en los celos de su amigo.

—¡Uf! Con todos vosotros. Deberíais poneros de acuerdo para hacer una sola vez la misma pregunta... Como ya he dicho a las chicas, creo que tiene que ver con el rescate de algo en la escuela de magia de la capital. Sortudo explicó poca cosa a mi padre. Y me imagino que debe ser algo gordo, ya que vino con una solicitud escrita para la Dama Custodia. Tiene que ser importante. Por cierto, creo que debemos apresurar el regreso. Prefiero ser yo la que espere, y no que sea él, el que tenga que aguardar por mi persona. Si llegara a ser así y mi padre se entera... se armará la grande —dijo Julietta, levantándose de la roca donde estaba sentada y gesticulando con la mano para que todos la siguieran.

—Y quisiera hacer otra pregunta —solicitó Gordon a su amiga, levantándose y recogiendo sus cosas, a la vez —: ¿Ese aprendiz tiene novia?

Julietta giró sobre ella misma, mirándolo con el ceño fruncido y una ceja arqueada. Se colocó las manos en la cintura y respondió con otras preguntas:

– ¿A qué viene esa pregunta? ¿Acaso me veis cara de saberlo todo o de adivina? ¿O es qué ahora eres recadero, preguntando lo que otro quiere saber?... No sé absolutamente nada más de él. Lo he guiado por el bosque y lo llevaré de vuelta hasta Los Sauzales... y eso es todo. Así que, ¡vamos andando de una vez! Que estamos perdiendo el tiempo –ordenó sin más, dando por zanjada la conversación.

Ciro, Pánfilo y Clara de Luna se rieron entre dientes y cargaron con lo que les tocaba. Los demás se miraron entre sí expectantes, pero nadie comentó nada. Todos conocían el mal carácter de su querida amiga y por otra parte, tampoco querían incomodar a Tucpierre.

Durante el trayecto de regreso a la aldea, nadie se atrevió a tocar nuevamente el tema sobre el visitante, por temor a otra rabieta de Julietta.

De regreso tardaron un poco más de lo usual, debido al peso de la carne. Hubo que parar a descansar más de una vez. Tacia, se quejaba a cada instante, argumentando que ella no era animal de carga. Esas protestas son comunes en ella, es su gran defecto, pero ya ninguno le prestaba atención a sus repetidas quejas. Todos la conocen bien. Le gusta quejarse sin más, pero todos saben que por nada del mundo, Tacia se perdería las cacerías.

*****

Llegaron a la aldea a muy buena hora. La leña ya estaba lista para poner a asar la carne. Las familias de los chicos se reunían los días de caza y compartían la comida entre los vecinos, disfrutando de aquello como de una gran fiesta. Cada familia colaboraba con algo. Las madres preparaban las verduras y las hortalizas, las jóvenes horneaban los panes. Los hombres se ocupaban de la leña y de la carne.

Unos servían vino, otros cantaban.

Las mesas estaban llenas de cuencos de madera con frutas y quesos de cabra, y muchos platos y vasos para el festín. Los niños jugueteaban en los alrededores de las mesas. Corrían, gritaban y se escondían, siempre felices por estos encuentros.

Y la nueva generación de cazadores es recibida con elogios por traer tan suculento manjar.

Luego de entregar la carne, el grupo se sentó junto a un mesón para descansar y tomar algo para refrescarse. Julietta observó a su alrededor, parecía que Sortudo todavía no había salido de la Biblioteca. Tardaban más de lo imaginado. La familia de Moriel estaba allí y ella, tenía que venir a comer. ¿Qué tan complicado sería el asunto? Se preguntó Julietta.

Al cabo de un rato, Tacia dijo a Julietta que Moriel y Sortudo venían caminando por la vereda de la plaza hacia donde estaban ellos. Todos giraron para verlos llegar. Venían charlando animadamente y muy sonrientes. Nuevamente Julietta se quedó intrigada, ya que Sortudo, hasta el momento en el que lo dejó, mantenía una actitud de gravedad y seriedad que no compaginaba con la imagen que tenía ahora ante sus ojos.

Sin querer, Julietta se giró hacia Tucpierre para observarlo. El joven luego de mirar hacia la vereda, se quedó cabizbajo y en silencio. Repentinamente Julietta se sintió como Tucpierre. ¿Por qué? Le desagradó ese sentimiento, pero no lo pudo controlar. ¿Qué me está pasando? ¿Qué es esto que estoy sintiendo? Se preguntó a sí misma. Luego se dijo que no debía pensar tonterías, eso no iba con ella. Sólo debía callarse y oír los resultados de la búsqueda, para luego emprender el retorno a Los Sauzales, y dar por terminado este encuentro.

Moriel se adelantó saludando a todos con una gran sonrisa. Sortudo, siempre discreto, se mantuvo a cierta distancia, asumiendo que él estaba allí para cumplir con una misión y que no pertenecía al grupo. Ciro, siempre amistoso, invitó a Sortudo a que se acercara ofreciéndole un vaso de vino y un plato con pan y queso. Sortudo sonrió con cierta vergüenza y aceptó la comida. De inmediato Clara de Luna, Tacia y Pánfilo se unieron a Ciro en su acercamiento al visitante, quien tanto les intrigaba. Comenzaron a charlar y a preguntarle sobre Villavalle, sobre la escuela de magia, sobre la corte real, sobre su misión en Aldea Brillante y un sinfín de cosas más, a las que Sortudo respondía amablemente.

Gordon optó por sentarse al lado de Tucpierre para no dejarlo sólo. Mientras tanto, Moriel bebía un poco de vino y hablaba sin parar, contándole a Julietta parte de lo interesante de la búsqueda y de cómo habían dado con la información que necesitaban.

– ¡No te imaginas cuan complicado era el mago Crumforex!... pero lo logramos. A pesar de las trampas y el secretismo para resguardar los códigos y los conjuros, ya Sortudo tiene la respuesta y pueden emprender el regreso. Me siento satisfecha, pues es uno de mis primeros trabajos de relevancia como Dama Custodia y lo he cumplido cabalmente. Sortudo es muy inteligente y eso ha facilitado el trabajo –confesó Moriel animadamente.

– ¡Oh qué bien! –respondió Julietta con una sonrisa sincera, pero con el corazón hecho un puño y disgustada consigo misma por no poder controlar esa extraña sensación que la invadía.

Moriel tomó otro poco de vino y se giró hacia Tucpierre y vio en su rostro enfado y la mirada perdida. Moriel, sabía lo que Tucpierre sentía por ella. Era más que evidente. Pero Tucpierre no tenía la misma capacidad de percibir los sentimientos de los demás y, aún no había advertido lo que Moriel sentía por él, a pesar de ciertas insinuaciones por parte de ella.

Moriel sonrió y miró a Julietta y sin más le dijo:

– Os voy a confesar algo: desde hace mucho tiempo me gusta Tucpierre. Él es muy vergonzoso y parece que no se aclara con sus sentimientos. Si sigo esperando a que deje su ceguera y su timidez a un lado, me saldrán muchas canas y arrugas. Creo que llegó la hora de aclarar estas dudas; no voy a esperar más. Quiero que sepa que sí quiero corresponderle –habló claramente.

Julietta se quedó muda y asombrada ante lo que expresó su amiga. Moriel siempre había sido muy comedida y ahora de repente, confesaba todo aquello dejando a Julietta pasmada ante tamaña revelación. ¡Parecía que el vino se le había subido a la cabeza!

Moriel, muy decidida, se encaminó hacia Tucpierre, sentándose a su lado y tomándolo por el brazo, mientras le manifestó de una vez:

–Tuc, no quiero ser inoportuna, pero como veo que no te decides, os quiero hacer una proposición: ¿Aceptáis ser mi novio? –pidió Moriel muy sonriente al joven.

Gordon y Julietta se quedaron sorprendidos y boquiabiertos mirándose entre sí, sin pronunciar palabra entre ellos para luego observar a Tucpierre, cuyo rostro cambiaba de una palidez casi mortal, a un rojo encendido. Sus ojos comenzaron a nublarse de lágrimas y a la vez, brillaban de emoción.

Tucpierre miraba sorprendido a Moriel, pero no lograba articular palabra.

Tacia se dio cuenta de que algo acontecía a sus espaldas, se giró rápidamente y preguntó qué había pasado. Todo el resto se quedó en silencio esperando que alguien contestara. Julietta y Gordon no lo harían, pues consideraban que no les correspondía.

–Pues he solicitado a Tucpierre que sea mi novio y estoy aguardando por su respuesta –contestó Moriel con una enorme sonrisa y girándose hacia Tucpierre, en espera de tan ansiada respuesta.

Tucpierre no logró decir nada y la estrechó entre sus brazos. Escondió su rostro lleno de emoción en el hombro de su anhelada Moriel. Temblaba de la emoción. Para él sobraban las palabras. Inmediatamente todos empezaron a saltar de alegría. Hasta Sortudo sonreía y aplaudía, sumándose al sentimiento del grupo. Moriel daba las gracias por los buenos augurios que todos los amigos les deseaban, mientras se unían en un abrazo grupal. Tucpierre, sonreía enrojecido sin aún lograr articular palabra. Se había quedado consternado y mudo de la emoción.

Julietta no salía del asombró y sintió como una alegría doble: la primera por presenciar aquella declaración de amor tan loca entre dos amigos, a quienes quería con todo el corazón y a quienes les deseaba la mayor felicidad del mundo. Y segundo, porque se aclaraban sus dudas sobre la buena relación entre Sortudo y Moriel que, aunque no lo quisiera admitir, había provocado celos en ella.

Rápidamente, corrió la noticia sobre los recién comprometidos al resto de los comensales en la comida, y por supuesto, todos comenzaron a brindar.

Al estar listos los primeros trozos de carne, Sortudo y Julietta fueron los primeros en sentarse a comer, ya que tenían que hacer un recorrido de más de media jornada, para regresar a Los Sauzales. Luego de comer, Sortudo y Julietta se despidieron de todos, comprometiéndose a volver pronto.

En tan poco tiempo, Sortudo había experimentado el calor de la amistad de la gente de Aldea Brillante. ¡Cuán agradable fue la experiencia!

*****

El camino de regreso a través del bosque se hizo realmente rápido. La distancia era la misma, pero la situación era tan diferente. El cambio de actitud de Julietta tenía completamente perplejo a Sortudo. En la mañana durante el trayecto a la Aldea Brillante, Sortudo habría querido socializar un poco preguntando algunas cosas. ¿Por qué el bosque se llama Violeta si él no había visto nada de ese color en los alrededores? ¿Por qué habían construido la aldea en el centro de ese bosque tupido? Pero el joven aprendiz no se había atrevido, por aquella actitud hostil de Julietta que no tenía ninguna razón de ser. ¿Qué había cambiado desde la mañana? Tal vez, el encuentro con sus amigos había mejorado su humor... realmente no era la misma a la que había conocido momentos antes. El recelo en su actitud había desaparecido.

Durante todo el camino de regreso a los Sauzales, la joven conversó sobre todos los temas habidos y por haber. ¡Se reía mientras relataba algunas anécdotas! Contó aspectos de su infancia y de sus amigos. Ahora se mostraba animada, abierta a hablar y a escuchar. Él, ante este cambio de actitud de la joven, también se sintió más relajado y cómodo, compartiendo esta nueva situación que hubiese querido se alargara. Julietta hablaba y hablaba y mientras tanto Sortudo pensaba: ¡Cuán diferente al recorrido anterior! Recorrido que se había hecho interminable, por el pesado silencio que había entre los dos. No por parte de él, por supuesto. Aunque él no fuera muy hablador, siempre era cortés y agradable. Al menos eso era lo que decían de él su maestro y compañeros de escuela, y él confiaba en eso.

Cuando menos lo esperaba, estaban saliendo del bosque y caminando por el sendero que llevaba directo a Los Sauzales. Sortudo se sintió satisfecho por la jornada.

Al llegar a la carpintería, encontraron a Julius en la entrada de la casa conversando animadamente con unos vecinos. Julius pronto los divisó y comenzó a levantar el brazo como saludo. Se alegró mucho de verlos y que la incursión por el bosque hasta la aldea, hubiese sido rápida y fructífera.

Sortudo se sentó unos instantes a descansar. Julietta le ofreció algo de beber y este aceptó gustoso.

Después de hacer un corto relato a Julius sobre la visita a la Aldea Brillante, Sortudo cortésmente, agradeció la hospitalidad y ayuda brindadas por padre e hija. Ante la insistencia de Julius para que se quedara esa noche y partiera con calma temprano en la mañana, el aprendiz se excusó explicando que no le importaba que se hiciera de noche, debido a la premura e importancia de su encargo. Debía llegar lo más pronto posible a la Escuela de Magia en Villavalle, donde lo esperaban, para concluir el tema de la varita desaparecida. Sortudo estaba totalmente convencido de su decisión, así que partiría de inmediato hacia la ciudad capital.

Pero a veces las cosas son como son, y no como la gente quisiera que fueran.

El joven, agradeciendo a Julius su colaboración se levantó respetuosamente y fue a buscar su caballo para emprender el regreso a Villavalle de una vez. Julius comprendió la situación expuesta por el joven aprendiz y respetó su decisión.

Mientras Sortudo fue al establo, Julietta subió rápidamente a cambiarse de ropa y dijo a su padre que quería ir a la ciudad capital a resolver unos asuntos. Quería aprovechar la compañía de Sortudo en un trayecto tan largo para ir sola. Como de costumbre se hospedaría en la casa de su tía, hermana de su padre, quien vivía en las cercanías del Castillo Real.

El padre, aunque extrañado de tanta cordialidad por parte de su hija, no se atrevió a preguntar nada. Julius sólo pidió que por favor llevara unos rodillos de madera a Tábata la panadera e hija de Itzigorn, y dos pequeños sacos de comida junto a unas cuantas monedas para su hermana, quien tiene muchos hijos.

Cuando Sortudo se acercó al frente de la casa con su caballo, dispuesto a despedirse, se encontró con Julietta quien pidió que la esperara un momento, informándole que iría con él a Villavalle.

Sortudo quedó realmente sorprendido con la propuesta. O mejor dicho, con la imposición. Sortudo miró a Julius esperando algún comentario. Pero este, apoyado en su bastón, se encogió de hombros y sonrió con gesto de conformidad.

Mientras Sortudo esperaba a que Julietta regresara, sintió cierta incomodidad, pues el padre de ésta no decía nada, ni a él tampoco se le ocurría algo que comentar. Al cabo de unos instantes que parecieron interminables, apareció Julietta montada sobre un hermoso caballo negro, afirmando estar lista para partir. Sortudo dio nuevamente las gracias a Julius y ambos jóvenes salieron cabalgando a todo dar, pues era importante llegar a Villavalle, lo más pronto posible.

Algo planificado

Itzigorn y Athanasius luego de despedir a Sortudo, quien había salido raudo y veloz hacia el Bosque Violeta para cumplir con su misión, cerraron la escuela y salieron del Castillo para luego dirigirse hacia la amplia calle principal de Villavalle. Cruzaron por el puente de Las Lunas sobre el río Aguamansa, con destino al lindero sur de la ciudad donde habitaba Ursus, conocido también como el mago oso por su contextura física grande, fuerte y abundante vello corporal. Al llegar a la casa de Ursus, llamaron a la puerta. Los recibió su hija menor, quien con mucha amabilidad comentó con desconsuelo que ponía en duda que su padre pudiera ser de alguna ayuda, ya que estaba muy anciano, enfermo y ya ni caminaba. Al tener que permanecer en cama tanto tiempo, había ido perdiendo el interés por las cosas y esto, había contribuido a su deterioro mental. Cada día que pasaba su estado empeoraba.

La hija del viejo mago los invitó a pasar hasta la habitación, donde Ursus pasaba los días y las noches, mirando el techo y murmurando incoherencias.

– ¡Padre! Han venido a visitarte tus viejos amigos, saludadlos –habló con su anciano padre, tratando de levantarle un poco la cabeza con unos almohadones.

– Buenas tardes, apreciado Ursus. Tanto tiempo sin veros. ¿Me recordáis? Soy Athanasius –dijo el mago, tomándole la mano.

Itzigorn se mantuvo de pie junto a la puerta. Él no había tenido tanta confianza con Ursus y prefería que fuese Athanasius quien intentara obtener alguna información, pues ellos fueron compañeros cuando habían estudiado la corriente mágica Burktfeniana, mucho tiempo atrás. Ursus giró su rostro cansado y miró lánguidamente a quien le hablaba. Pareció reconocerlo. Un leve brillo en sus tristes ojos dio esa impresión. Pero no se movió. El hombre continuaba echado sobre aquella cama como un fardo. Era como si su alma perdiera fuerza y ya estuviera dejando aquel viejo y maltrecho cuerpo.

Athanasius continuó con comentarios y anécdotas, recordando viejos tiempos con intención de hacerlo reaccionar, pero el contacto con la mano de Ursus, sólo confirmaba que ya su cuerpo iba perdiendo vida. Ursus no hablaba. No podía hablar. Sus ojos se cerraban y se volvían a abrir lentamente, como intentando conectar con el mundo exterior. Tal vez, ya ni siquiera oía. Athanasius pensó y comentó a Itzigorn, con pocas palabras que no valía ni el esfuerzo de un encantamiento para hacerlo hablar. Era agotar algo, ya agotado.

Dado por vencido y comprendiendo la triste situación, Athanasius le dio unas palmadillas en la mano y se despidió de quien fue un gran hombre, un gran mago y en especial un gran amigo. Le dolió ver como una mente lúcida, enérgica y creativa, había sucumbido ante el paso inexorable del tiempo.

Itzigorn y Athanasius dieron las gracias a la hija de Ursus y se despidieron de ella, expresando su disposición para cualquier cosa en la que ellos pudieran ayudar. Salieron de esa casa con la sensación de que pronto tendrían que asistir a un funeral. La muerte hace parte de la vida y hay que aceptarlo.

Itzigorn acompañó a Athanasius hasta su casa. Casi no hablaron por el camino. Itzigorn percibió la tristeza que había invadido a Athanasius y decidió respetar su sentir.

Ya no podían hacer nada más en aquel duro día. Quedaron por tanto, en encontrarse en la escuela a la mañana siguiente.

– Gracias por acompañarme. Os prometo estar en la escuela mañana sin falta –afirmó el viejo mago.

– No hay de qué, apreciado Athanasius. Al contrario, soy yo el que os está muy agradecido al recibir vuestra ayuda incondicional con este vergonzoso problema provocado por mis nietos...

– ¡Vamos Itzigorn! Que todos hemos sido niños y de travesuras sabemos. Ya os digo, no os agobiéis tanto. Todo tiene solución. Id a vuestra casa y descansad, pues no sabemos cuánto nos queda por delante. Así que, buenas noches.

—Buenas noches Athanasius, hasta mañana entonces —respondió Itzigorn, alejándose de la casa del viejo mago.

Sí, era mejor ir a descansar pues había sido un día muy ajetreado, tratando de buscar solución para aquello que tanto lo agobiaba: recuperar la varita de su bisabuelo. Además, necesitaba estar con la mente clara para la próxima jornada, pues seguramente, tendría que responder a miles de preguntas de los aprendices, quienes acudirían puntualmente a la mañana siguiente. Pensó también que así, se haría más fácil esperar el regreso de Sortudo de Aldea Brillante.

*****

Itzigorn tomó rumbo hacia su casa. La noche ya había dominado el ambiente y la suave brisa la hacía agradable. Para Itzigorn, caminar por las calles de Villavalle, era una manera de despejarse y por tanto, sentirse bien. Cruzó el río Aguamansa por el Puente del Sol, pues era la ruta más directa a su casa. Como era habitual, a medida que el maestro mago Real caminaba por la ciudad, iba encontrándose con muchos conocidos a quienes saludaba con agrado, asunto que mejoró su ánimo.

Ya casi olvidaba que lo esperaba algo más para resolver ese ajetreado día: Pix y Leroy. Cuando lo recordó, supuso que por haber caído la noche, ya sus nietos estarían dormidos. Mejor así. Por hoy, ya no tenía fuerzas para seguir lidiando con ellos. Sin embargo, tendría que hablar de una vez por todas con Tábata y con su yerno sobre el mal comportamiento de los chiquillos. Ya no eran simples travesuras. A esos niños había que encaminarlos porque sí. Estaban demasiado consentidos y malcriados, eran muy caprichosos e irresponsables.

Cuando el maestro mago llegó a casa, la vio totalmente iluminada, estaban todas las lámparas de aceite encendidas y la puerta de la calle abierta. ¡Por todos los dioses! ¿Habría ocurrido alguna otra cosa más?

—Buenas noches... ¿Qué ha pasado aquí? —preguntó al entrar.

—Aparte de la pierna lesionada de Gaspar y el susto enorme que nos ha dado, nada más, querido padre —respondió Tábata acercándose al maestro y dándole un beso en la mejilla para saludar, como de costumbre.

Por lo visto ni el aprendiz Uwe, ni el aprendiz Hoobers ni sus nietos, habían hecho comentario alguno sobre lo ocurrido en la escuela de magia ese día. Sabía que los aprendices eran incapaces de decir algo inconveniente, ya que aparte de ser unos jóvenes muy discretos y responsables, voluntariamente se habían comprometido a mantener el secreto. Por eso, había confiado en ellos para llevar a sus nietos a casa.

Lo que había temido realmente, era que sus nietos dijeran algo para justificar su díscola conducta, porque los conocía y sabía que eran capaces de contarle a su madre su propia versión de los hechos, para así poder salirse con la suya.

Pero la cara y actitud de su hija decía lo contrario. Por tanto, Tábata, no tenía idea alguna de lo sucedido. Era un logro que sus nietos hubieran respetado las órdenes dadas por él.

Itzigorn, luego de saludar a su hija, giró y vio a los niños, quienes continuaban despiertos, sentados a la mesa y ¡en silencio! Era digno de ver para creer.

—Padre, os guardé la cena en la cocina, ya os caliento la comida. Mientras tanto, Gaspar os contará lo ocurrido. Apliqué vuestra receta sanadora para estos casos, ya vos haréis con vuestra magia el resto —dijo alejándose hacia la cocina.

—Pues bien Gaspar, ¿cómo os encontráis? —preguntó Itzigorn a su yerno.

—Aparte de algo asustado al salir volando por el aire, unos cuantos moratones y la pierna horriblemente dolorida, me encuentro bastante bien —respondió Gaspar, con su bonachona sonrisa de costumbre.

Y continuó diciendo:

–¿Recordáis el potro tan arisco que compré el pasado verano y al que puse por nombre Azabache? Pues bien, ese caballo fue el culpable de lo que me ha pasado, sigue siendo un animal indomable y yo, me creí todopoderoso e intenté montarlo nuevamente. Tendremos que dejarlo como semental, no sirve para el pastoreo. A pesar de esto, sigo fascinado por ese animal, no le puedo guardar rencor alguno, realmente es tan brioso y tan imponente. ¡Vamos! Como debe ser un buen caballo.

–Permitidme revisar vuestra pierna –pidió Itzigorn, quien no prestaba mucha atención a las pasiones descritas por su yerno, sobre su caballo favorito.

Mientras revisaba la lesión en la pierna de Gaspar, miró seriamente de reojo a sus nietos. Los chicos bajaron la mirada. Finalmente una buena señal, pensó el mago.

Itzigorn terminó de revisar la pierna de Gaspar y comenzó a formular un conjuro, a la vez que aplicaba unos apósitos previamente preparados por Tábata. Su hija había realizado una buena cura como primeros auxilios. La pierna sanaría pronto.

–Ahora, es muy importante que guardéis reposo. Mañana veremos, pero estoy seguro de que ya podréis caminar con más seguridad. ¡Venid, levantaos! Apoyaos en mí para poder llegar hasta la cama –ordenó el mago a Gaspar.

Gaspar logró levantarse con la ayuda de Itzigorn y se dirigieron hacia su habitación entre bromas y algún que otro quejido; pero estaba muy contento porque ya podía caminar. Gaspar se acostó en la cama, agotado por lo sucedido y dio las gracias a su suegro por la ayuda prestada. Itzigorn, cerró la puerta tras salir de la habitación.

Y ya que los chicos estaban levantados aún, enfrentaría de una vez el problema que representaba su mala conducta ante la presencia de su madre. El abuelo se acercó a la mesa y dijo a los niños que esperaría a que Tábata regresara de la cocina para hablar de lo ocurrido en la escuela. Se giró y se quedó mirando la chimenea, cavilando sobre las posibles soluciones al problema que lo agobiaba.

Los chicos ya se temían lo que les venía.

En poco tiempo, Tábata salía de la cocina con un plato de comida caliente y un vaso con vino. Colocando el plato en el sitio donde siempre se sentaba su padre, percibió de inmediato que el ambiente estaba cargado. Los niños en silencio y el abuelo mirando el fuego de la chimenea. Las expresiones en las caras revelaban que algo había ocurrido y ella aún no lo sabía.

– Padre sentaos. Creo que hay algo que debo saber... ¿Qué ha sucedido? –preguntó seguidamente, arqueando la ceja y mirando a los chicos, quienes extrañamente continuaban en silencio.

– Sí Tábata, hay algo que debéis saber, por favor tomad asiento vos también.

– Me estáis asustando padre.

– Para simplificar lo ocurrido, tengo que deciros que por el mal comportamiento de Pix y Leroy, hoy ha desaparecido una de las varitas mágicas de mi bisabuelo mago Burktfénix. Tuve que enviar al aprendiz Sortudo a la Aldea Brillante en busca de información para poder recuperarla. Tuve que acudir a Athanasius para que me ayudara. ¡Y todo esto dentro de la escuela y delante de mis alumnos! Como comprenderéis, esto no puede seguir así. No tengo idea de las consecuencias que acarreará esta pérdida para nuestro reino, ni para nuestro mundo. Solamente espero encontrarla y guardarla en el lugar del que nunca debió salir – explicó Itzigorn a su hija, viendo a sus nietos con toda la dureza del caso.

– ¡Niños! ¡¿Pero hasta cuándo?!... estoy realmente decepcionada con esto, ¿no veis la gravedad de lo sucedido? ¿No puedo confiar en vosotros? –recriminó Tábata a los chicos, con los ojos llenos de lágrimas, para luego continuar reprendiéndoles–: ¡realmente no escarmentáis! Porque no he olvidado la vergüenza que me hicisteis pasar, cuando provocasteis la pérdida de casi todos los huevos que llevaba a vender la vecina Sigfrida al mercado, al provocar el vuelco de su carreta. O cuando la tía Gema cayó de bruces en el chiquero de los cerdos por vuestros correteos con los perros. ¡Vergüenza tras vergüenza...!

A Tábata, le venían atropelladamente a la memoria, una cantidad de travesuras que sus hijos habían realizado en el pasado, ocasionando numerosos disgustos a todos. El abuelo Itzigorn viendo lo afectada que se encontraba Tábata, decidió intervenir antes de que su hija siguiera sacando a la luz más acontecimientos desagradables.

–Tábata querida hija, calmaos por favor. Lo que tenemos que hacer es pactar un fuerte castigo y un compromiso irrevocable de buen comportamiento. Lo primero, y lo siento por vos, es que hasta que no demuestren que lo merecen, bajo ningún concepto serán recibidos en la escuela de magia –aseguró el mago maestro a su hija, mientras apoyaba la mano en su hombro, para consolarla.

–Padre, lo que vos digáis. Lo siento de veras... me siento culpable pues al no encontrar con quien dejarlos, recurrí a enviarlos a vuestra escuela sin medir consecuencias. Me desesperé para ver que le había ocurrido a Gaspar –respondió entre sollozos la consternada madre y girándose hacia sus hijos, les dijo–: ¡Hasta aquí, hemos llegado con esto! De ahora en adelante, haréis sólo lo que el abuelo o vuestro padre, ordenen. Yo ya no oiré excusas ni mediaré por vosotros.

–¿Estáis viendo el daño que le habéis hecho a vuestra madre? Espero que estéis tomando consciencia del problema que habéis ocasionado... Ya sois lo suficientemente mayorcitos, para entender que vuestros actos tienen consecuencias. Y no creáis que ya mañana estará todo olvidado –recriminó el abuelo con dureza.

–Lo siento –dijo Leroy en voz baja, levantando la mirada hacia el abuelo y luego continuó diciendo–: yo sólo pretendía defenderme de lo que me hizo Pix... de veras abuelo, lo siento muchísimo. Os prometo que no volverá a ocurrir.

179

– ¡Claro que no volverá a ocurrir! Luego que cumpláis con el castigo, seguiréis una rígida disciplina hasta que aprendáis el valor de lo que os rodea. A partir de mañana iréis a la porqueriza del pueblo todos los días hasta que yo lo indique, lo haréis al amanecer para ayudar en las labores de limpieza, curar a los animales, darles de comer y todo lo que el encargado indique que hacer –dijo el mago, en forma contundente y sin levantar la voz.

Pix, por primera vez en su corta vida, aceptaba conscientemente su culpa en todo aquello. Era él, el que había desobedecido al no quedarse en la silla, en haber husmeado donde no debía y en haber pinchado a su hermano. Se consumía en la culpa, pero no lograba abrir la boca. Estaba paralizado. ¿Cómo era posible que su hermano se hubiese disculpado y él no lo hiciera? Eso lo hacía sentirse peor. Ver a su madre sollozando en ese estado de angustia, su padre en cama por la caída y el abuelo furioso con él, era como el fin del mundo.

Respiró profundamente y logró hablar.

–Abuelo... –susurró Pix.

–¿Perdonad, acaso habéis hablado?

–Sí, señor...

–¿Y tenéis algo que decir?

–Sí señor...

–¡Hablad entonces!

–Abuelo... siento mucho lo ocurrido. Sé que me porté muy mal...

–¿Sólo eso? –inquirió el abuelo.

—Mas cumpliré yo sólo el castigo, pues Leroy no hizo nada. Él sólo se defendió —confesó por fin, aligerando parte de la pesada carga de conciencia que lo embargaba.

—Me parece justo —dijo el abuelo de inmediato—, vos, ya sois un hombrecillo y debéis ser responsable de vuestros actos. Estaba esperando que asumierais la responsabilidad de lo sucedido por vuestra propia conciencia y voluntad. Mas, yo sabía desde un principio que fuisteis vos el que provocó todo esto.

—Lo siento abuelo... —manifestó nuevamente muy avergonzado el niño.

—Entonces como todo ya está aclarado, solamente vos cumpliréis con el castigo convenido. Sin embargo, os informo que las nuevas normas las acataréis los dos por igual.

—Sí señor —afirmaron ambos niños, casi como un susurro.

—Id a dormir. Quiero comer en paz y luego hablaré con vuestra madre sobre las nuevas reglas que regirán vuestro comportamiento, a partir de hoy mismo en esta casa.

Tábata acompañó a los niños a su habitación, luego que estos dieran las buenas noches al abuelo. Itzigorn sintió cierto alivio, porque por fin parecía que los chicos entrarían por el camino correcto. Era una lástima que tuviese que ocurrir algo tan grave, para que sus nietos cambiaran de actitud. Suspiró y comenzó a comer. Cuando su hija volviese al salón, establecerían entre los dos, las primeras normas necesarias para acabar, de una vez por todas, con la mala conducta de los chicos.

Itzigorn comió con calma pues se sentía extenuado. Quería retirarse a descansar lo más pronto posible, pues no sabía cuáles nuevos acontecimientos le esperarían en los próximos días en los que tendría como objetivo primordial recuperar la varita.

*****

181

Bien temprano, a la mañana siguiente, el maestro mago pasó dejando a su nieto Pix con el encargado de la porqueriza. Trabajaría como ayudante en las labores de la porqueriza para luego volver directamente a casa, asearse e ir a la escuela del Castillo Blanco, donde Pix y su hermano Leroy acudían diariamente a estudiar. Le tocaría una dura faena, pero tenía que escarmentar de alguna manera.

Itzigorn continuó su marcha desde la porqueriza hacia el Castillo Real, pensando en cómo le iría a Sortudo en su intempestiva encomienda. Cruzó por el Puente Viejo como hacía en antaño, cuando sólo existía ese puente. Luego pasó por la Plaza Norte y cuando llegó a la entrada de la escuela de magia, encontró a todos los aprendices ante la puerta, puntuales como siempre. Esta vez, más ansiosos que de costumbre. Eso resultaba satisfactorio. Realmente era un buen grupo de aprendices, como hacía mucho tiempo no tenía.

Después de dar los buenos días de costumbre, pasaron a la estancia comentando la necesidad de continuar con la búsqueda de información que a la vez, serviría para sus estudios generales. Estaban todos muy animados y llenos de incógnitas.

Itzigorn esperaba que Athanasius llegara pronto, para que lo ayudara a responder la avalancha de preguntas que los jóvenes ya comenzaban a hacer. Pero Athanasius llegó con retraso porque tuvo que hacer unos recados y prefirió hacerlos temprano, para luego quedar libre y dedicarse a colaborar con Itzigorn en la búsqueda de la varita. El anciano mago fue de gran ayuda respondiendo las dudas de los alumnos. Casi no pudieron hablar entre ellos, por estar respondiendo todas las cuestiones planteadas por los aprendices. A pesar que Itzigorn temía que el día se hiciera largo, resultó todo lo contrario.

Llegó la hora en la que finalizaban las clases por ese día. Los aprendices se despidieron. Itzigorn y Athanasius se quedaron solos en la estancia, preguntándose cuando regresaría Sortudo con las tan ansiadas respuestas. Confiaban en Sortudo, pero sabían que el joven aprendiz tardaría un poco más, pues atravesar el bosque llevaría su tiempo, sin contar con que hubiera algún imprevisto que retardara aún más la búsqueda.

– Os repito, creo que con mi varita y con los conjuros que nos traerá Sortudo, tendremos el problema resuelto. Confío plenamente en que la Dama Custodia descifre los códigos de Crumforex, para poder actuar acertadamente. Tal vez, también proporcione unos cuantos consejos que nos ayuden a encontrar la varita rápidamente –comentó Athanasius, brindándole ánimo al maestro mago.

– ¡Ojalá sea así! Porque tanto Crumforex como mi bisabuelo Burktfénix, eran secretistas por excelencia. Pareciera que no confiaban en nada ni en nadie y por eso, hicieron códigos tan complicados para poder descifrar mensajes o formulas en sus diarios, así como para usar sus conjuros –afirmó Itzigorn.

– ¡Ya lo creo! Realmente ambos gustaban de los secretos, así como también de los misterios –confirmó Athanasius.

– Pudiera ser, porque Crumforex creía en una profecía que visionaba un importante e inexacto evento futuro, aunado a lo descrito por Burktfénix sobre otros mundos, serían algunas de las causas que los motivaron a tomar tantas precauciones. Algo sabrían. Siempre recuerdo que mi abuelo, haciendo referencia a Burktfénix, me advertía que había que dar gracias por vivir en este mundo, donde prevalecía el buen convivir. Yo nunca lo entendí, mi impresión siempre fue que Burktfénix, al hablar con parábolas en sus relatos, hacía referencia a mundos como a reinos –expuso Itzigorn, rememorando su época de aprendiz.

– Sí, apreciado compañero, he leído y oído bastante sobre esos relatos. Para algo me sirvió pertenecer al pequeño grupo que se dedicó a estudiar la corriente Burktfeniana. Lo digo por si no lo recordáis –respondió sonriendo.

– ¡Oh! Ciertamente. Olvidé con quien estoy hablando –confesó Itzigorn, esbozando una franca sonrisa.

–Sabéis Itzigorn... yo no creo que podamos recuperar la varita con un simple hechizo. Tengo el presentimiento que habrá que ir a buscarla.

–Pues en ese caso, tendremos que ir en su busca. ¿Pero a dónde? –respondió Itzigorn con un sentimiento de confusión.

–¡A otro mundo apreciado Itzigorn! Por cierto, he estado pensando que lo más conveniente es que yo haga un conjuro para ceder mi varita, pues creo que mis viejos huesos serán más un estorbo que ayuda, y por tanto no os acompañaré –dijo sin más, el viejo mago.

–Pero... yo no puedo hacerme cargo de dos varitas "Intranquilus" a la vez. ¿Cómo lo haré sin vuestra persona? – interrogó sorprendido Itzigorn, ante la negativa de Athanasius a acompañarlo.

–No os agobiéis. He pensado en cederla a Sortudo para que sea vuestro apoyo. Por lo que me habéis contado sobre las virtudes del joven aprendiz, creo que él es el indicado para acompañaros. Por supuesto, si vos estáis de acuerdo. He meditado sobre esto, porque ya que vos sois el descendiente, por deducción, sois el indicado para traer de vuelta a la varita de Burktfénix.

–Voy comprendiendo...

–Ambos sabemos que salir de este mundo significa correr riesgos. No tenemos idea a donde vais a ir a parar en busca de la varita "Intranquilus" de vuestro bisabuelo, por lo tanto debéis ir acompañado de alguien capaz –advirtió Athanasius, reflejando en su rostro incertidumbre y consternación.

–Estoy totalmente de acuerdo con vuestra propuesta. Podéis confiar en Sortudo, es un joven responsable y de fiar. Entonces, no se hable más... ¡Así sea! –afirmó Itzigorn.

Continuaron charlando un rato más hasta que, a pesar de que aún no era de noche, el cielo se tornó oscuro y comenzó a desatarse una fuerte tormenta, con rayos y truenos. Decidieron marcharse a pesar de la tormenta, dando por sentado que seguramente Sortudo llegaría al día siguiente por ese mismo motivo. Itzigorn hizo un hechizo para protegerse de la lluvia y acompañó a Athanasius hasta su casa y luego se dirigió, cruzando el Puente de Las Lunas, lo más rápido que pudo a su casa, la cual quedaba en el otro extremo de la ciudad.

Tábata, su hija, lo esperaba en casa, agobiada por la lluvia y la tardanza. Realmente era preocupante la tormenta desatada. El cielo se alumbraba con incesantes rayos y las paredes temblaban con los truenos. Ya los vecinos alertaban sobre el aumento del caudal del río Aguamansa. Tábata conocía bien a su padre; sabía que el sentido común y la precaución eran unas de sus mejores virtudes. Pero aquella tormenta la tenía muy asustada y temía por la seguridad de su padre, quien aún no llegaba.

A pesar del hechizo protector, Itzigorn temblaba por el frío y por la humedad que le caló los huesos. ¡Cuánto agradeció que su hija lo esperara con una manta para abrigarse, con la chimenea encendida y con un buen plato de puchero caliente! Su hija era única y, él se sentía agradecido de cómo era.

– ¡Padre! Estaba tan preocupada por vos al ver que no llegabais con esta terrible tormenta...

– ¡Gracias hija! –respondió, mientras se dejaba abrigar con la tibia manta, para luego excusarse–: lamento no haber mandado a alguien para avisaros. He tardado tanto porque debía acompañar a Athanasius hasta su casa. Ya sabes que está muy mayor.

La tormenta eléctrica no cesaba y le preocupaba pensar por dónde andaría Sortudo. Se sintió culpable al pensar que el aprendiz estuviese pasando por malas circunstancias. Ya él, no podía hacer nada más. Era mejor ir a dormir. Seguramente el joven aprendiz regresaría por la mañana, no se arriesgaría a emprender el regreso con una tormenta así, pues era un joven muy listo y práctico. Eso pensaba el maestro mago para darse ánimo. Llovió casi toda la noche. Hacía tiempo que no se desataba una tormenta tan fuerte como aquella y eso era algo en lo que él, ni podía ni debía intervenir, por más mago que fuera.

*****

Sortudo y Julietta cabalgaban velozmente rumbo a Villavalle, cuando enormes gotas de lluvia comenzaron a caer sobre ellos. Julietta conoce bien el camino y la zona, y recordó que un poco más adelante vive una familia conocida. Lograron llegar al lugar sin tropiezos para guarecerse en la granja, cuyos dueños son amigos de Julius desde antes de nacer Julietta. Los amables granjeros dieron de inmediato, abrigo y comida a los dos viajeros y a los caballos.

Sortudo lamentó la pérdida de tiempo, pero no quiere que algo le pase a su preciado cargamento, por más que la Dama Custodia lo protegió con un encantamiento. Aquel encargo, es para ellos un tesoro y no puede darse el lujo de extraviarlo ni dañarlo por una imprudencia.

Y es también consciente que es sumamente peligroso viajar con aquella lluvia y con tantos rayos. También había que pensar en los caballos y en el camino fangoso, el cual dificultaría su avance. Seguramente los riachuelos se habrían convertido en torrentes incontrolables, debido al aumento del caudal de sus aguas por tan abundante lluvia, lo cual posiblemente provocaría a su vez numerosas inundaciones en la comarca. Imposible continuar la marcha en aquellas condiciones.

La familia que los acogió, lleva muchas generaciones trabajando esas tierras. Actualmente la componen cuatro generaciones. Aún vive la bisabuela y con buen estado de salud, a pesar de su longevidad. Allí viven también sus dos hijos con sus respectivas esposas, más los hijos de estos quienes, también a su vez, tienen parejas e hijos. En total la familia está compuesta por veintisiete miembros. El último bisnieto cuenta con apenas dos pasos de lunas llenas desde que nació.

La granja está compuesta por varias casas, las cuales habían sido construidas por ellos mismos, a medida que la familia crecía. Sortudo y Julietta se refugiaron en la casa principal, donde se esmeraron en atenderlos. La cena estuvo compuesta por pescado

186

ahumado acompañado de coles, lechuga, rábanos y un buen vino, fabricado por la familia.

Julietta se durmió casi inmediatamente envuelta en una manta. Los dueños de la casa enviaron a los niños a dormir. Conversaron un rato más con Sortudo sobre Villavalle y luego dieron las buenas noches al visitante. Apagaron las lámparas de aceite y también se retiraron a dormir. Sortudo se quedó frente al fuego de la chimenea, atizando los troncos y observando las ondulantes llamas. Permaneció un buen rato sentado, oyendo el crepitar producido por el fuego al consumir lentamente la madera y el ruido de la fuerte lluvia y del viento que azotaban el exterior de la casa. No dejaba de pensar en cómo recobrarían la varita y temía al recordar, lo expuesto por el mago Athanasius: ¿A manos de quién había podido ir a parar? Dilucidaba sobre las posibles consecuencias de todo aquello, y sin darse cuenta, se quedó profundamente dormido, tras otro largo y agotador día.

*****

A la mañana siguiente, ya había terminado la tormenta. Itzigorn dejó nuevamente a su nieto en la porqueriza para continuar cumpliendo con su castigo y se dirigió con premura a la escuela. Esta vez llegó antes que sus alumnos. Athanasius también se presentó temprano, seguro de que Sortudo llegaría de un momento a otro. Los aprendices comenzaron a llegar y sin perder tiempo, continuaron repasando sus notas y reorganizando, una vez más, el material de estudio que estaba sobre las mesas.

Al cabo de un rato llamaron a la puerta. Era Sortudo bastante sucio, cosa extraña en él, pero las circunstancias lo justificaban. Todos se alegraron de verlo y lo invitaron a entrar, cuando advirtieron que venía acompañado por una joven desconocida.

—¡Buenos días maestros! Me hubiese gustado llegar antes, pero el camino está fatal y la tormenta nos hizo parar en una granja donde nos dieron abrigo, pues era imposible avanzar con tanta lluvia... Os presento a Julietta, hija de vuestro amigo Julius y quien ha sido de gran ayuda para lograr mi encargo —dijo Sortudo de inmediato.

—¡Bienvenida señorita! Gracias por la ayuda prestada a nuestro aprendiz Sortudo —saludó Itzigorn haciendo una reverencia y con un gesto de mano, la invitó a pasar.

—¡Querida niña! Tanto tiempo sin veros, no os reconocí. ¡Ya sois una hermosa dama! Y decidme, ¿cómo está vuestro padre? —preguntó Athanasius muy emocionado, tomando las manos de la joven.

—Bien de ánimo, pero no muy bien físicamente. Ha engordado mucho, empeorando su problema de la espalda; y la pierna que se lesionó un tiempo atrás, le está causando muchas molestias, la tiene aún entablillada y tiene que caminar con la ayuda de un bastón —respondió Julietta con rapidez.

—Tengo que ir a visitarlo, como mago para ayudarlo a que se cure y como amigo para recordar viejos tiempos. ¡Es que el tiempo se va tan de prisa! Que cuando reparáis en ello, ya no nos queda mucha energía —comentó con preocupación por su amigo, pero animado por saber de él.

—Y ¿cuándo os habéis venido? ¿Cómo os fue con la tormenta? —preguntó Itzigorn a Sortudo.

—Partimos de los Sauzales terminando la tarde de ayer, pues no deseaba perder tiempo. Pero el cielo se oscureció de golpe y al comenzar la tormenta, tuvimos que parar en el camino en la casa de unos amigos de Julius. Gracias a esa familia tan amable, pudimos resguardarnos... Y pensar que Julius me insistió en que me viniera hoy temprano por la mañana...

—Bueno, lo importante es que ya estáis aquí sanos y salvos —afirmó Itzigorn.

—¿Y cómo os fue con la Dama Custodia? —quiso saber Athanasius seguidamente.

– Muy bien maestros; aquí tengo los conjuros obtenidos, luego de descifrar los códigos secretos de Crumforex –dijo sacando una bolsa bien cerrada y protegida por un sencillo, pero certero encantamiento.

Sortudo procedió a sacar los pliegos escritos por la Dama Custodia, para luego extenderlos sobre la mesa y así, los maestros pudieran leer el contenido. Así mismo, informó que la dama facilitó también algunas advertencias sobre los posibles riesgos que podían correr en la recuperación de la varita. El joven aprovechó también para exaltar la esmerada labor de la Dama Custodia, en la búsqueda e interpretación de los códigos para poder dar con los conjuros correctos.

– Maestros, su conclusión fue que hay que ir a buscar la varita a dónde quiera que esté –concluyó el joven aprendiz.

– Ya lo suponíamos –aseveró Athanasius.

– ¡Vaya, Sortudo! No tengo palabras para expresaros mi enorme agradecimiento –dijo Itzigorn con gran emoción, sentándose con el material que tenía ante sus ojos.

– Sortudo –intervino Athanasius–, os sugiero que vayáis a vuestra casa y descanséis. Debéis reponer energías para afrontar el próximo paso. Mientras tanto, Itzigorn y yo evaluaremos que debemos hacer y organizaremos el viaje para recuperar la varita "Intranquilus" de Burktfénix. Debemos asegurarnos de todo lo que podamos, pues tal vez, toque neutralizar los efectos de la varita Intranquilus de Burktfénix, en el supuesto caso que se encuentre desorientada o en malas manos...

– ¿En malas manos?

– Todo es posible, apreciado aprendiz.

—Y con Burktfénix, aún más —apuntó Itzigorn a la conversación.

—Sortudo, también quiero informaros que vos llevareis mi varita. Seréis por lo tanto, el nuevo portador.

—¡Oh! Será un honor, maestro —afirmó impresionado con la noticia—. Agradezco vuestra confianza para portar vuestra varita en esta imprevista situación.

—Os lo habéis ganado con vuestra dedicación. Ahora no perdáis más tiempo, id a descansar que bien lo merecéis —ordenó Athanasius al joven aprendiz.

—Como ordenéis, creo que realmente me hace falta un buen descanso, un urgente baño y un cambio de ropa —respondió el joven, mirándose la sucia vestimenta.

—Nos veremos aquí temprano en la tarde. Hasta pronto y no os retraséis —advirtió Itzigorn, volviendo a revisar el material escrito que poco antes entregó el aprendiz.

—Hasta pronto —se despidió Sortudo de todos en voz alta, y girándose hacia la joven que lo acompañaba, la convidó diciendo —: ¡Vamos Julietta! os acompañaré hasta casa de vuestra tía que queda en ruta hacia la mía.

*****

Luego que los dos jóvenes se despidieron de los magos y de los aprendices, recogieron sus caballos en la entrada del Castillo y emprendieron la marcha hacia la casa de la hermana de Julius, la cual quedaba a pocas calles del Castillo Real. Cuando llegaron, Julietta llamó a la puerta y se giró hacia Sortudo, pidiendo que por favor pasara buscándola luego, para acompañarlo a la escuela de magia en la tarde. Le expresó su preocupación y voluntad de ayudar en lo que consideraran necesario.

– Prometo que no os estorbaré...

– De acuerdo. Con gusto os pasaré buscando a primera hora de la tarde –afirmó comprometiéndose, el joven aprendiz.

En ese instante, abrió la puerta de la casa, uno de los ocho hijos que había tenido la tía Magda y quien al reconocerla, comenzó a llamar con gran alborozo a todos sus hermanos para que vinieran a saludar a la prima del bosque, como ellos la llamaban. Julietta sonrió a su primo y se giró hacia Sortudo, quien aún se encontraba ante la puerta, en un estado de indecisión. Sabía que tenía que continuar su camino hasta su casa, pero no quería despedirse de Julietta.

– Entonces, hasta la tarde –confirmó Julietta el encuentro.

– ¡Hasta la tarde! –respondió Sortudo.

Convenido el acuerdo de ir juntos a la escuela de magia por la tarde, Sortudo, tras cerrarse la puerta de la casa de la tía Magda, siguió rumbo hacia su casa con los dos caballos, pues en la casa de la hermana de Julius no había establo. Dejó los caballos en el portal, solicitándole al mozo encargado del establo que por favor se ocupara de ellos. Se encontró con su padre al entrar a la casa a quien saludó con premura, justificándose con que tendría que volver a salir más tarde, pues Itzigorn lo necesitaba.

Su madre y su hermana Lya se alegraron de verlo, pues Sortudo nunca se había ausentado más de un día de casa y al verlo cansado y sucio, se dispusieron a preparar un baño de agua caliente y una suculenta comida, a la vez de hacerle una infinidad de preguntas con respecto a ese viaje tan repentino y misterioso. Sortudo, siempre tan discreto y reservado, sólo respondió lo que consideró conveniente, dando a entender que no valía cambiar las preguntas ni las estrategias, porque eso que había respondido era lo único que debían saber. El joven aprendiz sonrió al ver las caras de desilusión de su madre y de su hermana, a quienes no les habían funcionado sus artimañas para lograr que él, contara lo acontecido en la escuela de magia.

Luego de darse un baño y de haber comido un apetitoso pollo a la leña intentó, recostado en su cama, relajarse y dormir un poco. Pero la ansiedad causada por no saber que podía ocurrir en aquella búsqueda, no lo permitía. Ahora también sería portador de una varita "Intranquilus"; esto sería un honor, sería una prueba, sería todo un reto. Se estremeció al pensar en todo aquello. También pensaba en Julietta, no lograba sacarla de su cabeza. En Villavalle habían numerosas jóvenes por quienes se había sentido atraído, pero hasta ese momento, ninguna chica lo había hecho sentirse tan desconcertado.

*****

Llegada la tarde, Sortudo se vistió rápidamente para salir y se despidió de su madre y de su hermana, advirtiéndoles que tal vez el maestro y él, tardarían varios días en un viaje, intentando evitar que se agobiaran ante una posible tardanza.

Pasó buscando a Julietta, tal como habían acordado. Ella se encontraba esperándolo en la puerta de la casa de su tía, con un rodillo de madera en cada mano y con su arco y flechas a cuestas.

– ¿Contra quién pretendéis arremeter? –preguntó Sortudo en tono de broma.

– ¡Oh! ¿Tan peligrosa os parezco? –respondió levantando los rodillos como si estuviera dispuesta a golpear.

– No... es sólo que... ¿Qué vais a hacer con esos rodillos? –preguntó intrigado y sonriendo, con las manos en alto a la defensiva.

– Mi padre se los envía a Tábata, la hija de Itzigorn y olvidé de hacer la entrega al maestro, cuando estuvimos en la escuela de magia –contestó rápidamente, mientras emprendían la marcha por la calle adoquinada.

Continuaron conversando animadamente, mientras caminaban por una amplia calle paralela a los jardines del Castillo Real. Por suerte, el resplandeciente sol había secado las calles encharcadas tras la copiosa tormenta de la noche anterior.

Sortudo seguía consternado por el cambio tan radical que había tenido su relación con Julietta. Apenas ayer en la mañana, ella casi no le había dirigido la palabra. Él no recordaba haber conocido a una chica tan odiosa y grosera, en toda su vida. Y ahora, era todo un encanto de risas, con conversaciones de todo tipo, con una actitud positiva ante lo que ocurría. Con un trato amable y hasta dulce hacia él. Era alucinante todo aquello.

–¿Por qué llaman Violeta al bosque que rodea a la Aldea Brillante? –quiso saber Sortudo.

– Porque en la primavera, gran parte de los arbustos florecen con unas pequeñas y abundantes florecitas de tono violeta. Tenéis que verlo, ¡es alucinante! Muchos viajeros se desvían al bosque en esa época, para disfrutar de la hermosura del paisaje y el agradable aroma que despiden las flores. Los pobladores de los alrededores lo consideran un lugar encantado e ideal para enamorarse. Por cierto, allí se conocieron mis padres, justo en una primavera. ¡Y yo soy el resultado de esa hermosa unión! –dijo con actitud simpática y engreída a la vez.

– ¡Vaya! Cuan modesta sois –respondió Sortudo, riendo por la forma expresiva con que lo miró.

–Y... ¿Moriel y Tucpierre también se conocieron allí? –preguntó a continuación.

–No, ambos nacieron en la Aldea Brillante y se conocen desde pequeños... por cierto, ¿tienes idea que motivó a Moriel a declarar sus sentimientos tan intempestivamente a Tucpierre? Os lo pregunto pues fue después de estar trabajando en la biblioteca que regresó tan resuelta. Es que me extraña que después de tanto tiempo manteniendo sus sentimientos en secreto, se volcara a hacerlo así, sin más explicación. Tacia, Clara de Luna y yo lo sospechábamos. Intentamos en varias oportunidades hacerla confesar, pero ella nunca lo mencionó.

–Pues, no sé exactamente... tal vez algo que conversamos la indujo a decidirse. Yo no tenía idea que algo así iba a ocurrir. Confieso que me quedé tan sorprendido como todos vosotros –afirmó Sortudo, encogiéndose de hombros.

–¿Y qué fue lo que conversasteis? Si puedo saber –preguntó Julietta.

–Yo solamente dije que para mí el tiempo es vida. Que no debemos dejar pasar las oportunidades, pues son lo que enriquece realmente nuestras vidas. No tiene sentido estar lamentándose por no haber hecho esto ni aquello. Cada persona tiene su razón para ser feliz y debe disfrutarla con plena conciencia. Para mí, lo que he aprendido en la escuela de magia ha sido alimento para mi mente y para mi alma. Creo haber encontrado mi camino. Me siento realizado y eso me hace feliz.

–¡Vaya! Lo decís con una convicción que creo entender que le pasó a Moriel –aseguró Julietta, impresionada con lo dicho.

En ese preciso momento, llegaban a la puerta de la escuela de magia, dando inevitablemente por terminada la conversación.

*****

Los aprendices de los primeros cursos ya se habían marchado a casa, casi que a regañadientes pues querían ver lo que pasaría a continuación. Solamente habían permitido quedarse a Uwe y a Hoobers, pues eran los más preparados para prestar alguna ayuda.

Itzigorn y Athanasius ya tenían todo listo para emprender el rescate. O al menos, eso creían ellos. Explicaron al aprendiz los pasos a seguir, con el máximo de detalles y advertencias para contrarrestar los peligros que ellos suponían tener que enfrentar. Era sumamente importante que tanto Itzigorn como Sortudo, estuvieran en perfecta sintonía para llevar a cabo la recuperación de la varita.

Indiferentemente de la situación en la que se encuentre la varita de Burktfénix, la "Intranquilus" que durante mucho tiempo había estado en manos de la familia de Athanasius, sería necesaria en la misión a emprender. Por esta razón, Athanasius hizo entrega formal de su varita "Intranquilus" a Sortudo, conjurando de manera ceremonial el hechizo de traspaso. El aprendiz y la varita deben estar armoniosamente compenetrados, pues permitirá al aprendiz usarla con todo su poder. Sortudo memorizó rápidamente los conjuros que le permitirán usar la varita de ahora en adelante. Conjuró unos hechizos de prueba, superando sus expectativas de forma satisfactoria. Observó que la luz que emana la varita en cada hechizo, es de color amarillo. Nunca habían presenciado color igual. A pesar de la tensión, el joven aprendiz respondió positivamente ante la exigente prueba; como todo un mago. Después de esas pruebas, se sintió algo más seguro; pero claro está, su estreno oficial sería el viaje en busca de la varita desaparecida y regresar sin contratiempos. Ahora, Sortudo es definitivamente el nuevo dueño de la varita "Intranquilus".

Athanasius e Itzigorn se sintieron realmente orgullosos y satisfechos con el joven.

– ¡Bien! Repasemos los puntos más importantes. Primero: tenéis la varita lista para el viaje, pues Sortudo puede usarla con toda confianza, dado que es formalmente de él. Segundo: ya os habéis aprendido los conjuros para el rescate de la varita de Burktfénix, según sean necesarios, más las advertencias dadas por la Dama Custodia. Y tercero: aquí tenéis la bolsa con los amuletos protectores y unas bayas mágicas para mitigar el hambre y la sed. Espero que el mundo a donde vais, no sea uno de esos peligrosos descritos por Burktfénix en su diario –resumió Athanasius, mientras todos escuchaban con mucha atención.

– Estoy listo y dispuesto. Y ¿vos? –preguntó Itzigorn con impaciencia a Sortudo.

– Sí señor. Listo y dispuesto –confirmó rápidamente el aprendiz con la varita "Intranquilus" en la mano.

– Pues nos situaremos en el mismo lugar donde desapareció la varita de mi bisabuelo, hemos concluido que es un buen lugar por el que poder acceder a ese otro mundo, donde fue a parar la varita tras el incidente –explicó Itzigorn.

Ambos se colocaron en el lugar indicado. Sortudo comenzó a pronunciar el conjuro mágico para ir tras la varita, aquellas que previamente fueron extraídas del libro de Crumforex y decodificadas por la Dama Custodia, mientras realizaba movimientos ondulatorios con la varita.

Este hechizo los llevaría al lugar exacto donde se hallaba la varita que perteneció al mago Burktfénix. Pronto comenzó a formarse una bruma verdosa alrededor de ambos, tal como lo había descrito Burktfénix en su diario.

¡Todo va bien! Pensó Athanasius emocionado con la experiencia.

Todos estaban atentos, observando lo que estaba sucediendo en el lugar donde abrirían el portal con el que Itzigorn y Sortudo viajarían. Cuando inesperadamente Julietta, tras dos largos pasos, entró en el círculo verdoso formado alrededor de Itzigorn y Sortudo y desapareció con ellos, sin que nadie lograra decir nada ni impedirlo.

*****

Uwe y Hoobers, miraron horrorizados al mago Athanasius esperando su reacción. Athanasius, con los ojos muy abiertos y sin pestañear, se quedó pensativo un rato. Los jóvenes aprendices lo miraban impacientes, pues este no decía nada. Athanasius se acercó al sitio donde habían abierto el portal con la intención de corroborar que todo había ido bien. Movió las manos en el aire para ver si percibía algo, pero allí no había nada, sólo aire. Luego giró y caminó lentamente hasta la mesa más cercana; movió una silla y se sentó para luego reír, meneando la cabeza de un lado a otro.

–Disculpad maestro, pero... ¿De qué os reís? –preguntó Hoobers.

–El amor, el amor... es una cosa inexplicable –respondió Athanasius entre sonrisas.

196

—No os entiendo, señor —preguntó nuevamente Hoobers.

—Cosas que percibimos los viejos sin necesidad de ser magos. La chica no quiere perder a su amor y por eso se abalanzó tras él... ¡Uf! Espero que no le pase nada, porque si no, tendré que dar explicaciones a su padre y la verdad sea dicha, no me hace gracia alguna —sopesó el anciano mago, tornando de seriedad este último comentario.

—Pero, ¿no afecta cuántas personas hicieron el viaje? Me refiero al conjuro en sí. ¿Ocasionará algún riesgo la presencia de una persona más? —interrogó Uwe, mientras tomaba asiento frente al anciano mago.

—No, eso no ocasionará inconvenientes. El problema está en que no saben a dónde llegaran ni cuáles peligros deberán afrontar... aunque ella es una chica valiente y decidida, está acostumbrada al bosque y a los riesgos de cazar. Tal vez hasta sea de ayuda, pues los magos tenemos nuestros límites. ¿Recuerdan lo que leímos en la mañana? —preguntó Athanasius.

—¿Lo relacionado a mundos donde no existe la magia? —respondió Hoobers en forma de pregunta.

—Exactamente. Ese podría ser uno de los riesgos, ya que entonces no podrán protegerse con las varitas. Itzigorn fue a la búsqueda, consciente de ese riesgo. El otro punto que me preocupa, es el tiempo. Tengo dudas al respecto. Esperemos que la misión se realice lo más pronto posible, tanto para ese mundo al que han ido, como para el nuestro. La verdad, no tengo tanto tiempo de vida para esperar un regreso fuera de tiempo —dijo en forma de broma.

—¿Qué significa eso? ¿Qué tal vez para ellos sean unos momentos y para nosotros mucho tiempo? O viceversa y, ¿regresen ancianos a nuestro mundo? Entonces, no tenemos forma de saber cuándo regresaran... ¿Y qué pasará con la escuela? —quiso saber rápidamente el preocupado aprendiz Uwe.

–¡Pues no! No sabemos cuándo regresarán. Pero no os agobiéis... solamente lo dije por decir. Solamente espero que no tarden mucho... y por la escuela, seguirá funcionando como siempre, pues yo me encargaré de ella hasta que Itzigorn vuelva. Eso es lo acordado –afirmó Athanasius.

–Maestro, no dudamos de vuestra buena disposición... es que es todo tan complicado – expresó su sentir el joven Uwe.

–No os agobiéis, apreciados aprendices. Así que por ahora, lo mejor es encaminarnos a nuestras casas a descansar. Mañana será otro día y tenemos que estar frescos para cuando los viajeros retornen con noticias, sea mañana o cuando sea –concluyó Athanasius cogiendo la llave de la escuela, levantándose con cierta dificultad de la silla y dirigiéndose lentamente hacia la puerta.

–¿Y si regresan dentro de poco? –quiso saber Hoobers.

–Pues nos avisaran... eso será lo de menos –respondió Athanasius, sonriendo para dar confianza ante la preocupación del joven.

Los aprendices lo ayudaron a cerrar la escuela y lo acompañaron hasta su casa, con la intención de saber más sobre Burktfénix durante el camino. Querían preguntar cosas de esas que no aparecen en los libros y que sabios experimentados como Athanasius son, en efecto, las mejores fuentes de información.

Athanasius resultó, para los jóvenes aprendices, una nueva forma de aprendizaje para explotar. Athanasius es muy ocurrente y hasta gracioso en sus explicaciones. Cada explicación va acompañada de una anécdota, una más singular que otra. No se parece al maestro Itzigorn, quien siempre mantiene una actitud muy seria y formal ante todo.

–Maestro, ¿qué hay de cierto en que el extraño ayudante de Burktfénix era mudo? –preguntó curioso Hoobers.

– ¡Oh! Pero... ¿de dónde inventan tantas historias? Mi abuelo me contó que era un joven muy discreto y estudioso. No porque no hablara tenía que ser mudo... ¿No os parece?

– Cierto maestro. No todo lo que parece, es –aseguró Uwe, comprendiendo el mensaje.

– Además, he de relatarles que Burktfénix hablaba por tres. Hablaba con todo el mundo. Hablaba sin parar. Tal vez Burktfénix no le daba oportunidad al joven ayudante de hacerlo. Mi abuelo contaba que había gente que le rehuía cuando lo veía, porque si lo saludaban, tendrían que pasar un buen rato escuchando su palabrería –afirmó riendo el viejo mago.

– Pero entonces, ¿vos compartís la opinión de que era un charlatán?

– ¡No! ¡Por todos los dioses! No, apreciado aprendiz. El problema era que nadie comprendía su sabiduría. Muchos pensaban que todo lo que decía eran simples invenciones. Algunos llegaron a afirmar que estaba loco. Pero la verdad es que Burktfénix era un hombre y un mago excepcional. Era una persona de nobles sentimientos, aunque un poco extraño en sus maneras de proceder.

– Así que hay que aprender a discernir, entre lo que es verdadero y lo que son simples habladurías en la vida de Burktfénix –comentó Uwe con acierto.

– Sí, estimado aprendiz. Esa es la esencia del camino hacia la verdad.

Los aprendices se despidieron del mago Athanasius, exhaustos de escuchar tantas cosas interesantes, pero satisfechos por tanta información nueva. Mañana sería otro día.

Algo público

Sonó el despertador y la familia Paperson comenzó a prepararse para un nuevo día de trabajo. Es viernes, último día laboral de la semana. El deseado viernes de todas las semanas. Paul salió primero como de costumbre, hacia la estación del tren para ir a su trabajo. Marta y Billy, muy emocionados, salieron en el coche. Marta dejaría a Billy en el instituto y seguiría hacia su oficina.

Cuando llegaban a las puertas del instituto, Sandra y Robin se encontraban en la acera y se quedaron desconcertados al ver a Billy bajarse del coche.

– ¡Hola Billy! –saludó Robin como siempre y luego, espontáneamente y sin ningún reparo, preguntó–: ¿Cuándo arregló tu padre el coche? ¡Vaya! Quedó fenomenal... no habías dicho nada –comentó el chico, observando todavía al coche mientras se alejaba por la avenida principal, conducido por la madre de Billy.

– ¡Hola! no sé, creía que os lo había comentado. ¡Quedó estupendo!... los compañeros de mi padre lo ayudaron –concluyó Billy, tratando de no darle mucha importancia.

– ¡Últimamente estás muy despistado! –juzgó en voz alta y con un bostezo de trasnocho su amiga Sandra.

– Entremos, antes que Sandra se quede dormida aquí en la calle –dijo Billy, aprovechando la oportunidad para cambiar de tema y dirigiéndose a su amiga, agregó–: seguro estabas anoche viendo el "anime" ese que te tiene idiotizada... ¡Oh! Perdón, hipnotizada...

– ¡Ja, ja! Eres todo un mago, cambiando de tema –contestó Sandra, mientras traspasaban la entrada del Instituto.

*****

201

Como todas las mañanas, la hora de llegada al instituto era un momento de efervescencia adolescente, en el que todos se saludaban y se daban besos, como si tuvieran meses o años sin verse. Entraron a sus respectivas clases y comenzaron a realizar sus actividades diarias. Billy no dejaba de pensar en la varita y en todo lo que habían hecho. Aunque estaba emocionado, también continuaba asustado a la vez. Parecía un sueño. Había pasado más de un día y aún se sentía extraño. Sí, se sentía incómodo y hasta mal, al no poder comentarlo con sus amigos. Él nunca había tenido secretos con ellos. Al menos él, siempre hablaba de lo que pensaba, de lo que ocurría en casa o de lo que quería. Había confianza entre ellos. Robin, Tomás y él eran como los tres mosqueteros, todos para uno y uno, para todos. A Sandra le tocaba ser D'Artagnan en este grupo de amigos.

Finalizando la mañana, Tomás recordó a todos que se verían en el parque a las cuatro de la tarde para montar en bicicleta, como hacían todos los viernes. Todos asintieron y se despidieron.

Billy emprendió el camino de regreso a casa. Recordó que no había podido convertir, con la magia de la varita, el cochecito a escala en un monovolumen de verdad. ¡Qué rabia! Hubiera sido genial que su madre tuviera su propio coche como antes. Ni modo. Igualmente eso no le quitaría las ganas de seguir renovando cosas y experimentando con la varita. ¿Qué más podría hacer? Pensó en lo que haría en la tarde. Estaría un rato con los chicos y luego regresaría pronto a casa. Algo se le ocurriría. No debía preocuparse por eso.

Venía absorto en sus pensamientos cuando llegó al frente de su casa. Sin querer, miró hacia la casa del vecino y advirtió que este estaba husmeando por la misma ventana como el día anterior. ¿Ese hombre no tiene nada más que hacer? Se preguntó inmediatamente. Y se quedó parado, allí en la acera, viendo hacia la casa del vecino. Lo saludó descaradamente con la mano para que se enterara de una vez que él, lo había visto fisgoneando.

Ese vecino es definitivamente un entrometido, concluyó más enfadado que asustado. Giró y entró en la casa.

Encendió la tele para ver si hubiera algo interesante. Pero nada. Durante los anuncios comerciales, vio las ofertas de unos nuevos ordenadores y Billy recordó, intempestivamente, su renovado ordenador. Subió corriendo a su habitación, dejó la mochila con sus libros en el suelo y se sentó nuevamente a buscar alguna noticia como hizo el día anterior. Absorto en su búsqueda, sintió que su madre llegaba a casa. Esta lo llamó, reclamando que no había puesto los platos, vasos y cubiertos en la mesa, como es su deber.

Billy, bajó rápidamente ante el reclamo. Su madre había llegado con unas bolsas del supermercado y comenzó a sacar la compra.

– ¿Adivina lo que he traído? –preguntó la madre, a la vez que sacaba una bolsa de monedas de chocolate cubiertas con envoltorio dorado.

– ¡Mmm, chocolate! ¿Todas para mí o tengo que compartir? –consultó Billy siguiendo el tono a su madre y frotándose las manos.

– Es que he estado pensando, probar con la varita para convertirlas en monedas de oro... quien quita, por probar no perdemos nada... ¿Qué te parece la idea? –consultó Marta.

– Probemos –dijo Billy, encogiendo los hombros y abriendo las manos.

Se dirigieron al estudio y Marta abrió la caja fuerte. Inmediatamente percibieron un leve olor a madera quemada y Billy comentó que estaba algo caliente otra vez. Su madre observó, en el sitio de la caja fuerte donde habían colocado la varita, un polvillo plateado, dispuesto a lo largo de la superficie. Lo comentó a Billy. Este revisó la varita y sus manos, y no encontró nada. Respondió a su madre que seguramente sería de otra cosa que estuvo antes allí, pues la varita era de madera pulida y la punta parecía laqueada, así que no creía que soltara residuos y no le dio mayor importancia.

Billy procedió a concentrarse en que, aquellas apetitosas monedas de chocolate, se convirtieran en monedas de oro de verdad. Respiró profundamente para intentar dar más fuerza a su petición. Pero se quedaron con las ganas. No ocurrió nada. Absolutamente nada. Luego Billy, recordando lo ocurrido con el monovolumen, deseó que las monedas se hicieran más grandes y esto, sí dio resultado. Tras un fino rayo de luz azul, tuvo sobre la mesa unas monedas de chocolate más grandes, por arte de magia.

— ¡Vaya frustración! Pensé que esta vez la varita lo podría conseguir —comentó la madre, negando con la cabeza y frunciendo los labios.

— Parece que no... pero yo estoy satisfecho con este nuevo tamaño de las monedas de chocolate —dijo Billy con satisfacción, abriendo uno de los envoltorios y llevándose a la boca un trozo de chocolate.

— ¡Pues nada! Vamos a comer. Después seguiremos probando y ¡deja el chocolate para después de la comida! —ordenó Marta, dando por finalizado el tema de conversación, y disponiéndose a preparar la comida.

— ¡Oye, mamá! Quedé con los chicos a las cuatro para pasear en bici por el parque como todos los viernes, ¿no hay problema, verdad? —consultó Billy.

— No, no hay problema. Cuando tu padre llegue, si decidimos hacer algo, te avisaré por el móvil. Hoy tal vez se retrase un poco, porque me avisó que tenía una reunión de empleados en el taller — concluyó la madre, mientras comenzaba a cocinar la pasta y a calentar la salsa Boloña.

Comieron y recogieron la mesa. Billy se fue al garaje a buscar su bici. Cuando la vio, se quedó de piedra. Había pasado por alto que ahora tenía la bicicleta nueva. ¿Qué diría a Tomás y a Robin? ¡Qué enredo! Tendría que mentir y eso no le iba muy bien con sus amigos. Decidió ir de una vez al encuentro; algo se le ocurriría por el camino.

*****

Ya en el parque, Billy se reunió con sus amigos, una compañera de su clase y dos chicos más del instituto. Al verlo con una bici nueva, Tomás preguntó de inmediato si era un regalo de cumpleaños. A lo que Billy respondió que sí y que había sido un regalo producto de la "magia". Todos rieron con la ocurrencia de Billy. Pero Tomás insistió en querer saber quién le había regalado la bicicleta. Billy se sintió presionado y solamente se le ocurrió darle largas a la respuesta, asegurando que luego les contaría. Habló en voz baja y señalando con un gesto hacia los otros dos chicos, quienes charlaban animadamente entre ellos, dando a entender de esta forma que no quería hablar en su presencia.

Esto le daría tiempo para inventar algo con que salir del paso. Realmente era una situación incómoda para él, al no poder hablar claro con sus amigos.

De inmediato se desplazaron velozmente por las sendas del parque y se dirigieron hacia un gran espacio pavimentado, el cual servía de aparcamiento cuando había campeonatos, prácticas o ferias en el polideportivo cercano. Comenzaron a levantar las bicis apoyándose únicamente en las ruedas traseras, también colocándose de pie o de cuclillas sobre el sillín de las bicicletas. Sandra junto a la otra chica se dedicaron a pedalear en círculos y a reírse de las payasadas de sus amigos. Hicieron varias carreras en las que siempre ganaba Robin, quien definitivamente era el más veloz.

Pasó un buen rato y Billy echó de menos que su madre no lo hubiera telefoneado. Seguramente la reunión a la cual acudió su padre no había terminado. Miró la hora y decidió seguir compartiendo un rato más con sus amigos. Pasado un rato, la otra chica comentó que ya era hora de irse a casa. Billy aprovechó para decir que él también tenía que irse, así que todos decidieron hacer lo mismo. Se despidieron de los otros chicos y propusieron hacer otra carrera hasta la casa de Billy.

Llegando a la esquina próxima a la casa, un enorme perro se atravesó persiguiendo a un asustado gato que rápidamente trepó en un árbol. Tomás, perdió el equilibrio de la bicicleta y fue a dar contra un muro. No logró frenar y cayó estrepitosamente al duro suelo de la acera.

—¿Te encuentras bien? —preguntó rápidamente Sandra a Tomás, a la vez que todos frenaban y se bajaban de sus bicis para auxiliar a su amigo.

—Sí... creo que sí, ¡por suerte tengo los guantes y los protectores! —respondió Tomás con una sonrisa nerviosa.

Los chicos ayudaron a Tomás a levantarse y a revisar la bici chocada. Tomás intentaba controlar sus nervios. Le temblaban las piernas del susto. Sacudía las manos y la ropa de manera automática, una y otra vez. Luego, miró su bicicleta. La rueda delantera quedó doblada y el neumático roto. También el manillar quedó seriamente dañado y la pintura arañada. Lo que más preocupaba a Tomás era que la bici tenía apenas dos meses con él, tras rogar durante un buen tiempo a su padre, para que se la regalara. Su padre no era ningún ogro, pero no le apetecía llegar a casa con la bici en ese estado.

Tomás con cierto agobio, también comentó a sus amigos que su padre le insistía mucho sobre conducir la bicicleta con cuidado y responsabilidad. Era lo primero que le había venido a la mente. Era lo que más le atormentaba en aquellos momentos. Ni los magullones que tenía, le dolían tanto.

Billy se sintió en su lugar. Sólo pensar que a él le pasara algo así, lo agobiaba. Decidió que lo ayudaría. Eran sus amigos y él estaba seguro de que ellos harían cualquier cosa por él.

—Vamos a entrar en mi casa, creo que tengo la solución —dijo sin pensar más.

—Vale —respondió Tomás, esperanzado en buscar una solución, aunque fuera a medias, antes de contarle a su padre lo ocurrido.

Los cuatro amigos levantaron sus respectivas bicicletas y se encaminaron con ellas hacia la entrada del garaje de la casa, comentando sobre lo ocurrido. Realmente el perro los tomó por sorpresa a todos. El dueño del pastor alemán, intentaba atarle nuevamente la correa al collar y le ordenaba que estuviera quieto.

Pero el perro estaba descontrolado. Mientras tanto, los chicos caminaban girando el rostro hacia atrás para ver lo que continuaba ocurriendo entre el perro y el gato. Seguían oyendo al perro ladrar como loco y al gato, bufar aterrorizado sobre el árbol.

Entraron al garaje por la puerta pequeña y vieron un monovolumen rojo, aparcado en la parte central. Robin se fijó de inmediato en que no tenía matrícula. El modelo era un tanto extraño, pues no tenía líneas de diseño conocidas. Sí, tenía identificada la marca pero no el modelo. Qué cosa tan rara... dudó de inmediato. Él es muy observador con los coches pues su padre colecciona revistas de autos, ve documentales y competencias de autos por la tele y él comparte su afición. ¿Sería un modelo nuevo?

Ninguno comentó nada al respecto.

Billy pidió a sus amigos que esperaran allí, mientras él buscaba "algo" para reparar la bici de Tomás. Estos se encogieron de hombros y se miraron entre ellos, expresando de esa forma su extrañeza ante tanto misterio por parte de Billy.

    —¿Te castigaran? —preguntó Robin algo preocupado a su amigo Tomás.

    —No creo. Pero a mi padre no le gusta que rompan las cosas y no quiero darle un disgusto. Más miedo me da la que armará mi madre al saber que me he caído —confesó Tomás, agobiado aún con el susto.

Marta, la madre de Billy, estaba entretenida hablando por teléfono con el tío Lucas, sentada en el comedor. Billy se asomó al salón. Ella lo miró y lo saludó con una sonrisa. Billy la saludó rápidamente y se devolvió hacia el estudio para buscar la varita que se había quedado sobre el escritorio tras el intento fallido de convertir monedas de chocolate en monedas de oro.

Billy regresó al garaje con las manos y la varita a sus espaldas.

    —Chicos... primero tenéis que prometer, por nuestra sagrada amistad que lo que veáis aquí no lo puede saber nadie más. Es alto secreto. Luego os explicaré algo que no sé exactamente que es... pero es –dijo Billy, expectante ante las caras de sus amigos.

– ¡Lo juro! –dijo Sandra levantando la mano con solemnidad, pero sonriendo ante tanto misterio.

– ¡Lo juro! –continuaron al unísono Tomás y Robin, también sonriendo e intrigados por la situación.

Billy sacó lentamente la varita y apuntó hacia la bicicleta dañada de Tomás. Se concentró y como en anteriores ocasiones, una luz azul salió dirigida en forma de rayo, tocando la bicicleta rota y tras un estallido de luz blanca como un resplandor, apareció impecablemente nueva ante los ojos de los chicos.

Billy miraba divertido a sus asombrados amigos. La sonrisa inicial que tenían sus amigos al verlo sacar aquel palo, desapareció a medida que sus ojos se desorbitaban en sus cambiantes rostros. Tomás boquiabierto no articulaba palabra alguna, se acercó y se arrodilló junto a la bicicleta. Pasó suavemente la mano derecha por la rueda que, segundos antes, estaba doblada y con el neumático roto.

– ¡Búa! ¡Qué pasada! –exclamó Robin impresionado, saltando hacia atrás como un resorte y llevándose las manos a la cabeza– ¡Esto es increíble!

– ¿Cómo lo has hecho? –preguntó de inmediato Sandra, señalando la bicicleta.

– Pues... creo que mejor nos sentamos –dijo Billy señalando el suelo y sentándose con las piernas cruzadas, para luego colocar la varita sobre ellas.

– ¿Qué es eso? –preguntó nuevamente Sandra, a la vez que se sentaba en el suelo, totalmente perpleja ante lo que acababa de presenciar.

—Creo que es una especie de varita mágica... pero no funciona con todo lo que pido. Intenté convertir unas monedas de chocolate en oro y sólo obtuve chocolates más grandes. También quise convertir uno de mis cochecitos a escala en un coche de verdad y sólo logré que aumentara de tamaño —dijo señalando con el dedo pulgar, el monovolumen que tenía detrás—. Pero en otros casos sí ha funcionado, como con mi bicicleta que quedó como recién comprada.

—¿Te tomaste en serio lo del juego de magia que te regalé para tu cumpleaños? —inquirió Tomás asombrado.

—No, esto no salió del juego que me regalaste.

—No me lo creo... ¿Cuál es el truco? —preguntó Sandra muy asombrada.

—No hay truco. Es magia de verdad.

—¿Qué más puedes hacer? —quiso saber Robin.

—Por los momentos arreglar, renovar, agrandar cosas...

—¡Esto es realmente alucinante! No puede ser verdad. ¡Vamos Billy! No te burles de nosotros —expresó Robin, incrédulo ante lo que había presenciado.

—No me burlo. Os juro que es magia de verdad...

—Pero es cierto lo que dice... ¡Mi bici está nueva! —confirmó Tomás ante lo expresado por Robin.

—Lo que os pido por favor, es que esto no lo debe conocer nadie más... mi madre está hablando por teléfono y mi padre no ha llegado del trabajo aún, así que esto no ha ocurrido... Aunque ellos saben de la existencia de la varita, yo me comprometí con ellos a mantenerla en secreto, ¿comprendéis? —expresó Billy señalando la varita.

—¡Prometido! —dijo Robin a su amigo, todavía incrédulo ante lo que había ocurrido.

—¡Vaya! Yo también lo prometo. ¡Me has salvado la vida! —sentenció sinceramente comprometido, el eufórico Tomás.

Cuando Sandra quería saber algo, removía cielo y tierra, levantaba piedra tras piedra para satisfacer su inagotable curiosidad. A ella no le metían gato por liebre fácilmente, tal como dice el dicho.

—No me explico esto. ¿De dónde la sacaste? ¿Desde cuándo la estás usando? ¿Será peligrosa? ¿Cómo descubriste qué tiene el poder de cambiar las cosas? —continuó Sandra con su característica forma de interrogar, una tras otra sin respirar.

—¡Calma Sandra! Yo apenas tengo idea de cómo funciona y me la encontré... o mejor dicho, ella me encontró a mí porque me cayó en la cabeza, sin yo ver de dónde salió —respondió Billy tratando de calmarla, pues bien que la conocía.

—Sandra tenía razón... tenías un secreto, algo te pasaba —afirmó Tomás, restregándose la cara con las manos, intentando aún convencerse que lo que había presenciado era real.

Luego de pedirle a Sandra que se calmara, Billy relató de manera resumida el extraño acontecimiento de la mañana de su treceavo cumpleaños, en el cual tuvo su encuentro con la varita.

—¿Y cómo descubriste que tiene poderes? —preguntó Sandra nuevamente al ataque.

—¡Todo fue por casualidad! Le conté a mi padre lo que me pasó en la mañana y me puse a jugar con ella y comenzaron a ocurrir cosas cuando yo apuntaba con la varita, pensando o deseando algo. Por cierto, sólo funciona conmigo. Ya mis padres probaron y nada.

– ¡Vaya, me parece estar dentro de un sueño o de una peli de ciencia-ficción! ¡Realmente es una pasada! –insistió Robin, tratando de expresar su asombro y su desconcierto ante lo que acababa de ver.

– ¡Bien chicos! ¿Qué os parece? Tenemos que aprovechar esta oportunidad. Puedo renovar todo lo que gustéis. Eso sí, ¡absoluto secreto por favor, si no, me meteréis en un buen lío! – rogó nuevamente Billy a sus amigos.

– ¡Por mí, encantado! –exclamó Tomás.

– ¡Cuándo no eres el primero en todo! –recriminó Robin de inmediato.

Mientras Tomás, Robin y Billy hablaban de la varita, imaginando y planeando que podían hacer, Sandra se mantuvo seria, pensativa y callada. Le preocupaba que los chicos se lo tomaran a la ligera como siempre hacían. A ella no le agradaban las cosas que no tenían una explicación lógica y menos, las cosas que ella no podía controlar.

– ¡Vaya! La varita hizo otro hechizo mágico. ¡Sandra se ha quedado muda! –dijo Robin, a la vez que soltaba unas fuertes carcajadas junto a sus amigos.

– ¡Muy chistosos! Espero que no tengáis que arrepentiros de tomar a la ligera este asunto. Billy, creo que debes andarte con cuidado con eso –dijo secamente, señalando con el dedo índice la varita y poniéndose en pie.

– ¡Vamos Sandra! Yo creo que llegó a mí por algo... y quédate tranquila porque voy a tener cuidado. Lo prometo. Mañana os venís hacia el mediodía y traeros lo que tengáis roto y lo renovamos... ¿De acuerdo? –preguntó levantando la varita.

– ¡De acuerdo! –respondieron Tomás y Robin rápidamente.

– ¡Lo pensaré! –dijo Sandra con su habitual seriedad.

Los chicos se despidieron y salieron del garaje hacia sus respectivas casas. Tomás y Robin iban muy animados con lo que había sucedido, y porque compartían un gran secreto.

Pero Sandra no. Ella no dejaba de pensar que eso no era normal. Eso podía traer consecuencias y no precisamente buenas. Billy había afirmado que sus padres estaban al tanto de la existencia de la varita. Eso la tranquilizó un poco. Ellos sabrían que hacer.

*****

Marcos, el hijo del vecino preguntón, presenció el sospechoso acontecimiento. En el momento en el que ocurrió el accidente con la bicicleta, Marcos caminaba por la acera de enfrente, rumbo a la librería a comprar una novela para su clase de Literatura. Presenció cuando Tomás chocó y por supuesto, vio como quedó dañada la bicicleta. Vio también, como sus amigos lo ayudaron a levantarse y luego como todos se encaminaron hacia la casa de los Paperson con la bicicleta dañada.

Marcos, al ver que los chicos no necesitaban ayuda alguna, siguió su camino. Fue hasta la librería y compró la novela. Pero cuando regresaba a su casa tranquilamente, vio salir a los chicos por la puerta del garaje de los Paperson. Estos se despedían y salían muy sonrientes y animados por la rampa de acceso... ¡Con la bicicleta que había tenido el accidente en perfectas condiciones!

Marcos paró en la acera, totalmente desconcertado ante lo que acababa de ver. ¡Vale! Pensó Marcos de inmediato, pueden haber cambiado la rueda, pero ¿Y el manillar? ¿Tienen recambios de bicicletas en esa casa? ¿Qué raro es esto? Ahí está ocurriendo algo realmente inexplicable... Y entonces, se sintió muy mal, pues fue como verse retratado en su padre. ¡Ah! ¡Creo que mi padre tiene razón! Pensó con el corazón acelerado. Marcos apuró el paso y entró en su casa. Subió las escaleras y se dirigió directamente a la habitación de Susan. Se sentó intempestivamente en el puf naranja, sin decir nada, quedándose con la mirada en el aire.

Su hermana que estaba sentada sobre su cama ordenando unos apuntes, lo miró extrañada al verlo tan pálido y callado.

—¡Ey! —dijo Susan chasqueando los dedos y preguntando a continuación—: ¿Qué te ha pasado ahora? Parece que hubieses visto un fantasma...

—Creo que papá tiene razón sobre que hay algo sospechoso en la casa blanca que ha estado vigilando. Pero lo que realmente me tiene mal, es que he adoptado la misma actitud de desconfianza que él siempre tiene y, ¡te juro! que lo último que quiero en este mundo, es parecerme a él y andar por ahí viendo conspiraciones por todas partes —respondió el joven, malhumorado y descompuesto por la sensación que lo embargaba.

—¡Vale, ya! Tranquilízate que en eso puede incurrir cualquiera sin necesidad de ser así, como papá. ¡Vamos Marcos! Tú no eres así, es sólo algo puntual —dijo en forma consoladora su hermana.

—¡No sé! Me sienta mal actuar así —respondió Marcos.

—Bien, pero cuéntame qué pasó para ver si entiendo que te tiene tan mal —pidió Susan, tratando de comprender y ayudar a su hermano.

—Hace un rato, cuando fui a comprar la novela esta —comenzó explicando, a la vez que señalaba el libro que tenía en sus manos—, vi a Billy, el de la cincuenta y siete, con sus amigos haciendo carreras con las bicis por la acera, rumbo a su casa. Uno de ellos chocó contra el muro de la esquina y destrozó la bicicleta. Me detuve. Yo estaba en la acera contraria y vi que al chico no le había pasado nada. Sus amigos, incluyendo a Sandra, la que está contigo en el periódico del instituto, lo ayudaron y se fueron a la casa de Billy con la bici hecha trizas. Yo continué mi camino ya que no me pareció que les hiciera falta ayuda. Pero cuando vengo de regreso a casa, veo a los chicos salir con la misma bicicleta que tuvo el accidente, impecablemente nueva y todos sonrientes. ¿Cómo la repararon en los pocos minutos que tardé en ir y venir de la librería? ¿Tienen todo lo necesario en su casa para reparar bicicletas y dejarla como nueva en tan poco tiempo?

–Puede que fuera otra bici... no debe ser nada del otro mundo. ¡Vamos anímate! No me gusta verte preocupado.

– ¡Te lo juro Susan! ¡Era la misma bicicleta verde con violeta! Una bicicleta así es inconfundible... ¿Y qué me vas a decir, qué es pura casualidad que tenían los recambios exactos en su casa? No sé, no lo creo.

–Mmm... ¡Ya sé! Tengo una idea. Como tenemos que vender los talones de la rifa del instituto, vamos a pasar por su casa y con esa excusa, podemos husmear un poco y así te quedaras más tranquilo.

–¿Tú crees? –preguntó Marcos sorprendido por la propuesta. Y luego le confesó–: no lo sé, la verdad no me agrada estar husmeando por ahí.

–¡Vamos, no seas cobarde!... si no averiguamos nada, no perdemos nada... por lo contrario, es posible que podamos vender los talones y así vamos saliendo de eso.

–No es cobardía... es sensatez.

–¡Aquí está mi talonario! Busca el tuyo y así aprovechamos la salida –dijo canturreando y levantándose de la cama de un salto, sin prestar mucha atención a los temores de su hermano.

*****

214

Susan y Marcos salieron de su casa. A Marcos no le acababa de gustar la idea pero, siempre seguía a su hermana en todo lo que propusiera. Primero se dirigieron a la casa de enfrente, para disimular su verdadero objetivo. En esa casa vendieron cuatro talones. Continuaron llamando al timbre de la próxima casa y vendieron otros seis. Pasaron por la casa de la señora Troconis, quien compró cinco talones a cada uno y haciendo gala de su sociabilidad, pretendió que los jóvenes pasaran a tomar unas galletas de mantequilla preparadas por ella y té de frutas del bosque. Los hermanos se disculparon amablemente, explicando que tenían que continuar con la venta. El deber primero que todo. Era la excusa perfecta.

La salida les estaba resultando bastante productiva después de todo.

Cuando llegaron a la casa cincuenta y siete, abrió la puerta la madre de Billy quien, luego de un cordial saludo, los invitó a pasar y les pidió que esperaran un momento, mientras ella subía a buscar la cartera en su habitación.

En ese instante, Billy salió de la cocina para ver quién había llamado a la puerta.

– ¡Hola! –saludó Billy tímidamente.

– Hola –respondió Susan con una gran sonrisa y continuó diciendo–: estamos vendiendo los talones de la rifa para la fiesta de fin de curso. ¡Es una lata! Pero hay que trabajar para lograr lo que queremos. Y ¿cómo te va en el Instituto?

– Bien, ya me voy acostumbrando –respondió Billy con expresión de conformidad.

– No debes agobiarte, siempre es difícil comenzar cada etapa de estudios, pero poco a poco lo irás superando. Piensa que tienes suerte, pues tienes a tus amigos como compañeros. Cuando Marcos y yo entramos al instituto, no conocíamos a nadie y ya ves, ahora conocemos a todos.

En esos instantes, la madre de Billy bajó las escaleras, sonriendo y pidiendo a los chicos cuatro talones de la rifa. Susan comenzaba a desprender los talones cuando sin ton ni son, tenían ante sí, en el salón de entrada de la casa, a un señor con una túnica azul, a un chico alto y bien parecido y a una chica con arco y flecha en las manos, lista para disparar. Todos con ropa extraña, salidos de la nada y tan sorprendidos como lo estaban Marta, Billy, Susan y Marcos.

Algo universal

Paul Paperson abrió la puerta de su casa muy sonriente. Esa tarde, en la reunión de empleados del taller de coches donde trabajaba, se dio una buena noticia: el local sería ampliado, tras la reciente adquisición de la nave colindante. Traerían equipos y tecnología nueva. Instalarían un nuevo horno de pintura y ampliarían los servicios prestados.

Y lo más importante: todos irían a cursos de especialización. Eran muy buenas noticias, pues con esto Paul podría canalizar esta nueva profesión. Se sentía optimista y quería darle las buenas nuevas a su familia.

Cuando sacó la llave y levantó la vista, se encontró con una situación que no esperaba. Su mujer estaba al pie de la escalera con la cartera en la mano y los ojos desorbitados. Billy y dos jovencitos, pegados contra la pared con caras de susto.

Y un señor junto a una joven pareja, disfrazados y con caras de asombro.

–¡Hola familia!... ¿Qué pasa aquí? Hay una fiesta de disfraces y no me han invitado –dijo mirando a todos los presentes de un lado a otro, todavía con la sonrisa en la boca.

Nadie respondió. Sintió la incertidumbre reinante en el ambiente del salón. La joven disfrazada levantó el arco con una flecha montada, dispuesta a disparar. Parecía que se tomaba su papel con mucho fervor.

Paul, aún sorprendido, miró nuevamente a su mujer.

–Pero... Marta ¿qué sucede aquí? –pidió una explicación ante el silencio incomodo reinante en aquellos momentos.

–Yo... yo no sé qué pasa –respondió Marta.

En ese momento, Julietta bajando el arco y relajando su postura, se dirigió al maestro mago y dijo en su lengua:

—Maestro, creo que no son peligrosos y por lo que he oído, hablan nuestra misma lengua...

—No mi querida niña, ellos no hablan nuestra lengua. Nosotros los entendemos por el conjuro que hizo Sortudo cuando vinimos aquí. Necesitábamos comprender la lengua del sitio donde llegáramos para no estar en desventaja. Ahora, hay que hacer otro encantamiento para que podamos comunicarnos con ellos. Por favor Sortudo, proceded a conjurar el hechizo para poder hablar con estas personas.

Mientras Itzigorn hablaba en su lengua, Marcos, Susan y los Paperson se juntaron al pie de la escalera, sin entender nada de lo que decían aquellos recién aparecidos. Sortudo conjuró unas palabras mágicas, dando un toque de varita en el aire y el mago Itzigorn, procedió a entablar una primera comunicación con los habitantes del lugar.

—Saludos. Soy Itzigorn, maestro y mago real de Villavalle, capital del Reino del Ángel Azul. Ellos son: Sortudo, mi ayudante aprendiz y nuestra protectora Julietta —dijo con tono ceremonioso y haciendo una reverencia.

Ni los Paperson, ni Marcos ni Susan, abrieron la boca. Paul seguía sin entender qué pasaba, ya que él había llegado justo después de la aparición de la nada, de los tres disfrazados. Pero sentía el miedo en el ambiente, en especial porque Marta se aferró a su brazo de forma dolorosa para él.

—Os ruego que no desconfiéis de nosotros. Lamentamos llegar sin avisar, pero venimos en una importante misión para nuestro reino —explicó Itzigorn, tratando de aligerar la tensión originada con su aparición, sin entender la actitud de miedo de aquella gente.

—Bien, yo soy Paul, dueño y señor de esta casa y ellos son mi familia. Ahora bien, podría explicarme... ¿Cuál es esa misión que os ha traído hasta aquí? —preguntó Paul en forma reticente y pensando en que si, esos tres, se habían escapado de un hospital psiquiátrico.

Hechas las presentaciones correspondientes, Itzigorn se sintió un poco más seguro para hablar, debido a que percibió cierta hospitalidad por parte de los habitantes de aquella casa. Al menos no los habían rechazado por llegar a su casa sin ser invitados. Y a la vez, también se sentía emocionado, porque estaba siguiendo los pasos de su aventurero bisabuelo. Así que procedió a aclarar la razón de su presencia en esa casa.

– Estimado anfitrión, hemos perdido un objeto mágico y de acuerdo con lo indicado por nuestra magia, ese objeto se encuentra aquí en vuestra respetable morada. Debemos recuperarlo con suma urgencia –respondió Itzigorn rápidamente.

– ¿En serio? ¿Mágico? Aquí no... –y guardó silencio inmediatamente, al recordar que sí había algo "mágico" en su casa.

– Papá, creo que debemos hablar en el garaje –dijo Billy a su padre en voz baja.

– Y... exactamente ¿qué es lo que buscáis? –solicitó Paul a Itzigorn, tratando de disimular que conocía la razón a qué hacía referencia.

– Es una varita mágica perteneciente a mi bisabuelo y gran mago Burktfénix, medirá algo así –dijo señalando con las manos, el tamaño aproximado al que se refería–, y es un verdadero riesgo que una reliquia familiar tan poderosa, caiga en manos inadecuadas –concluyó entrelazando sus manos.

– ¿Y por qué creéis vosotros que está aquí? –preguntó Marcos, habiéndose calmado del susto inicial e intrigado con aquella conversación.

—Porque como ya os ha expresado el maestro, nos guiamos por la magia y esta otra varita, que es hermana de origen de la varita perdida, nos ha traído hasta aquí en su búsqueda y tened por seguro que no se equivoca —explicó Sortudo, mostrando su varita y sintiéndose también, con más confianza para hablar.

—Por favor, pasen y siéntense. Si nos disculpáis un momento... ya volvemos —dijo Paul, empujando suavemente a Marta y a los chicos hacia el garaje.

*****

Itzigorn, Sortudo y Julietta tomaron asiento con toda educación, sin dejar de observar lo raro de los muebles y objetos de aquella sala. Itzigorn se había descompensado un poco, tras el viaje por el portal. Se había mareado y no había tenido tiempo para recuperarse, pues había tenido que hacerle frente de inmediato, a la situación de hablar con los pobladores de aquel lugar. Por eso al sentarse, sintió cierto alivio en su cabeza. Por otra parte, sintió malestar al haber llegado a una casa sin ser invitado, pues él es muy protocolar para todo.

Sortudo, en voz baja, aprovechó el momento para preguntar a Julietta el por qué se había venido con ellos, sin estar invitada. Y ella respondió que tal como lo había expresado el maestro cuando la presentó a los dueños de la casa, ella había decidido acompañarlos como protectora, ya que ellos no se sabían defender sin magia. Ambos optaron por guardar silencio. No era ni el momento ni el lugar para discutir aquello.

Itzigorn continuaba observando todo a su alrededor.

Sortudo no le quitaba la mirada a unas lucecitas rojas que brillaban en unas extrañas cajas negras con largos cordones y que no lograba ver hacia donde iban. Mientras, Julietta miraba con atención hacia el patio trasero, a través de puertas transparentes, donde había en el suelo una superficie color azul cielo y se movía como el agua.

Todo para ellos era novedad. Las lámparas no tenían velas. ¿Cómo funcionarían?

Paul, Marta y los jóvenes entraron en el garaje rápidamente. Billy cogió la varita y se la entregó a su padre. Marta comenzó a llorar del susto, por lo que Paul la abrazó para tranquilizarla.

– Pero ¿quién los dejó entrar? –preguntó Paul, aún extrañado con lo que estaba aconteciendo.

– ¡Nadie! Aparecieron de la nada, segundos antes de que tú entraras. Allí mismo donde los encontraste –respondió Marta, muy impactada con la experiencia.

– ¿De la nada?

– Sí, tal cual: de la nada... –confirmó Marta.

Susan no se habían atrevido a hablar; sólo había estado observando cada detalle, tratando de comprender lo que estaba pasando. Pero era imposible comprender aquello.

– Disculpad, pero podría alguien explicar ¿qué está sucediendo? –preguntó Susan.

– Hace dos días fue mi cumpleaños y esta varita me cayó del cielo en la cabeza. Y sí, es mágica de verdad. Por lo visto, ellos son sus verdaderos dueños y tendremos que entregarla... –comentó Billy con desánimo.

– ¡Entonces era eso!... con esa varita arreglasteis la bicicleta tan rápidamente. ¡Ah, qué alivio! ¡Confirmado! No estoy loco – intervino Marcos algo exaltado.

– ¿Cuál bicicleta? –preguntó Paul mirando a Billy.

– ¡Uy!, la bici de Tomás. Es que quedó hecha trizas después de chocar con el muro de la esquina... sé que te prometí no decirlo a nadie más, pero es mi amigo, papá... tenía que ayudarlo, compréndeme por favor −rogó Billy con voz acongojada.

−Y se puede saber ¿quién más estaba presente? −preguntó nuevamente el padre.

−Pues... estaban también Robin y Sandra −respondió cabizbajo.

−¡Vaya! Dentro de poco lo sabrá la ciudad entera... creo que hay que entregar la varita a sus dueños de una vez y dar por finalizado este asunto. Ya decía yo que esto no podía ser tan fácil.

Paul, varita en mano se dirigió nuevamente al salón donde se encontraban los visitantes. Marcos y Billy lo siguieron de inmediato; mientras Marta, todavía asustada, se dejó llevar por Susan, quien no quería perder ningún detalle de lo que ocurriría a continuación.

Al entrar al salón, los visitantes se pusieron de pie de forma cortés.

−Señor... seguramente esto es lo que buscáis −dijo Paul, haciendo entrega de la varita en cuestión a Itzigorn.

Apenas Itzigorn recibió la varita, esta escapó de sus manos y voló hasta dar contra el hombro derecho de Billy. Este chilló por el golpe, se sobó el hombro y la recogió del suelo. Se acercó a Itzigorn para entregársela de nuevo y la varita nuevamente se lanzó contra Billy. El chico la recogió nuevamente, con la intención de volver a intentar entregársela al mago.

−¡Esperad un momento! Por favor −ordenó el mago, levantando sus manos en señal de no pretender recibir la varita.

−Maestro, debe realizar el conjuro familiar −intervino Sortudo.

−Niño, posad la varita sobre vuestras manos extendidas.

222

Billy obedeció de inmediato, mientras observaba al mago cerrar los ojos y comenzar a decir una serie de palabras extrañas, para luego elevar las manos y bruscamente bajarlas hasta las suyas sin llegar a tocar la varita. Hubo un destello y la varita comenzó a vibrar. El mago Itzigorn pronunció otras palabras incomprensibles para la mayoría de los presentes. Respiró profundamente y procedió a tomar la varita, dando por sentado que el conjuro familiar invocado, había funcionado correctamente. Mas cuál fue su sorpresa, cuando al intentar tomarla en sus manos, la varita salió disparada hacia arriba, cayendo luego al suelo.

Esta vez la intentó recoger Marcos y no pudo. La varita estaba enloquecida, moviéndose de un lado para otro. Así que Billy la volvió a coger y se acercó para dársela a Itzigorn. Y nuevamente la varita salió en volandas hacia Billy.

—¡Eres tú el elegido por la varita! Definitivamente... —sentenció Itzigorn, mirando profundamente los ojos de Billy.

—¡Pero yo no he hecho nada para que me persiga! —respondió Billy, consternado y asustado por aquella mirada, volviendo a recoger la varita del suelo e intentando volver a entregarla al mago.

Itzigorn levantó las manos nuevamente en señal de que no la iba a recibir. Ya sabía lo que iba a ocurrir con la varita. El mago tomó nuevamente asiento e invitó a los demás a hacer lo mismo. Itzigorn se sentó con Sortudo y Julietta en un sofá. Mientras Paul, Marta y Susan se sentaron en el otro, Marcos se quedó de pie y Billy se sentó en una mesa pequeña que se encuentra a un lado del sofá.

—Esto no me lo esperaba, a pesar de las advertencias de Athanasius —confesó Itzigorn, seguido de un suspiro de inconformidad.

—¿Qué haremos ahora, maestro? ¿Debemos intentar otro conjuro para que os acepte como su verdadero propietario? —preguntó Sortudo.

–Lamento deciros que creo que no hay conjuro que sirva; yo no soy su propietario. Habéis de recordar apreciado aprendiz que la varita nunca fue cedida por Burktfénix. Solamente quedó bajo la custodia de sus descendientes hasta llegar a mí. Podéis probar para aclarar esta situación, pero lo dudo –afirmó el mago de manera sentenciosa.

–Voy a usar el otro conjuro dado por la Dama Custodia –manifestó el joven.

Sortudo, quien había memorizado todo lo indicado por la Dama Custodia y por el mago Athanasius, se concentró e invocó con fuerza, las palabras componentes del conjuro. Todos expectantes, esperaban a que algo diferente ocurriera cuando Billy intentó entregar de nuevo la varita. Pero nada, la varita nuevamente se lanzó contra Billy quien ya predispuesto, la esquivó con agilidad y esta fue a chocar, sin más, contra la barandilla de la escalera.

–Tendremos que estudiar la situación. Aquí puede estar sucediendo otra cosa –manifestó el maestro mago al aprendiz, e inmediatamente volvió a mirar a Billy a quien pidió con mucha amabilidad–: Podríais decir vuestro nombre, jovencito.

–Me llamo Billy –respondió el chico rápidamente.

–Pues bien Billy, desconozco la razón del por qué la varita os ha escogido, o si es que habéis sido designado previamente para poseerla, sin que ninguno de nosotros tuviera conocimiento de esta situación. Por ahora, sólo necesito saber si la habéis usado y para qué –preguntó Itzigorn al chico.

Billy, algo asustado miró a su padre y este, con un gesto afirmativo de cabeza, indicó que respondiera a lo solicitado. Billy relató con detalles todo lo acontecido con la varita desde el preciso momento en que le cayó en la cabeza. Hizo hincapié en que sólo respondía a algunas peticiones que él hacía, dando como ejemplo el no poder convertir en oro, unas monedas de chocolate.

Marcos y Susan no perdían detalle de todo lo relatado por Billy y a la vez, pensando en que el olfato de su padre para percibir situaciones fuera de lo normal, era real y verdadero. Era como estar viendo una película de ficción, pero estando dentro. Billy hizo unas cuantas demostraciones, renovando unas revistas viejas que sacó del mueble del televisor.

En esos momentos, Billy estaba exultante por ser el centro de atención de aquel inesperado encuentro.

— Y sois tan amables de explicar ¿cómo la varita se os perdió y vino a dar a nuestro mundo? —preguntó Marcos muy intrigado, pensando aún que aquello sonaba a rollo inventado.

— Es una larga historia en la que, muy a mi pesar, mis traviesos nietos son los autores de todo este embrollo. Uno de ellos sacó la varita de su cofre para luego pelearse por ella con su hermano, provocando un extraño fenómeno de rayos a través del cual la varita desapareció y se trasladó a vuestro mundo en busca, seguramente, de su elegido el joven Billy —resumió el maestro, señalando con las manos al emocionado jovencito.

— Pero... ¿Por qué tiene que ser Billy el elegido? —quiso saber su madre con mucha preocupación.

— Tengo que confesar que no tengo idea, señora mía. Sólo sé que hay quienes aseguran que las varitas eligen a sus dueños y otros opinan que son cedidas voluntariamente, como ha sido el caso reciente cuando un mago de mi reino hizo entrega a Sortudo de la varita que en estos momentos porta. Tal vez, las dos teorías sean ciertas.

— A mí nadie me la dio. ¡Os lo juro! Cayó del cielo y me pegó en la cabeza tal como lo he contado...

— Y esta varita, ¿Le correspondía a usted en herencia, por ser de vuestro bisabuelo? —intentó aclarar Marcos, para ayudar a comprender la extraña historia relatada.

—En realidad no. Esto no tiene nada que ver con la consanguinidad. Mi bisabuelo poseía cuatro varitas y ninguna fue cedida a sus descendientes; mas tampoco sé por qué.

—Y si en vuestro mundo hay tantas varitas, ¿por qué han viajado hasta aquí con tanta prisa para recuperar esta varita? ¿Es especial? —quiso saber Marta.

—Sí, estimada señora, esta es una varita bastante especial con virtudes como la lealtad, la nobleza y que se ha mantenido sus poderes, a pesar de haber estado guardada tanto tiempo. Son pocas varitas las que tienen la capacidad de viajar y esta es una de ellas. Por ello la premura por recuperarla y regresarla a buen resguardo. Mas estoy asombrado, su hijo debe tener cualidades especiales ya que la varita de mi bisabuelo lo ha seleccionado... a pesar de no pertenecer a nuestro mundo —explicó Itzigorn, de forma amable a la afligida madre.

—Lo siento, pero no logro entender qué relación hay entre su bisabuelo y mi hijo. ¡Tiene que haber un error! Son de mundos y épocas diferentes, de acuerdo con lo que usted está explicando —confesó Marta con toda espontaneidad.

—Mi bisabuelo realizó varios viajes a vuestro mundo azul, están registrados en sus diarios. Y en cuanto al tiempo, tal vez le parezca absurdo, pero parece que Burktfénix dominaba los viajes en el tiempo, ya que era un mago muy poderoso —respondió Itzigorn, muy seguro de lo que decía.

Paul intervino y explicó que en "este mundo" no existía la magia, ni los viajes a otros mundos ni en el tiempo, sólo la ciencia y por eso, estaban tan consternados con aquella varita. A pesar de las diferentes demostraciones, resultaba difícil creer totalmente en eso. Debía haber una explicación lógica, científica.

El mago comprendió de inmediato a lo que el dueño de la casa hacía referencia. Era consciente que no todos los mundos eran iguales. Él también estaba ante una serie de cuestiones que no lograba entender. Así que decidió preguntar por las lámparas, ya que ellos se alumbraban con velas, con lámparas de aceite y antorchas. Esa pregunta dio a entender a Paul que esta gente venía de un lugar distinto y, tal vez, algo atrasado. ¿O vendrían del pasado? No, no podía ser. Nunca en la Tierra había existido la magia. Sólo el ilusionismo y la charlatanería. O eso había creído él hasta ahora.

—Esto es parte de los beneficios de la electricidad que es sencillamente una forma de energía invisible. En las paredes hay cables que la transportan y luego, como en este caso, al llegar a las lámparas, la electricidad se transforma en luz. Tal vez sea como la magia de vosotros. Es una forma de energía que se transforma y hace cosas. ¿Veis? Yo le doy al interruptor y aparece la luz en la bombilla de la lámpara.

—¡Oh! Es totalmente fascinante... —expresó el maestro mago ante aquella demostración.

*****

Marcos empezó a emocionarse con el giro tomado por la conversación y decidió intervenir nuevamente, comentando que tal vez para ellos era magia lo que para este mundo era de uso cotidiano. Así que se ofreció como voluntario para explicar cómo funcionaban algunas cosas que los recién llegados no conocían.

—A este aparato lo llamamos televisor y sirve para recibir señales visuales que se ven en esta pantalla; también se escuchan las voces y demás sonidos a través de pequeños altavoces, y todo esto sirve para entretenerse, conocer noticias de otros lugares y una infinidad de cosas más.

—Y también funciona con electricidad, como las bombillas que acabamos de ver —señaló Paul.

—Señor Paul, permiso para demostrar cómo funciona —solicitó Marcos, al dueño de la casa.

Paul asintió con la cabeza, dando su aprobación. Marcos encendió la tele y cambió de canales lentamente con el mando a distancia, haciendo su demostración.

—Veis, es como si fuera una varita con botones para seleccionar lo que quiero ver —haciendo esta comparación para que lo entendieran mejor.

—¡Vaya!...

Itzigorn, Sortudo y Julietta no salían de su asombro y hacían un montón de preguntas para poder comprender todo aquello que estaban presenciando. ¿Cómo estaban aquellas personas dentro de ese objeto encantado? ¡Era todo tan real! Al principio sintieron temor, pero luego comenzaron a sentirse a gusto con todas esas novedades. Seguían sin entender, pero estaban encantados con cada nueva demostración, en especial con los teléfonos pues la idea de comunicarse a distancia les pareció muy útil.

Marcos había ido tomando confianza en aquella situación y no paraba de hablar. Paul se animó también y comenzaron a pasear a los visitantes por toda la casa, enseñándoles cómo funcionaban las cosas y para qué servían. La iluminación con aquellas cosas de cristal fino era fascinante para los viajeros y no dejaban de repetirlo.

Y la tensión que había provocado el repentino encuentro, había desaparecido como por arte de magia.

Marta convidó a Susan para preparar unos canapés y unas bebidas. Susan, a su vez, invitó a Julietta a la cocina y esta aceptó encantada, eso sí, sin soltar su arco y flechas, los cuales siempre llevaba en una bolsa parecida a un carcaj pero de tela, colgada en su espalda.

Marta y Susan explicaron a la joven visitante como cocinaban que comían, como el agua salía por un tubo cuando se le daba a un mando. Que podía seleccionar agua fría o agua caliente, según quisiera. Explicaron como conservaban los alimentos en el refrigerador que siempre mantenía el frío. La curiosa visitante nunca había visto unos cubiertos como aquellos, tan finos, tan lisos y brillantes. Tan perfectos. Ella sólo conocía las cucharas de madera y los cuchillos algo rudimentarios usados para comer en su pueblo, nada comparables con los de los anfitriones.

A Julietta lo que más le gustó fue el horno de microondas, le pareció fantástico poder calentar la comida tan rápidamente.

– ¡Qué magia tan eficiente! –dijo espontáneamente.

– Esto también funciona con electricidad –aclaró Susan.

– ¡Ya! Con la energía que no se ve. Estoy aprendiendo mucho –afirmó ante las explicaciones dadas.

*****

Billy y Marcos comenzaron a realizar un sinfín de preguntas a Sortudo sobre su mundo, pues al ser joven, se sentían más cómodos y en confianza para hablar más abiertamente. Rápidamente, Marcos se percató que el mundo de dónde venían estos visitantes, tenía características similares a las vividas durante la época conocida como Edad Media en la Historia Universal.

Según lo explicado por Sortudo, su mundo "Toplox", también puede ser catalogado como mundo azul por la presencia de grandes mares que serpentean entre los diferentes reinos de su mundo. Ellos provienen del reino del Ángel Azul, asentado sobre una gran isla con altas montañas, numerosos ríos, lagos, desiertos, llanuras y bosques, así como ciudades, pueblos y puertos. Este reino está situado en la parte centro norte de su mundo. Toplox es el cuarto mundo del sistema solar conocido como Lummisirios.

Sortudo nombró y describió los otros reinos de su mundo. Hay cuatro reinos más. El primero es el Gran Reino Blanco que, como su nombre lo indica, tiene la mayor parte de su territorio cubierto de hielo y nieve, mientras la zona de la costa sur presenta vegetación de tundra y bosques templados intercalados. Sus pobladores viven principalmente de la caza y de la pesca, beben mucha cerveza y son buenos navegantes de cabotaje, debido a su necesidad de comerciar con otros pueblos de las costas que les proveen diferentes productos.

Adosado a este Gran Reino Blanco y con una frontera natural y constituida por una cadena montañosa, se encuentra el Reino del Ángel de los Arcoíris, localizado en un extenso territorio con una variedad de climas bien definidos, desde el norte helado pasando por la región de las cuatro estaciones, hasta zonas cálidas permanentes durante todo el ciclo estacional. Es un reino rico en variados recursos minerales como carbón, oro, hierro, cobre. Posee buenas tierras de cultivo y costas con abundante pesca.

Luego está el Reino de los Bosques Eternos que también se encuentra localizado en una gran isla continente independiente y como su nombre lo indica, está caracterizado principalmente por la extensa presencia de tupidos bosques. Este es uno de sus principales recursos naturales y comerciales para sus habitantes. La madera es vendida a todos los demás reinos de su mundo. Se destaca también, por su diversa y exquisita industria textil y por una variada domesticación de animales.

Y por último, establecido también en otra enorme isla, está el Reino de la Tierra Llana que posee importantes recursos mineros y grandes llanuras secas. Posee grandes minas de sal, con la que comercian en los puertos. Es el reino con más zonas desérticas de todo su mundo.

Todos en Toplox viven en paz. Hacen fiestas para celebrar los nacimientos, las bodas, las entradas de estación, las cosechas, o días especiales como el día de la alcachofa. Todos hablan una misma lengua y las creencias religiosas son muy sencillas: sus dioses creadores habitan en un mundo primigenio muy lejano y los visitan eventualmente. Aunque él, en realidad, no tiene información certera de alguna de esas visitas.

En las escuelas se enseña cual ha sido el origen de su mundo. Todo comenzó cuando cinco Ángeles guías fueron enviados a Toplox, acompañados por colonos. A cada uno le fue asignado un territorio para establecer su respectivo reino. Los Ángeles se encargaron de organizar a los colonos y dar las directrices de los asentamientos. Los colonos tuvieron la importante misión de preservar su descendencia en ese lugar designado.

Estas colonias, también fueron establecidas en otros mundos con características físicas similares, a lo largo y ancho del universo, según estos relatos.

– ¿Y nadie investiga si es verdad, contradice o refuta esas enseñanzas? –preguntó Marcos intrigado.

– Pues no. Ese es nuestro origen y nuestra única verdad – aseguró Sortudo de manera muy conforme e inocente.

– ¡Ja! No se parecen a nosotros...

– ¡Vaya! ¿Y sólo hay cinco reinos? –intervino Susan, quien se había acercado a los jóvenes.

– Pues sí. ¿Por qué os extrañáis? –quiso saber Sortudo

– En nuestro mundo existen más de ciento noventa países, con territorios divididos, gobiernos propios con lenguas propias, religiones, monedas, culturas y etnias diferentes. Cuestiones todas que han provocado enfrentamientos y guerras entre los habitantes del planeta, desde el principio de los principios y lamentablemente todavía continúan –respondió Marcos, lamentando la realidad.

– ¿Guerras? –repitió Sortudo, interrogando al no comprender lo expuesto.

– Las guerras son peleas a muerte entre poblaciones por diferentes motivos. Por ejemplo, invasiones de territorios para apoderarse de los recursos y riquezas, son las razones más comunes.

– Sí, son terribles y tal vez lo más triste son precisamente las de motivos religiosos. Cada religión habla de un dios que según ellos, es el verdadero y pretenden imponerlo a los demás, especulando con las creencias de las personas o sobre el bien y el mal... es súper complicado. Gran cantidad de guerras y matanzas han sido producto del fanatismo religioso —explicó Susan, intentando completar la idea expuesta por su hermano.

—Cuanto lamento que sucedan cosas malas en vuestro mundo... —comentó Sortudo, tratando de imaginar a que se referían exactamente, porque no lograba comprender lo que los jóvenes exponían.

Marcos, Billy y Susan quedaron boquiabiertos ante la descripción de un mundo que para ellos era de película. Esa gente no tenía idea de guerras ni de otros conflictos. Sortudo, a su vez, continuaba sin comprender las explicaciones bélicas a las que se referían los jóvenes anfitriones. Sólo percibía el grado de seriedad y gravedad con el que sus contertulios explicaban todo aquello.

Julietta permanecía en silencio, los observaba sin entender mucho de lo que explicaban. Pero estaba fascinada al comprobar que Sortudo sabía tanto.

Para Susan y Marcos, seguía siendo una incógnita el tema de la magia, porque hasta este día del encuentro, ellos la habían asumido como una simple fantasía o trucos de ilusionismo, tal como la mayoría de la gente. Aunque habían presenciado ese día lo inimaginable, aún no podían creer las situaciones que estaban viviendo en ese momento. Sin embargo, Billy estaba feliz. Parecía como si hubiera convivido toda su vida con la magia y se encontraba en su ambiente, como pez en el agua.

Y continuando con las hipótesis especulativas, Susan sopesó que posiblemente aquellas personas usaban más áreas del cerebro que ellos, según la teoría planteada de que los humanos sólo usan el diez por ciento, como muchos repiten. Era la única explicación que se le ocurría en ese momento para intentar comprender esos fenómenos. ¿Un cerebro más desarrollado y con más control de su entorno? Podría ser. Pero decidió que mejor no comentaba nada al respecto; sabía que su hermano no estaba de acuerdo con esa teoría sobre el uso de un porcentaje del cerebro humano y no tenía ganas de discutir con él.

– ¡Cuánto hay que aprender de nosotros mismos y del universo en que vivimos! –dijo Susan a su hermano.

– Sí, como decía Sócrates: "Sólo sé que no sé nada"... – expresó Marcos pensativo.

Marcos había leído algo sobre la teoría de cuerdas, sobre el agujero de gusano, puertas estelares, umbrales ínter-dimensionales, pluralidad de mundos, nuevos conceptos sobre el espacio y el tiempo, dilación temporal y sobre algunas otras teorías. Se le venían a la mente como un amasijo de ideas y nada más. Pero esto que estaba presenciando, no tenía ninguna relación con las teorías dadas por ciertas en la actualidad. Marcos seguía sin comprender todo aquello. Él quería dar una explicación científica pero no se le ocurría ninguna explicación lógica.

Susan no dejaba de pensar en lo argumentado por Sortudo cuando afirmó que, gracias a su varita, habían llegado a esa casa en busca de la varita perdida. Muy fácil decirlo. Sin embargo, si estos visitantes no habían realizado un excelente acto de ilusionismo, entonces, ¿de veras eran capaces de tele transportarse como en las películas de ciencia ficción? ¿Era real el portal al que se refirieron? Ella misma los había visto aparecer de la nada.

Y definitivamente, mientras no conocieran ni entendieran el cómo, ni el porqué de todo lo que estaba ocurriendo, tendrían que llamarlo magia.

*****

Mientras los jóvenes intercambiaban ideas, Itzigorn estaba impresionado con las explicaciones que Paul hacía sobre las máquinas. Por primera vez en su vida hojeó revistas y libros con explicaciones detalladas de todo aquello desconocido para él hasta esos momentos. ¡Qué libros tan lisos y brillantes! ¿Cómo lograban dibujos tan perfectos? Y los colores... ¡Todo se veía tan real! Nada que ver con los libros cocidos y escritos a mano de su biblioteca. Sentía que en este mundo, había mucho de lo que aprender.

Comenzó a comprender en su interior, algunas de aquellas cosas descritas e implementadas por su bisabuelo en Toplox. Cosas

233

como, por ejemplo, las altas y pesadas escaleras con ruedas que se deslizaban en la biblioteca de la escuela de magia, para que una sola persona pudiera acceder con facilidad a la parte alta de las librerías, sin necesidad de ayuda para mover la escalera. Eso había sido algo totalmente novedoso en el reino. Ya no le cabía la menor duda. Burktfénix tenía que haber visitado aquel mundo tan lleno de cosas y mecanismos interesantes. Un mundo, a simple vista, más avanzado que el suyo para su modesta opinión.

Por su parte, Paul y Marta, a pesar de lo vivido desde hace dos días con la varita, convirtiendo cosas viejas en nuevas, allí ante sus propios ojos, no dejaban de sentir perplejidad ante lo visto y oído. Tenían que abrir sus mentes para aceptar como real, aquello que estaban presenciando. Porque de qué otra forma se podía explicar una aparición de la nada de aquella gente. O la capacidad de poner a levitar objetos. Por más explicaciones que Itzigorn y Sortudo daban, no terminaban de asimilarlo. Y Billy, su propio hijo, parecía uno de ellos. Era todo tan insólito.

$$*****$$

Estaban todos muy entretenidos comiendo y charlando, como si de una fiesta se tratara. Ninguno se había fijado en la hora. Ya era casi la medianoche, cuando oyeron desde la calle los gritos del padre de Susan y Marcos, llamándolos para que volvieran a casa. Estos miraron sus relojes y se asustaron; seguramente los esperaba una reprimenda pues no habían avisado a donde habían ido.

– Señor Paul, no se agobie. Vuestro secreto está seguro con nosotros. Diremos a mi padre que nos reunimos con vosotros y unos familiares que están aquí de vacaciones. Si no os molesta, mañana pasaré por aquí a ver en qué puedo ayudar. ¡Buenas noches a todos! –dijeron despidiéndose con prisa, los jóvenes vecinos.

– Gracias chicos... siempre sois bienvenidos. ¡Hasta mañana! –dijo Paul al despedirse de sus jóvenes vecinos.

Marcos y Susan salieron rápidamente de la casa cincuenta y siete, silbando y haciendo señas con los brazos a su padre, para indicarle que ya se dirigían hacia su casa. Tal cual habían previsto, su padre estaba en la acera frente a la casa y con cara de no buenos amigos. Aunque su padre no preguntó nada, Susan y Marcos explicaron de igual forma que estaban vendiendo los cupones de la rifa del instituto y cuando llegaron a la cincuenta y siete, los invitaron a pasar. Lamentaban que se les había pasado la hora, conversando animadamente con los vecinos y unos familiares que estaban de visita, y nada más.

Su padre no respondió nada, sólo los miró escudriñando que escondían tras tantas explicaciones no solicitadas. Los jóvenes entraron y comentaron a su madre que ya habían cenado en la casa de los vecinos. Dieron las buenas noches como si nada y se fueron por la escalera, cada uno a su habitación.

—Ves, te lo dije. Si no se llevaron sus teléfonos móviles, es porque están por aquí cerca, me enfada que desconfíes de ellos. Tú sabes bien que son buenos chicos —recriminó Ana a Barrel.

—Sabes que me enfada que no avisen a donde van —respondió Barrel en forma tajante.

Ana prefirió no seguir con el tema. No quería correr el riesgo de alimentar un enfrentamiento sin sentido. Así que, dio las buenas noches y también se fue a dormir. Barrel se quedó con una sensación de desazón y desconfianza. No le agradó que sus hijos fueran a la casa de esos vecinos que nunca, hasta ahora, habían tratado y a quienes justamente, él estaba espiando y tenía bajo sospecha. No muy convencido, decidió hacerle caso a su mujer, olvidarse de lo ocurrido. Los chicos estaban bien, eso era lo importante. Se sentó frente a la tele para ver si le daba sueño, pues según él, era para lo único que servía.

*****

Itzigorn y Sortudo querían saber más sobre todo aquello que había en ese mundo tan impresionante. A la vez Paul y Billy estaban fascinados con las muestras de levitación, desapariciones, apariciones y otros encantamientos que realizaron aquellos dos visitantes magos. Sortudo se impresionó cuando mostrando en qué consistía su magia a sus nuevos amigos, los hechizos

235

resultaban muy fáciles y comentó a su maestro que los lograba con mucha fluidez. Itzigorn probó también y corroboró lo afirmado por el aprendiz. Los poderes mágicos en este mundo azul se habían potenciado.

Itzigorn recordó que en uno de los escritos de Burktfénix sobre los viajes realizados por él, destacaba el hecho que el poder de la magia variaba según el lugar, sin explicar por qué. En algunos lugares no funcionaba y en otros, era sencillamente diferente. Y pensar que él creía que esos lugares a los que se refería su bisabuelo, eran otros reinos. Nunca imaginó que Burktfénix decía la verdad al hablar de mundos.

La familia Paperson y sus visitantes, pasaban de un tema a otro en cuestión de segundos. Eran tantas las incógnitas que no lograban centrarse en un tema específico. Otro nuevo tema y algo nuevo a dilucidar. Y sin querer, desviando la atención sobre el punto principal de su misión.

Con tanta charla, habían olvidado que tenían problemas a resolver: ¿Por qué la varita había escogido a Billy? y buscar la forma de llevarla nuevamente a la escuela de magia, donde debía estar a buen resguardo, según ellos.

Habiéndose hecho tan tarde y entendiendo que no había otra cosa que hacer, Paul, luego de observar a Julietta quedándose dormida en una esquina del sofá, propuso la idea de invitarlos a dormir. Tendrían que esperar hasta el día siguiente, cuando con más calma, encontrarían una solución al rechazo de la varita, o visto de otra forma, al apego de la varita con Billy.

Marta se alteró cuando lo escuchó, pero accedió al comprender que no había otra posibilidad. No podían echarlos a la calle.

Billy estaba encantado con la idea. De inmediato la apoyó. Paul propuso que Julietta durmiera en la habitación de Billy. Itzigorn y Sortudo podían quedarse en la habitación de invitados y Billy dormiría en una colchoneta, junto a la cama de la habitación de sus padres. Marta siempre tan preocupada por la ropa, buscó unos pijamas para que los invitados se sintieran más cómodos para dormir. Los visitantes, extrañados por tal vestimenta, aceptaron el ofrecimiento como otra novedad a experimentar.

236

– ¡Qué raras son estas telas! Se estiran. Nunca había visto algo así –afirmó Julietta, mientras tocaba la tela.

Julietta durmió con el arco y las flechas a un lado, en la cama. Y cómo era normal en ella, fue la única en dormir como un lirón. Como siempre.

*****

A la mañana siguiente cuando despertaron los visitantes, ya Marta estaba en la cocina preparando tortitas, zumo de frutas y café. Sirvió en la mesa panecillos, jamón y queso de diferentes tipos, mermeladas, mantequilla, sirope de arce, chocolate de untar, leche y cereales con la intención de satisfacer los diferentes gustos para el desayuno, al no tener claro cuál era la comida a la que los visitantes estaban habituados.

Toda la comida servida por la anfitriona, era totalmente novedosa para los visitantes. Por suerte para Marta, los invitados estaban muy a gusto con todo lo que ella había preparado para desayunar. Mientras Itzigorn y Sortudo probaban con discreción, Julietta no pensaba dos veces para llenar el plato con un poco de todo lo que había en la mesa. Billy la incentivaba a probar todo, disfrutando con la expresión de gusto de la joven.

– ¡Esto huele y sabe muy bien! Mmm... Quiero probar eso también... –dijo Julietta, señalando con el índice el chocolate para untar.

– ¿Chocolate? –preguntó Billy.

– Sí, eso –afirmó señalando con el dedo–, ese cho- co- la- te... –repitiendo sílaba por sílaba, para luego sonreír satisfecha al haber repetido correctamente.

Los invitados estuvieron muy agradecidos por la hospitalidad de la gente de este mundo y lo hicieron saber con amables palabras. Pero Paul, vio prudente aclarar que no todos en la Tierra eran iguales. Tristemente tuvo que recordarles que tal como lo habían expuesto la noche anterior, abundaba la maldad, las guerras, las enfermedades, el hambre y muchas otras cosas más que hacían difícil la vida diaria de la mayoría de los habitantes de este mundo. Para ellos no era fácil comprender esta explicación. En su reino ocurrían desgracias como desastres naturales o accidentes, o la gente enfermaba y moría. Pero no existían mayores problemas entre las personas ni entre los pueblos. Vivían prácticamente en un ambiente permanente de paz de acuerdo con lo explicado.

*****

Itzigorn quería conocer más. Por eso Paul propuso dar un paseo en coche. Ya en la noche anterior, les había explicado que un coche es como una carreta o carruaje, pero sin necesidad de caballos y es dirigido por un conductor que lo controla.

Mientras tanto, Marta, siempre pendiente de los detalles, buscó más ropa en los armarios, para vestir a los visitantes para el paseo y a la vez, evitar suspicacias de quienes pudieran verlos con la ropa con que habían llegado.

Paul desplazó el coche color plata y lo aparcó en la calle. Itzigorn se sentó en el asiento delantero al lado de Paul, para poder ver y aprender de este mecanismo que no conocía. Todos siguieron las instrucciones dadas por Billy de cómo debían colocarse los cinturones de seguridad. No sabían que era más fuerte, si el miedo o la emoción que representaba aquella aventura. Era su primer paseo en un coche.

Mientras Paul y Billy llevaban de paseo a los visitantes, Marta se fue a la cocina para recoger y pensar que prepararía para la comida porque por lo visto, esta situación se alargaría. Por suerte era sábado y podía estar en casa para atender a esta inesperada visita.

Paul, Billy y los visitantes, dieron un largo paseo. Los visitantes no salían de su asombro al ver cosas que nunca hubieran imaginado. Lo que más les impresionaba era la cantidad y diversidad de coches, motos, autobuses y camiones que transitaban por aquellas enormes calles pavimentadas, con elevados puentes y largos túneles. Acostumbrados a caminos de tierra, les resultó interesante el concepto de las aceras por las que caminaba la gente, sin tener que arriesgarse con el paso de los vehículos. La presencia

238

de los semáforos en cada esquina les pareció una forma grandiosa para controlar todo aquello.

Sortudo se decía así mismo que más nunca se quejaría del "bullicio" de su ciudad natal, ya que era ínfimo en comparación con lo que estaba experimentando. Creían que los altos edificios eran Castillos o palacios reales, a lo que Billy gustoso explicó que eran sitios de trabajo o de viviendas. No lograban entender eso de oficinas para trabajar, ni para qué tantos letreros publicitarios. Sin embargo, continuaban atentos a las explicaciones.

Inexorablemente, les afectó la falta de pureza del aire. Itzigorn comenzó a toser y a Julietta se le irritaron los ojos. Experimentaron en carne propia, las desventajas de los adelantos humanos. La contaminación, afirmó Paul, es una lacra de la civilización. Decidieron volver a la casa.

*****

Regresaron ya avanzada la mañana. Marcos y Susan estaban sentados en la escalera de entrada de su casa, cuando pasaron con el coche. Billy los saludó e hizo señas con la mano para que se acercaran hasta su casa. Los jóvenes vecinos caminaron hacia la casa cincuenta y siete donde Billy los esperaba en el jardín. Primero pasaron por el frente de la casa de la señora Troconis, quien se encontraba podando las plantas de su jardín y los saludó como de costumbre. Billy los esperó, intentando no mirar hacia la vecina para no tener que saludarla. Los jóvenes vecinos llegaron hasta donde se encontraba Billy y entraron charlando animadamente en la casa.

Mientras, el padre de los jóvenes vecinos O'hara, los observaba desde la ventana de la segunda planta. ¿A qué se debía esa amistad repentina entre sus hijos y este chico?

Todos estaban en el salón, charlando sobre el paseo, cuando llamaron a la puerta. Eran Robin, Tomás y Sandra cargando con algunas cosas rotas para ser renovadas, tal y como habían quedado con Billy, la tarde anterior. Los chicos entraron tímidamente al ver que tenían tantos invitados. Pero Billy estaba tan emocionado con la situación que no le importó hablar abiertamente sobre lo que había planificado con sus amigos. Hablaba de la magia como algo normal y a lo que hubiese estado habituado toda la vida.

Sus amigos no lograban comprender todo lo que Billy relató en cuestión de minutos. No sólo no comprendían. Todavía no lo creían. Pero sus padres y aquella gente estaban allí, escuchando lo que Billy decía.

Itzigorn se interesó en continuar viendo como Billy usaba la varita. Había que retomar el asunto que los había traído hasta ese mundo.

Entonces, Billy comenzó con unos patines desgastados de Robin. Itzigorn continuaba asombrado porque Billy no conjuraba palabras mágicas ni nada por el estilo. Sólo se concentraba en lo que quería y lo obtenía, sin mucho esfuerzo. Aunque a Sortudo y a él se les hacían más fáciles los hechizos en aquel mundo, ellos requerían seguir usando los conjuros. Había algunas peticiones de Billy que no se daban, lo que indicaba a Itzigorn y a Sortudo que la varita seguía teniendo voluntad propia, dentro de las limitaciones y normas de la magia. El chico necesitaría aprender de magia para no cometer alguna imprudencia, si pretendía ser su dueño.

Tomás, siempre tan extrovertido, estaba realmente asustado. No le había gustado lo explicado por Billy sobre los visitantes. ¿Qué eran de otro mundo? Vio a Robin, quien se hallaba muy divertido con lo que estaba presenciando; evidentemente no podría contar con él para expresarle lo que sentía en aquellos momentos. Luego miró a Sandra, con ella sí podía contar. Ella era la más sensata del grupo y lo escuchaba cuando él se lo pedía. Tiró de la camiseta de Sandra para poder hablar con ella, tratando de disimular lo que quería decir, sin que los demás oyeran.

—¿Qué te pasa? —preguntó la chica en voz baja.

—Billy ha dicho que son de otro mundo... o sea que ¿son extraterrestres? ¿Y si de pronto se quitan el camuflaje y se convierten en lagartos? ¿No te da miedo? ¿Vendrán a invadirnos?

—¡Tomás! No seas imprudente. ¡Vamos! No creo que sea así como dices. Los padres de Billy están aquí... y también Susan y su hermano el cerebrito, ellos se habrían dado cuenta de algo... ¡Uf! No sé... –dijo la chica con gesto de agobio.

– ¿Y si nos comen?

– Tomás, por favor... hay que tener pruebas para decir algo así... cálmate que todo saldrá bien. Mi sexto sentido me dice que no son malos ¿vale?

– Bien... si tú lo dices. Pero igual, sigo sin confiar...

– Te prometo que estaremos alerta –respondió la chica, llevando su dedo índice a sus labios, como gesto para guardar silencio y continuar escuchando y viendo lo que pasaba en el salón.

Todos permanecían absortos, viendo lo que ocurría cada vez que Billy ponía en funcionamiento sus peticiones a la varita. Por lo tanto, no advirtieron que por la ventana de la cocina, alguien intentaba observarlos. Era Barrel, tratando de ver que ocurría en aquel salón, donde todos los presentes estaban atentos a algo y aplaudían con júbilo, tras cada destello de luz.

En ese preciso momento, Marta decidió ir a la cocina a buscar bebidas para todos los presentes, cuando se encontró con un hombre, intentando mirar a través de la cortina de la ventana de su cocina. Como era de esperarse, Marta gritó del susto y este huyó a toda carrera por el jardín hacia la calle. No lo reconoció, puesto que la cortina, aunque transparente, no permitió observar bien al intruso.

Todos corrieron hacia la cocina, donde ella se encontraba, para ver qué había ocurrido. Ella explicó que vio a una persona mirando por la ventana y ya se había ido.

Marcos, sospechando lo inevitable, se dirigió hacia la puerta de la calle y la abrió rápidamente, salió al jardín y no vio a nadie. Detrás venían Robin, Tomás, Julietta y Sortudo, intentando enterarse de lo que había pasado.

Marcos caminó hasta la acera y miró hacia su casa. Vio moverse los arbustos que daban a la entrada del garaje. No dijo nada en el momento, pero ese detalle confirmó inmediatamente, las sospechas sobre su padre. Tenía que hablar con Susan sobre esto.

Entraron nuevamente a la casa. Marcos se acercó a Susan y dijo:

—Tengo el presentimiento que era papá. Creo que debemos irnos a casa.

—¿Crees que ha visto algo? —preguntó su hermana.

—No creo, por el ángulo de la ventana y la distancia hasta el salón, como mucho debe haber visto las espaldas y tal vez, los destellos de luz como si fuera un flash de una cámara fotográfica. Y por supuesto, tiene que haber oído las risas y los aplausos — respondió Marcos con preocupación.

Paul observó el cambio de actitud de los hermanos, quienes hasta ese momento, habían estado muy alegres, participando y disfrutando de aquella animada reunión. Se acercó, escuchando parte de la conversación e intervino:

—Sé que vuestro padre tiene días observándonos. No quiero que vosotros os metáis en un lío por estar aquí y compartir con nosotros esta... locura, para llamarla de alguna manera. Tal vez, no tengo ningún derecho, pero os ruego no digáis nada sobre lo que está ocurriendo aquí.

—No lo haremos... tenlo por seguro —prometió Susan.

—Paul, no tenemos intenciones de delatar nada. Lo que me preocupa es que mi padre es policía, no es fácil ocultarle algo y para mayor complicación, está de vacaciones —respondió Marcos, con mucha seriedad.

Itzigorn también se había acercado y preguntó con toda inocencia:

– ¿Y puedo saber qué es un policía?

– Es un vigilante del orden y para él, esto que estamos haciendo aquí sería así como una gran falta, y nosotros somos los que la hemos cometido. En pocas palabras: los culpables –explicó Marcos, intentando ser lo más claro posible.

– Por vuestras caras de preocupación, imagino que no es conveniente para nuestra misión. No acostumbro hacer magia para modificar la conducta de las personas, pero en caso que se ponga testarudo, tengo un encantamiento con el que haré que olvide lo que nos conviene, así que podéis traerlo aquí y yo me encargaré de él –dijo muy seguro de sí mismo.

– ¡Oh no! Aquí las cosas funcionan de otra manera, en caso de necesidad extrema podréis hacer vuestro hechizo, pero por los momentos, lo mantendremos bajo control –respondió Paul, exaltado con la propuesta del mago.

– ¡Pues bien!, como vos ordenéis –respondió el mago.

Susan y Marcos decidieron ir a su casa a comer. Se despidieron con la intención de volver después. Aprovecharían ese momento para sondear que tan peligrosa podía ser la actitud que tenía su padre y buscar la mejor forma de manejar la situación.

*****

El resto se dispuso a comer. Marta no se daba abasto con tanta gente, con todo y la colaboración de los muchachos para poner la mesa y servir la comida. Aquello parecía una fiesta interminable en la que todos charlaban animadamente. Itzigorn se percató del agobio de la señora de la casa y le propuso ayudar con un hechizo, con el que dejó todos los platos y demás enceres limpios y relucientes; ordenados en los muebles de la cocina. ¡Qué fácil resulta hacer magia en este mundo! ¿A qué se debería? Ella se lo agradeció de todo corazón, ya que también quería participar de la reunión, sin dejar a un lado el orden de su casa.

–¡Qué maravilla! Con una varita mágica se resuelven todos los problemas de la casa en un instante. ¡Esto sí me gusta! –afirmó Marta muy divertida.

Casi todos rieron con el comentario. Tomás no participó en el sentimiento. No dejaba de estar asustado. Tal vez, jugar tanto a guerras intergalácticas lo hacía tener esa actitud. O tal vez, su prolija imaginación. Disimuladamente se acercó nuevamente a Sandra, quien se encontraba sentada junto a Robin.

–Me parece que la madre de Billy está muy confiada con lo que está pasando –comentó Tomás en voz baja.

–¿Y cuál es el problema? –quiso saber la chica.

–Pues que ahora puede ocurrir la peor parte –sentenció Tomás.

–¿Qué dices? –le increpó Robin, quien no pudo evitar oír a Tomás.

–Ahora nos hipnotizaran o nos congelaran y quien sabe qué pasará después...

–¿Vas a seguir con tus fantasías? –le preguntó Sandra.

–Tienes miedo... confiésalo. ¡Eres un miedica! –acusó Robin a su amigo.

–Yo sólo advierto... –replicó Tomás.

–Si estás tan asustado... ¿por qué no te vas?

–¡Porque no me da la gana!

244

– ¡Basta ya! Me vais a hacer enfadar y no respondo por lo que os pueda hacer a ambos, si seguís con vuestras tonterías. ¡No me provoques Tomás! Y tú, Robin, respeta y deja de insultarlo – ordenó Sandra con enfado, dando por terminada la conversación.

Sortudo había estado tomando notas de todo tipo. Hizo dibujos sobre lo que le pareció importante, adosando descripciones acordes a sus conocimientos y percepciones. A Billy le causó curiosidad aquello que el aprendiz estaba haciendo; también se acercaron Tomás y Robin a mirar qué hacía, apreciando lo bien que dibujaba Sortudo. Sin embargo, criticaron detalles que, por más explicaciones que habían dado, él había interpretado de acuerdo con el mundo que conocía.

– Billy, ¿tu padre todavía tiene la cámara aquella que sacaba las fotos y te las entregaba al instante? –preguntó Robin.

– ¡Oh, sí! ¡Genial! Esa cámara nos ayudará. Ya la voy a buscar –respondió, dirigiéndose al despacho de su padre.

– Así tendrás fotos de todo lo que quieras, sin perder el tiempo dibujando... por cierto, te felicito porque lo haces muy bien –dijo Robin a Sortudo.

– Gracias. ¿Y en qué consiste ese sistema de dibujo? – preguntó el visitante.

– ¡Ya lo verás! Vas a alucinar –respondió Robin.

Itzigorn, Sortudo y Julietta quedaron nuevamente impresionados y maravillados con aquella magia. Aparte de haber visto reflejados sus rostros en ciertas superficies pulidas o en espejos rudimentarios, los viajeros no tenían una idea precisa de cómo eran ellos realmente; así que cuando se vieron en las fotos, no sabían expresar su asombro al compararse entre ellos.

Paul, Marta y los chicos disfrutaron viendo las expresiones en las caras de los tres visitantes.

—Sortudo ¡por todos los dioses, sois vos! —exclamó Julietta, con la foto en la mano.

—¿Y esto no nos afecta? —preguntó Itzigorn, algo receloso.

—¡No! Para nada, miren esto: es un álbum de fotos y aquí estoy yo cuando era pequeño, mi mamá, mis abuelos. Este es mi padre cuando era joven... estas son de cuando cumplí ocho años y me hicieron una gran fiesta, y por aquí más adelante aparecen mis amigos Sandra, Tomás y Robin... ¿Veis que no tiene nada de malo? —explicó Billy.

Itzigorn siguió viendo las fotos del álbum que le entregó Billy, mientras Sandra cogió otro y se sentó al lado de Julietta para mostrarle más fotos. Marta buscó una bolsa de regalo con asas y la entregó a Sortudo para que guardara las fotos. Y aunque las fotos de la vieja cámara no eran completamente nítidas, los visitantes tendrían pruebas de su viaje.

*****

Susan y Marcos llamaron a la puerta. Venían cargando con unos cuantos libros de la biblioteca de su casa para mostrarlos a los visitantes. Había uno de historia universal ilustrada, uno sobre la historia y evolución de los medios de transporte, otro trataba de la evolución de las armas para mostrárselo a Julietta, quien no soltaba su arco ni sus flechas, por nada del mundo. También traían un libro sobre el universo y un ejemplar de hechos insólitos a través de la historia.

—¡Hola de nuevo! ¿Podemos pasar? —preguntó Marcos.

—¡Claro que sí! Pasad —respondió Billy gustoso de su presencia.

—¡Guao! Cuantos libros —comentó Robin, acercándose para ayudar a los vecinos.

—Marcos, ¿cómo os fue con vuestro padre? —preguntó Paul al acercarse.

—Mejor de lo esperado. Llegamos, saludamos y nos fuimos a la cocina para ayudar con la comida. Nuestro padre se encontraba viendo la tele en el salón y no nos comentó nada —dijo Susan muy tranquila.

—Hablamos con nuestra madre sobre lo bien que lo estábamos pasando con vosotros, aprovechando para que él oyera. Terminamos de comer y a Susan se le ocurrió la idea de traernos estos libros para despistar, en caso de dudas. Sigo creyendo que sólo oyó risas y aplausos; además, aquí también están Sandra y sus amigos y tal vez, ya no nos moleste más —respondió Marcos muy convencido de lo que dijo.

—Ojalá, espero que tengas razón —comentó Paul, intentando estar un poco más tranquilo.

Los visitantes comenzaron a hojear los libros y a escuchar, con mucha atención, las explicaciones que daban Marcos y Paul sobre ciencia, sobre los logros de la humanidad, como los viajes espaciales o el desarrollo de la tecnología del siglo veinte, entre otros. Continuaban pasando de un tema de conversación a otro, sin más. Uno de los puntos que causó interés en ambas partes, fue que en el mundo de los visitantes hay dos grandes lunas, mientras que en la Tierra, sólo hay una y no tan grande, según había apreciado Itzigorn la noche anterior, tras asomarse por la ventana.

—¿Cómo os afecta la gravedad con dos satélites naturales? —preguntó Paul.

—No sé de qué habláis... ¿Gravedad? —Itzigorn no supo responder, pues no entendía la pregunta.

—La gravedad es la fuerza de atracción que nos mantiene pegados al suelo —intervino Marcos.

– ¿Pegados al suelo? –quiso saber Sortudo

– Si no hubiese gravedad, estaríamos flotando –contestó Paul.

– O simplemente no existiríamos... –agregó Susan.

– ¿Vosotros os sentís más pesados o más livianos, aquí o en vuestro mundo? –preguntó Marcos.

– Creo que nos sentimos igual que en nuestro mundo –concluyó Itzigorn, mirando a Sortudo buscando su aprobación.

– Igual. Sí, es igual –acotó Sortudo, sin terminar de entender los conceptos planteados.

*****

De una forma u otra, todos iban comprendiendo que tenían más en común de lo que imaginaban. Las personas como seres biológicos eran aparentemente iguales. Había muchos animales en común, lo que constataron a través de una Enciclopedia de la Naturaleza que tiene Billy. Otros animales, grandes o feroces, eran desconocidos por ellos como leones, jirafas, elefantes o rinocerontes. Por lo comentado y descrito de ambos planetas, estos tienen una dinámica similar en cuanto a la atmósfera, a la geósfera y a la hidrósfera. Los elementos básicos son los mismos: tierra, agua, aire y fuego. Tienen igualmente ríos, montañas, bosques, mares y volcanes. En ambos se producen eventos naturales como tormentas, huracanes, incendios forestales, erupciones, inundaciones y terremotos, con sus respectivas consecuencias para los pobladores.

Descubrieron también que habían numerosos frutos comunes a ambos mundos, a lo que Itzigorn dio una explicación muy sencilla: según la leyenda sobre el origen de los reinos de su mundo, del cielo llegaron cinco ángeles acompañados cada uno de su respectiva corte, compuesta por mujeres y hombres llamados colonos. Estos habían traído animales y semillas para colonizar las tierras asignadas por los seres superiores o dioses. Cada ángel fundó un reino que se desarrolló, adaptándose a las condiciones de las tierras que habitaban. Entre estos reinos existen pocas diferencias en cuanto sus habitantes, hablan el mismo idioma y se basan en las mismas leyes. Según esta misma leyenda, otros ángeles habían sido enviados a otros mundos del universo que cumplieran con las mismas características físicas y habitables, necesarias para poder cumplir con los fines colonizadores encomendados por los seres de ese mundo origen o primigenio, cuyo nombre es Aqnubia. Ya Sortudo había hecho mención sobre este origen a Marcos y a Billy anteriormente; pero no quisieron interrumpir, debido a que todos escuchaban atentamente a Itzigorn.

– ¡Perdón, señor! Y esos "ángeles" ¿Tienen alas? –preguntó Billy por curiosidad, al intentar imaginar lo que el maestro mago había ido explicando hasta ese momento.

– ¿Alas? ¿Cómo las aves? –preguntó Itzigorn, respondiendo con extrañeza al chico.

– Sí, en la espalda... para poder volar.

– ¡No! –Exclamó Itzigorn–, ¿Por qué tendrían que tener alas?

– Billy, ten en cuenta que son mundos diferentes –aclaró su padre–. Maestro, es que aquí en la Tierra, denominamos "Ángeles" a seres humanos de origen divino que tienen protagonismo en algunas religiones, y estos se representan con alas en los dibujos alegóricos.

– ¡Oh! Nunca lo hubiese imaginado –confesó Itzigorn, comprendiendo ahora la pregunta del chico.

—Los ángeles de Aqnubia son como nosotros pero superiores en sabiduría; fueron los guías y protectores de las primeras colonias —aclaró Sortudo y luego continuó diciendo—: según las leyendas, dejaron de ir a los reinos cuando comprobaron que todo había seguido su debido curso, tal como lo habían planificado.

—Y... ¿llegaron en naves? —se atrevió a preguntar Tomás.

—No comprendo —confesó Sortudo al chico.

—Lo que Tomás quiere saber es, cómo llegaron los ángeles y los colonos a su mundo —intervino Marcos, intrigado también por lo preguntado por los chicos.

—Según las leyendas, los primeros colonos llegaron en grandes transportes celestiales conducidos por los ángeles hasta cada destino. Trajeron con ellos todo lo necesario para emprender su nueva etapa de vida. Por cierto, estos transportes fueron utilizados como sus primeras casas.

—Creo que están aclaradas las dudas —afirmó Paul, aunque con mucha incertidumbre en su interior.

Julietta estaba impresionada con el libro sobre la evolución de las armas, en especial cuando le mostraron que no sólo se disparaban flechas con arcos, sino que existían las ballestas con una capacidad de precisión y rapidez superior, según lo descrito por Marcos. Son artilugios más sofisticados y existen varios diseños con diferentes materiales de construcción. Paul que ya había percibido que sus visitantes eran pacíficos y no tenían la malicia de los seres humanos que habitaban el planeta Tierra, pidió a Marcos enfocar la explicación sobre la ballesta desde el punto de vista de la cacería y como actividad deportiva. No debían intervenir con conocimientos no acordes a un mundo donde, por lo escuchado y descrito, vivían en paz.

Susan y Sandra, no pudiendo negar su espíritu periodístico, anotaban todo lo importante del encuentro y de las conversaciones que continuaron llevándose a cabo durante la tarde. La mayoría de las notas las iban elaborando salpicadas de signos de interrogación. Era una oportunidad de oro para recabar información. El resto, presenciaba y seguía en silencio el hilo de aquella conversación.

Tomás había ido superando sus temores. Le parecía que no debía continuar pensando mal de los visitantes. Sandra tenía razón. No había que precipitarse. Había que constatar, tener pruebas para poder decir algo como lo que él había dicho un rato antes. Sí, posiblemente se había dejado llevar por su imaginación, tal como decían sus amigos.

Como pasa siempre cuando todos se divierten, llegó la noche rápidamente. La madre de Sandra pasó a recogerla y se ofreció a llevar a Robin y a Tomás a sus respectivas casas. Los chicos se despidieron sin mucho ánimo, pues no querían abandonar aquel encuentro. Billy prometió que los llamaría al día siguiente, para quedar nuevamente.

Esa noche dormirían poco por la ansiedad ocasionada por aquella inusitada experiencia.

*****

Ya la luna, entrada en su fase de cuarto creciente cual sonrisa celestial, se veía nítidamente en el oscuro cielo. Con suerte para ellos, estaba despejado y todos salieron a la calle para contemplarlo. Itzigorn, gran observador de los cielos de su mundo, rápidamente percibió lo diferente de la disposición de las estrellas en este cielo, desconocido para él. No distinguía ninguna constelación familiar. Marcos de inmediato, señaló algunos astros visibles. Venus, Marte y la estrella Polar. Señaló también las constelaciones de la Osa Mayor, la de la Osa Menor, la constelación de Perseo y la de Cassiopeia.

Todos admiraban el cielo, cuando a Marta se le ocurrió que podrían ir a comer helados al Centro Comercial cercano al instituto, donde estudiaban todos los jóvenes. Invitaron a Marcos y a Susan, y esta, llamó rápidamente a su madre para avisar a donde iban, evitándose de esta manera, reclamos posteriores. Su madre aceptó con gusto, pues ella confiaba en el buen juicio de sus hijos.

Decidieron ir andando, ya que se halla a pocas calles y no cabían todos en el coche. Costó mucho convencer a Julietta para dejar su arco y las flechas en la casa, eran armas y era preferible evitar complicaciones. Sortudo estuvo de acuerdo y le argumentó que tanto el maestro como él, llevaban sus varitas y ya habían comprobado que sí funcionaban en ese mundo. Julietta aceptó a regañadientes ir al paseo sin sus acostumbrados utensilios de caza.

Marcos se mantuvo alerta, pues lamentablemente no terminaba de confiar en su padre. Acompañó al grupo, mirando con disimulo hacia su casa, a medida que avanzaban por la calle hacia el centro comercial. Los reflejos del televisor encendido en el salón de su casa, se podían ver en la ventana; esto lo hizo pensar que su padre estaba allí, viendo y riñendo con la televisión. Y poco a poco, se tranquilizó y comenzó a disfrutar del paseo y de la compañía.

El grupo avanzaba con Susan y Julietta a la cabeza, quienes conversaban alegremente. Susan preguntó por los chicos de su mundo y Julietta respondió que con lo poco que había observado en este mundo, todos eran iguales y no valía la pena hacerse ilusiones; con un correspondiente gesto de fastidio que provocó carcajadas entre las dos.

Julietta preguntó a Susan por la pintura que llevaba en la cara, tras observarla detenidamente desde que se conocieron. Susan le habló del maquillaje que tanto le gustaba y se comprometió a mostrárselo al regreso.

Detrás de ellas, caminaban Marcos, Sortudo y Billy, también muy entretenidos conversando sobre el tipo de estudios que se realizaban en sus mundos. Por un lado, Marcos describió el proceso educativo, desde la guardería hasta la universidad, por el que muchos pasan y Sortudo a su vez, habló de las diferentes profesiones y oficios de Toplox, el mundo de los visitantes.

Unos pasos más atrás, los seguían Paul y Marta, quienes escuchaban atentamente las explicaciones de Itzigorn sobre su reino, su reina actual, sobre la forma de gobierno que aunque siendo monárquico hereditario, tiene una forma selectiva muy particular, pues el sucesor es escogido entre los herederos tras una serie de pruebas impuestas por el consejo de asesores. Todos los descendientes debían prepararse para gobernar, pues tenían que estar a lo largo de sus vidas, en disposición de pasar las pruebas monárquicas, todas las veces que fuera necesario. El consejo de asesores está compuesto por mujeres y hombres, representantes de pueblos y de diferentes gremios del reino. Las pruebas son muy estrictas, pues buscan seleccionar como regente, al más capacitado para tan importante cargo.

La actual reina es Albertina, quien tras unas difíciles pruebas, fue escogida por ser la más capacitada de la última selección. Si se diera el caso en el que por alguna razón de fuerza mayor o por fallecimiento no pudiera continuar en el cargo, volverían a convocar a todos los herederos a presentar las pruebas, para escoger al nuevo monarca.

Itzigorn continuó describiendo la forma de vida imperante. Es una sociedad abierta donde, de una forma u otra, todos los ciudadanos participan en su devenir y existían pocas diferencias sociales y económicas. La reina en persona vela por el buen desempeño de los funcionarios. Los descendientes directos de las primeras familias continuaban viviendo en los Castillos de la ciudad y a ellos correspondía la responsabilidad de las escuelas y por tanto, de la educación básica de los pobladores.

En realidad es una sociedad bastante justa, según lo expuesto por Itzigorn. Todos tienen con que vivir, pues hay trabajo y beneficios para todos. Existen muchas formas de ganarse la vida. Predominan las actividades pesqueras, agrícolas y pecuarias. La industria es artesanal y la minería es un sector importante. Existe un comercio muy dinámico basado en monedas de plata. Sus medios de transportes son los caballos, las carretas y los barcos.

El concepto de religión es diferente al de los pobladores de la Tierra. Sus dioses habitan en el mundo origen conocido como Aqnubia, y son dioses, porque simplemente han sido los procreadores de todos los habitantes que habían colonizado Toplox. Estos dioses son mortales; sólo se diferencian de los colonos en que viven más tiempo y en que dominan muchos más conocimientos y poderes. Y al dar como cierta y única esta historia sobre su origen y existencia, no hay razones para buscar otras explicaciones.

Itzigorn recordó la conversación tenida en la tarde y volvió a repetir que los primeros pobladores habían nacido en el mundo primigenio, para luego ser enviados a colonizar y poblar mundos aptos para la vida, por todo el Universo. Por eso, Itzigorn considera a los pobladores de la Tierra, como sus hermanos. Para él, todos tienen el mismo origen.

Paul y Marta se miraron entre ellos. Ambos con gesto de complacencia mezclada con perplejidad. No era educado discutir con el visitante al respecto. Paul pensó en comentar que existían otras teorías como la de la evolución de las especies, la teoría del big bang en cuanto al origen del universo, o la gran variedad de explicaciones religiosas por las que los humanos todavía, continúan enfrentándose.

Pero decidió dejarlo para otro momento. Era un tema un tanto complicado.

A Paul y Marta se les erizaba la piel al escuchar a Itzigorn. Aquello era como una clase de historia contada por su protagonista. Si no hubiese sido porque les había informado que en su mundo había dos lunas, hubieran dado por sentado que eran viajeros en el tiempo, venidos de una época indefinida de nuestra historia, con creencias ancestrales y fantásticas.

Llegaron al Centro Comercial, dando por terminada la interesante conversación. Paul explicó a los visitantes, de la manera más sencilla que pudo que aquel enorme edificio iluminado, era un lugar para hacer compras y divertirse. Un gran mercado. Accedieron por la puerta principal del sur.

Mientras tanto, Barrel O'hara los observaba desde su coche, aparcado estratégicamente detrás de un furgón de reparto, en la otra esquina de la calle que da al sur de aquel Centro Comercial.

Luego de la llamada telefónica de Susan a su madre, Barrel había dejado el televisor encendido y sigilosamente, fue hasta el garaje y sacó el coche. Sabía que Ana no daría cuenta de su ausencia. Estaba entretenida hablando por teléfono con su prima, con quien habitualmente tenía largas charlas. Circuló con su coche por la avenida paralela, para evitar ser visto y reconocido por sus hijos, llegando rápidamente a tomar posición cerca del centro comercial.

El grupo entró al centro comercial. Nuevamente las expresiones de asombro de los tres visitantes, al ver aquella inmensa edificación por dentro con tanta gente, llenaron de emoción a la familia Paperson y a sus dos jóvenes vecinos. La música de fondo del centro comercial, complementaba aquellos momentos únicos que estaban viviendo.

– ¿Por dónde empezamos? –consultó Paul al grupo.

– Creo que primero, debemos pasear la planta principal; tal vez no sea recomendable pretender que accedan a las escaleras mecánicas y menos a los ascensores, tan bruscamente. Poco a poco... –argumentó Marcos.

– Podemos entrar a la perfumería y así muestro a Julietta lo que es el maquillaje y otros productos más –propuso Susan rápidamente.

– Id vosotras. Creo que preferimos ver otras cosas –aseguró Paul.

– Marta, ¿tú vienes con nosotras? –preguntó Susan.

– ¡Claro que sí, nos darán muestras de perfumes y eso me encanta! –respondió Marta, tomando del brazo a cada una de las dos jóvenes rumbo a la perfumería.

Entraron a la tienda, explicando a Julietta en que consistía aquel negocio. Julietta estaba atónita ante tantos colores, olores y productos con hermosos envases decorados y espejos por todas partes. A Julietta le causaba gracia ver a tantas mujeres, llevándose tantos productos. Marta y Susan comenzaron a maquillar a Julietta con los productos de muestra. La llevaron ante un espejo y a Julietta, inesperadamente, le brotaron lágrimas de emoción.

255

– ¿De veras, esa soy yo? –preguntó Julietta señalando, mirando y tocando el espejo que tenía frente a ella, y en el que también veía reflejadas las caras de Marta y Susan, a ambos lados.

– ¡Vamos Julietta! no llores, se estropea el maquillaje y has quedado muy linda – aseveró Marta, secándole las lágrimas con una toalla de papel.

– Ahora buscaremos muestras de perfumes y te pondrás el que más te guste. Así te sentirás más guapa –propuso Susan con una enorme sonrisa.

Después de oler montones de muestras de perfumes para damas y conseguir muestras para cada una, salieron de la perfumería con las narices saturadas, caminando por el pasillo hacia la derecha por donde se habían ido los demás. Mientras avanzaban entre la gente, mostraban a Julietta los escaparates con productos en exhibición que, aunque no tenían sentido para ella, disfrutaba observando.

Un poco más adelante estaban Paul, Itzigorn, Sortudo, Marcos y Billy en una plaza circular decorada con una hermosa fuente central rodeada de plantas y bancos, para sentarse cómodamente a descansar. Estaban observando como subían y bajaban los ascensores con aspecto de cápsulas transparentes, llenos de personas que pasaban de una planta a otra. Paul y Marcos intentaban de la manera más sencilla, explicar a los visitantes cómo funcionaban aquellos artilugios.

– ¿Y también funcionan con eso que vosotros llamáis electricidad? –quiso saber Sortudo.

– Sí, exactamente. Ya veo que has comprendido la dinámica de nuestro mundo –aseguró Marcos, sonriente ante el avance de Sortudo.

Ambos visitantes se animaron a experimentar lo que es montarse en un ascensor. Era una oportunidad única. Así que se acercaron hacia las puertas y cuando estas abrieron, accedieron expectantes hasta el interior de la cabina, guiados por Billy y Marcos.

Subieron y bajaron unas seis veces, sujetos fuertemente a los pasamanos. La vista al ascender sobre la plaza y ver, desde lo alto, a las personas que allí se encontraban, era una experiencia inigualable para ellos. Paul, Marta y las muchachas observaban desde la plaza, totalmente divertidos viendo como subían y bajaban en el ascensor transparente, como si de una atracción mecánica se tratara. Dados por satisfechos, se reunieron nuevamente en la plaza y se dirigieron hacia las escaleras mecánicas para subir hasta la zona de la feria, donde se encontraba la heladería a la que planeaban ir.

Paul y Billy subieron primero, mostrando a los visitantes cómo debían hacer. Itzigorn y Sortudo disimularon su miedo; la experiencia con el ascensor les había dado cierta seguridad y copiando los movimientos indicados, comenzaron a ascender por la escalera, agarrados fuertemente al pasamano. Luego siguieron Susan y Julietta, quien se aferró temblorosa al brazo de su nueva amiga, pensando y convenciéndose a sí misma que era más peligroso enfrentarse a un cerdo salvaje en el bosque que subir a aquella escalera que se movía sola. Y por último Marcos, quien con elegante gesto dio paso a Marta para acceder a la escalera.

Los visitantes llegaron arriba extenuados de la emoción. Los hospitalarios Paperson y sus jóvenes vecinos reían satisfechos con la experiencia.

El grupo se sentó ante una larga mesa, ubicada en el fondo del local y con vista a la calle. Mientras tanto, un camarero hacía entrega de las cartas de helados. Entre todos ayudaron a los invitados a escoger algo que nunca habían probado en su vida, pero que disfrutarían y les encantaría. Servidos los helados, Susan les dio a probar del helado de ella y así, comenzó un pasar de cucharillas para hacer una degustación informal.

*****

Realmente satisfechos con el paseo, llegó la hora de regresar a casa. Salieron por la misma puerta sur por la que habían entrado al centro comercial. Continuaban charlando cuando llegaron al cruce principal, cuyo semáforo estaba con luz roja para los peatones.

Susan se detuvo y miró hacia atrás esperando a los demás, pero Julietta, desconocedora de la dinámica de las ciudades de ese mundo, venía distraída viendo las muestras de perfumes que llevaba. No se fijó en que Susan se había detenido y siguió caminando, sin darse cuenta de que venía un coche hacia ella. Susan, se giró en ese momento y gritó, al ver lo que podía ocurrir. Pero la rapidez con la que Sortudo actuó, sacando la varita y pronunciando un conjuro protector hacia Julietta, la salvó de un atropello inminente.

El problema fue que el coche se deslizó por encima del escudo protector creado por la varita, ante la vista de todos y cayó estruendosamente sobre el pavimento, a unos cuantos metros de donde se encontraba Julietta paralizada del susto. Algunos transeúntes corrieron entre gritos para ver el resultado del accidente e intentar ayudar al conductor. Paul aprovechó para decirles a los suyos que tenían que irse de allí lo más rápido posible. Lo sentía por el conductor, pero era imposible dar una explicación lógica a lo ocurrido hacía pocos instantes.

Sortudo, ya se había abalanzado hacia Julietta y la abrazaba con fuerza. Susan abrazó también a su nueva amiga, cuando todos comenzaron a empujar, disimuladamente, para alejarse del lugar. Caminaron lo más rápido que pudieron hasta llegar a la casa, donde podrían recuperarse del susto.

Mientras, en el lugar de los hechos, Barrel O'hara desde su coche intentaba comprender que había pasado allí, ante sus ojos. El pobre conductor no había sufrido heridas importantes, sólo algunas magulladuras, pero sí una crisis nerviosa, porque no encontraba sentido a lo que había pasado. Los neumáticos delanteros habían explotado por la caída y el coche había quedado con daños importantes en su estructura. Todos los que presenciaron el accidente, no salían del asombro por tan extraño fenómeno. Muchos gritaban. El coche había volado por encima de una joven que no veían por ningún lado. Se presentaba difícil el caso para la policía de tránsito que llegaba en esos momentos, junto a una ambulancia con su correspondiente equipo médico de emergencia.

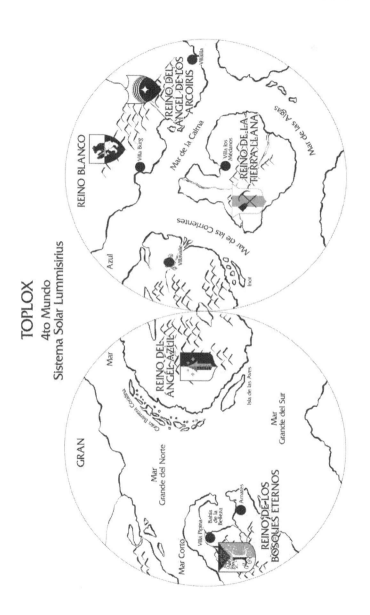

TOPLOX
4to Mundo
Sistema Solar Lummisirius

Algo policial

En el lugar de los hechos, algunos testigos se encontraban en estado de histeria colectiva. Los miembros de la policía que habían acudido al lugar, no entendían absolutamente nada de lo que había ocurrido. Solamente tomaban nota de lo que creían razonable, para poder realizar el levantamiento del accidente de tráfico y poder llevarse el coche siniestrado. Llegaron dos ambulancias más, para atender a quienes presentaban crisis nerviosas. Se había congregado en el lugar, un sinnúmero de curiosos quienes venían saliendo del centro comercial y de otras adyacencias del lugar de los acontecimientos.

Barrel O'hara se acercó discretamente al lugar, donde había estado su hija en el momento del accidente. Comenzó a recapitular sobre lo que había presenciado. No estaba totalmente seguro, pero el joven de cabello negro que los acompañaba, sacó algo y apuntó rápidamente, hacia la muchacha que caminaba al lado de Susan, segundos antes que el coche volara literalmente sobre ella. Creyó ver un destello en el momento en el que el coche se elevó. Todo había ocurrido muy rápido, pues de inmediato se oyó el estruendo provocado por la caída del coche, en plena calle.

Luego de ocurrido esto, muchos gritos por parte de la gente que transitaba por el lugar en ese preciso momento y, sospechosamente, la pronta huida de sus hijos con sus acompañantes.

Se quedó allí un rato, intentando escuchar los testimonios de los presentes. Mientras observaba lo que pasaba, advirtió cerca de él, la presencia de dos hombres jóvenes vestidos de gris, quienes lo observaban minuciosamente a él. ¿Qué les pasa a estos dos? ¿Pero, qué demonios me miran? Se preguntó de inmediato. Luego de observarlos disimuladamente durante unos segundos, lo primero que se le pasó por la mente, fue lo ridículo de sus vestimentas. "¡Estas nuevas modas de los jóvenes de hoy! Vestidos iguales y como viajeros intergalácticos sin ser carnaval".

Y a continuación, con la escasa diplomacia que siempre lo caracterizaba, se dirigió a ellos bruscamente.

– ¡Ey! Vosotros dos, los disfrazados. ¿Qué miráis? ¿Se os ha perdido algo? ¿Os conozco acaso? Vamos... retiraos de la zona –les increpó, mientras gesticulaba con las manos y mostraba su placa identificativa como miembro de las fuerzas policiales–. ¡Circulad u os detengo por obstrucción a la autoridad!

Los dos jóvenes de gris, sin cruzar palabra alguna con Barrel, se retiraron del lugar inmediatamente, sin demostrar ninguna emoción. Barrel sintió desconfianza, pero el extraño accidente concentraba toda su atención.

La primera ambulancia se llevó al conductor para el Hospital Universitario y a los pocos minutos, llegó la grúa para recoger el coche siniestrado. Todos comenzaron a retirarse del lugar. El centro comercial cerraba sus puertas y la calma volvió a la calle. Barrel se dirigió a su coche y emprendió el regreso a casa.

*****

Paul, Marta y Marcos hablaban en la cocina en voz baja, sobre las posibles consecuencias de lo sucedido. Conscientes de que no había sido culpa de nadie, temían que alguien los hubiera reconocido a ellos como testigos del accidente al estar con Julietta, sobre la cual voló el coche siniestrado y por tanto, importante involucrada en el accidente.

Itzigorn percibió la tensión y preocupación que había invadido a sus nuevos amigos. Comprendía que las reglas de convivencia en este mundo, eran más complicadas que en el suyo. Susan se sentía culpable por haberse despistado de aquella manera. Julietta, ya más tranquila, intentaba consolar a Susan, justificando cuán importante era que ella estaba bien, gracias a sus gritos y a la rapidez con la que Sortudo había actuado con la varita, para salvarle la vida.

Después de que todos se tranquilizaron un poco, Billy comenzó a reírse solo, sentado en el sofá. Cuando preguntaron la razón, él respondió que le había causado gracia como había volado el coche sobre Julietta. Su madre lo reprendió inmediatamente y manifestó su preocupación por aquel conductor que lo estaría pasando muy mal, tras el accidente.

262

Pero Itzigorn y Sortudo sonrieron también y lo excusaron ante su madre, afirmando que el conductor seguramente estaría bien ya que habían visto, desde lejos, como salía caminando por sus propios medios del coche. Realmente la situación había sido insólita, pero sin daños humanos y eso era lo importante, así que no valía la pena agobiarse por el mal rato que pasaron. Había que superar lo ocurrido y la mejor manera era con buen sentido del humor. Rápidamente todos se relajaron y se contagiaron con Billy, comentando con más calma lo sucedido. Habían disfrutado de un buen rato en el centro comercial y no lo iban a empañar por el percance a la salida de este.

Susan y Marcos se despidieron con la intención de volver al día siguiente. Se fueron a su casa, cargando nuevamente con sus libros. Susan y Marcos entraron a la casa, tratando de no hacer ruido. Su padre ya se encontraba nuevamente ante la televisión. Se hizo el dormido y los hermanos se miraron, sonrieron con complicidad y subieron a sus habitaciones. No se imaginaban que su padre, ya los tenía como sospechosos de un caso policial.

Entre tanto, en la casa cincuenta y siete, todos estaban agotados. Así que fueron, uno a uno, retirándose a dormir.

*****

Temprano en la mañana, Barrel O'hara salió hacia la comisaría cercana a la que pertenecen los agentes que acudieron al siniestro. Con toda una vida dedicada a la policía, Barrel tiene conocidos en la mayoría de las dependencias y justamente, en esa comisaría, trabaja un excompañero de la Academia de Policía. Aunque es domingo, fue dispuesto a obtener alguna información con sólo identificarse y preguntar por su excompañero. Quería saber si la cámara del semáforo funcionaba o si existían otras cámaras en la zona que pudieron haber grabado el accidente. Quería leer los primeros testimonios y el reporte de la policía de tráfico.

El oficial de guardia intrigado, preguntó a Barrel cuál era el interés de un agente de narcóticos en un accidente de tráfico, y este respondió que estaba trabajando en una investigación encubierta y por lo tanto no podía satisfacer su curiosidad. El oficial, consciente del rango de su interlocutor, opto por darle verbalmente algo de la información solicitada, para no comprometerse más. Por los momentos, solamente tenían los primeros testimonios del lugar de los hechos, el informe médico de atención primaria del servicio de ambulancias y el informe de tráfico del accidente. La investigación continuaría el lunes. Ya informaría a su jefe, excompañero de O'hara, sobre la visita de su homólogo de narcóticos.

Barrel descubrió que había una testigo, quien había declarado que la joven que estaba en la calle, iba acompañada de una chica pelirroja que estudia en el instituto cercano. La joven no recordaba el nombre de la acompañante, pero sí confirmó que estudia en el mismo curso con uno de sus primos. La joven testigo había dejado sus datos personales, por si fuera necesario su testimonio en el curso de la investigación. Tendría que interrogar de manera discreta a la joven, para evitar que la testigo lo relacionara con Susan.

Detestó la situación. Él siempre iba con todas sus artimañas tras los involucrados, sin distinción de culpables, testigos o víctimas. A todos los interrogaba hasta el cansancio, con tal de esclarecer el caso. Y ahora, su hija es una de los involucrados en los hechos.

Llegó a la casa de la testigo. Llamó a la puerta y abrió un señor con el cabello canoso, de unos cincuenta años, vientre prominente, con gafas y el periódico en la mano. Barrel, luego de saludar y enseñarle su placa de policía, preguntó por la joven Nathalia. El hombre de inmediato respondió que es su hija y exigió saber, el porqué la policía la busca. Barrel explicó rápidamente que estaban repasando todas las declaraciones de los testigos presenciales del accidente, ocurrido la noche anterior frente al Centro Comercial. El padre que no estaba al tanto de lo ocurrido, llamó a su hija para que bajara al salón e invitó al policía a entrar a la casa. La joven relató lo mismo que había dicho al policía que había tomado las primeras declaraciones tras el accidente. Se ofreció para telefonear a su primo y preguntarle por el nombre de la joven pelirroja, quien acompañaba a la joven que casi fue atropellada en el accidente. Barrel le respondió que no hacía falta y agradeció su colaboración, afirmando que ya todos esos datos estaban en comisaría. Se despidió cortésmente del padre y de la hija, para luego dirigirse a su coche aparcado frente a la casa.

Respiró profundamente sentado ante el volante, arrancó el coche y se dirigió nuevamente a la comisaría. Aparcó en la zona de visitantes, pero se quedó en el coche, sopesando como debía actuar ante esa difícil situación.

Su hija, en realidad no había cometido ningún delito, pero tenía información sobre lo ocurrido. Interrogar a su hija no iba a ser nada fácil. Él la conoce muy bien y sabe que tiene un carácter difícil como el suyo y el hecho de confrontarla, provocaría su inmediato rechazo, junto a la solidaridad incuestionable de Marcos y de su madre hacia ella. O sea, toda la familia en su contra. Por otra parte, estaba seguro de que la policía llegaría hasta ella, de un modo u otro, para interrogarla. Es inevitable. Ella tendría que responder, porque si no, hasta podría ser acusada por obstrucción al proceso de investigación. Decidió que mejor no volvía a bajarse en la comisaría, podría generar sospechas y seguramente no tenían más información nueva. Así que decidió regresar a casa, tras comprar la prensa del día.

*****

En la casa número cincuenta y siete, el nerviosismo imperante fungió como despertador, levantando temprano a todos. Marta y Paul, prepararon el desayuno. Todos comieron lentamente, haciendo uno que otro comentario sobre lo bueno que estaba el desayuno, tratando de aliviar la preocupación generalizada por lo ocurrido la noche anterior.

Itzigorn pidió reunirse en el salón, pues ya era hora de solucionar lo concerniente a la varita. Comentó que muchas de las soluciones a los problemas, le venían a la mente mientras dormía y consideraba que ya tenía una respuesta.

– De acuerdo con los conocimientos aportados por el mago Athanasius y a mi certera intuición, he llegado a la conclusión que, Billy tiene que ir necesariamente a Toplox a llevar la varita, haciéndole aceptar que su lugar está allí; al menos hasta que Billy se capacite para usarla y tenerla en su poder. Billy debe estar convencido que eso es lo correcto. Mas debe guardarla en el cofre azul, para de esta forma, recuperemos nuevamente el orden – expuso Itzigorn, muy convencido de su propuesta.

–¿Cómo? ¿Qué Billy tiene que ir con ustedes a su mundo? ¡No... pues no! Lo siento, pero debe haber otra forma de solucionar esto. Mi hijo no sale de esta casa –respondió rápidamente Marta, poniéndose en pie, exaltada ante lo expuesto por el maestro mago.

Paul se quedó de piedra. Nunca le pasó por la mente que Itzigorn propusiera algo así. Estuvo a punto de pellizcarse, pensando que no era real lo que estaba escuchando. Billy, Sortudo y Julietta escuchaban atentamente, sin hacer comentario alguno.

–Estimada Marta, de veras no creo que exista otra forma de resolver esto. Sortudo lo llevará y acompañará. Luego, allá en la escuela de magia, mi compañero y sustituto mago Athanasius se encargará de ayudarlo a devolver la varita a su sitio. Inmediatamente después, regresará con Sortudo. Os propongo que uno de vosotros lo acompañéis y yo, me quedaré aquí mientras dure el viaje; digamos que, como garantía para vosotros y también, porque así, yo aprovecharía de conocer algo más sobre las cosas de vuestro mundo.

–Billy, necesitamos que estés de acuerdo con esta solución, tanto en tu mente como en tu corazón. Debes estar totalmente convencido que es lo correcto. Necesitamos contar con vuestra ayuda... –intervino Sortudo, apelando al buen juicio del chico y de la familia.

–Lo que nos interesa ahora, es que Billy pueda cumplir con su misión. Luego regresará sin más a su hogar y podrá continuar su vida, como debe ser –insistió Itzigorn, sin ver cual podía ser el problema.

–¿Cuál misión?

–La de devolver la varita a su sitio –enfatizó Itzigorn ante la pregunta de la madre.

Al observar los rostros desencajados de los padres de Billy, Sortudo propuso analizar con calma la situación. Los padres de

Billy, realmente, estaban consternados con aquella proposición y lo expusieron a los presentes.

Mientras, Billy se entusiasmaba cada vez más, con la idea de ir a conocer ese otro mundo.

En ese momento llamaron a la puerta. Todos se miraron con inquietud. Billy se levantó del sofá, comentando que seguramente eran Marcos y Susan, pues habían quedado en volver por la mañana. Cuando abrió la puerta, dispuesto a saludar a sus nuevos amigos, se encontró con el nada simpático Barrel O'hara. La expresión del rostro de Billy cambió radicalmente. El ánimo se le descompuso. Su faz se tornó pálida y sus manos comenzaron a sudar. No logró articular palabra alguna.

Barrel, haciendo como si no hubiese percibido el malestar del chico, dio los buenos días y preguntó si sus hijos estaban allí, ya que habían salido sin decir donde iban a estar, y él los necesitaba para algo importante. Paul se acercó a la puerta.

– Buenos días, vecino –saludó con mucho tacto.

– Buenos días... preguntaba a Billy si ha visto a mis hijos hoy –comentó Barrel, tratando de parecer sociable.

– Hoy no los hemos visto. Estuvieron con nosotros ayer y quedaron en que tal vez, se acercarían hoy por aquí...

– Bien, eh... por favor si los ves, avisadles que quiero hablar con ellos...

– Sí. No hay ningún inconveniente. Si pasan por aquí, con mucho gusto les diré que los estás buscando.

Barrel, aprovechó mientras hablaba con Paul, para echar una ojeada hacia el salón donde se encontraban sentados Marta y sus invitados. Percibió el malestar que había ocasionado su presencia. Dio las gracias a Paul como si nada y se despidió rápidamente.

¿Qué será lo que esconden? ¿Por qué mis hijos son sus cómplices? Barrel no lograba entender ni imaginarse nada por primera vez en su vida policíaca, y necesitaba saber qué estaba pasando.

Entre tanto, Marcos y Susan habían ido a la panadería a comprar el pan para el desayuno. Él sabía a donde habían ido, porque al entrar por el garaje se acercó a la cocina y preguntó a su mujer Ana, por el desayuno y por sus chicos, como él los llama cuando está de buenas con ellos. Si por una casualidad, sus hijos le recriminaban que él estuviese por allí buscándolos, los confrontaría para que explicaran, de una vez por todas, cómo demonios había ocurrido aquel accidente y el porqué de tanto misterio.

Él quería saber quiénes eran aquellas personas. Y en especial, cómo ese joven había hecho volar ese coche. Su intuición, su sexto sentido o como quisieran llamarlo, le aseguraba que había gato encerrado en todo aquello.

Susan y Marcos volvieron a casa y desayunaron con su madre en total armonía. Los dos disimularon su prisa por terminar de comer e ir a casa de los vecinos. Su padre llegó nuevamente con el periódico en la mano, para parecer que recién lo había ido a comprar. Ana subió a la segunda planta, inocente de lo que estaba ocurriendo entre sus hijos y su marido.

Barrel, directamente se acercó y preguntó a sus hijos a dónde habían ido, pues él los había estado buscando y no los había visto por el vecindario, preparando de esta manera el terreno, para cuando los chicos se enteraran que él había ido hasta la casa de Billy a buscarlos..

—Fuimos a la panadería un momento y regresamos a casa. ¿Y se puede saber para qué nos buscabas? —preguntó Susan, predispuesta a cualquier cosa.

—Estaba pensando en ir a las piscinas del Todopark, pues hoy va a ser un día caluroso... quería saber si vosotros os animáis a acompañarme —respondió como si nada.

—¡Papá! Ese parque cerró hace como tres años... —afirmó Marcos, levantando las manos.

—¿Qué cerró? Uf, como que estoy desactualizado.

—¿Y eso, papá? Tú ¿queriendo salir a un parque? —preguntó Susan, con actitud inquisidora.

—Es que quería hacer algo diferente... bueno, si vosotros no tenéis planes...

—Hemos pensado ir a casa de Billy, el chico de la casa cincuenta y siete, donde hemos ido ayer y antes de ayer —afirmó Marcos, esperando ver la reacción de su padre.

—Sí papá, donde tú sabes bien que hemos estado estos dos últimos días —afirmó con cierta ironía, Susan.

—Es que están de visita unos familiares de los que nos hemos hecho amigos, y queremos compartir con ellos, antes que regresen a su casa —argumentó Marcos, tratando de suavizar la respuesta de Susan.

—¡Ah, vale! Entonces creo que mejor leo la prensa, como todos los domingos. Tal vez, lave el coche y me refresque con el agua de la manguera. Por una vez que se me ocurre algo para distraerme y está cerrado —explicó meneando la cabeza negativamente en actitud de frustración y conformidad, mientras caminaba hacia la terraza con el periódico en la mano.

Susan y Marcos se miraron entre sí, sospechando de ese deseo inusual de su padre de salir a divertirse. Y... ¿Desde cuándo su padre quería llevarlos a pasear? Ni cuando eran pequeños Barrel los llevaba de paseo. Siempre estaba ocupado con sus asuntos de trabajo. Era su madre la que iba con ellos al cine, a los parques, a las fiestas. Ya era un poco tarde para creer en esas muestras de afecto repentino, ganas de distracción o ganas de compartir con ellos. Y ya ambos habían aprendido el arte de la sospecha. Su padre sólo quería saber a dónde iban, para controlarlos.

Los hermanos recogieron la mesa, lavaron los platos y comentaron a su madre que irían nuevamente a la casa de los vecinos de la cincuenta y siete. Su madre les recordó que llevaran sus teléfonos móviles, mientras se despedían rápidamente. En ese momento, su padre estaba sentado en la terraza trasera leyendo la prensa, como si nada. O eso parecía.

*****

Los jóvenes hermanos llamaron a la puerta de la casa de Billy. Esta vez fue Paul quien abrió la puerta. Al ver a sus jóvenes vecinos, sintió cierto alivio.

—Hola Paul, ¿cómo amanecieron por aquí? —preguntó Marcos, mientras entraba a la casa.

—Bien. Vuestro padre pasó por aquí buscándoos... —comentó Paul con cara de desconcierto—, prometí que os avisaría, si os veía.

—Ya lo sabemos, él mismo lo comentó. Amaneció muy amable, condición poco común en él y por lo tanto muy... sospechosa —confirmó Marcos algo avergonzado.

—Y tú, Susan, ¿dormiste bien? —preguntó Paul, como forma de saludar.

—Muy bien, y... ¿cuáles son los planes para hoy? —quiso saber Susan animadamente, en tanto se dirigía al salón.

Mientras los jóvenes vecinos saludaban a todos los presentes en el salón, Paul los convidó a sentarse, para ponerlos al tanto de los nuevos acontecimientos.

—Me alegra que estéis aquí, quisiera escuchar otras opciones y si es posible, nos ayudéis a decidir sobre lo que Itzigorn nos acaba de plantear como única solución a la devolución de la varita de su bisabuelo, al lugar de donde no debió haber salido.

– ¿Y cuál es la propuesta? –preguntó Marcos, con mucha curiosidad.

– Billy debe llevar la varita a nuestro mundo y guardarla personalmente en su cofre, para quedar guardada en estado de reposo, hasta que Billy esté facultado para volver a entrar en contacto con ella –explicó Sortudo de manera resumida.

– ¿Viajar a vuestro mundo? –preguntó Marcos, abriendo los ojos y asombrado con lo que acababa de escuchar.

– Sí, yo lo llevaré y volveré a traerle –aclaró Sortudo.

– ¡Vaya noticia! –exclamó Marcos sorprendido.

– ¿Y a qué os referís con estar facultado? –intervino Susan.

– Primero que todo, Billy debe crecer y madurar en su mundo, junto a su familia como debe ser. Cuando sea mayor deberá decidir, sin presión alguna, si quiere asumir realmente la responsabilidad de ser dueño de la varita, para luego, en caso de estar dispuesto, prepararse e instruirse en el arte de la magia. Así también nos daría tiempo de investigar la conexión entre la varita de mi bisabuelo y el chico. Eso significaría por lo tanto que deberemos seguir en contacto de ahora en adelante –explicó Itzigorn con mucha seriedad.

– Pero en este momento, sólo pedimos que devuelva la varita al lugar donde debe estar, os aseguramos que no llevará mucho tiempo. Comprendemos que para vosotros sea una complicación esta solución, pero tal vez, sea más peligroso que la varita permanezca en un lugar que no es su mundo –aclaró el joven Sortudo.

– Lo comprendo... –afirmó Marcos, preocupado por las expresiones de angustia de Paul y Marta.

—Vosotros mismos lo habéis dicho: en este mundo no es admitida la magia. Billy es muy joven para decidir o para responsabilizarse de la varita. El uso indebido de ella puede acarrear graves consecuencias. Sin ir muy lejos, recordad lo acontecido anoche con Julietta —continuó Sortudo, reforzando los argumentos de la propuesta de su maestro.

—Yo también me puedo quedar acompañando al maestro, así podré conocer algo más de este fantástico y divertido mundo con la ayuda de Susan —argumentó animadamente Julietta.

—Pues ya que hay ofrecimientos voluntarios, yo me ofrezco a acompañar a Billy y a Sortudo a vuestro mundo, para devolver la varita a su sitio —dijo Marcos sin ningún reparo.

—¡Eh! ¡Vayamos con calma! —manifestó Paul, levantándose intempestivamente del sofá y algo alterado, al ver la ligereza con la que se estaba tratando un asunto tan delicado.

Todos guardaron silencio, esperando las palabras de Paul. Este sopesó en su interior, los argumentos expuestos por los magos y su implicación en la vida de su hijo. Tenía que decir algo y prefirió hacerlo con toda sinceridad.

—Agradezco vuestras opiniones y preocupación, pero nosotros somos los padres y lo siento, pero todavía no hemos decidido qué hacer. Esto hay que hablarlo bien y con cuidado. Me cuesta aceptar que no exista otra alternativa.

—Muy señor mío, estáis en todo vuestro derecho de exigir más información y más garantías para vuestro querido y único hijo. No pretendo presionaros, pero lo ocurrido anoche, tal vez os complique la vida y no os convenga nuestra presencia ni la de la varita —argumentó Itzigorn.

—Eso es cierto, me da miedo que alguien nos haya reconocido —apuntó Susan a la conversación.

– El tiempo apremia. Nosotros, con irnos a nuestro mundo resolvemos nuestra situación, pero vosotros... –expuso de nuevo Itzigorn, intentando convencer a los atribulados padres.

– ¿Cuánto tiempo tomaría llevar la varita y volver? –quiso saber Marta con ansiedad.

– Tal vez... nos llevará un momento. No estamos muy seguros, pero el tiempo de vuestro mundo transcurre de manera muy similar al del nuestro, o al menos eso es lo que parece. Disculpad, pero este es nuestro primer viaje y será al volver, cuando comprobemos ese pequeño detalle. ¿Por qué os preocupa tanto el tiempo? –quiso saber el maestro mago.

– Es que hoy es domingo y mañana hay que ir a trabajar y los muchachos deben ir al instituto a estudiar. Nosotros tenemos que cumplir con nuestros trabajos diarios. Hemos podido atenderos por ser fin de semana. Si no, hubiese sido imposible haber podido compartir con vosotros –respondió la atribulada Marta, consciente que el comentario hecho, no tenía relevancia en lo que se estaba decidiendo.

– Creo entender algo de vuestra complicada vida –comentó Itzigorn, intentando disimular su confusión y desconocimiento, sobre lo que significaba un fin de semana.

*****

Paul pidió a Marta y a Billy que lo acompañaran a la cocina, disculpándose educadamente con los presentes. Todos comprendieron que la familia necesitaba estar un momento a solas, para tomar una decisión.

Ya en la cocina, Paul expuso a Marta y a Billy, su temor ante tan insólita propuesta.

–Yo confieso que tengo miles de dudas y temores. Me pregunto, si será seguro hacer ese viaje. ¿A cuáles peligros nos expondríamos? ¿Será cierto todo lo que los visitantes han relatado sobre su mundo? Y realmente ¿sólo existe esa posibilidad para terminar con el problema de la varita? De veras, todo esto me tiene aturdido y no quiero equivocarme.

– Yo tampoco quiero que nos equivoquemos. Estoy aterrada y no quiero arriesgar a Billy –expresó Marta su posición.

– La verdad, ya estoy desesperándome. Según Itzigorn, hay que considerar porque sí que esa es la única solución para deshacerse de la dichosa varita de una vez por todas. Se ha convertido en una verdadera complicación. ¿Qué opináis?

Ni Marta ni Billy se decidían a responder. Se quedaron en silencio por unos minutos que parecían horas. Cada uno con sus elucubraciones.

– Pero papá, Sortudo dice que iríamos y volveríamos solamente. Además, Julietta y el maestro Itzigorn se quedarían aquí esperando a que volvamos, para ellos poder irse luego a su mundo... yo les creo.

– Ese es uno de los dilemas. Yo no quiero desconfiar de ellos pero... no sé.

– ¡Todo se ha vuelto tan complicado! Estoy encantada con la experiencia de tener a personas de otro mundo en mi casa. Realmente creo que son extraordinarios, pero no termino de creer que todo esto sea verdad.

– Tenemos que decidirnos... ¿Alguna pregunta o proposición qué hacer? –inquirió Paul.

– Vamos a ver, la varita rechazó a Itzigorn, pero no se probó ni con Sortudo ni con Julietta. Nosotros hemos tenido la varita en nuestras manos y no ha pasado nada, por eso propongo intentar entregarles la varita a los jóvenes, para probar si continúa el rechazo. En caso de no lograr que la varita acepte a uno de ellos, sabremos definitivamente que no queda otra opción que hacer ese viaje, para resolver este asunto de una vez —razonó Marta, intentando encontrar otra vía de solución que no involucrara a su hijo Billy.

—¡Vaya! Es cierto, no se intentó ni con Sortudo ni con Julietta. ¡Qué buena idea! Tal vez funcione y no haga falta continuar con esta locura —expresó Paul, aliviado con la propuesta.

—Pero si no funciona... entonces tendré que ir a devolver la varita a Toplox. Y en ese caso, ¿quién me acompañará? —quiso saber Billy.

Con cierta vergüenza y agobio, Marta preguntó a Paul si él se atrevía a ir con Billy en tan descabellado viaje, si se diera el caso. Ella, sinceramente, no se sentía capaz de hacerlo. Se moría de miedo. Paul respondió que sí lo haría, pues su sagrado deber como padre, es acompañar y apoyar a su hijo en todo lo que necesite. Billy se emocionó y abrazó fuertemente a su padre.

—Billy, creo que las incógnitas y dudas son incontables y también creo que mientras más rápido salgamos de esto, será mejor. Entonces, si vemos que no queda otra opción... ¿Estás dispuesto a ir a "no sé dónde" para devolver esa varita? —preguntó su padre, mirándolo a los ojos con preocupación.

—Sí papá, sí estoy dispuesto a ir. Yo también estoy asustado, pero creo que el maestro tiene razón al decir que debo madurar para poder hacerme responsable de la varita. Ahora me siento más seguro, porque tú me acompañarás y me gusta la idea que Marcos nos acompañe, pues... —respondía muy dispuesto Billy, cuando Paul lo interrumpió.

—¡Oh no! Con eso no estoy de acuerdo. No es porque la idea en sí me desagrade, sino porque Marcos es menor de edad y su padre es policía. Así que no quiero más problemas de los que ya tenemos —dijo rápidamente el padre.

– ¿Y mientras tanto, qué haré yo con el maestro y Julietta, aquí en casa? –quiso saber Marta, con cierto agobio.

– Susan y Marcos te ayudarán a distraerlos, mostrándoles cosas nuevas y hablando un poco de todo... –respondió Paul.

– Recuerda que ellos no paran hablar... –dijo Billy, riendo con picardía.

– Pues así será. Confiaré en que todo saldrá bien –afirmó Marta cerrando los ojos, exhalando el aire por la boca y poco convencida de lo que ella misma acababa de decir.

– Pero no demos por sentado lo del viaje, primero hay que probar la propuesta de Marta, así que vamos de una vez a intentarlo...

*****

Paul respiró profundamente y pasó sus brazos sobre los hombros de Billy y de Marta, convidándolos a caminar hacia el salón, donde esperaban charlando animadamente los visitantes y sus dos jóvenes vecinos. Marcos había aprovechado el momento para preguntar detalles del viaje, como cuánto tiempo duraba, el paso de un mundo a otro, si veían algún túnel o una luz, cuáles sensaciones se experimentaban, si sentían algún mareo, o a dónde llegarían.

La familia entró en el salón de la casa, donde todos guardaron silencio en espera de la respuesta a la proposición hecha por los visitantes.

Primeramente, Paul propuso volver a intentar entregar la varita. Billy tomó la varita en sus manos y le pidió que se portara bien y que debía regresar a su mundo por el bien de todos. Billy con cierta solemnidad intentó nuevamente hacer la entrega de la varita al maestro mago y ésta, se deslizó violentamente de sus manos y se dirigió hacia Billy, quien prevenido por las veces anteriores, esquivó la varita provocando que se estrellara contra la puerta de entrada que está a sus espaldas. Billy recogió la varita del suelo y se dirigió esta vez a Julietta. Cuando se la entregó, la varita salió disparada hacia el techo, donde chocó y cayó nuevamente al suelo. Billy repitió la operación, hablándole a la varita con más convicción y, como última prueba, intentó entregarla a Sortudo, a quien igualmente la varita rechazó.

Paul intentó coger la varita como lo había hecho en días anteriores, pero la varita también lo rechazó. Las cosas habían cambiado. La varita, indudablemente, estaba alterada. Así que un tanto cabizbajo, conformándose con aquello que acababan de presenciar, dio por hecho que no existía otra alternativa. Y aunque no se sentían preparados, había que hacerlo, pues por lo visto era la única opción que quedaba.

Paul expuso a los visitantes la decisión tomada por la familia de devolver la varita a su lugar, ya que evidentemente no había otra alternativa; rogando a los visitantes que lo que se hiciese, fuese de forma rápida y prudente.

—Me preocupa que la varita continúe con el rechazo a vosotros, en vuestro mundo —expuso Paul su temor, a los magos.

—La varita no irá a manos de ninguno de nosotros. Deberá ser devuelta a su cofre en la escuela de magia, donde abrimos el portal por el que llegamos aquí —explicó Sortudo, con la intención de dar confianza.

—Mas, al estar en Toplox, contareis con la generosa ayuda del mago Athanasius, al que hemos mencionado en varias oportunidades. Él está esperando en la escuela para terminar de resolver todo esto, os ayudará y volveréis a vuestro hogar, lo más pronto posible —aseguró Itzigorn muy convencido de lo que decía.

—Entonces ¿nos aseguran que todo irá bien? —quiso saber Paul nuevamente, mirando a Sortudo y a Athanasius.

– Sí, estimado Paul. Confiad y tened por seguro que así será. Contad con todo nuestro apoyo y con el apoyo de Athanasius, quien es servicial e incondicional –aseguró el maestro mago.

– Pues bien, ojalá todo sea así –dijo Paul, intentando sentirse más seguro.

Marcos, al ver que ya estaba decidido que sí viajarían a devolver la varita, volvió a ofrecerse voluntario para esta emocionante misión. Paul se negó rotundamente, insistiendo en que comprendiera los riesgos que ese viaje implicaría y los conflictos que podría generar con su padre el policía, pues podría ser lo peor de todo el embrollo.

Itzigorn intervino exponiendo su punto de vista filosófico y hasta inocente, sin tomar en cuenta la realidad dominante en el mundo visitado. Itzigorn apoyó a Marcos en su voluntad de experimentar, conocer y decidir; pues consideraba que Marcos tenía suficiente madurez y capacidad para tomar sus propias decisiones. En definitiva, según el maestro, estaba en la etapa de su vida, de echar a volar sin que nadie se lo impidiera.

– Estoy totalmente de acuerdo, gracias por comprenderme maestro –dijo Marcos muy contento.

– ¡Ey, Marcos! ¿Se te olvida que tú eres menor de edad y qué hay leyes al respecto, aquí en nuestro mundo? –protestó Paul, muy preocupado.

– ¡Es sólo ir y venir! No creo que pase nada...

Paul ante tamaño argumento, apeló a la conciencia de su hermana como último recurso.

– Susan, tú eres su hermana y tienes voz y voto en esto... ¿Cuál es tu opinión al respecto? –inquirió Paul, esperando un punto a su favor.

—Yo creo que si él quiere ir, debe ir. Y mi padre que se aguante... si es que se entera —afirmó tajantemente Susan, sin el menor asomo de duda.

—¡Pero Susan!... tú conoces mejor que nosotros a tu padre, a mí me parece una total imprudencia. Nos pueden culpar de secuestro o de cualquier otra cosa —justificó Paul su postura.

—¿Estás segura de lo que dices? —preguntó Marta, asombrada por la actitud de Susan.

—Sí, definitivamente

—¡Está hecho, Marcos os acompañará! —exclamó Itzigorn, pasando de la opinión de Paul y dando por cerrada la discusión.

—Entonces... ¿Estamos preparados? —preguntó Sortudo, poniéndose en pie y acercándose a la entrada de la casa, lugar donde aparecieron a su llegada.

—Yo sí... —afirmó Billy, con la varita en la mano y alucinando, con la idea de la experiencia.

—¡Sí! Yo también, ¡listo para la acción! —confirmó inmediatamente Marcos, a la vez que tomaba lugar al lado derecho de Sortudo.

—Yo sigo sin estar de acuerdo en que Marcos participe en esto —confesó Paul, sin que nadie le prestara atención.

—Pero... ya, ¿tan rápido? —exclamó Marta sin que nadie le respondiera.

—Billy, os aconsejo llevar la varita cerca de vuestro corazón y debéis pensar con fuerza y convicción que esto es lo mejor para ella y para vuestra persona. Llegará el momento en el que podréis estar juntos como debe ser, si ese es vuestro verdadero destino —dijo Itzigorn, como último consejo antes del viaje.

Billy, entusiasmado con la varita de Burktfénix en sus manos, también se colocó rápidamente al otro lado de Sortudo. Su padre, abriendo las manos y los brazos, para luego dejarlos caer a sus costados y con actitud de resignación, caminó lentamente hasta donde estaba el grupo que iría en misión para devolver la varita a su lugar. Colocó sus manos sobre los hombros de Billy, para no perderlo de vista ni de contacto, pues no tenía ni idea en qué consistía un viaje de un mundo a otro con magia.

Estaban de espaldas a la puerta de entrada de la casa y miraban hacia el salón donde se hallaban Itzigorn, Julietta, Marta y Susan, expectantes ante lo que venía a continuación. Sortudo, sostenía en su mano izquierda la bolsa de papel con las fotos que llevaba como prueba, y siempre ceremonioso, comenzó a realizar el conjuro mientras movía la varita con la otra mano. En ese preciso momento, Marcos advirtió a Sortudo:

— ¡Date prisa, mi padre está en el jardín!

Paul, Billy y Marcos, abrieron los ojos y se tensaron, al ver a Barrel en el jardín trasero a través de los cristales del ventanal. Sortudo continuó concentrado en su conjuro, con los ojos cerrados y sin darse por enterado de lo que acontecía. Itzigorn, Julietta, Marta y Susan, al oír lo exclamado por Marcos, giraron hacia atrás para mirar qué pasaba. Vieron a Barrel caminando hacia la casa y cambiando la expresión de su cara, al presenciar la desaparición de su hijo junto a aquellos tres acompañantes, envueltos en una especie de nube verdosa.

Se oyó un grito que pareció un largo no. Volvieron a girarse, y ya el grupo viajero no se encontraba en la casa. No lograron ver el momento en el que Billy y sus acompañantes, desaparecieron.

*****

Barrel no salía de su asombro. Intentó desesperadamente abrir la puerta de cristal, con el rostro descompuesto en medio de un total ataque de pánico. Susan se acercó, abrió la puerta y permitió que entrara.

– ¿Qué demonios ha pasado aquí? –gritó desesperado–. ¿Dónde está mi hijo? Susan explícame esto... ¡Tú eres cómplice de estas personas que han secuestrado a mi hijo! –continuó gritando enloquecido, mientras señalaba a Susan con el dedo índice, en actitud de acusador.

– ¡Papá cálmate! Nadie ha secuestrado a Marcos. Digamos que Marcos se ofreció como voluntario para un viaje experimental –simplificó Susan lo que acababa de ocurrir, tratando de calmarlo.

Itzigorn al ver al enfurecido padre de Marcos, instintivamente sacó su varita y lo apuntó, invocando un conjuro en su lengua, con la intención de paralizarlo y poder tranquilizarlo. Pero nada ocurrió. Julietta al ver que Itzigorn no había logrado nada, cogió su arco y con una flecha montada, se puso en posición, dispuesta a disparar una certera flecha a aquel señor enfurecido. Inmediatamente Marta se lo impidió, obligándola a bajar el arco y rogándole que lo dejara, ya que las cosas se solucionarían de otra forma. Itzigorn intentaba nuevamente hacer otro hechizo, pero no lo lograba. Barrel ahora se sentía agredido al ver, como aquella chica lo había apuntado con un arco y una flecha y el otro individuo presente, intentaba repetidamente hacer algo con una varilla de madera.

Decidió en voz alta identificarse como policía y decir que llamaría para pedir refuerzos, porque estaba siendo atacado, mientras sacaba su teléfono del bolsillo izquierdo del pantalón.

– ¡No lo hagas! –gritó Susan e inmediatamente, pidió a Julietta que lo volviera a apuntar con su arma.

– Como vos queráis, amiga...

Julietta obedeció a su amiga rápidamente. Marta se llevó las manos a la cabeza horrorizada por lo que Susan acababa de ordenar. Mientras, Itzigorn seguía insistiendo con la varita, tratando de hacer levitar una taza que había sobre la mesa de centro del salón.

–¡Papá, quiero que me escuches! Mírame a los ojos y entrégame el teléfono, por favor –pidió Susan con voz más calmada.

–Susan, por favor... que es tu padre –replicaba Marta.

–Dame por favor el teléfono, no empeores las cosas...

Barrel no podía creer que su propia hija estuviera contra él. Marta tampoco creía lo que estaba viendo, mientras caminaba de un lado a otro, cogiéndose las manos y llevándolas en puño hasta su boca.

Susan se acercó a su padre e intempestivamente, cogió el teléfono móvil de sus manos; lo apagó, sacó la batería y guardó las partes en bolsillos distintos de su pantalón. Barrel miró con rabia a la joven que lo apuntaba.

–¡Tú eres la chica que provocó el accidente anoche, frente al centro comercial! –gritó Barrel a Julietta, quien seguía impávida apuntándolo.

–¿Nos estabas espiando? ¡Cuando no! Y luego quieres que confiemos en ti –expresó su hija con rabia, pero sin extrañarse de lo que acababa de escuchar.

–¡Quiero que me expliques ya, qué está pasando aquí! –exigió Barrel.

–¡A mí me va a dar un ataque de nervios! –confesó Marta, llevando su mano derecha al corazón mientras consternada, se sentaba en un extremo del sofá.

–Papá, mírame a los ojos. Yo no pretendo ir contra ti, sólo quiero que me escuches antes de actuar como un loco. Marcos decidió por voluntad propia, acompañar a Billy y a su padre a devolver una varita. Nadie lo secuestró. Sé que no es fácil creer algo así, pero te ruego que confíes en mí. Siéntate con nosotros a esperar a que regresen y comprobaras que no te he engañado ni miento, ¡por favor!

Barrel no estaba convencido con lo pedido por su hija. ¿Esperar a qué? Su experiencia policial le decía que para solucionar un caso había que actuar con rapidez. ¿Qué estaba pasando con su hija? Seguramente la habían drogado para controlar su voluntad. O podía ser el síndrome de Estocolmo... tenía que ser eso. Sí, seguramente era eso. La tenían controlada o manipulada.

Pero viendo que aquella otra chica tenía cara de pocos amigos, decidió sentarse mientras se le ocurría alguna estrategia, para revertir el control de la situación. Susan continuó explicando a su padre lo que había sucedido con el coche que casi atropella a Julietta y lo que estaba ocurriendo en esos momentos; pero él no la escuchaba. Tal vez, ni la oía. Se sentía aturdido y a la defensiva, más aún con aquella joven armada que no le quitaba la mirada de encima.

Marta no hallaba cómo expresar su angustia, repitiendo a cada rato que le iba a dar un ataque al corazón con todo aquello. Mientras tanto, Itzigorn insistía con la varita y no lograba nada. Marta, en un breve momento de calma, se fijó en que los cojines del sofá estaban algo raídos, como antes de ser renovados por la varita y lo comentó en voz alta.

— ¡Oíd todos! Algo ha sucedido. Los cojines volvieron a su estado original...

— ¿Y qué significa eso? —preguntó Susan, sin perder de vista a su padre.

— Creo que al Billy y Sortudo llevarse las varitas Intranquilus, de este mundo... se han perdido los efectos y capacidades mágicas —dedujo Itzigorn, con voz de asombro y mirada perdida—, estoy intentando hacer un hechizo y no lo logro.

— Marta, revisa las otras cosas en las que se había utilizado la varita —ordenó Susan, sin perder la calma y tratando de comprender cuál era la nueva situación.

Marta fue a la cocina y desde allí, dijo que todo había vuelto a ser como antes. Julietta continuaba apuntando al padre de Susan. Itzigorn caminaba de un lado a otro intentando una y otra vez que la varita funcionara. Marta salió de la cocina prácticamente corriendo y fue directo al garaje, donde encontró el monovolumen rojo, convertido nuevamente en un cochecito a escala. Abrió rápidamente la puerta del garaje y con toda desilusión, observó el coche plateado tan estropeado como antes. Cerró la puerta y se dirigió al salón, cabizbaja por lo que acababa de comprobar.

—Lamento deciros que la magia ha desaparecido y todo ha vuelto a su estado original —confirmó Marta con actitud de resignación.

—¿De qué magia hablan? —quiso averiguar Barrel, sin comprender las expresiones de los presentes en el salón.

—¡Papá!, tengo rato tratando de que prestes atención a lo que explico. Te lo acabo de decir y no me has querido escuchar, ya te conté lo de la varita mágica que vino de otro mundo y que estas personas vinieron a rescatar... nosotros los estamos ayudando... nada más —explicó Susan, ya cansada de lidiar con su padre, llevándose las manos a la cara.

Barrel intentó ponerse en pie, aprovechando la consternación que había en el ambiente y el leve descuido de su hija. Pero Julietta no era fácil de engañar, tenía muy buenos reflejos y era tan terca y cabezotas como el mismo Barrel, así que le recordó que debía seguir sentado hasta que su hija indicara otra cosa. Pronto el padre de Susan desistió de la idea, al ver a la joven arquera retomar su actitud de atacante, aún sin poder creer que aquella niña le fuera a disparar de verdad y lo peor, por órdenes de su propia hija.

—Maestro, pero... si la magia ha desaparecido, ¿cómo nos seguimos entendiendo? Usted me explicó que Sortudo tuvo que hacer un hechizo para poder comunicarnos con los pobladores de este mundo ¿O me equivoco? —quiso entender Julietta, sin perder su posición de ataque.

–¡Ah! Cierto que cuando vosotros aparecisteis aquí, hablasteis en una lengua extraña y luego Sortudo hizo algo y pudimos entender lo que nos decíais... entonces, la magia de la varita de Sortudo es más potente –agregó Susan, poniéndose nuevamente alerta ante la situación con su padre.

Tanto Julietta, como Susan y Marta se quedaron esperando a que Itzigorn diera una de sus acostumbradas explicaciones.

–Según mis estudios, todas las varitas Intranquilus son iguales en esencia y en poder. Y claro que son más poderosas que el resto de las varitas –comentó mostrando su varita.

–Y entonces ¿qué es lo que ha sucedido? Las dos varitas "Intranquilus" se han ido, ¿por qué los encantamientos hechos por Billy desaparecieron y ese otro realizado por Sortudo, continúa? –quiso saber Susan.

–Me avergüenza confesarlo, pero no lo sé. Tal vez, es porque Sortudo es su propietario en toda ley, y es por eso que es el único encantamiento que sigue funcionando. Tendremos que esperar a que regresen, esto tampoco me lo esperaba... –finalizó diciendo Itzigorn muy pensativo, a la vez que tomaba asiento en el otro sofá, mirando lánguidamente su varita.

Todos se quedaron en silencio, dilucidando posibles respuestas. ¿Qué había pasado con la magia? Había que esperar a qué Sortudo regresara ineludiblemente. Itzigorn pidió calma y paciencia. Pero la presencia de Barrel no les permitía tranquilizarse ni relajarse. Por más que aquel señor había aceptado a regañadientes que se quedaría quieto y que esperaría el regreso de Marcos, ninguno de los presentes confiaba en él.

Algo insólito

Al día siguiente de haber partido el grupo compuesto por Itzigorn, Sortudo y Julietta, desde la escuela de magia del Reino del Ángel Azul, en un viaje incierto en busca de la varita desaparecida, continuaba sin regresar.

Mientras tanto, la vida continuaba en la capital Villavalle como de costumbre. Los alumnos de la Escuela de Magia se concentraron a primera hora de la mañana en la entrada, dentro del Castillo Real del Reino del Ángel Azul. Esperaban la llegada del mago Athanasius, quien sustituía en sus funciones de maestro, al mago Itzigorn. Conversaban animadamente entre ellos cuando el viejo mago, con su túnica verde, llegó hasta ellos con paso lento y cansado, pero muy animado con la responsabilidad que tenía por delante.

La vida de Athanasius, en estos últimos tiempos, pasó a ser realmente tediosa. Se ocupa únicamente de las cosas que su hija Esmeralda le permite hacer; ahora es ella quien llevaba las riendas de la familia y de la casa. Esmeralda cuenta con el apoyo incondicional de sus hermanos y del resto de la familia, así que Athanasius tiene que obedecer a su propia hija. Él se queja de esta situación, pues lo hace sentir como un inútil y ella le explica que, ya él no está en condiciones de andar de un lado para otro y, tiene que comprender que sus facultades ya no son las mismas. Ella no quiere que le pase nada malo y por eso, vela de él de esa manera.

En realidad, Athanasius no tiene mucho qué hacer; no trabaja, no da clases ni hace negocios. Solamente visita, de vez en cuando, a los pocos amigos que aún siguen vivos, pues él es de los pocos que sobrepasa los cien inviernos, en saludables condiciones físicas y mentales. Pero lo importante para él, es que no ha perdido las ganas de salir ni de mantener la mente ocupada.

*****

Al entrar a la estancia, los aprendices retomaron rápidamente lo que venían estudiando desde días anteriores. Cada vez más, resultaba más interesante todo aquello de los viajes de Burktfénix.

Ya todos estaban convencidos que el mago legendario hacia honor a su fama.

Cerca de mediodía, llamaron a la puerta y Uwe dejó lo que estaba leyendo y se dirigió a ver quién era. Abrió la puerta y se encontró con una dama mayor, tal vez pasara los setenta inviernos; alta y elegante, con su cabellera plateada recogida en un moño, adornado con pequeñas mariposas de varios colores. Vestía un largo traje de color naranja y se cubría con una capa aterciopelada de color negro. Uwe nunca la había visto y luego de saludar, preguntó en qué podía ayudarla. La dama expresó que necesitaba hablar urgentemente con el maestro mago de la escuela. Uwe manifestó que, en esos momentos, no se encontraba en la escuela y si era de su conveniencia, el maestro sustituto podría atenderla en ese mismo instante. La dama aceptó el ofrecimiento. Por lo tanto, el aprendiz Uwe la invitó a pasar a la estancia, a la vez que recogía la bolsa que traía la visitante. La dama entró, observando discretamente lo grande de la estancia y a los aprendices en su trabajo.

—Maestro Athanasius, la señora desea hablaros —dijo Uwe, a la vez que cerraba la puerta para luego dirigirse a la dama—: Por favor señora, pasad y tomad asiento por aquí —indicó Uwe, señalando a la dama una silla finamente tapizada que se encontraba a unos cuantos pasos a la derecha de la puerta de entrada.

Athanasius se levantó de su silla y con su habitual manera de caminar, arrastrando los pies, se dirigió lentamente hacia donde la señora tomaba asiento. Athanasius tampoco había visto nunca a la dama. Al llegar junto a la visitante, se presentó y preguntó en qué podía servirle.

—Gracias por recibirme. Soy Sara, maestra maga del Reino de los Bosques Eternos y estoy aquí por un asunto muy delicado que, creo debemos hablar en privado. Espero que podáis ayudarme.

—Es para mí un verdadero placer conoceros en persona. Vuestra fama os precede. Permitidme un momento, señora mía —solicitó a la dama y dirigiéndose a Uwe, quien había regresado a las mesas de trabajo, le solicitó levantando un poco la voz—: Aprendiz Uwe, si sois tan amable, llevad a los jóvenes aprendices fuera de la estancia, hasta que yo os indique para volver. Disfrutad de un descanso y de tomar o comer algo.

—Como vos ordenéis maestro —Y girándose hacia sus compañeros, dijo—: ¡Vamos afuera un rato, ya habéis oído al maestro! Aprovechemos para descansar e intercambiar ideas.

—Gracias aprendiz Uwe —dijo el maestro, mientras tomaba asiento frente a la dama visitante.

Los jóvenes aprendices comenzaron a salir de la estancia rápidamente, e intrigados por la presencia de aquella señora y su misterioso asunto a tratar. Uwe fue el último en salir de la estancia, cerrando silenciosamente la puerta tras de sí.

—Pues bien Dama Sara, es toda vuestra la palabra —dijo Athanasius un tanto intrigado, a la dama.

—Presento mis disculpas por esta intempestiva irrupción, pero según mis certeros oráculos, desde aquí se ha establecido una comunicación con otro mundo. Mi preocupación estriba en que esa comunicación o viaje, si es el caso, no debió hacerse. Eso está totalmente prohibido por los dioses de Aqnubia, pues eso ocasionaría disturbios en el equilibrio del cosmos. De acuerdo con mis conocimientos, hace algunas generaciones, un mago de esta misma escuela ocasionó cierto desequilibrio al hacer viajes de un mundo a otro, sin tomar en cuenta que sus "experimentos" como él los llamó, alteraban el rumbo de ciertos acontecimientos. ¿Me entiende usted?

—Sí, mi señora. Creo que estoy entendiendo...

—Gracias a la advertencia de un mago de otro universo, quien había sido testigo de uno de esos viajes, uno de los dioses del mundo primigenio Aqnubia, tuvo que acudir hasta aquí para restablecer el orden perdido y sancionarlo. Este mago cometió el error, lamentablemente por ignorancia, de dejar canales abiertos entre los lugares visitados y nuestro mundo Toplox. Y eso es precisamente mi temor. No podemos permitir que quien esté siguiendo sus pasos, vuelva a repetir las equivocaciones que pusieron en peligro nuestro mundo y el universo mismo, en tiempos pasados. El riesgo radica en que seres distintos o fuerzas desconocidas a nosotros, puedan entrar y afectar nuestro mundo.

—Muy señora mía, me ha dejado perturbado con esto que acabáis de decir. El mago que viajó en antaño y al que se refiere fue Burktfénix. He estudiado su obra, pero nunca supe que había tenido contacto con dios alguno. Tenemos una importante cantidad de información sobre sus viajes, descubrimientos y avances que trajo a nuestro reino, pero nada más. Justo en estos momentos estamos estudiando todo sobre él —indicó Athanasius, señalando hacia las mesas llenas de libros, pergaminos y otros objetos.

—¿Nunca, antes o ahora, os preguntasteis la razón por qué el mago Burktfénix dejó de viajar tan intempestivamente? —preguntó la dama al consternado mago.

—Ciertamente no. Pero tengo que deciros que el viaje emprendido por nuestro maestro actual, ha sido por estricta necesidad. Digamos que ocurrió un accidente y la varita mágica que usaba Burktfénix para hacer sus viajes, desapareció de esta misma sala. Esa varita estaba guardada en un cofre de madera y el mago no la legó a nadie. Nuestro maestro fue en su busca, acompañado por su primer aprendiz y otra persona más. Consideramos nuestro deber recuperarla y evitar que caiga en manos indebidas.

—Y se puede saber entonces, señor mío ¿cómo lograron emprender ese viaje sin una varita Intranquilus? Obtuvisteis acaso, la fórmula de Burktfénix ¿por otros medios?

—Para poder hacer este viaje de rescate, recurrimos a mi varita Intranquilus heredada de mi abuelo y a la ayuda de la Dama Custodia de la Aldea Brillante. Ella descifró los códigos de

Crumforex con los que poder hacer el viaje a otro mundo en busca de la varita. Pues bien, eso es lo que puedo deciros por ahora – explicó Athanasius a la invitada.

–Habéis obtenido entonces, la forma de emprender su búsqueda –resumió con temor, la Dama Sara.

–Pues sí, señora mía. Logramos que emprendieran el viaje al lugar donde esté la varita a través del conjuro especial para abrir portales. En estos momentos, continuamos en espera de su pronto regreso.

–¿Confiáis por tanto, en que recuperaran la varita sin ningún problema? –inquirió la Dama.

–Certeza total, mi señora, confieso que no la tengo; pero sí mucha confianza en el maestro. Os aseguro de todo corazón que es un mago muy responsable y serio; es por eso que tengo plena seguridad en que todo llegará a buen término. Y de veras, no fue nuestra intención infringir las normas. Solamente pretendemos devolver la varita a su lugar. Os invito, si está dentro de vuestras posibilidades, a esperar con nosotros el retorno del maestro con la varita. Os agradará tratar el tema junto al maestro Itzigorn.

–Gracias por tomar en cuenta mi preocupación. Y sí, tendré que esperar. No puedo irme sin que esto esté totalmente bajo control –expresó la dama a continuación.

–Sí, señora mía. Estoy totalmente de acuerdo con vuestra inquietud. Creo que debemos hacer lo necesario para evitar cualquier alteración o riesgo, como los que vos habéis mencionado para nuestro mundo. Tened por seguro que encontrareis en mí, la mejor disposición.

–Nuevamente gracias, maestro Athanasius.

–Señora mía, si no es mucha indiscreción... podríais explicarme ¿cómo os enterasteis del viaje que en este momento realiza nuestro maestro mago? ¿Y cómo, si venís del Reino de los Bosques Eternos que se encuentra al otro lado del mundo, llegasteis tan pronto hasta aquí? Todavía no ha transcurrido ni un día entero de haberse marchado el maestro en busca de la varita... –quiso indagar Athanasius tratando con su tono de voz, ser lo más sutil.

–Como os dije en un principio, me oriento por mis oráculos y en cuanto a la segunda pregunta... tengo otra de las varitas "Intranquilus" que vosotros poseéis. Fue obsequiada a la escuela de magia de mi reino por el mago Crumforex, quien vivió en este Reino del Ángel Azul, hace unas cuantas generaciones.

–¡Claro está, señora! Ahora recuerdo bien. Una de las varitas fue entregada al maestro Piromont de los Bosques Eternos –acotó Athanasius.

–Al igual que debe haber sucedido con las vuestras, esta varita ha sido entregada de maestro a sucesor al cargo, durante varias generaciones. Siempre antes del retiro del maestro, para asegurarnos de que sólo estuviese en manos responsables, como las de los maestros de nuestra escuela, y para ser usada solamente en situaciones especiales –explicó la dama.

–Así se hizo con la varita que ha permanecido en mi familia hasta ahora –afirmó Athanasius.

–Lo más delicado a tener en cuenta con estas varitas Intranquilus es su poder, esa facultad de poder hacer viajes entre mundos o dentro de este mundo. Partiendo de eso, es que en nuestro reino a lo largo del tiempo, hemos sido muy celosos con su uso –comentó la Dama.

–Comprendo señora mía. En el caso de la varita desaparecida, el maestro Itzigorn y yo, damos por seguro que Burktfénix no entregó la varita en sucesión y, por tanto, creímos que había perdido sus poderes, al ser guardada como tantas otras. Es por ello que no puedo ofreceros una respuesta certera ante lo sucedido.

– Pero... ¿estáis totalmente seguros que no la legó a nadie?

– Hasta este momento, es lo que sabemos. Desde la muerte de Burktfénix, la varita había permanecido guardada en su cofre y nunca nadie, la había tocado. Ni la varita "Intranquilus" ni las otras varitas de su pertenencia, fueron legadas a nadie. Ni nosotros los que estudiamos la corriente Burktfeniana, habíamos tenido contacto con ellas. Habían quedado en el olvido hasta ahora, en que inexplicablemente desapareció de forma brusca, tras la pelea de los niños para hacerse con ella... –explicó pensativo, el viejo mago.

– ¿Pelea de niños? ¿Cuáles niños? Las varitas "Intranquilus" son poderosas. No comprendo cómo pudieron estar al alcance de unos niños –expresó consternada, la dama.

– La verdad es que fue algo fortuito. Los niños, nietos del maestro Itzigorn, no debían estar aquí en la escuela, pero su padre sufrió un accidente y no tenían quien los cuidara. Así que su madre los envió a esta escuela con su abuelo. La varita yacía en su cofre, guardado junto a otras pertenencias de Burktfénix y jamás nadie había osado tocarlas. Llevaba mucho tiempo allí. Tal vez por cosas del destino, uno de los niños la tomó y desencadenó estos acontecimientos –justificó Athanasius, con cierta vergüenza por lo ocurrido.

– Por tanto, queréis decir con esto que nadie advirtió al maestro mago del poder de la varita, ni de la necesidad de mantenerla a buen resguardo...

– Claro que sí tiene conocimiento del poder de la varita, pero al igual que los anteriores sucesores, consideró suficiente custodia este recinto. Lamentablemente ha sido así, Dama Sara.

– ¿Y no estáis al tanto de la razón por la que Burktfénix no legó la varita?

– No, mi señora. Lo siento de veras... no conozco la razón por la cual no la legó, como han hecho la gran mayoría de magos.

– Tampoco comprendo... –confesó la maestra Sara.

– Lo que sí recuerdo, es que mi abuelo me previno sobre lo poderosa que era, en el momento en que me la entregó. Confieso que me parecieron, en aquel momento, exageradas las advertencias de mi abuelo. Pero indiferentemente de lo advertido, nunca la usé para nada. Yo sencillamente la guardé. Tenía ya una varita y sentí que no necesitaba otra más. Ahora, en vista de lo sucedido con la varita de Burktfénix, decidí sacarla de su cofre y cederla al aprendiz Sortudo, para ayudar en el rescate –explicó Athanasius, compartiendo el sentimiento de agobio que embargaba a la Dama Sara.

– De veras que me resulta muy extraño que el Mago Burktfénix no legara la varita a alguno de sus descendientes ni aprendices –insistió la dama–. Siendo un maestro tan apegado a la magia, habiendo dejado estudios al respecto y no dar continuidad a eso, no lo entiendo.

– Sí, es realmente extraño...

– Me pregunto si el maestro Itzigorn logrará controlar la situación...

– Tened por seguro que el maestro no tendrá paz hasta que esto no se solucione por completo –aseguró Athanasius a la dama.

Los dos magos continuaron conversando un rato más, hasta que Athanasius recordó que tenía a los aprendices esperando fuera de la estancia y algo alterado por su despiste, se disculpó con la dama y se dirigió a la puerta para hacerlos pasar. Los jóvenes entraron saludando nuevamente y dirigiéndose, en silencio, cada uno a su respectivo lugar de trabajo.

Athanasius se acercó a Uwe y le pidió que fuera hasta el encargado de los menesteres del Castillo, para solicitar hospedaje para la dama visitante, aclarando que es una importante representante del Reino de los Bosques Eternos. Athanasius no sabía cuánto tardaría Itzigorn en regresar y por tanto, debía tomar precauciones al respecto. Uwe fue y volvió rápidamente. Ya estaba todo arreglado y el joven se ofreció a acompañar a la dama, hasta el lugar donde estaban las habitaciones para aquellos que visitaban el reino. Allí, el servicio de palacio se encargaría de atenderla. Podría comer y descansar con comodidad, mientras esperaba el regreso del maestro Itzigorn.

Terminó la jornada por ese día. Todos se retiraron a sus casas a descansar.

*****

Había pasado ya, más de día y medio de la partida del maestro mago Itzigorn, junto al primer aprendiz Sortudo y a la audaz polizón Julietta.

Los jóvenes aprendices continuaban estudiando, cada vez con más ahínco, al famoso Burktfénix. El tema de las varitas "Intranquilus" se prestaba para muchas especulaciones. Discutían y rebatían sin parar y Athanasius disfrutaba mucho, observando a los alumnos en aquellos enfrentamientos dialécticos.

Por su parte, la dama visitante despertó temprano, desayunó y dio un paseo por el Castillo y sus alrededores. Acudió hasta la plaza del mercado, observando las costumbres del lugar. Luego de un ligero almuerzo, Sara se dirigió nuevamente a la escuela de magia con la intención de charlar con Athanasius, mientras continuaba la espera.

Aunque Athanasius, solamente había mencionado que la presencia de la dama en la escuela estaba motivada por aquel imprevisto viaje en busca de la varita, los aprendices ya tenían en su haber una serie de hipótesis y especulaciones al respecto, con las que aumentaban el misterio y la emoción de la espera. Según algunos rumores, la Dama Sara era inmortal y había conocido a

295

Burktfénix. Unos lo creían y otros no. Así también, cada uno exponía su opinión de otro rumor: la maestra maga era la representante directa de los dioses de Aqnubia. Este tema se terminó bruscamente, cuando la Dama llamó a la puerta y fue recibida amablemente, por el mago Athanasius.

*****

Sin ninguna señal que alertara a los presentes en la Escuela de Magia, repentinamente, en el mismo lugar de donde partieron, Sortudo apareció acompañado de otros tres varones con extrañas vestimentas.

    – ¡Saludos, apreciados compañeros! –dijo Sortudo muy alegre.

Todos saltaron emocionados de sus sillas y se acercaron hasta el lugar, para saludar a Sortudo. Athanasius, acompañado de la dama visitante, también se acercó, preocupado al ver que no estaban Itzigorn ni Julietta, sino tres perfectos extraños en su lugar. ¿Qué estaba sucediendo? La sonrisa de Sortudo al saludar, lo calmó un poco. Era señal de que había una justificable razón por la que, no habían vuelto todos los que se fueron. O al menos, no tan malo como había pensado en el primer momento, en que vio a Sortudo, acompañado por otras personas desconocidas para él.

Paul, Billy y Marcos no pronunciaron palabra alguna en ese momento, todavía sentían una extraña sensación, como cuando hay cambios bruscos de presión. Tenían los oídos tapados e intentaban recobrar el equilibrio. Al oír a Sortudo, hablando en un idioma extraño para ellos con los presentes, fue como si se despertaran bruscamente y comenzaron a mirar con más atención, donde se encontraban. Se asombraron al observar la estancia, las caras desconocidas y las vestimentas de los presentes, asimilando aún la extraña sensación de la experiencia. Hacía apenas un momento, estaban en la casa cincuenta y siete y en un abrir y cerrar de ojos, se encontraban en una enorme sala que parecía un estudio cinematográfico, muy bien adaptado a tiempos pasados.

Sortudo procedió a conjurar un hechizo de comunicación, para que los tres invitados pudieran comprender a los presentes. Estos

296

agradecieron poder entender lo que decían aquellas personas desconocidas que mostraban alegría al verlos.

El joven aprendiz miró al maestro Athanasius, intentando dilucidar si podía hablar con confianza delante de aquella señora desconocida. Se dirigió respetuosamente a ellos, aunque de manera algo cohibida.

– Maestro Athanasius, me honra volver a veros. Señora...

– Bienvenido Sortudo, podéis hablar con toda confianza. Esta respetable dama es Sara, maestra maga del reino de Los Bosques Eternos.

– Es un honor para mí conoceros, distinguida señora.

– Igualmente, joven aprendiz...

– Apreciados compañeros, tengo el honor de presentaros a tres buenos amigos, pertenecientes al nombrado mundo azul que mencionó el mago Burktfénix en sus escritos. Este es Billy, quien ha resultado ser el elegido por la varita –dijo Sortudo, señalando al acompañante más joven y quien tenía la varita entre sus manos– . Este es Paul, el padre de Billy y él es, el buen amigo y vecino, Marcos.

– Mucho gusto en conoceros y bienvenidos a nuestro reino – manifestó Athanasius en nombre de todos y, a continuación, preguntó con tono más preocupado–: ¿Y dónde se encuentran el maestro Itzigorn y la joven Julietta?

– Se han quedado en el mundo azul hasta que el chico entregue la varita a este mundo, guardándola en su cofre como corresponde, para luego, junto a sus acompañantes poder regresar a su hogar.

– ¡Oh! –exclamó Athanasius sorprendido.

297

—Maestro es largo de contar así que, por favor, tomemos asiento para explicaros el motivo por el que Billy tuvo que venir hasta aquí en persona para hacer la entrega.

Los jóvenes aprendices, a pesar de sus ansias por escuchar lo que Sortudo tenía que decir, se desplazaron nuevamente hacia las mesas de trabajo. Comprendían que aquello que venía a continuación, debían resolverlo entre Athanasius, Sortudo y los visitantes.

Luego de tomar asiento, Sortudo relató gran parte de lo acontecido y visto en el viaje. Los ancianos magos escuchaban atentos, sin comprender totalmente a que se refería el aprendiz. Mientras, los jóvenes alumnos mantenían silencio para intentar oír todas las novedades que traía Sortudo de aquel extraordinario viaje.

Sortudo dio por terminado el relato y muy emocionado, abrió la bolsa de papel donde traía, como un gran tesoro, las fotos que habían tomado Billy, Tomás y Robin. Eran las pruebas de su visita a otro mundo. Cuando sacó las fotos de la bolsa, la expresión de su rostro cambió bruscamente. No lo podía creer. Las fotografías estaban amarillentas y no se podía distinguir que había en cada una de ellas. Marcos y Billy comenzaron a revisarlas y a lamentar lo ocurrido. Paul explicó que el papel de película era muy viejo y tal vez, esa fue la razón por la que se habían dañado. Marcos opinó que podía haber sido el viaje en sí, lo que había afectado las imágenes, ya que el intenso destello de luz las había afectado, como cuando los rollos de película para fotos se velan por la exposición a la claridad.

Billy y Sortudo, sólo lamentaban la pérdida de sus atesoradas pruebas.

Athanasius y la Dama Sara los observaban sorprendidos, tratando de comprender la conversación que se desarrollaba entre ellos, por unos extraños papeles.

Luego de aquella interrupción, Athanasius tomó la palabra. Expresó su consternación ante las informaciones traídas por la dama presente, en cuanto a los viajes de Burktfénix y la intervención de un dios venido de Aqnubia, para mayor asombro de los que escuchaban esta parte de una historia que desconocían.

Paul, Marcos y Billy se debatían entre escuchar lo explicado por Sortudo y el viejo mago, o ver a su alrededor, impresionados al ver aquella estancia tan grande y especial. Estaban en la famosa escuela de magia que había mencionado Itzigorn. Era real, no era un cuento.

De acuerdo con lo relatado por el primer aprendiz, Athanasius y la maga Sara intentaron entender y aceptaron dudosos que la varita estuviera ligada de aquella manera con Billy. Nunca habían escuchado algo así. Tal vez, ese tipo de varita, al tener ciertas capacidades de independencia, había escogido a ese chico como su dueño, aunque no comprendían el porqué. El joven no es de Toplox. Es todavía un niño. Estaban seguros de que nunca antes, había pasado algo ni tan siquiera similar. ¿O sería otro de los experimentos de Burktfénix? Había que indagar más.

—Apreciado jovencito ¿nunca habíais tenido algún contacto mágico, antes de la aparición de la varita en vuestra vida? — preguntó amablemente Athanasius, tratando de ganarse la confianza del chico.

—No señor, nunca. Yo ni siquiera había pedido una varita ni nada que se le pareciera. Además, no entiendo la forma en la que la varita quiere estar conmigo. La primera vez me golpeó en la cabeza, luego en el hombro... es como si me atacara... y no me obedece en todo lo que le pido. Le rogué de mil maneras que viniera con el maestro Itzigorn y no quiso —respondió Billy de forma muy espontánea, gesticulando de tal forma que provocó la sonrisa de todos.

—Cierto maestro, soy testigo que se hicieron todos los esfuerzos para devolver la varita al maestro Itzigorn. Mas él en persona, llegó a la conclusión que Billy es el elegido indiscutible para poseer la varita. Cuesta creerlo, pero no hemos podido hacer otra cosa.

*****

La dama había observado y escuchado detalladamente todo lo expuesto hasta el momento. No le convencía la idea expuesta por

Sortudo, ella no era partidaria de esa teoría. Era ilógico que la varita por sí sola decidiera quien sería su dueño, y menos alguien de un mundo lejano, donde no existía la magia. Su intuición le decía que no era eso lo que había sucedido con la varita y el chico.

De acuerdo con la historia que ella conocía, Burktfénix había viajado al mundo de estos visitantes en varias oportunidades y en diferentes épocas del tiempo terrestre. Eso abría la posibilidad de la que hubiera viajado hacia la época en la que nació Billy o era aún muy pequeño. Tal vez, lo hubiese escogido para ser el próximo poseedor de la varita. Pero, ¿por qué? Burktfénix tenía que estar detrás de todo esto, su mala fama lo precedía. Era más que seguro que todo este embrollo era producto de su irresponsabilidad. Esta sospecha cada vez se hacía más fuerte en su mente.

Pero esa sospecha había que exponerla a los involucrados, aunque resultara un riesgo plantear esta suposición ante los presentes. Había que ir preparando el terreno. Debía hacerlo con cuidado, pues no quería provocar más confusión entre los presentes. Así que antes de atreverse a exponerla abiertamente, comenzaría haciendo una serie de preguntas. Tenía que tener en cuenta que esto debió ocurrir antes de la intervención del dios de Aqnubia, quien prohibió a Burktfénix continuar experimentando con los viajes entre mundos, sin previo permiso del mundo primigenio.

– Por favor, disculpad, pero quisiera haceros unas preguntas, si no os molesta –solicitó la dama, entrelazando las manos sobre su regazo.

– Todas las que vos deseéis, estimada dama –contestó Sortudo dispuesto a responder.

– Las preguntas no son para vos, amable aprendiz. Son para el padre del chico –aclaró la dama.

Paul se sobresaltó un poco, pues no se esperaba algo así. ¿Y qué tengo yo que ver con estos enredos de magia? Pensó extrañado. Los demás también se sorprendieron y miraron a Paul, quien tímidamente asintió con la cabeza como señal de estar dispuesto a colaborar.

−¿Alguna vez, habéis tenido algún sueño o algún contacto con objetos extraños o directamente con magos?

−Antes de esto, jamás. En nuestro mundo la magia es fantasía o ilusionismo. Podría decir que hasta un engaño, sin pretender ofenderos o irrespetar lo que vosotros hacéis − respondió justificándose por su opinión.

−¿Y la madre del joven Billy?

−Podría asegurar que tampoco... creo que me lo hubiese contado −dudó Paul, un poco.

−¡Oh, oh! Yo sí tuve un extraño sueño el día que encontré la varita... o mejor dicho, el día en el que ella me encontró a mí − intervino Billy sobándose el lugar de la cabeza, donde ya todos sabían que la varita lo había golpeado.

−¿Y puedo saber qué fue lo que soñasteis, apreciado joven? −continuó preguntando la dama.

−Recuerdo que en el sueño, estaba desplazándome por un camino rumbo a un Castillo o palacio azul y... ¡Con dos lunas a pesar de ser de día!... ¡Vaya, ahora me doy cuenta de que son dos lunas como aquí! Pues sí... −y guardó silencio por unos instantes, mientras en su mente continuó hilando las semejanzas de ese mundo con su sueño.

−Pues sí ¿qué?

Y abriendo los ojos como dos platos, entendió la relación en su mente. Y continuó relatando su extraño sueño:

−Pues... había gente vestida como campesinos antiguos y se alejaban de mí, a medida que yo avanzaba no sé cómo; porque no caminaba, sólo me deslizaba y luego entré al Castillo que tenía un alto techo con ventanas y empezó a oscurecer... Y luego mi madre me llamó y me desperté —terminando de esta manera el relato, con toda la gesticulación exagerada que había adoptado últimamente, tras convertirse en el centro de atención.

—¿Tuvisteis algún presentimiento o alguna sensación extraña durante el sueño?

—Me sentó un poco mal que me deslizara, sin que yo pudiera controlar a dónde iba y luego, cuando se cerraron las enormes puertas del salón donde entré y se oscureció el lugar, sentí como una presión en el pecho como si me faltara aire... me exasperó sentirme encerrado. Pero en esos momentos fue cuando me desperté. Lo siento, hasta ahí llegó el sueño.

El chico se quedó en silencio por unos instantes, intentando recordar aquel momento y de pronto agregó:

—Aunque luego, cuando me duché, sentí la misma sensación pero más suave. Me dio miedo y no volví a cerrar los ojos; no quería que volviera a pasar más —confesó abiertamente Billy.

—¿Y qué quisisteis decir con "duché", si no os he oído mal? —quiso saber la dama.

—¡Pues lavarme, bañarme, con agua y jabón! —respondió Billy, mientras hacia la mímica correspondiente a darse una ducha.

Marcos, Paul y Sortudo no pudieron contener la risa. Y ante la cara de desconcierto de la dama y de Athanasius, Sortudo decidió intervenir:

—Como ya os habréis imaginado, en ese mundo hay una gran cantidad de cosas diferentes al nuestro. La ducha es un artilugio por donde sale agua fría y caliente de la pared, para poder asearse de pie con toda comodidad.

–Pues bien, sigamos –requirió la dama, sin terminar de comprender lo que había explicado el aprendiz y consciente de que era algo que no venía al caso.

La Dama Sara, sopesó lo relatado por Billy pero su actitud, solamente le demostró que es un niño feliz por llamar la atención. No era lo que ella estaba buscando en esos momentos. Mirando nuevamente a Paul, sin pretender ser repetitiva, volvió con el interrogatorio.

–Señor padre, entonces ¿estáis totalmente seguro que nunca ha habido contacto de vuestra parte o por parte de vuestro hijo, con algo o alguien que no fuera de vuestro mundo?

–Señora, estoy seguro de lo que he dicho. Lo siento, quisiera poder ayudar con esto, pero no creo que pueda –afirmó Paul en actitud consoladora.

–Cuando Billy nació... ¿Hubo algún visitante extraño o algún suceso fuera de lo normal? Por favor, buscad en vuestra memoria. ¿Un fenómeno cósmico extraordinario? Un arcoíris, un rayo... Tal vez algún hecho fortuito que no os pareció importante en el momento –continuó insistiendo la dama.

*****

Paul se quedó pensativo durante un momento, a la vez que meneaba la cabeza negativamente. Le parecía una pérdida de tiempo aquello, pues consideraba que lo importante era hacer entrega de la varita y lo más pronto posible, para así quitarse ese peso de encima. Pero tenía que respetar a los dos preocupados magos, haciendo un esfuerzo para recordar algo.

En el momento en el que iba a responder nuevamente que no había nada más, le vino a la mente algo que ocurrió a la salida del hospital cuando Billy nació.

Él había bajado con los bolsos a buscar el coche en el aparcamiento del hospital, para luego recoger en la entrada a Marta, al recién nacido Billy y a su madre Anabel, quien los acompañaba ese día.

Cuando se acercó a la entrada del hospital con el coche, vio a un hombre alto y corpulento, con una llamativa cabellera rizada, abundante, algo larga y rubia, vestido de manera algo estrafalaria con una camisa estampada, unos pantalones tipo bermudas y sandalias con calcetines blancos. El hombre en cuestión se acercó a su esposa Marta, haciendo entrega de una rosa amarilla adornada con una cinta color azul, atada al tallo en forma de lazo, mientras miraba sonriente y alababa al recién nacido que Marta tenía en sus brazos.

Paul aparcó frente a donde se encontraban y bajó rápidamente, para ayudar a su esposa y a su madre a subirse al coche. El hombre continuaba alagando al bebé, cuando Paul se acercó dando las buenas tardes. Pensó en ese momento que Marta o su madre lo conocían, pero luego se enteró que no. Sencillamente ellas estaban esperando y el llamativo caballero se acercó educadamente, felicitándolas por el nacimiento de un afortunado varón.

Paul percibió al tenerlo cara a cara que era un hombre de mucha más edad de la que aparentaba. Se impresionó al ver sus enormes ojos azules, los cuales destellaban picardía, fuerza y optimismo. El extraño personaje ayudó a la familia, abriendo la puerta trasera del coche para que la nueva madre con su niño en brazos tomara asiento, para luego despedirse deseando los mejores augurios a todos. El hombre caminó hasta un árbol, donde se encontraba esperándolo un joven asiático. Cruzaron unas palabras y ambos continuaron su camino por la acera, hasta perderlos de vista. Mientras tanto, la abuela Anabel comentó que le había parecido un chiflado, y que gracias a Dios le había dado por regalar rosas y no por otra cosa.

Paul relató el hecho, preguntando al final, si pudiera tener alguna relación.

Sortudo estaba casi seguro que en ningún momento ni el maestro Itzigorn ni él, habían descrito físicamente a Burktfénix. Se levantó sin hacer ningún comentario y se dirigió hasta un área de la estancia detrás de unas librerías, donde habían cuidadosamente guardados unos retratos pintados de algunos de los maestros magos que habían pasado por la escuela. Buscó con detenimiento, hasta que dio con una pintura a tamaño real del busto de Burktfénix. El artista que había pintado aquel retrato, había captado con mucha maestría la esencia, la vitalidad y la energía que siempre había transmitido el famoso mago.

Cogió cuidadosamente el retrato, enmarcado de manera sencilla con una moldura de madera, y regresó al lugar donde se encontraban reunidos. La mostró a Paul preguntando directamente si, ese era el hombre al que describía.

– ¡Oh! Sí, ¡es él! O muy igual a este retrato... ¡Vamos! Hace trece años que pasó eso, pero hay rostros que no se olvidan – expresó asombrado Paul, a la vez que se ponía en pie para acercarse y observar mejor aquella pintura.

– ¿Estáis seguro?

– ¡Guao! ¡Es difícil olvidar una cara así! Sí, es igual...

– ¡Me lo temía! –exclamó la dama Sara con cara consternada–, ya está aclarado el punto de conexión entre Burktfénix y el joven Billy... escogió al chico para que fuera el próximo dueño de la varita... ¡Pero por todos los dioses! ¿Por qué lo hizo? ¿Sus ansias de experimentar no tenían límite? La verdad, es que no sé si realmente sabría lo que estaba haciendo.

– Burktfénix era un mago muy inteligente y sus razones habrá tenido –justificó Athanasius al mago ante la dama, en forma conciliatoria al ver su enfado.

– Sí, estáis en lo cierto: muy inteligente. Pero también rebelde y caprichoso. Tal vez hasta poco disciplinado e irreverente, siempre intentando salirse con la suya. No medía las consecuencias de sus actos. Lo siento, pero yo lo calificaría más como imprudente e irresponsable –juzgó enfadada la maga.

– Señora mía... ¿No estáis siendo algo dura con vuestro juicio crítico? –preguntó Athanasius.

La Dama estaba muy consternada con todo aquello. Por lo conocido hasta ahora, Burktfénix se desplazó a otros reinos a efectuar experimentos que, sin explicar por qué motivos, no se atrevió a hacerlos en el suyo propio. La dama, tras la pregunta de Athanasius, mencionó a los presentes que en su reino y en los otros reinos vecinos, guardaban denuncias hechas en contra de él, por diferentes actuaciones mágicas que afectaron a ciudadanos comunes. Muchas quejas y sanciones fueron comunicadas por escrito, directamente a él y otros reclamos al rey de aquella época. Pero seguramente las hizo desaparecer, pues por lo visto, en el reino del Ángel Azul sólo conocían una cara de Burktfénix.

– Realmente no deja de sorprenderme Burktfénix. Creo que nunca terminaremos de conocer quién era realmente, ni que otras cosas habrá sido capaz de hacer —expresó el viejo mago, algo avergonzado por lo que mencionó la dama.

—Padre de Billy, disculpe nuevamente por mi insistencia... —continuó la maestra Sara, para luego preguntar—: ¿Qué ha sido de la cinta azul que Burktfénix entregó con la flor?

—Si no me equivoco, Marta mi esposa, la tiene en una caja de recuerdos que tiene guardada en el armario de nuestra habitación —contestó extrañado Paul.

—¿Cuál es la importancia de esa cinta? —quiso saber Sortudo.

—Es la constancia material de la cesión de la varita de Burktfénix a Billy. Es el símbolo de propiedad —explicó consternada la dama.

—¿Y ahora qué hay que hacer? —preguntó Marcos, quien se mantenía expectante, escuchando con mucha atención todo lo planteado.

—Buscar el cofre azul y comenzar a probar cómo hacer para que la varita se quede en ella y poder cumplir con nuestra misión de tenerla a buen resguardo, de una vez por todas —demandó Athanasius, levantando los hombros y las manos, con consternación.

*****

Todos se pusieron en pie y se dirigieron a la mesa central donde se hallaba el cofre de madera pintado de azul, en espera de su intranquilo huésped. Athanasius intentaba pensar en una fórmula para regresar la varita a su cofre. Tal vez un fuerte conjuro en conjunto con la dama podría servir, pero los sentimientos que se agolpaban en él, no le permitían pensar con claridad. Se sentía enfadado al darse cuenta de que, tanto estudiar a Burktfénix durante buena parte de su vida y no sabía realmente casi nada de él. Sentía vergüenza ante la dama por no tener una respuesta certera que brindarle ante tantas incógnitas. Se sentía máximo responsable de lo que sucediera a continuación, ya que Itzigorn se había quedado en el llamado planeta azul. ¿En qué lío estaban metidos? Se preguntaba una y otra vez.

Por su parte, la dama sentía angustia al no comprender qué había pretendido hacer Burktfénix, escogiendo a un niño de otro mundo, para heredar una varita tan poderosa como aquella. Temía que la situación empeorara y no pudiesen controlar el desenlace a favor de lo que tenían como correcto en su mundo. No quería dudar de sus estudios, pero ante cada paso que se daba, se presentaba una nueva sorpresa de la que ella no tenía conocimiento. No le agradaba la idea que un enviado de Aqnubia se presentara ante ella, por no haber controlado la situación.

Sortudo, con actitud abierta y conciliadora, pidió a los presentes exponer proposiciones para poder devolver la varita a su sitio. Consideraba conveniente no seguir perdiendo tiempo y más, después de escuchar los riesgos que corrían por todo lo sucedido. Aunque él sentía total confianza en los conjuros entregados por Moriel, la Dama Custodia, con los que aseguraba que cada portal abierto se cerraría al pasar, esa explicación sobre viajes entre mundos que dejaban canales abiertos a situaciones desconocidas, no le había gustado nada. Tendría que investigar.

Marcos que no era mago pero sí muy observador, con algunos conocimientos científicos y también de películas de fantasía y ficción, levantó la mano para desconcierto de los presentes y expuso espontáneamente su opinión a Billy.

– Billy, tú eres el elegido, así que tú debes tener el poder para devolver la varita. No creo que necesites magia ni conjuro ni nada. Has la prueba devolviendo la varita a su cofre. No se pierde nada con probar. Eso sí, tienes que estar convencido que es lo que debes hacer, por el bien de todo y de todos. Habla con ella. Conecta con ella. ¡Qué sé yo! Ponte en plan meditación...

Todos los presentes quedaron sorprendidos ante la proposición de este joven tan resuelto y directo. En Toplox los jóvenes eran comedidos en sus comentarios y casi siempre, esperaban a que los mayores guiaran las conversaciones. Sortudo que ya conocía mejor a su nuevo amigo, estuvo de acuerdo pues presentía que su inteligencia, los conocimientos que tenía y el hecho que fuera un espectador, le permitían ver lo que los directamente involucrados, no podían.

Paul se situó detrás de su hijo y colocando sus manos sobre los hombros del chico, le dijo que no temiera pues él estaba ahí para apoyarlo. Billy se sintió con ánimo al sentir el apoyo de su padre y de sus dos nuevos amigos; así que respiró profundamente y comenzó a decir lo que le salía de forma espontánea del corazón.

— Bueno varita, ¡Aquí estamos! Me gusta tenerte... ha sido una pasada todo lo que hemos conseguido y vivido con tu poder. Me has hecho sentir distinto en estos días que han resultado tan emocionantes, como si hubiera ido a una montaña rusa con bucles que tanto me gustan. Ahora tengo nuevos amigos y he aprendido muchas cosas... pero sinceramente, yo no me siento capaz de responsabilizarme de ti, como me ha dicho mi padre. En este momento, quisiera ser mayor para poder tenerte, pero debo madurar como dijo Itzigorn. No sé, ¿qué más puedo decirte? Solamente sé que debes quedarte en tu cofre y así, no nos meteremos en más líos. Te lo pido por favor. Itzigorn y Sortudo te cuidaran hasta que me llamen, para poder volvernos a encontrar... lo otro que te pido, es que no me golpees cuando nos volvamos a ver...

A Billy se le quebró la voz e inevitablemente rodaron por sus mejillas unas lágrimas cargadas de tristeza y sinceridad que, cayeron sobre sus manos y sobre la varita que entre ellas se encontraba. En el momento en que las lágrimas entraron en contacto con la varita, esta quedó envuelta en un resplandor azul. Billy no se atemorizó al verla así, sabía en su interior que había llegado el momento de guardarla en su cofre y lo hizo con suavidad. Cerró la tapa y se giró para abrazar a su padre, quien se había mantenido detrás, apoyándolo en aquella dura despedida.

— ¡Bien! ¡Sí! —dijo Marcos en voz alta cargada de satisfacción, levantando la mano para chocarla con alguien.

Pero no pudo. De los presentes sólo Billy y Paul podrían seguirlo en la expresión de triunfo y no estaban en condiciones. Y los demás se quedaron congelados, pues ninguno en el fondo pensó que la propuesta, pudiera ser la forma de devolver la varita a su lugar.

Algo turístico

—¡Pues bien, por fin está cumplida la misión! —exclamó Sortudo rompiendo el silencio— creo que ya podemos regresar a...

—¡Oh no, por favor! No tan rápido. Yo quiero ver las dos lunas y también el Castillo. Di que sí Sortudo, un rato nada más... ¡Vamos Marcos, apóyame! —rogó Billy buscando aliados.

—Billy, esa decisión no está en mis manos... Maestro Athanasius ¿cuál es vuestra opinión? ¿Puedo enseñarles la ciudad? —quiso saber Sortudo.

—Por fa, diga que sí... no nos tardaremos mucho —suplicó Billy.

—Maestra Sara, ¿será correcto que los visitantes permanezcan más tiempo en nuestro mundo o entren en contacto con más personas? No quiero que ocurra algo que altere el equilibrio del tiempo y del espacio en que vivimos —preguntó razonadamente el mago Athanasius a la maga visitante, pues no se atrevió a dar su aprobación sin contar con la opinión de ella.

La maestra maga Sara es muy observadora y en poco tiempo había podido evaluar la actitud del mago Athanasius y del aprendiz Sortudo. Había llegado a la conclusión que son magos de fiar. Ambos comprendieron rápidamente la gravedad del caso y se dispusieron sin más a colaborar. Los visitantes también habían demostrado su buena voluntad en todo esto. Su intuición le decía que podía confiar en ellos. Así que, sintió que complacer al joven Billy en su petición, podía ser positivo. Posiblemente, tendría que volver a Toplox algún día al ser el designado para poseer la varita "Intranquilus" de Burktfénix. El chico había cumplido con su palabra, había devuelto la varita al cofre. Realmente se lo merecía. Así que, algo presionada por las miradas expectantes a su alrededor, se apresuró a responder a Athanasius:

– Estimado Athanasius, en cuanto a la pregunta sobre el tiempo, estoy segura de que por un rato más, no pasará nada malo –y mirando al resto del grupo continuó diciendo–: todos habéis demostrado buena voluntad. Así que podéis ir con confianza y Billy, podrá disfrutar de su anhelado paseo. Eso sí, por favor no os metáis en líos. El maestro Athanasius y yo os esperaremos aquí. Mientras tanto, seguiremos aclarando dudas y organizaremos vuestro retorno.

– Pues en marcha... –dijo Sortudo muy dispuesto.

*****

A todos se les alumbró la cara de alegría. El más temeroso era Paul, pero inevitablemente se dejó llevar por el entusiasmo contagioso de los más jóvenes. Como ya faltaba poco para finalizar las clases de ese día, Orson, quien perdía su timidez cada vez más, propuso abiertamente que él sería el guía, ya que conocía muy bien la ciudad. Esto provocó un contagio de entusiasmo al resto de los aprendices, quienes inmediatamente también se ofrecieron para acompañar a los visitantes en su pequeño paseo por la capital.

Así, luego de agradecer a la dama su permiso, los visitantes salieron de la escuela de magia gratamente acompañados por Sortudo y rodeados por los aprendices, quienes por nada del mundo perderían la oportunidad de estar y hablar con viajeros venidos de otro mundo.

Uwe y Hoobers comenzaron rápidamente una conversación con Marcos, pues les había impresionado la soltura y seguridad con que había hablado ante todos. "¡Este viajero tiene cara de saber muchas cosas interesantes!" comentó Hoobers a Uwe, mientras se acercaban al joven visitante. Las jóvenes Ada, Eva y Wanda caminaron al paso de Paul y Sortudo para preguntar un sin fin de cosas, como por ejemplo sobre la ropa que llevaban; pues los pantalones vaqueros gustaron mucho a las aprendices, tal como sucedía en el planeta azul.

Mientras tanto, Orson, Remigius y Thorosky rodearon a Billy, ofreciéndose gustosos a explicar con detalles, todo lo que Billy quisiera saber. Salieron de la estancia ocupada por la escuela de magia y los visitantes observaron maravillados, parte de los edificios que componían el complejo interno del Castillo real. Se dirigieron hacia la puerta principal en dirección a los jardines reales externos, donde giraron para poder apreciar el Castillo en toda su inmensidad.

– ¡Es fenomenal! Itzigorn se quedó corto describiendo todo esto... ¡Uf!, no me lo puedo creer. ¡Estoy aquí! ¡Es real! Estoy dentro de un cuento... –afirmaba Marcos con su acostumbrada espontaneidad.

– ¡Papá se parece tanto al del sueño! Las grandes puertas, las altas torres... pero es alucinante verlo en la realidad, ¡guau! Es impresionante –exclamó emocionado dirigiéndose a su padre.

– Sí hijo, yo también creo que es impresionante –respondió el padre, impactado por lo que tenía ante sus ojos.

– Apreciados visitantes, ahora debéis conocer el hermoso estanque y la Plaza de las Ferias. Podéis seguirme por aquí... – invitó Orson con mucha determinación, tomando muy en serio su papel de guía, en aquel inusitado recorrido.

Atravesaron los hermosos y bien cuidados jardines, admirando las construcciones cercanas. Se dirigieron hacia los lugares indicados por el orgulloso guía. Bordearon el estanque y llegaron a la plaza de las Ferias, donde los improvisados turistas, recibieron explicaciones sobre las diferentes actividades que allí se llevaban a cabo. A medida que avanzaban, habían ido convirtiéndose en la novedad del día. Todos los lugareños los observaban con curiosidad y se acercaban, con poco disimulo, a saludar a los alumnos de la escuela de magia, con la segunda intención de obtener información sobre aquellos visitantes con extrañas indumentarias. Muchos de los que conocían a Sortudo, le preguntaban sobre la ropa que llevaba puesta y este explicaba con orgullo que era el estilo de ropa utilizada en un reino distante que recién había visitado.

Continuaron la marcha y pasaron por el modesto Castillo de Montuc y su conocida escuela, luego se dirigieron hacia la Plaza del Mercado Principal donde pudieron apreciar los diferentes productos frescos ofrecidos por los vendedores como habas, nabos, guisantes, judías, lechugas, rábanos de hermoso color, enormes calabazas, cerezas, fresas, peras, ciruelas, castañas, higos, manzanas rojas, verdes y amarillas. En otro sector del mercado ofrecían huevos de diferentes tipos y una gran variedad de carnes.

– ¡Vaya! ¡Cuánta variedad de comida! –expresó Paul al ver los numerosos puestos.

– Mi madre estaría encantada con tantas verduras y frutas frescas. Ahora le ha dado por comprar ecológico –comentó Marcos.

Hubo un puesto del mercado que llamó la atención de los visitantes, pues vendían platos, copas, cucharas y vasos fabricados en madera. Sortudo explicó que eran los utensilios básicos para comer, siempre por supuesto, acompañados del cuchillo personal que no podía faltar. Había ventas de telas, de dulces y golosinas, de artesanías varias, de cestería, de productos de hierro, cobre y bronce. Presenciaron con asombro la destreza con el que el afilador de cuchillos desempeñaba su labor. Para Paul, Marcos y Billy aquello era toda una novedad.

En las áreas circundantes a la plaza del mercado se colocan los vendedores ambulantes quienes van de pueblo en pueblo, en carretas tiradas por burros. Estos exponen sus variadas mercancías traídas de otros lugares del reino o de otros reinos vecinos, como las cotizadas pieles peludas del Gran Reino Blanco. Pudieron presenciar las actuaciones de malabaristas, bailarines y danzarinas, juglares y trovadores. En una esquina se encontraba un grupo de personas haciendo una fila para que el barbero cortara sus cabellos y arreglara sus barbas, en plena calle. ¡Era toda una feria medieval! Comentaron Marcos y Paul al salir de la plaza. Para ellos era como un viaje en el tiempo a épocas pasadas de la historia, más que un viaje a otro mundo poblado del infinito universo.

El grupo charlaba animadamente mientras caminaban por las concurridas calles de Villavalle, sin que ninguno de ellos advirtiera que, unos pasos más atrás, dos hombres los seguían de manera sigilosa, observándolos e intentando oír lo que hablaban. Como Villavalle es la capital del reino, es común que transiten por sus calles visitantes desconocidos en busca de negocios, trabajo o compras y estos hombres, aprovecharon estas circunstancias para pasar inadvertidos. Sobre su ropa gris llevaban unas camisas holgadas y unos sombreros de paja como camuflaje.

Estos dos hombres, habían llegado a Villavalle para hospedarse en la Posada Luna Real, frente a la Plaza del Mercado, el mismo día que la Dama Sara había llamado a la puerta de la escuela de magia. Al pedir una habitación en la posada, el encargado, siempre entrometido, preguntó por el motivo que los traía a la ciudad. Quiso saber también, si era la primera vez que visitaban la ciudad y de dónde venían. El más blanco respondió con cara inexpresiva que pretendían comprar mercancía variada y que venían de Bahía de Los Peces, sin dar más detalles. Pretendió con estas respuestas aplacar la curiosidad del hombre. Tomó la llave y subieron a la habitación, sin cruzar más palabras con el encargado. No bajaron a la taberna. No hablaron con nadie más.

*****

El guía Orson, como ahora lo llamaban sus compañeros, llevó a los visitantes hasta el puente de Las Lunas, el más nuevo de los tres puentes de la ciudad que permitían cruzar sobre el río Aguamansa, mostrando y explicando con orgullo, las nuevas técnicas de ingeniería con la que había sido construido. Luego de allí, los llevó por la ribera sur del río a visitar brevemente la talabartería, la famosa panadería de Tábata donde degustaron sus productos y aprovecharon de conocer la casa de Itzigorn, a su yerno Gaspar y a sus nietos Pix y Leroy, responsables directos de la desaparición de la famosa varita. También pararon en la orfebrería y en la forja, donde pudieron apreciar la enorme fragua donde trabaja Elot, uno de los hijos de Itzigorn.

Más tarde cruzaron por el Puente Viejo el cual, anteriormente, era conocido simplemente como puente de Villavalle, y que al construir el puente del Sol, todos pasaron a llamarlo "viejo", sencillamente por ser el más antiguo. Siguieron por el Camino Principal de la ciudad nuevamente hacia el Castillo, pues aún no habían recorrido el palacio real.

Los dos hombres continuaban espiándolos concienzudamente, mezclados discretamente entre los pobladores que transitaban las calles a esa hora del día. El grupo estaba tan distraído con el paseo que ninguno de sus integrantes percibió que los seguían.

Al llegar a la Plaza del Ángel, coincidieron con la familia de Sortudo. Ya les había llegado el rumor y sabían que Sortudo, vestido de manera diferente, estaba paseando con sus compañeros aprendices y con unos extraños visitantes. Sortudo presentó sus nuevos amigos a sus padres y a su hermana menor. Luego de cruzar unas cuantas palabras y de despedirse cortésmente, siguieron el camino. Llegaron al Castillo y comenzaron a pasear por la farmacia, por los salones de reuniones y por otras estancias.

Pasando por uno de los jardines internos del palacio real, se encontraron con una dama que llevaba una cesta de flores recién cortadas y quien, con agradable gesto, saludó y les dio la bienvenida al Castillo y al reino. Era la Reina Albertina en persona. Los visitantes nunca lo hubieran imaginado, si Sortudo no la hubiera presentado con su título por delante. Lo hizo de igual manera que cuando presentó a su familia. Sin ningún protocolo especial, como una más de la ciudad. Es una señora de baja estatura, cabello y ojos oscuros, vestida de manera pulcra y sencilla, con una actitud humilde, sin dejar a un lado la seguridad en sí misma que tanto la caracteriza. Cuando Sortudo se apresuró a darle algunas explicaciones sobre los viajeros, ella sonrió y confirmó que ya estaba en conocimiento de su presencia y si eran invitados de los miembros de la escuela de magia, lo eran también del reino y que habría tiempo después para explicaciones.

La reina, expresó a Sortudo su deseo para que continuara ocupándose de los visitantes lo mejor posible. Se despidió amablemente y continuó con su camino.

– ¿La Reina? ¡Qué pasada! ¿Y no lleva escolta, ni corona, ni cetro? –preguntó Billy emocionado, porque nunca había conocido a nadie tan importante.

– ¿Escolta? ¿Corona? –preguntó Sortudo.

316

–Hijo, definitivamente aquí funcionan las cosas de forma muy diferente a nuestro mundo. Esta gente vive en paz y armonía –respondió Paul a su hijo y girando su atención hacia Sortudo, explicó–: escolta es aquella o aquellas personas que velan por la seguridad de alguien como la reina, cuidan que nadie les moleste o los agreda... pero veo que vosotros no necesitáis de esos servicios y deseo de corazón, continuéis viviendo como ahora –expresó con toda sinceridad.

–Y corona es algo circular que se coloca en la cabeza de la persona que manda sobre un pueblo, como la de una reina... así, en la cabeza –explicó Billy, haciéndose una corona con las manos y llevándolas a su cabeza.

–Interesante... –comentó Sortudo, sonriendo ante la explicación gesticular de Billy.

*****

Mientras los visitantes y los aprendices hacían el recorrido por la ciudad, Athanasius y la Dama Sara se dispusieron a revisar el material que los jóvenes aprendices habían dejado sobre las mesas.

La dama Sara se quedó pensativa mirando algunos escritos que tenía en sus manos, sin leer lo que había en ellos. Por unos instantes, recordó cuando poco antes habló con Athanasius y no reveló totalmente la misión que, hace muchas generaciones atrás, delegó el dios venido de Aqnubia a los maestros magos del Reino de los Bosques Eternos. Correspondería a ellos, generación tras generación, velar por la seguridad del mundo Toplox, pues después de los viajes de Burktfénix y sus excesos, no podían confiar en los magos sucesores del Reino del Ángel Azul. ¿Qué habría enseñado un mago tan impredecible como Burktfénix, a sus aprendices o a sus sucesores? ¿A no respetar las reglas? ¿A experimentar sin tomar en cuenta las consecuencias? Esa es la razón de su desconfianza hacia los magos de Villavalle.

En el Reino del Ángel Azul lo idolatraban y respetaban, pero no así en el resto de los reinos de Toplox ni en la propia Aqnubia. Sintió

317

pena por el mago Athanasius, quien había demostrado su buena fe ante todo lo ocurrido. Prefirió por tanto, mantener una actitud conciliadora con él, pues no era su culpa.

La maestra maga volvió a retomar su búsqueda y al ser muy diestra en sus capacidades mágicas, rápidamente obtuvo lo que quería. Por arte de magia, se elevaron y se desplazaron hasta sus manos, unas crónicas bastante detalladas sobre algunos viajes y descubrimientos; así como también, unas cartas entre Burktfénix y el mago Claritux.

Los aprendices no habían prestado atención a aquellos manuscritos porque, a simple vista, eran cartas entre dos amigos, algunas con recetas para preparar remedios contra el catarro, para las picadas de insectos y otras dolencias cotidianas. Estos manuscritos tenían doble lectura: una a simple vista para cualquier mortal y otra oculta, a la que sólo podían acceder los magos más capaces. La dama Sara se dirigió a otra mesa pidiendo al mago Athanasius que se acercara, pues estaba casi segura de haber encontrado algo importante. La Dama Sara, luego de un hechizo desvelador, comenzó a leer las misivas en voz alta y ambos quedaron asombrados, al descubrir que no sólo Burktfénix había viajado al planeta azul, sino también su amigo Claritux, quien en aquella época había sido discípulo de Crumforex.

Athanasius, un tanto perplejo, interrumpió a la dama:

—Maestra Sara, como os dije antes, cuando mi abuelo me legó la varita, expresó su orgullo al relatar que su padre, el mago Gammasius, había sido uno de los afortunados elegidos para poseer una de las siete poderosas varitas "Intranquilus", junto a sus dos compañeros aprendices. Ese joven Claritux de las cartas, fue uno de ellos y por tanto, poseía una de aquellas varitas...

—Con capacidad para viajar... —completó la frase, la consternada dama.

—Sí, señora mía. Mi abuelo, también relató varios incidentes entre los que se destacaba la misteriosa desaparición del joven Claritux. Un día cualquiera se fue y no volvió. Tanto su familia como los vecinos de Aldea Brillante lo buscaron en ciudades, pueblos, aldeas y por todos los puertos; rastrearon bosques y montañas hasta que su desaparición, fue inexorablemente, quedando en el olvido. Muchos lo dieron por muerto, tal vez una caída o cualquier otro accidente eran las posibilidades que se argumentaban. Nunca se comentó sobre algún nexo entre el joven Claritux y Burktfénix que yo sepa. Y en todo el tiempo que dediqué a estudiar la forma de trabajar, teorías o logros del maestro mago, jamás encontré nada que los relacionara. Para mí esto también es una sorpresa.

–Lamento tanta tribulación, apreciado Athanasius, pero tenemos que enfrentarnos a una realidad y buscar la forma de evitar nuevos incidentes. Voy a continuar con la lectura –afirmó la dama.

*****

En las próximas lecturas, descubrieron que ambos magos habían ido y venido en varias oportunidades y acompañados por Peng Liang-Hsi, el extraño ayudante de Burktfénix. Hasta que un día, Claritux se quedó definitivamente en aquel mundo llamado azul, ya que sentía una gran empatía con sus habitantes y con su manera de vivir, según se reflejaba en lo escrito por él, en aquellas cartas. Tanto fue así que contrajo matrimonio y tuvo descendencia. Su nuevo nombre sería Felipe Claritux. Y por supuesto se llevó la varita a su nuevo lugar de residencia. Su cómplice Burktfénix, siempre supo la verdad y nunca la rebeló.

–¡Vaya, cuánta contrariedad! Así que otra de las varitas "Intranquilus" está en ese mundo y nosotros sin conocimiento de ello. Cuando Claritux desapareció, los que pensaron que había muerto dedujeron que la varita perdería su poder, tal como creíamos equivocadamente nosotros que sucedía con todas las varitas –expresó Athanasius viendo a la dama.

–Ya no podemos suponer nada, estimado maestro. Así que hagamos un recuento por escrito de las varitas, porque siento un profundo temor al pensar que esto, se nos vaya de las manos –alegó la dama Sara con consternación, mientras sacaba de su bolsa una libreta verde cocida a mano y una pluma mágica de color naranja.

—De acuerdo, mi señora. Comencemos con el proceso de sucesión de mi varita: fue entregada a mi bisabuelo Gammasius quien era discípulo de Crumforex. Él la legó a su aprendiz que era mi abuelo Tadeo y este, me la legó directamente a mí, pues mi padre se dedicó a comerciar con otros reinos y no le gustaba para nada la magia. Y ahora, yo la he entregado con mucha convicción al aprendiz Sortudo, pues es lo suficientemente digno para merecerla.

—¡Listo! Ya tenemos apuntada la primera varita con sus correspondientes magos poseedores. Continuemos con la perteneciente al reino de Los Bosques Eternos del que yo provengo —propuso Sara de inmediato.

La dama, comenzó relatando que la varita fue entregada al maestro mago del reino en aquella época, cuyo nombre era Piromont. Según ella, Crumforex quiso reconocer con ese gesto, la buena reputación del maestro mago y su labor en todo Toplox. Luego de mucho tiempo de trabajo al frente de la escuela, la cedió a su sucesor Vujavic. Este nuevo poseedor cumplió con su sagrado deber de resguardar la varita; así como también lo hizo su sucesora, la maestra maga Abetsy. Esta maga vivió mucho tiempo y fue ella, quien la entregó a la Dama Sara, quien fue su sucesora. Ya tenían todos los poseedores de la segunda varita.

Luego continuaron con la varita entregada a Burktfénix que, de acuerdo con todo lo escuchado y visto ese día, podían dar por seguro que la había legado directamente al chico Billy y, gracias a una rápida intervención, ya estaba en su cofre a buen resguardo esperando que se mantuviese ahí por un largo tiempo.

—Podemos continuar en cuarto lugar con la varita de Crumforex que, al retirarse, entregó a la Dama Custodia de la época, cuyo nombre era Ágata. Esa varita siempre ha estado bajo el resguardo de las damas custodias desde aquella época. La actual Dama Custodia del reino, es una joven muy responsable llamada Moriel. Tiene poco tiempo ejerciendo, mas os aseguro que es muy capaz. Como os mencioné ayer, fue gracias a ella que logramos encontrar los códigos para descifrar los conjuros, con los que Sortudo e Itzigorn, hicieron el viaje en busca de la varita. Tal vez necesitemos de su ayuda nuevamente.

– Bien Athanasius, sigamos con la quinta varita que fue entregada a los enanos de las Montañas Rocosas. Crumforex hizo entrega de una varita al pueblo de los enanos habitantes del sur de vuestro reino, por su contribución determinante en la solución del problema generado por el arbusto encantado. En aquella época, la maga del pueblo era la famosa Leska, quien era conocida por todo el reino por sus habilidades curanderas. Ella la entregó a su único hijo y heredero Alan, quien fue famoso por sus encantamientos para conseguir rápidamente, vetas de minerales en las minas de la región que habitan. Este mago, legó la varita a su hija Brenda, excelente maga y persona, famosa por su gran devoción por los necesitados. Y ésta, en su momento, la entregó a su hijo Onur, quien es el actual mago de las Montañas Rocosas. Sé todo esto con tanto detalle porque la maga Brenda y yo fuimos buenas amigas durante mucho tiempo. Me entristeció mucho su muerte y realmente la extraño.

– Cuanto lo siento, dama Sara y la comprendo perfectamente. Con mi longevidad también he sido yo, quien ha tenido que despedir a muchos amigos.

– Era una excelente amiga –dijo con tristeza la dama.

A pesar de la tristeza que los invadió, por los recuerdos de todos aquellos que se fueron, debían continuar y así lo hicieron. Prosiguieron con la sexta varita que Crumforex entregó a su discípula Coral, conocida como la maga de los mares, quien a su vez y llegado el momento, la cedió a su sucesora y discípula Irina. Esta amable maga continuó con la labor de su antecesora, teniendo como principal objetivo proteger el mar, así como también a los hombres y mujeres dedicados a las actividades marinas. Actualmente es su nieto Milo, custodio del mar y de la navegación del reino, quien posee esa varita. Otra varita que se ha mantenido a buen resguardo en una misma familia.

—De acuerdo con esto, solamente, se encuentra en paradero desconocido la varita llevada por Claritux a ese otro mundo... Ha pasado tanto tiempo desde su desaparición que tal vez sea muy difícil localizarla. Según lo expuesto por Sortudo, la capacidad mágica en ese mundo cobra fuerza. ¿La habrá usado como aquí? ¿La habrá cedido a sus descendientes?

—La verdad, mi señora, os confieso que no tengo la menor idea...

—¿Cómo podremos solucionar este nuevo problema? Si hubiese sido una varita cualquiera, no tendríamos que preocuparnos tanto. Pero una "Intranquilus" que, como ya hemos comprobado no pierde su capacidad mágica, puede convertirse en algo peligroso —comentó la maga Sara, negando con la cabeza.

—Podríamos solicitar a los visitantes que investiguen al respecto. Porque al joven Billy ser elegido por Burktfénix para poseer la varita, inevitablemente hemos quedado obligados a mantener contacto con él, tal vez durante un buen tiempo.

—¿Os olvidáis que debemos cerrar los canales o puertas con otros mundos, por nuestra propia seguridad? Me niego a continuar involucrando a los visitantes; no me parece conveniente. Ya el chico entregó la varita dando por concluido ese problema. Y desde este momento, hasta que sea mayor, debe permanecer en su mundo con su familia, como corresponde —opinó consternada la dama, ante la insistencia del mago Athanasius.

—Pero Claritux se quedó en ese mundo como se confirma en estos escritos, así que al vivir en el mismo lugar que nuestros amigos visitantes, tal vez no sea tan descabellada la idea de buscarlo —sugirió Athanasius.

—Me inquieta alterar el orden de las cosas, como lo hicieron Burktfénix y Claritux al dejar canales de comunicación abiertos en contra de lo establecido por los dioses —insistió la dama Sara.

—Maestra, de acuerdo con lo explicado por la Dama Custodia a Sortudo, luego de cada viaje invocado con ese conjuro del mago Crumforex, se cierra el portal. Os ofrezco mis disculpas por continuar insistiendo en lo de los portales abiertos, pero no termino de comprender. La varita se fue en un lugar abierto y sobre esa base, escogimos ese mismo sitio suponiendo que era fácil hacerlo nuevamente. Al desaparecer Itzigorn y los chicos, yo me acerqué al lugar y no pasó nada. Esto corrobora que los portales a los que vos os referís, tienen que tener una base material y este no es el caso —insistió el mago en su postura.

—Admito que no sé si los portales son los mismos y siento contradeciros, pero a mí me advirtieron sobre los portales dejados abiertos por Burktfénix y debo velar porque no vuelva a ocurrir, sean estos como sean... —sostuvo la dama.

—No os asustéis mi señora, no pretendemos seguir los pasos de nuestro aventurero antecesor, ni tampoco incitar a que otros lo hagan. Con todo esto que hemos leído, cada vez estoy más seguro que Burktfénix escogió a Billy por algo que sabía. Tal vez, una profecía sobre lazos entre estos dos mundos. Y viendo el lado positivo, si no hubiera sido por este embrollo de recuperar la varita de Burktfénix, jamás hubiésemos dado con el paradero de la verdaderamente perdida varita de Claritux —concluyó el mago Athanasius.

—Puede ser, pero me enfada saber que Burktfénix no fue capaz de comunicar lo que había hecho Claritux, dejando a su familia embargada por la desazón y el dolor de su desaparición; esto es por demás, un asunto totalmente reprochable.

—Comprendo vuestro enfado...

—Debe haber otra forma de localizarla y buscarla; esa varita debería estar aquí en nuestro mundo... —indicó la dama, ya cediendo un poco ante la postura del mago

Athanasius insistió en que había que ampliar las posibilidades de abordar la situación que los ocupaba en aquellos momentos. Planteó a su interlocutora, que estaban ante una nueva realidad. Tal vez, esta era la única oportunidad para localizar la séptima varita y consideró que no debían dejarla pasar, ni debían seguir perdiendo tiempo. El anciano mago también propuso valorar al chico a través de esta búsqueda. Si comprobaban que era capaz de cumplir con responsabilidad un encargo como ese, entonces podrían aceptar que él, es el correctamente elegido para ser poseedor de la varita de Burktfénix. Si por lo contrario, las circunstancias eran adversas, harían lo necesario para que el joven Billy comprendiera que debía renunciar voluntariamente a poseer la varita y aceptar que no era conveniente establecer lazos, entre estos dos mundos.

−Estimado Athanasius, ¿insistís en que por encima de lo dictado por los dioses, debemos continuar manteniendo contacto con ese mundo a través de un chico, elegido por un mago de dudoso comportamiento como Burktfénix? −preguntó la dama algo molesta.

−Lo que creo sinceramente, apreciada dama, es que hay acontecimientos que ocurren por algo que va más allá de nuestras leyes, de nuestras costumbres, creencias o de nuestras percepciones. Supongo que al darse la prohibición de los viajes, el plan de Burktfénix quedó incompleto. Considero entonces que esta situación se presentó por alguna razón que aún no llegamos a comprender. No estoy hablando de ninguna profecía ni del simple capricho de un mago. Para mi modesto parecer, creo que si los dioses no hubieran contemplado la posibilidad de establecer una comunicación entre mundos, esto nunca hubiera ocurrido. Tened por seguro que no estuviéramos en este momento, discutiendo sobre los portales abiertos y los riesgos que puedan conllevar. Entendedme mi señora, si sucedió algo así es porque existe la posibilidad de hacerlo. Así de sencillo −justificó Athanasius su postura, con la calma que lo caracterizaba.

La dama Sara se sintió perturbada con aquella respuesta. A ella la habían preparado para ser la maestra maga de su reino y para ser la protectora de Toplox, por órdenes supremas de los dioses de Aqnubia. Ella no había tenido dudas sobre lo que le habían asignado. Las cosas debían ser y funcionar de esa forma, sin contemplar otros caminos o situaciones y por eso, esta coyuntura la abrumaba completamente. Sin embargo, comenzaba en lo más profundo de sí, a nacer el gusanillo de la duda, muy a su pesar.

Athanasius y la dama Sara continuaron exponiendo e intercambiando sus puntos de vista, ante tan delicada situación. La dama Sara advirtió nuevamente a su interlocutor, sobre el deber ineludible de proteger a Toplox. Por lo tanto, conjuraría un hechizo luego del regreso de Itzigorn, Sortudo y Julietta. Así quedarían suspendidos indefinidamente los viajes entre mundos, al menos por la escuela. Si hubiera otros portales abiertos, lo resolverían a su debido tiempo.

Athanasius prefirió no continuar contraviniendo a la dama. Sintió que había dejado volar su imaginación y su emoción, al participar en todo aquello. Tendría que resignarse a volver a su rutina diaria.

*****

Al cabo de un rato, entraron por la puerta Sortudo, Uwe, Hoobers y los tres visitantes, tras haberse despedido del resto de los jóvenes aprendices. Los visitantes venían exultantes por aquel recorrido tan instructivo. No paraban de hablar y preguntar sobre todo lo que habían visto.

—Maestro Athanasius, señora... no tengo palabras para expresaros mi gratitud por habernos permitido conocer vuestra ciudad. Es fabulosa. Los chicos han sido unos excelentes guías y hemos aprendido mucho. Gracias de todo corazón —aseguró Paul, con mucho entusiasmo.

—Me alegra veros satisfechos con vuestro paseo. El intercambio de conocimientos siempre es provechoso —afirmó Athanasius sinceramente, y añadió—: nosotros también estamos complacidos con vuestra visita.

—Quiero haceros saber que estamos enormemente agradecidos con vosotros, por su desinteresada ayuda en la recuperación de la varita de Burktfénix. De veras, nos sentimos en deuda con vosotros –intervino la dama educadamente.

– ¡Pues bien! –exclamó Sortudo– ¡Ya es hora de regresar!

– ¿Tan rápido? –preguntó Billy con desánimo.

– Sí Billy, ya nos han concedido este paseo por la ciudad y no debemos abusar más de la hospitalidad que nos han brindado; y recuerda que cuando nos vinimos, dejamos al padre de Marcos viendo como desaparecíamos, y por más que Itzigorn lo haya controlado con la magia de su varita, me agobia saber que tu madre está en una situación incómoda, por más apoyo que le haya brindado Susan –exhortó Paul a su hijo.

– Por favor, disculpad si os causo alguna molestia. Quisiera pediros un favor antes que os vayáis. Esto que voy a pedir es de suma importancia para nosotros. Comprenderé si no aceptáis. La dama Sara y yo, hemos descubierto que hay otra varita Intranquilus desaparecida –expuso Athanasius la nueva situación.

– ¿Otra? –preguntó Uwe sorprendido.

– Lamentablemente sí, apreciado aprendiz.

Athanasius comenzó a explicar a los presentes que tras una exhaustiva búsqueda, habían descubierto que uno de los discípulos de Crumforex, poseedor de una de las varitas "Intranquilus", desapareció sin dejar rastro, al poco tiempo de poseerla. También descubrieron que era amigo de Burktfénix a pesar de la diferencia temporal entre ambos. Este joven tendría unos veintidós inviernos cuando desapareció. Tanto su familia como los vecinos del pueblo lo buscaron hasta el cansancio, mas nunca lo volvieron a ver. Esto ocurrió antes de la prohibición hecha por los dioses de Aqnubia a Burktfénix, de seguir viajando entre mundos. Ante tamaña revelación, ellos decidieron hacer una lista detallada de magos a quienes fueron entregadas las siete varitas "Intranquilus", desde el primero que la recibió hasta el poseedor actual. Lo hicieron con la idea de tener un registro y control sobre el paradero de cada una de ellas. Athanasius, entregó la lista a Sortudo.

– Y ¿cuál era el nombre de ese joven mago desaparecido? – quiso saber Uwe.

– Claritux –nombró la dama.

– ¡Claritux! Ya recuerdo algo de esa historia –afirmó Hoobers algo sorprendido.

– Pues bien, el desaparecido Claritux y su varita se encuentran o se encontraban, según esas cartas, en vuestro mundo; donde tomó el nombre de Felipe Claritux, donde contrajo matrimonio y tuvo descendencia –concluyó Athanasius viendo a los visitantes.

Todos quedaron asombrados con tamaña revelación. Otra varita mágica en La Tierra. Ya a Marcos le daban vueltas cientos de ideas y preguntas en la cabeza. Ya imaginaba cuál podía ser el favor a pedir. Pensó en que Athanasius no tiene ni idea, sobre la cantidad de población que tiene el mundo azul, ni lo grande y complicada que es La Tierra. Así que sería "buscar una aguja en un pajar", por más Internet que tuvieran.

Y el tiempo. En qué época habría sido el viaje del tal Claritux. Según lo relatado por Sortudo, Burktfénix había sido el bisabuelo de Itzigorn, entonces aquello debió ocurrir hace cuatro o cinco generaciones atrás. Pero también estaba el hecho de la visita de Burktfénix en los días en que Billy nació. Ahora Billy tiene trece años y Burktfénix había envejecido y muerto hacía mucho más tiempo. No lo lograba comprender. Definitivamente ese mago era un súper mago, pensaba Marcos. ¿Había realmente viajado a La Tierra en diferentes épocas? Pero y el otro joven mago, ¿en qué época había llegado y qué habría sido de él? Imposible comprender todo aquello.

—Creo que esto se está complicando cada vez más —comentó Paul temeroso, porque él también ya estaba imaginando cuál podía ser el favor que iba a pedir.

—Os solicito en nombre de nuestro mundo, intentéis localizar a Claritux o a la varita "Intranquilus". Nosotros esperaremos un tiempo y ya veremos cómo nos comunicaremos con vosotros para saber que habéis logrado encontrar. Os ruego lo penséis bien y contemplad, por favor, la posibilidad de intentar ayudar en esta delicada búsqueda.

—¡Pues claro que sí! Con mucho gusto os ayudaremos — prometió entusiasmado Marcos, sin consultar a sus acompañantes, ni recordar que hace poco rondaba por su cabeza lo complicado que podía ser una búsqueda así; y tampoco recordaba que tenía un padre esperándolo y a quien tendría que rendir cuentas.

—¡Yo también quiero ayudar! Esto me gusta —afirmó Billy, chocando las palmas de las manos con las de Marcos, quien se encontraba a su lado.

Uwe y Hoobers sonrieron, al ver a los jóvenes visitantes celebrar su decisión de aquella manera tan espontánea. Sortudo, quien ya se había contagiado con esas formas expresivas, se unió a la celebración con sus nuevos amigos. Athanasius también se alegró y sonrió por la respuesta afirmativa. Y Paul, sonrió con temor ante esta nueva búsqueda que lo esperaba. Él había dado por cerrado el caso. Hace apenas unos minutos, estaba pensando en la despedida y en la vuelta a casa. Buenos e intensos momentos para recordar y nada más. Ahora, en esos instantes en que los chicos estaban eufóricos, no se atrevía a decir un no. ¿Y con qué contaban para arrancar una búsqueda tan insólita? Sólo un nombre: Felipe Claritux.

Paul sugirió emprender el regreso y agradeció nuevamente la hospitalidad de todos y los felicitó por su forma de vivir armoniosa y pacífica. Llegó el momento de irse y Sortudo, haciendo gala de seguridad y destreza, conjuró el hechizo mientras balanceaba con firmeza su varita Intranquilus. Envueltos en una verde bruma, desaparecieron Sortudo y los visitantes, para luego reaparecer en cuestión de segundos, en la sala de entrada de la casa número cincuenta y siete del vecindario Alcaraván, de la agradable ciudad de Loma Larga.

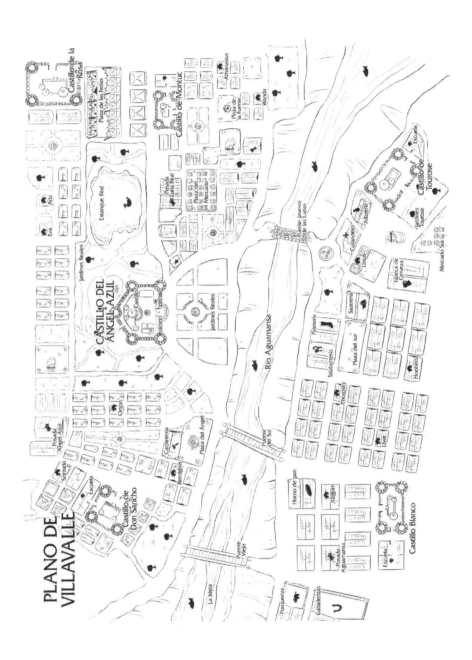

PLANO DE VILLAVALLE

Algo imprevisto

Los minutos parecían horas, pues la incómoda situación con Barrel, hacía de la espera algo interminable. Marta preparó unos canapés con jamón y unas bebidas, pues le pareció lo más práctico para un momento tan tenso. También pretendía distraerse con algo, para mantenerse ocupada durante la espera. En esos momentos era imposible pretender hacer otra cosa, teniendo al padre de los jóvenes vecinos, prácticamente bajo secuestro en esa esquina del sofá de su casa.

Barrel se negó a comer, solamente bebió un café sin azúcar.

Julietta se cansó de apuntar con su arco a Barrel, por lo que Susan apeló al sentido común de su padre, rogándole un poco de colaboración, ya que era cuestión de esperar algo más para que Marcos regresara.

—Papá, por favor. Te lo ruego. Entiendo que no puedas creer lo que te he dicho... o que no quieras creerme, pero quédate tranquilo hasta que llegue Marcos, es lo único que te estoy pidiendo —solicitó Susan, encarecidamente a su padre.

—Señor Barrel, yo también estoy angustiada esperando a Paul y a Billy. Comparto su agobio, pero le ruego que nos calmemos, ya volverán... —intervino Marta en tono conciliatorio.

—Maestro Itzigorn, ¿cree que tardarán mucho? —preguntó Susan al mago.

—Espero que no, querida niña. Sortudo es muy capaz y tomará en cuenta el tiempo, o al menos es lo que yo quisiera —respondió el mago algo divagante.

Barrel, a pesar de ir en contra de sus principios y sentirse secuestrado, prometió a su hija esperar el regreso de Marcos, al ver que el señor de la varita era un hombre extrañamente educado y parecía inofensivo. Por otra parte, la señora de la casa era un mar de nervios y continuaba expresando a Barrel, su preocupación y empatía por todo lo que estaba ocurriendo.

Itzigorn intentó continuar hablando y preguntando sobre algunos temas, como si no estuviera pasando nada. Pero la situación no era nada agradable. Julietta siempre en guardia, no perdía de vista a Barrel y este a su vez, no dejaba de observarla. Ninguno de los dos hablaba. Definitivamente el odio era mutuo.

De igual manera, Susan y Marta intentaban hacer uno que otro comentario para pasar el tiempo de espera, sin dejar de estar atentos a cualquier movimiento del problemático policía. Habían intentado comenzar algunas conversaciones, pero rápidamente quedaban cortadas inexplicablemente, como en el aire, para dar paso a largos e incómodos silencios. Todos estaban absortos en sus pensamientos.

*****

Pasado un rato, inesperadamente llamaron a la puerta, cuestión que causó sobresalto en todos. Marta se acercó a la puerta preguntando quién era. Del otro lado se oyó la suave y armoniosa voz de Sandra, quien venía acompañada de sus inseparables amigos Robin y Tomás. Habían decidido ir a ver como continuaban las cosas. Marta les hizo pasar, explicándoles que Billy había ido a devolver la varita, debido a que habían sucedido una serie de inconvenientes que habían provocado la urgencia de devolver la varita a su sitio de origen. Esa era la razón por la que no los había telefoneado.

Los chicos saludaron tímidamente a todos, pues percibieron el ambiente tenso que reinaba en el salón con la presencia del padre de Susan. Sandra se sentó junto a Susan, preguntando con la mirada qué estaba pasando, a lo que Susan le respondió en voz baja "ya te contaré".

–Chicos... ¿Habéis visto vuestros trastos que ayer fueron renovados? –preguntó Susan a todos.

–Pues, no... –respondió Robin de inmediato.

332

– ¿Y vosotros?

–Yo tampoco, vengo de la casa de mi abuela –dijo Tomás extrañado.

–Pues yo tampoco. Estaba haciendo los deberes. Luego llamé a los chicos para saber si Billy los había llamado. Fue entonces, cuando decidimos venir a ver qué pasaba. Espero que no haya sido una molestia haber venido... –expresó Sandra con preocupación.

– Pero... ¿por qué preguntas eso? –quiso saber Robin.

–Porque al Billy irse a ese otro mundo con la varita, desaparecieron todos los hechizos. Todo volvió a ser como antes y la varita de Itzigorn tampoco funciona... estamos esperando a que regresen para saber que pudo pasar... –explicó Susan, intentando hablar de algo para aligerar el ambiente cargado.

– ¡Oh no! Entonces mi bicicleta... ¡Ay, mi madre! Cuando papá la vea... ¿qué voy a hacer ahora? –exclamó Tomás agobiado con aquella noticia.

Mientras los chicos hablaban con Susan, Barrel escuchaba desconcertado la conversación. ¿Qué era lo que estaba pasando con todos? Hablaban de magia, hechizos, varitas y viajes mágicos como si nada. Definitivamente habían perdido la cordura. Sólo deseaba que fuera verdad que su hijo regresaría prontamente y poder actuar como correspondía. Sus hijos tenían que terminar ya con tantas tonterías. Se juró así mismo que recibirían un castigo ejemplar.

*****

Repentinamente, como en la oportunidad anterior, aparecieron de la nada Sortudo, Paul, Marcos y Billy en el salón de la casa de los Paperson. Marta con los ojos llenos de lágrimas corrió hacia ellos para abrazar a Paul y a su hijo Billy. El maestro Itzigorn también

333

se acercó a los recién llegados dando la bienvenida a todos y preguntando por la entrega de la varita. Los únicos que se quedaron sentados, observándose mutuamente con desconfianza, fueron Julietta y el señor Barrel, a pesar del impacto que le había producido aquella aparición de la nada.

Sortudo rápidamente respondió que todo había resultado exitoso, pero que tendrían que hablar de otras cosas importantes.

Los recién llegados comenzaron a relatar emocionados pequeños episodios de tan insólita experiencia. Billy no escondía su euforia por tan inusitado paseo, saludó a sus amigos relatando atropelladamente de dónde venían y la extraña sensación del viaje entre dos mundos, el paseo por la ciudad, los Castillos y que había conocido a la reina.

Marcos abrazó a su hermana y cuando comentó lo fenomenal que había sido todo aquello, Susan lo miró sin mediar palabra y señaló con el dedo pulgar de su mano derecha hacia su padre, quien continuaba sentado en el sofá, esperándolo. Marcos recordó con desánimo la expresión de la cara de su padre, cuando se fue con Sortudo a devolver la varita.

Respiró profundo, pensando en el regaño que le iba a caer. Se acercó al sofá, tomando asiento a su lado y saludando como si, lo que acababa de ocurrir, era algo normal.

—Hola papá, lamento no haberte informado que fui a acompañar a Billy y a su padre al mundo de Sortudo, para devolver una varita. Sé que no me crees. Bueno, en realidad sé que todo esto parece irreal y creo que por primera vez no criticaré tu desconfianza, pero ya estoy aquí y no me ha pasado nada —afirmó Marcos, apelando a la escasa comprensión de su padre, sin imaginarse cuán difícil había sido la situación en la casa desde que se fue.

Barrel, con la cara descompuesta por todo aquello que estaba pasando y que no lograba comprender, sin mediar palabra lo abrazó con fuerza, mientras Susan los miraba aliviada al ver que su padre había reaccionado, como lo hubiera hecho cualquier otro padre. Marcos sonreía ante aquella muestra de afecto poco común en su padre.

Bruscamente Barrel lo soltó y se puso en pie.

—Susan devuélveme el teléfono y vámonos ya para la casa —ordenó Barrel a sus hijos, volviendo a su habitual comportamiento.

—¡Espera, papá! Yo tengo que hablar con Sortudo e Itzigorn sobre un encargo que nos han hecho... —exclamó Marcos, desalentado al ver a su padre recobrar su permanente y desagradable actitud ante todo.

—¡Ya decía yo que parecía increíble que tú te emocionaras o empatizaras con algo que a nosotros nos interese! —recriminó Susan de inmediato.

—¡Obedece ya! —ordenó Barrel de mala manera, tendiendo su mano para que Susan le devolviera el teléfono.

—¿Qué vas a hacer? ¿Vas a pedir refuerzos y llevarnos a todos presos? —preguntó a continuación, sin intenciones de devolver el teléfono.

El resto de los presentes guardó silencio ante el enfrentamiento de los jóvenes vecinos y su padre. Marta comentó brevemente en voz baja a Paul que la situación con el vecino había sido difícil, pues pretendía llamar a la policía local, e insistía en que habían secuestrado a Marcos. También mencionó que Susan lo había enfrentado con ayuda de Julietta, quien lo apuntó con una flecha, para que se quedara quieto durante todo el tiempo de espera.

Paul, sumamente preocupado decidió intervenir para calmar la situación.

—Barrel, por favor, creo que todos te debemos una explicación. Entiendo tu preocupación y debemos aclarar todo esto, para que comprendas lo que ha pasado y puedas quedarte más tranquilo. No dudes de tus hijos, son excelentes chicos y creo que debes darles la oportunidad de justificarse con calma. Por favor, tomemos asiento queremos explicarte lo sucedido.

—Yo tengo mi propia forma de esclarecer las cosas. ¡Tú no eres quien para decirme que debo hacer! No necesito explicaciones de personas con dudoso comportamiento como todos vosotros — recriminó de forma grosera, el tozudo Barrel.

—¡Papá! ¿Pero hasta cuándo? Susan y yo estamos cansados de tus impertinencias y de tu falta de respeto hacia nosotros y hacia todos los que nos rodean.

—¿Y acaso tú me has obedecido o respetado?

—Tú crees que lo sabes todo... ¡Pues no! No tienes idea de un montón de cosas. Aquí en esta casa nos aprecian y valoran más que tú —gritó Marcos fuera de quicio, al ver que su padre no cambiaba de actitud.

—¿Qué debo saber? ¿Mentiras? ¿Engaños y cuentos de película? O... ¿Qué todos se pusieron de acuerdo para burlarse de mí?

—¡Papá! ¿todos de acuerdo? ¡Uf! ¿Por qué tienes que decir cosas así? —intervino nuevamente Susan.

—Porque todos sois cómplices... ¡Hasta vosotros! —aseguró Barrel, señalando con el dedo acusador a Sandra, a Tomás y a Robin, quienes observaban asustados el enfrentamiento.

Los chicos se juntaron aún más, sorprendidos ante aquel hombre que los había señalado como culpables de algo que no tenían idea que podía ser. Billy se acercó a sus amigos y los miró, sin saber que decirles y preocupado por haberlos metido en ese lío. Billy se sintió culpable, pero Sandra percibió su malestar y le susurró que no pasaba nada, con actitud solidaria.

—Creo que debemos calmarnos, por favor. Así no resolveremos nada. Debemos escuchar las explicaciones de Marcos, para que se aclare la situación —suplicó Marta.

—Marta tiene razón. Yo estoy de acuerdo con que debemos aclarar este asunto con testigos y... —dirigiéndose directamente a su padre, lo encaró—: que te quede bien claro, no pienso devolverte el teléfono hasta que escuches todo lo que tenemos que decir —advirtió Susan, muy enfadada con su padre.

—¡Calma chicos! Entended que vuestro padre está nervioso y preocupado por vosotros —intervino Paul, intentando mediar ante el enfrentamiento entre Barrel y sus hijos.

—¡He dicho que no te metas! ¿Quién crees que eres para opinar sobre mis asuntos? —gritó Barrel a Paul, sin ninguna consideración.

—¡O te sientas o vuelvo a pedir a Julietta que te apunte con el arco y la flecha y si es necesario que te dispare! —ordenó Susan, sin pensarlo.

—¡Oh no! ¡Otra vez no! Que somos seres civilizados... ¡Por favor, señor Barrel! Se lo ruego, escuche a sus hijos. Todo tiene una respuesta. No se arrepentirá —rogó Marta, ante el riesgo de volver a la situación en la cual tuvieron sometido a Barrel.

—¡Papá! ¿Me puedes escuchar por un momento? —pidió Marcos desesperado a su padre al ver que este no se calmaba.

—Está bien, que más me queda si estoy bajo coacción, os escucharé. Y que conste que lo hago por la petición de la señora, quien pareciera ser la más sensata de todos —alegó Barrel con cierta impertinencia.

—Tú te lo has buscado... si no fueras tan cabezotas, no estaríamos en esta situación —respondió Susan desafiante.

—¡Por favor Susan! No empeores las cosas... —suplicó Marta.

Aunque ya Susan había explicado a su padre lo que había acontecido, este no había prestado ninguna atención a sus palabras. Solamente había escuchado lo que le pudiera servir para enfrentar, sin contemplación alguna, a todos los presentes. Marcos procedió a relatar brevemente a su padre lo que había sucedido a Billy, desde el momento en el que la varita cayó sobre su cabeza, hasta el reciente regreso del mundo Toplox. A medida que Marcos iba relatando los hechos, los demás intervenían eventualmente, aclarando algunos detalles. Confesó que había sido su decisión acompañarlos, aclarando que nadie lo presionó u obligó.

Todos estaban serios, preocupados y deseosos que Barrel comprendiera y aceptara lo que estaba pasando, de una vez.

— Entonces es cierto que Billy es el elegido... —confirmó Itzigorn en voz alta, al oír ciertas explicaciones que él desconocía.

— ¿De veras? ¿Estáis seguros? —intervino Marta asombrada y decepcionada a la vez.

— Sí. Burktfénix le regaló una flor amarilla con una cinta azul cuando nació. Lo eligió a él. Mas no sabemos el motivo —respondió Sortudo.

— ¿Recuerdas aquel extraño tipo, grande y rubio, en la entrada del hospital cuando salíais mi madre y tú, con Billy recién nacido? —preguntó Paul a Marta.

— Creo que sí... lo recuerdo —respondió Marta de inmediato, pero muy extrañada.

— Pues era Burktfénix, el bisabuelo de Itzigorn y dueño original de la varita que llegó a manos de Billy... —afirmó Paul sin más explicaciones.

— ¡Oh! Por todos los dioses —exclamó Itzigorn impresionado.

– Pero... ¿cómo puede ser? Es su bisabuelo y... no comprendo –manifestó Marta, negando con la cabeza e intentando entender lo que Paul acababa de decir.

– Burktfénix, definitivamente, viajaba en el tiempo –afirmó Paul a Marta, comprendiendo su estado de confusión.

– ¡Ja! ¡Lo que faltaba! Ahora también viajan en el tiempo... ¿Cuál es la próxima historia de ficción? –intervino Barrel en plan burlón.

Susan estaba atragantada por la conducta de su padre. Siempre era lo mismo. Los avergonzaba, haciéndolos sentir ridículos al tener un padre así. ¿Qué costaba respetar a los demás? Susan, no aguantando más, relató brevemente a los presentes, los duros momentos acontecidos durante la espera. Su rostro estaba enrojecido de la rabia.

– Tal vez ni vale la pena continuar con esto... –dijo decepcionada la joven.

– ¡Y yo sí tengo que continuar escuchando todas estas sandeces, porque sí! –apuntó Barrel inconforme con lo relatado por sus hijos.

– Susan, todo tiene solución... –trató de animarla Marta.

– No Marta, con mi padre jamás sale nada bien...

Todos se quedaron en silencio nuevamente tras el entristecido comentario de Susan sobre su padre. Se quedaron viendo a la pobre Susan, quien contenía las ganas de llorar. Barrel la miró molesto por ese último comentario. Pero en lo más profundo de su corazón, le dolió que la relación con sus hijos se hubiera quebrado de aquella manera. ¿Cuánto les costaba darle la razón a él? Él siempre los había protegido pues eran su prioridad. ¿Por qué no confiaban en él? Él siempre tenía la razón. De verdad que no entendía la razón por la que sus hijos estaban contra él.

Luego de unos breves momentos, la joven juzgó que el problema de los magos era más importante, así que retomó el tema.

—También aquí sucedió algo más... los hechizos de renovación...

—¿Qué pasó con los hechizos? —quiso saber Paul.

—Pues que se deshicieron... así, sin más. Ya no hay coche nuevo ni nada —afirmó Marta, confirmando lo dicho por Susan.

—Maestro Itzigorn, creo que debe explicar lo sucedido con su varita —pidió Susan al mago, para tratar de calmar su rabia.

Itzigorn relató cómo advirtió que la varita había perdido sus facultades mágicas y cómo luego, Marta se percató que todos los encantamientos hechos, tanto por Billy con la varita de Burktfénix, como los que él conjuró, se habían deshecho al llevarse de vuelta las varitas "Intranquilus" a Toplox. El único hechizo que se mantuvo, fue el realizado por Sortudo para poder comunicarse con los habitantes del mundo visitado y no tenía idea del motivo.

—¡Uf, Marta! Cuánto lo siento. Tuve la esperanza que Itzigorn lo controlara. No pregunté antes porque Barrel no dio oportunidad... —aseveró Paul a Marta, en voz baja.

—Ni modo, ya lo que pasó, pasó... me preocupa más cómo va a terminar todo esto.

Barrel los oía, pensando sentenciosamente que todos estaban locos y habían deliberadamente contagiado a sus hijos. ¿Cómo era posible que aquellos adultos hablaran de esas tonterías sobre magia, hechizos y mundos lejanos? ¡Cuánta falta de madurez y de seriedad! Y para completar la parodia, él allí, aguantando que continuaran diciendo estupideces. Pero lo del coche plateado nuevo... él lo había visto con sus propios ojos, eso no era una estupidez.

Sortudo pidió al maestro mago que volviera a probar, ya que estaba presente su varita "Intranquilus" en la casa. Itzigorn luego de un rápido conjuro, elevó por los aires los vasos y tazas que se encontraban sobre la mesa de centro del salón. Volvía a funcionar su varita, gracias a la fuerza o poder mágico que le transmitía la "Intranquilus". Los chicos se alegraron y Paul intervino, pidiendo que cesaran las demostraciones de magia, ya que la situación no estaba para eso.

Barrel quedó totalmente intrigado al ver aquello. ¿Cuál sería el truco?

— Maestro, Julietta... debemos irnos. El maestro Athanasius y la dama Sara nos están esperando, pues hay unas cuantas cosas que resolver —propuso Sortudo, percibiendo que la tensión provocada por el padre de Marcos y Susan, no cesaba.

— ¿La Dama Sara? ¿La maestra maga de Los Bosques Eternos? —quiso saber Itzigorn, muy extrañado.

— Sí, maestro. Ese es el otro tema del que le quería hablar... —contestó Sortudo de inmediato.

— ¡Oh, no! ¿Pero por qué os vais tan rápido? —intervino Billy desilusionado.

— Lo siento Billy, pero tiene que ser así —respondió Sortudo con verdadera tristeza.

— ¡Espera Sortudo! Tienes que darnos algunas ideas para localizar al tal Felipe Claritux... De verdad que no tengo idea por dónde podemos empezar... —expresó Marcos, encogiendo los hombros y mirando a todos esperando alguna opinión.

— ¿Felipe Claritux? —preguntó Barrel a toda voz—. ¡Ja! ¡Sabía yo! ¿Es que no te das cuenta de que esta gente va tras algo y os están utilizando a tu hermana y a ti?

– Pero... ¿qué te sucede ahora? –reclamó Marcos intrigado.

– ¡Devuélveme el teléfono inmediatamente! –gritó Barrel a Susan, para luego continuar diciendo–: ¡Aquí hay gato encerrado y yo voy a averiguar qué se traen estos individuos ya!

Al ver como reaccionaba Barrel lleno de rabia, instintivamente, Julietta levantó su arco cargado, apuntando nuevamente hacia él, para intimidarlo. Paul y Marta intervinieron horrorizados, pidiendo calma. Itzigorn y Sortudo, también se pusieron en guardia con sus varitas listas para actuar, mientras cruzaron sus miradas en espera de lo que pudiese ocurrir.

– Ahora ¿qué es lo que te pasa? –preguntó Susan a su padre, sin intenciones de devolver el teléfono.

– No veis que os están manipulando. ¡Ellos! –gritó señalando a los magos–, ya tenían tramado todo esto e hicieron ver que todo había sido un encuentro casual, para conoceros y ganarse vuestra confianza, con el único objetivo de dar con los descendientes de Felipe Claritux y sus supuestos tesoros... –continuó vociferando exacerbado Barrel a todos.

– ¿Tesoros? –preguntaron todos a la vez, entre extrañados y sorprendidos.

– ¿De qué estás hablando? Aquí ninguno de nosotros ha mencionado ningún tesoro, sólo queremos localizar al mencionado Claritux, quien era de Toplox y hace mucho tiempo se vino a La Tierra... –sostuvo Marcos.

– Eso es lo que quieren que creas, niño tonto –sentenció Barrel.

– Y es que acaso, ¿tú sabes algo sobre ese señor que hablas con tanta seguridad? –preguntó Marcos a su padre, sumamente sorprendido.

–¡Claro que sí! –respondió vociferando nuevamente a su hijo y luego giró y preguntó a los dueños de la casa–: ¿Y vosotros, acaso sois sus cómplices? ¿Cuánto dinero os ofrecieron para salir de la mala situación económica en la que os encontráis? ¡Hablad de una vez! y no os hagáis los tontos –completó apabullando sorpresivamente a Marta y a Paul, quienes no salían de su asombro ante aquella acusación.

–¿Nosotros? Pero... ¿De qué habla? –preguntó Marta muy afectada.

–¡Pero papá! ¿Hasta cuándo tanta locura? ¿Es que no te cansas? –expresó Susan avergonzada ante sus amigos, por el comportamiento irracional de su padre.

–¡Por favor! Pido nuevamente calma... –intervino Paul levantando las manos y dando vueltas en círculo dentro del grupo de presentes–. Yo cada vez entiendo menos. Señor Barrel, podría explicarnos a qué se refiere con lo del tesoro de un personaje del que sólo, recién hoy, he oído su nombre y del que no tenemos más ningún otro dato.

–¿Por qué no preguntáis a ellos que parecen muy interesados en la vida de Felipe Claritux? –respondió Barrel con una pregunta, mientras señalaba a los magos.

Todos giraron y miraron a Sortudo y al maestro Itzigorn, esperando una respuesta. Era cierto lo que acababa de decir Barrel, ellos eran los interesados en saber que había sido de Claritux y la otra varita desaparecida.

*****

Sortudo, algo indeciso, comentó que lo poco que conocía de Claritux era que había vivido en La Aldea Brillante, en la época en la que habían fabricado las varitas "Intranquilus" y que el mago Crumforex le había entregado una, por ser uno de sus mejores aprendices. Al pasar un tiempo, este joven mago desapareció y más nunca supieron de él ni de su varita. Ahora, al estar de regreso en

Toplox, la maestra maga Sara y el mago Athanasius le informaron sobre el descubrimiento hecho, tras leer unas cartas camufladas entre recetas, donde se revelaba la amistad entre este joven y el maestro Burktfénix y sobre los viajes expedicionarios realizados por ambos a este mundo. En uno de esos viajes el joven mago Claritux, decidió quedarse a vivir para siempre en la Tierra y, aparentemente, el único que tenía conocimiento de eso, era Burktfénix. Las cartas que los maestros habían leído, indicaban que Claritux había tomado por nombre Felipe, había contraído matrimonio y tenido descendencia en este mundo. Era la única información que tenía hasta ese momento, ya que él no había leído las mencionadas misivas.

– ¿Cartas? ¿Y es que existe servicio de correo entre la Tierra y ese mundo del que vosotros habláis? ¡Busca una mentira más creíble!, con esta no me van a convencer.

Itzigorn no salía de su asombro. Él no sabía mucho más que el resto de los pobladores del reino sobre el joven mago desaparecido. Y sobre su bisabuelo, ya daba por hecho que no sabía casi nada. Ahora, solamente sabía que había sido un aventurero y una verdadera caja de sorpresas. Burktfénix y Claritux... ¿Amigos y viajeros? Esto había que aclararlo. Quería preguntar a Sortudo algo más sobre los magos, pero aquel hombre no dejaba ni pensar.

– Por lo tanto, tenemos otra varita perdida... ¡Por todos los dioses! –exclamó Itzigorn muy consternado, sin hacer caso de las preguntas irónicas de Barrel.

– Sí, maestro y aún hay más cosas que os sorprenderán...

– ¡Vaya! Esto se complica cada vez más... –se oyó decir a Sandra, quien hasta ahora se había mantenido en silencio.

– Bien papá, ya Sortudo dijo lo que sabe. Ahora te toca a ti decir lo que sabes –indicó Susan a su padre en forma imperativa.

—No voy a dar ninguna información a estos caza fortunas —respondió su padre, mirando con desdeño a los visitantes.

—¿Y qué significa caza fortunas? —quiso saber Itzigorn inocentemente.

—Personas que buscan apropiarse de la fortuna material de otros como oro, dinero, joyas... —respondió Paul, algo incómodo con la situación.

—¡Para ya, papá! Te has pasado... —exigió Marcos.

—¡No ves que es toda una estafa, de estos...!

—Pues yo creo que quien miente y engaña eres tú. Haces una acusación y no explicas la razón —rebatió Susan a su negativa de justificar su acusación.

*****

Barrel seguía enfurecido y ofuscado porque había perdido el control sobre sus hijos, y para completar su mala situación, estaba aquella jovencita que no lo pensaba dos veces para apuntarle con el arco. Ni los peores delincuentes con los que se había enfrentado a lo largo de su carrera de policía, habían sido tan cabezotas como aquella descarada joven que lo ponía en jaque.

Y ahora, para rematar la situación, también lo de su antepasado Claritux. ¿Qué sabían y qué buscaban estos individuos?

Todo lo que él sabía de Felipe Claritux, era que había sido su bisabuelo y un rico joyero radicado en Roma. Según los chismes misteriosos de su tía Gina, al ser Felipe un nombre español, algunas personas decían que era de origen ibérico; pero también especulaban que había huido de su tierra natal por haber cometido algún delito y era perseguido por las autoridades de aquel país, sin prueba alguna. Pero Claritux era un apellido raro. Según su tía Gina, el finado Felipe ya en sus años de vejez, aseguró a su amada

Bianca, que venía de un pueblo costero del sur de Albania, cercano a la frontera con Grecia. La tía Gina también afirmaba qué su abuelo Felipe tenía un acento raro pero hablaba con fluidez el italiano, el albanés, el griego y el español, generando más dudas sobre su origen.

Pruebas de todo esto: ninguna. Barrel siempre pensaba que eran fantasías y cotilleos de su madre y de su tía.

Según la madre de Barrel, su bisabuela Bianca Martini nunca conoció a la familia consanguínea de Felipe; ni siquiera poseía documentos de su nacimiento. De acuerdo con lo relatado por su tía, Felipe Claritux y Bianca tuvieron tres hijas. La menor de ellas, Fiorella, fue la única en contraer matrimonio y lo hizo con un militar inglés llamado Harry Farlie. La pareja emigró a Norteamérica en la década de mil novecientos treinta; donde nacieron sus dos hijas: Gina, la tía y Oriana la madre de Barrel, quien contrajo nupcias con Barrel O'hara padre, quien había ejercido la profesión de oficinista durante toda su vida, hasta que muriera a los cincuenta y un años de un infarto.

Por ser femenina la poca descendencia de Felipe Claritux, el apellido se perdió en el tiempo. Ese es su árbol genealógico por parte de madre, hasta donde él recuerda.

– Ese es el nombre de mi bisabuelo italiano del que siempre se especuló que poseía un gran tesoro en piedras preciosas, oro y plata; tal vez, por ser un famoso joyero en Roma a principios del siglo veinte. Mi abuela Fiorella siempre fue acosada por esa razón, pues creían que ella lo había heredado. Si hubiese sido cierto lo del tesoro, yo no tendría que trabajar como lo hago, para poder vivir y manteneros a vosotros y a vuestras dichosas clases de tenis... ¿Está claro? Y vuelvo a repetir: estos son unos embaucadores y vosotros habéis caído en sus redes, como unos verdaderos tontos – respondió Barrel enfadado y mirando fijamente a Susan.

– ¡Papá! Por favor... ¿Qué estás contando? Te lo acabas de inventar para justificar tu necedad...

– ¡Lo repetiré mil veces: no hay ningún tesoro! Han perdido su tiempo, estafadores de pacotilla...

—Me ofende usted, señor. Tengo que deciros que en mi mundo yo ocupo un importante lugar en nuestro reino y no lo cambiaría por nada tan material como el oro y la plata. Os equivocáis en todos los sentidos. Vuestros hijos son maravillosos, Billy y su familia son merecedores del mayor respeto y estima por parte de todos. Estos chicos de aquí son inocentes de lo que los pretendéis acusar. Y de nosotros... usted no nos conoce para juzgarnos tan duramente de primera mano —reclamó Itzigorn sintiéndose agraviado por aquel hombre.

— ¡No se haga el santurrón! Os juro que todos vais a ir presos —sentenció Barrel con su acostumbrada terquedad y apuntando con su dedo índice acusador, a todos los presentes.

— ¡Papá! ¿es qué contigo no hay manera? Y... ¿Cómo es eso? ¿De veras somos descendientes de Felipe Claritux? Tú nunca nos has hablado de él —inquirió Marcos, entre molesto y consternado con la información recién recibida por parte de su padre.

— ¡Dame el teléfono, Susan! ¡Ya verás cuando lleguemos a casa! —ordenó y amenazó el ofuscado Barrel.

— ¡Dejad que le meta una flecha! —gritó Julietta, cansada de aquel hombre tan irreverente.

— ¡Tú serás la primera que voy a esposar y a encerrar! Vas a estar presa por mil años...

—Esto no puede ser casualidad... ¿Sois descendientes de Claritux? —preguntó muy sorprendido Sortudo, en medio de la discusión.

— ¡Oh, por Dios! No puedo creer que todo esto sea simple casualidad —respondió Marta.

—Creo que deberíamos irnos... —propuso Sortudo nuevamente al ver la situación tan tensa.

—Sortudo tiene razón, llegó la hora de despedirnos. Maestro Itzigorn, allá en la escuela lo esperan y deseo de todo corazón que logréis resolver todos los misterios sobre la desaparición de las varitas —manifestó Paul, convencido que con Barrel, era perder el tiempo.

—Sí, llegó la hora. Siento de veras, haberos ocasionado tantos problemas —dijo Itzigorn con desánimo, pues él deseaba conocer algo más sobre ese mundo que había tenido la oportunidad de visitar y porque hubiese querido saber, si realmente ese hombre era descendiente de Claritux; pues ahora era él, el que dudaba del padre de Marcos.

—Maestro, yo por mi parte, haré lo posible para buscar información que os ayude y ya veremos cómo os la entrego —prometió Paul de espaldas a Barrel y haciendo un gesto con la mano a Sortudo, para recordarle de lo que habían hablado de una próxima visita, previamente controlada por la dama Sara.

—Amigo Paul, os agradezco de todo corazón lo que habéis hecho por nosotros. Os prometo que no os olvidaremos —aseguró Itzigorn, estrechando sus manos con las de Paul.

—¿Qué? Ahora se van tan campantes y no me explican qué quieren... ¡Vamos! Pongan las cartas sobre la mesa... den la cara de una vez —insistió Barrel.

—¡Papá! ¡Cállate, por el amor a Dios! —exclamó Susan imperativamente.

—Esto no va a quedar así... ¡Lo juro! —continuó amenazando.

*****

348

Todos comenzaron a despedirse con premura, lamentando no poder hablar con libertad por la presencia de Barrel. Y a medida que se abrazaban, prometían volver a verse más pronto que tarde. Quedaban unas cuantas cosas que concluir. Este no podía ser el final de ese increíble encuentro.

Marta, Susan y Julietta, con lágrimas en los ojos, prometieron ser amigas para siempre a pesar de las diferencias y la distancia.

– Marta... Susan, me encantó conoceros. Gracias por el maquillaje. Yo... –dijo Julietta, sin poder continuar hablando con un nudo en la garganta.

– ¡Yo también me alegro de haberte conocido! Espero volvamos a vernos pronto –respondió Susan consolándola.

– ¡Seguro que sí! Y te mostraremos muchas más cosas. Es una promesa. ¡Vamos chicas, un súper abrazo! –dijo Marta extendiendo los brazos hacia la joven, mientras Susan se les unía muy emocionada.

Itzigorn, entre enfadado y defraudado por el intempestivo final de aquel encuentro, decidió que no valía la pena rebuscar ni causas ni razones por el momento. Evidentemente no podía ser casualidad que estos chicos fueran descendientes de Claritux. Pero la situación no estaba dada para indagar más al respecto. Ya pensaría cómo mantener el contacto con Billy y obtener más información sobre el tema de los Claritux. Era preferible despedirse elegantemente.

– Billy, sé que sois un buen joven y que seréis un buen hombre. Estudiad y cuidad de vuestra madre y vuestro padre, quienes os quieren mucho. Cuando llegue el momento oportuno, hablaremos –prometió Itzigorn al chico.

– Gracias, maestro... Juro que no os olvidaré –prometió Billy, realmente conmovido.

– Pues bien. Maestro, Julietta, por favor poneros junto a mí, ha llegado la hora de partir –interrumpiendo la extendida despedida, el también afligido Sortudo.

*****

Los Paperson, Susan y Marcos con las caras largas por la despedida, se desplazaron hacia atrás para dar espacio a los tres visitantes quienes se juntaron para regresar a su mundo. Sandra, Robin y Tomás continuaban rezagados detrás del sofá, presenciando la despedida sin decir ni una palabra. Sandra contenía las lágrimas. En tan poco tiempo había sentido verdadero aprecio por aquellas extrañas personas. Robin se sentía enfadado con el padre de Susan y Marcos, pues lo consideraba culpable de todo lo que había pasado en aquellos momentos. Era culpable que el maestro y sus dos jóvenes acompañantes se tuvieran que ir tan pronto y de aquella manera. Y Tomás, a pesar de su reticencia inicial, también estaba a punto de que le brotaran las lágrimas, conmovido con aquella triste despedida.

Sortudo, aunque nunca había sido aventurero, no dejaba de sentir cierta satisfacción por la experiencia vivida en estos últimos días. Se sentía diferente. Tal vez más maduro o más importante al haber participado en la búsqueda. Sus opiniones eran tomadas en cuenta. Había conocido a un montón de personas diferentes al círculo de la escuela de magia. Había conocido a Julietta, quien lo había hecho sentir sensaciones nunca vividas por él. Ahora veía todo diferente. Ahora estaba abierto y preparado a nuevos conocimientos y a nuevas experiencias. Sí, todo había cambiado.

Sortudo, ya preparado para el viaje de regreso a Toplox, y luego de dirigirles una triste sonrisa, cerró los ojos y se dispuso a concentrase en el conjuro con el que regresarían a Toplox.

Itzigorn, con su túnica colgada en el brazo, inspiró profundamente insatisfecho por la forma en la que este viaje tan revelador, estaba llegando a su fin. Lo había disfrutado, de eso no cabía duda. Pero había que conformarse con el rumbo de los acontecimientos. Intentó calmarse, pero le pareció injusto que el padre de los vecinos hubiese interrumpido sus planes de conocer algo más. Para colmo, aquel irreverente hombre podía ser realmente un descendiente de Claritux y había tenido la desfachatez de ofenderles, al dudar de sus buenas intenciones. En su mente, intentaba priorizar las interrogantes que lo inquietaban. ¿Sería cierto el nexo entre Barrel y Claritux? ¿Cuántas otras cosas se revelarían sobre Burktfénix y sus andanzas? ¿Por qué estaba sucediendo todo aquello? No podía ser simple casualidad. ¿Qué sucedería al llegar a la escuela de magia con la presencia de la Dama Sara? ¿Cuándo podrían volver a visitarlos?

Julietta por su parte, colgó el arco y las flechas en su espalda. Se despedía con una triste sonrisa y un gesto de mano, cuando de pronto sintió que el padre de sus nuevos amigos se abalanzaba sobre ella, agarrándola por el brazo. Ella lo golpeó con fuerza y logró zafarse. Él, tambaleante ante la violenta reacción de la joven, se acercó nuevamente y la empujó con toda su fuerza, sacándola del círculo de bruma verde que comenzaba a formarse alrededor de los visitantes y que, bruscamente llevó a Barrel, junto a Itzigorn y a Sortudo, a su mundo Toplox.

Estaría muy agradecida si puedes publicar una breve opinión en Amazon.

Tu apoyo realmente hará la diferencia.

Para dejar un comentario en Amazon, por favor haz clic en el enlace correspondiente:

Para el enlace Internacional use:

http://www.amazon.com/dp/B07QFWRNYN

Para el de España use:

http://www.amazon.es/dp/B07QFWRNYN

Para el de México use:

http://www.amazon.com.mx/dp/B07QFWRNYN

Esta historia continúa en...

CLARITUX
Una historia enrevesada

oeca57@gmail.com

Printed in Great Britain
by Amazon

42439717R00210